L'EMPIRE CÉLESTE

FRANÇOISE MALLET-JORIS
DE L'ACADÉMIE GONCOURT

L'EMPIRE CÉLESTE

roman

JULLIARD

ISBN : 2 - 266 - 01082 - 4

A PIP.

I

Martine avait demandé plus d'une fois à changer de rayon. La papeterie lui aurait assez bien convenu, ou alors, la mercerie, peut-être. Mais tout ce qu'on lui offrait, en guise d'échange, c'était les vêtements de femme. Cela, non. Supporter le contact de ces odieuses femelles, leur odeur, leur poids de chair, leur indiscret appel aux bons sentiments, à l'humanité de la vendeuse : « Et avec cette robe-ci, comment me trouvez-vous ? » Martine préférait encore rester à l'alimentation. C'était déjà bien assez de les voir tâter leur camembert, renifler les fruits, étaler un appétit, une gourmandise indécente, qui, chaque jour, lui soulevait le cœur. Elle qui avait rêvé d'un travail de bureau ! D'un travail pur, sec, impersonnel, où elle n'aurait manié que des feuilles de papier ne se serait exprimée qu'en formules administratives, n'aurait connu des gens que leur numéro. La faillite de son père, pharmacien de la rue de Rennes, avait mis un terme à ses rêves. Ayant sans succès essayé de tromper la Sécurité sociale, il était mort de honte, on ne savait trop si c'était de son vol ou de sa maladresse. Promptement brouillée avec sa mère, et bien qu'en possession d'un petit capital, Martine avait voulu gagner sa vie. Elle la gagnait. Mais de quelle façon ! Elle qui eût voulu s'isoler de tout, se mettre à l'abri de tout contact derrière une glace, elle qui ne supportait pas le spectacle de la rue, une séance de cinéma, un bruit de radio, elle se trouvait au centre de ce monde offensant, complet et fermé, qu'elle ne pouvait oublier un instant.

Vêtements, plastiques multicolores, bijoux de pacotille, savons fleurant le muguet synthétique, shampooings bariolés gonflant de petites vessies transparentes, comme des ballonnets de couleurs tendres, chaussures sentant le cuir bon marché ou le caoutchouc échauffé, énormes piles de biscuits douceâtres, « en réclame », dessous de femmes ornés de rubans pastel, « dernière nouveauté », pas un des désirs les plus vulgaires de cette humanité que Martine détestait qui ne fût satisfait. Et dès l'ouverture les rayons s'emplissaient, de femmes surtout, toutes prenant leur temps, toutes goûtant là, c'était visible, un moment de luxe et de détente, toutes avalant des yeux ces couleurs et ces formes, s'en donnant à cœur joie d'examiner la marchandise, de discuter les prix, de se targuer entre elles de l'appétit de leurs enfants, du goût de leurs maris, des exigences de leurs amants, toutes, même les vieilles aux humbles cabas, bien engagées dans la vie, conscientes de leur valeur, chargées de leurs soucis, de leurs préoccupations, de leurs chagrins même, comme d'une richesse, avec ce qui paraissait aux yeux de Martine une insolente ostentation.

Et, suprême dérision, le sort la clouait là, au centre de ce monde dont elle ne ferait jamais partie, dont, se disait-elle, elle ne *voulait* pas faire partie : le sort lui avait encore assigné le rayon d'alimentation. Elle était prisonnière, sous l'impitoyable barre de néon, derrière ce comptoir regorgeant des nourritures de la terre, des odeurs de la terre; c'était l'enfer. Il y avait des jours où il lui semblait presque que ces nourritures avaient un visage : elle les haïssait, chacune à sa façon, chacune séparément. Les gros fromages de Hollande rouges, leur rondeur, leur poids insolent ; la crème pâle, onctueuse, doucereuse, dont il fallait remplir les petits pots de carton ; le lait qui avait encore l'odeur même de la bête qu'on avait traite (et cette idée lui soulevait le cœur, l'odeur de ces mamelles, de ces poils de la vache que maladivement il lui arrivait d'évoquer) ; et le gruyère à couper en tranches, aigre, suret ; les camemberts, les carrés de l'Est, puant avec désinvolture, comme de vieux clochards, et portant l'empreinte des pouces qui les avaient tâtés... Dieu merci, la moitié du temps, c'était Claudette qui se chargeait du côté crémerie. Il restait à Martine les fruits, les conserves inoffensives, les légumes dans leur enveloppe de cellophane, prêts pour le pot-au-feu ; mais aussi la viande, ces triangles rouges striés de graisse jaune et garnis d'un peu de persil, ces pâtés, ces saucissons fleurant l'ail, et jusqu'à ces confitures qui paraissaient innocentes, mais que ces matrones rendaient, par leurs hésitations, tangibles, sucrées, poisseuses. « Plus de cassis ? Quel dommage, mon mari l'aime tant ! Et les gosses ! Ils s'en lèchent les doigts, si vous saviez ! Le plus petit... »

Les yeux de Martine s'échappaient, se posaient avec une fausse indifférence sur les autres rayons, les tabliers d'enfants verts et rouges, les valises en fibranne marron, et en désespoir de cause, sur la grosse horloge carrée. La cliente s'en allait, avec un haussement d'épaules méprisant, qui, en dépit de tout, atteignait Martine. Femmes stupides, mal vêtues, mal nourries, bourrées de mauvaise littérature, de mauvaise viande, se nourrissant des bas morceaux de la vie, et s'en satisfaisant ! Ce n'était pas tant d'ailleurs leur pauvreté qu'elle détestait (et pourtant, ces familles qui toutes mangeaient la même confiture, la même viande « sélectionnée » de basse qualité, portaient les mêmes blouses à carreaux mal cousues, les mêmes tricots criards qui ne tenaient pas chaud, ces familles étaient bien peu attrayantes), ce n'était pas leur pauvreté qu'elle leur reprochait, c'était cet appétit vulgaire et violent qui persistait à travers cela.

« La pauvreté est une vertu en elle-même, disait Stéphane, nous devrions bénir le ciel de vivre dans un quartier pauvre, au milieu des pauvres, mon amie... » Mais Stéphane, à la Brasserie, du haut de son estrade, ne pouvait pas se rendre compte. D'ailleurs il avait, se disait Martine quelquefois, les plus merveilleuses facultés d'inattention. « Travail », « pauvreté », il avait le don de parler de ces choses comme de vénérables abstractions, comme de concepts, de règles de vie... Et bien sûr il avait raison, pensait-elle quand elle était avec lui. Mais quand elle se retrouvait derrière son comptoir, elle se disait que cette pauvreté-ci n'avait rien d'austère, de dépouillé ; au contraire. C'était cela qui exaspérait Martine, l'appétit, oui (depuis qu'elle avait commencé à s'occuper du rayon d'alimentation, elle ne pouvait plus s'exprimer qu'en termes de nourriture), l'appétit de ces gens. Ne se voir offrir que d'aussi pauvres succédanés de nourriture, de toilette, de lecture, et se précipiter dessus aussi goulûment ! La ruée des ménagères, le matin, le triomphe d'avoir obtenu la viande la plus fraîche, l'occasion vite disparue ! La ruée, le samedi, des petites filles mal nourries, trop maquillées, sortant des ateliers et des bureaux, se précipitant sur les bijoux de pacotille ! Et les prostituées même, choisissant un parfum, ou, avec une gravité soudaine, appuyant leur pouce au vernis écaillé sur un fromage !

C'est qu'ils n'étaient pas assez pauvres, pensait Martine avec une sorte de colère, pas assez pauvres encore pour être dépouillés de cette agressive joie de vivre. Mais qui l'était assez ? Même les clochards sur les quais, tétant leur bouteille, lui paraissaient tous pourvus de ce qu'elle n'avait pas... Pourquoi ? Qu'est-ce qui la séparait d'eux ? Etait-ce sa laideur, une certaine lucidité dont elle se trouvait pourvue, et dont elle se fût bien passée ? Elle ne savait pas, elle ne voulait pas savoir. Pendant des années, elle avait mis son orgueil à ne rien posséder, à être non seulement la plus laide, mais la plus mal habillée, la plus morose, la moins aimante.

Mais elle avait Stéphane, maintenant. Au moment où, peut-être, elle allait devenir folle, au centre de son isolement glacé, elle avait rencontré Stéphane... Elle possédait enfin quelque chose. Et lentement, très lentement, n'ayant pas atteint encore les limites de sa conscience, cette solitude dure et peureuse commençait peut-être à se fondre...

Au coup de gong qui annonçait la fermeture, elle dénoua son tablier, et se dirigea d'un pas ferme vers le vestiaire.

« Mademoiselle ! Mes biscuits ! » implora une dame chargée de paquets. Sans un mot, Martine tendit la main vers l'horloge.

« Mais il y a cinq minutes que je vous les demande ! » insista la dame. Martine disparut dans le vestiaire sans un regard en arrière. Elle se donna un coup de peigne, déboutonna sa blouse blanche. Son corps était menu, mince, plat, et en même temps sans grâce, débile, maladif comme son petit visage blême, renfrogné, au nez mince et long, aux yeux gris qu'elle plissait sans cesse comme pour mieux voir. Elle boutonna son manteau du même geste précis dont elle avait déboutonné sa blouse, et sortit. La rue. Encore une chose qu'elle détestait, cette rue étroite. bariolée, toujours encombrée, les passants, les voitures des quatre-saisons, les prostituées, les néons, les boutiques, les cafés, et dans ce tumulte, ces lumières, cette foule, elle, marchant toute seule, et qui se sentait montrée du doigt... Elle marchait d'un petit pas sec, étriqué, se tenant très roide. Dans les vitrines, elle se voyait passer, son cou mince, sa petite tête blême, surmontant son manteau trop large. Elle avait eu tort de choisir ce modèle. « Vous gagnez à être avantagée », lui avait dit le vendeur de la rue de la Gaîté, avec un ignoble sourire. Et elle s'était laissé prendre, comme ces stupides femmes du Prisunic par sa collègue Alice, qui les imitait le soir avec tant de verve. « Ce chapeau va à votre type, madame. Un peu espagnol, n'est-ce pas ?... » Elle s'était laissé prendre. Elle se le répéta deux ou trois fois, appuyant sur la blessure pour mieux la faire saigner. Au fond d'elle-même, elle avait dû espérer que Stéphane la trouverait, comme disait le vendeur, « à son avantage ». Et elle en avait été bien punie. Il n'avait même pas remarqué qu'elle avait un manteau neuf. Bien entendu, il ne faisait jamais attention à ces choses-là. L'eût-il sans cela fréquentée ? Cela prouvait bien, en tout cas, qu'il ne remarquait plus sa laideur... Elle marcha plus vite, tourna le coin du boulevard, remonta en se hâtant vers la Brasserie, vers l'apaisement dont le besoin se faisait sentir, de plus en plus pressant.

La Brasserie était calme encore. Il n'était guère plus de 6 heures. Une famille entourée de valises défoncées était affalée sur la banquette du fond, sous les tableaux (de tristes nudités mauves) achetés à bas prix par le gérant. Çà et là, accoudées aux tables de bois, derrière des fleurs artificielles (la *Brasserie Dorée* ne s'était pas modernisée depuis un demi-siècle), les dames opulentes prenaient le thé, ou du chocolat. Souvent il s'y trouvait des commerçantes du quartier (la crémière !) venues contempler Stéphane ; depuis huit ans, il s'était acquis une petite célébrité rue d'Odessa. Martine ne s'en offensait pas : cela lui ressemblait si peu ! Stéphane idole de sa crémière, elle derrière son comptoir du Prisunic, c'était une ironie de la vie qui les avait, se disait-elle, réunis. Elle s'assit bien en face de l'estrade ; elle qui n'allait jamais dans les cafés, qui avait toujours l'impression d'y être dévisagée, remarquée, ne se trouvait pas mal à la *Brasserie Dorée*. La présence de Stéphane, son beau profil qu'elle apercevait derrière le piano, l'enveloppait, aimait-elle à se dire, d'une protection occulte. Et elle aimait particulièrement arriver trop tôt, le contempler sans qu'il s'en aperçût. Quand ils étaient ensemble, elle n'osait pas le regarder autant qu'elle l'aurait voulu. Ses cheveux encore noirs et épais, la ride ironique de sa bouche, ses lèvres pleines, le menton qu'elle trouvait fier, l'œil grand et clair, les longs cils, tout ce qui demeurait intact dans cet ancien beau garçon de quarante-six ans, la fascinait et l'effrayait à la fois. Et il lui faisait penser à son âge, aux rides profondes, aux secrets chagrins, et même à cette fatigue qui lui faisait, le souffle court, s'appuyer tout à coup sur elle, pour être rassurée.

Sur l'estrade, couverte d'un tapis rouge très usé, le trio achevait un morceau. La clientèle du soir commençait à arriver : femmes plus jeunes et fort maquillées, couples qui se retrouvaient, et toujours des voyageurs, la valise à leurs pieds et un sandwich devant eux. Dans une heure, la Brasserie serait pleine, on servirait des dîners, et le trio Morani aurait cédé la place à l'orchestre « typique » et aux « attractions » qui faisaient doubler le prix des consommations. Le gérant errait, gros homme pâle et triste, de nationalité indécise, mais dont les yeux vagues et comme noyés dans une eau jaune avaient paru exotiques, au temps de sa jeunesse et des splendeurs de la *Brasserie Dorée*. Il y eut un bref silence et de maigres applaudissements.

— Ah ! si nous passions en soirée ! murmura Bruno rituellement en posant son violon sur le piano.

— Jouons la sélection du *Cheval Blanc*, murmura Stéphane en faisant craquer ses phalanges. Tiens, Martine est là.

De loin, il lui dédia un sourire teinté d'une ironie consciente.

— On joue quoi ? demanda Marcel en se rapprochant.

— *Cheval Blanc.*

— Ah ! bon.

Il jouait indifféremment du violoncelle et de la guitare, comme Bruno jouait du violon, chantonnait, agitait ses calebasses, avec la résignation du musicien de brasserie toujours prêt à changer d'emploi. Marcel, lui, ne se résignait pas. C'était la dernière année qu'il jouait dans cette boîte démodée et qui payait mal. Il ne l'aurait même pas fait si sa femme n'avait été enceinte. Il valait mieux que ça. Musicien de brasserie ! C'était bon pour les autres : à leur âge, ils ne feraient jamais rien de mieux.

— On y va ?

Ils y allèrent, mollement. Personne ne les écoutait, d'ailleurs. Il y avait toujours eu un orchestre, l'après-midi, que personne n'écoutait, sauf les vieilles dames pâmées du premier rang.

— Une bière, mademoiselle ? demandait Toni, la serveuse, avec un sourire entendu.

Elle aussi finissait son service à 7 heures. Elle aimait montrer à Martine qu'elle la reconnaissait, savait qui elle était, ce qu'elle venait faire.

— Une bière, oui, dit Martine d'un ton glacial.

Etre confondue avec ces grosses dames ruisselantes de sentimentalité ! Avec la crémière ! « Je viendrai en début d'après-midi, je vous aurai pour moi toute seule », minaudait-elle quand Stéphane allait chercher son lait. Et il avait le courage d'en rire !

— Une bière, une, chantonnait la serveuse.

Elle n'avait pas beaucoup de tenue, mais elle était là depuis longtemps. Elle avait beaucoup de poitrine et couchait avec le gérant. Et elle admirait Stéphane, elle aussi. Pour agacer Martine, elle s'arrêta près de l'estrade.

— Voulez-vous un café, monsieur Stéphane ?

Sans s'arrêter de jouer, il lui sourit. Du haut de l'estrade il plongeait dans son décolleté.

— Je vais avoir fini, merci...

Elle s'éloigna en ondulant. « Un si bel homme, avec cette petite guenon... » Le gérant n'était pas beau non plus, mais elle n'y pensait pas.

Enfin ! songea Martine. Le trio Morani salua. Deux ou trois dames, aux pieds de Stéphane, applaudirent avec ferveur, et il sourit encore. « Toujours des sourires ! A Toni, à ces vieilles peaux... » Une aigreur montait en elle, promptement dissipée à mesure qu'il approchait entre les tables, saluant à gauche et à droite, grand, mince, et qui ne racontait qu'à elle ses pensées secrètes... Il s'assit en face d'elle et elle vit tout de suite qu'il était fatigué. Il respirait avec peine, paraissait oppressé, et un moment, sa longue et belle main posée sur la main de Martine, il se tut, les yeux à demi fermés. Combien sans défense ! pensa-t-elle avec un déchirement de joie. Combien épuisé, désarmé ! Combien à elle ! Mais il rouvrit les yeux trop vite et se mit à rire.

— Eh bien, comment m'avez-vous trouvé aujourd'hui ? Bien dans le ton, dans la note ? Ce bon vieux *Cheval Blanc !* C'est un arrangement de moi, vous savez. Arrangement pour orchestres économiques. Suis-je assez pitre, assez tzigane, hein ? Et ça leur plaît ! Vous les avez vues ? Surtout les trois petites potelées, devant. Des employées des postes, sûrement. Des quadragénaires d'annonces matrimoniales « en rapport ». Elles se pâment, elles roucoulent, c'est fou ce que je plais aux quadragénaires ! Un jour, elles monteront sur la scène pour me violer, je vous le jure...

Sous son apparente ironie, on le devinait d'une vraie gaieté, secrètement flatté peut-être. Son sourire était vraiment charmant. Mais il se reprit aussitôt sous le regard de Martine.

— Je vois, dit-il avec une subite gravité qui transforma instantanément son visage (son front haut, son profil d'aigle le prédisposaient aux expressions nobles ; il eût fait un beau confident de tragédie : son physique pensait pour lui). Vous ne me comprenez pas, mon amie. Me croyez-vous vraiment content de mon sort, grisé par ce succès de bas étage ? (Vous savez qu'ils m'ont augmenté, cette année ?) Ma pauvre Martine ! Si vous pouviez imaginer ce que cela représente, pour un musicien...

Deux plis d'amertume se creusèrent instantanément, de chaque côté de sa belle bouche sensuelle. Dans ce visage encore beau, cette obéissance immédiate des traits à ce qu'exprimaient ses paroles, cette mimique légèrement trop poussée, gênaient un peu. On eût dit l'un de ces acteurs de cinéma muet qui, habitué à devoir se faire entendre sans paroles, se trouve presque gêné lorsqu'il dispose de deux moyens d'expression à la fois. Stéphane fredonna deux ou trois mesures ; quelques dames se retournèrent, le reconnurent, et minaudèrent.

— Tenez ! reprit-il (le sourire amer persistait, à peine trop appuyé). Vous voyez ? Une ou deux notes, et leur fond de teint se craquelle ! Faut-il qu'elles s'embêtent ! Un jour, je leur jouerai un bon tour : j'entamerai du Bach ou du Mozart au beau milieu de leur digestion. Tableau ! Toutes nos bonnes femmes fuiront en moins de deux !

Il parlait avec exubérance, d'une belle voix cuivrée, s'amusant de sa propre faconde. Un moment d'oppression l'interrompit, et dissipa le léger agacement qu'éprouvait toujours Martine à le voir gai.

— Pauvre Stéphane, dit-elle, avec tout ce qu'il y avait en elle de douceur. Fatigué ?

— Epuisé, avoua-t-il, sans mimique cette fois. Les deux premières heures, ça va, mais à la fin de l'après-midi...

— Vous devriez vous arrêter quelques jours, vous reposer.

— Si je m'arrête, je ne reprendrai plus...

Le sentiment de sa fatigue, de son épuisement physique, était le seul dont Stéphane n'arrivât pas à tirer le moindre effet. Un moment, son visage se creusa involontairement, fut sans le savoir pitoyable. Puis il haussa les épaules, fit un sourire satanique à dessein, et son masque redevint celui de l'acteur du muet.

— Mourir en jouant *Si tu m'aimais*... Vous vous rendez compte ? Cette solitude, cette...

— Mais vous n'êtes pas seul, Stéphane !

Sa propre pitié reflua en elle, la nourrissant de son flot généreux. Sans elle, comme il serait abandonné.

Elle posa sa petite main maigre, avide, sur celle du pianiste.

— Non, mon amie, non... Vous avez raison, je suis ingrat. Le Destin, la Providence, devrais-je dire, vous a mise sur ma route...

La Providence était peut-être un bien grand mot pour en couronner Mme Prêtre, la concierge de l'immeuble, qui avait indiqué à Martine que les Morani cherchaient à vendre leur chambre de bonne. Et même, devant cette maigre et disgracieuse créature, qui parlait avec une ridicule importance du « petit capital » laissé par son père et qu'elle entendait ainsi « placer », Stéphane n'avait pas tout de suite reconnu l'élue de la Providence. Il avait laissé Mme Prêtre, qui aimait se mêler de tout, et M. Ducas, le syndic, décider de toutes les formalités de la vente. Il se souvenait même fort bien (malgré ses efforts pour chasser ce souvenir) d'avoir dit à Louise : « Ce n'est pas une recrue pour ton music-hall, notre acheteuse ! — Pour ce que tu en ferais..., avait-elle répondu, la petite Sylvia, qui est amoureuse de toi, tu l'as laissée filer sans faire un geste... — Je déteste ce genre de plaisanterie, Louise. » Elle avait haussé les épaules. C'était lui qui avait eu tort, d'ailleurs, de se départir de la réserve dont il usait en général avec sa femme. La suite l'avait bien prouvé et la compréhension, l'intelligence dont avait fait preuve celle qu'il appelait (dans son journal intime) « ma petite Antigone ».

Elle faisait cependant un geste de modestie.

— Vous exagérez, Stéphane, vous avez vos amis.. Vos réunions du lundi...

— Simples réunions d'affaires, mon amie, que j'ai su transformer, il est vrai, en une sorte de petit cercle littéraire sans prétention... Mes copropriétaires sont, d'ailleurs, charmants... Mais de là à la profonde, à la totale compréhension que vous m'avez témoignée, il y a un monde, un monde...

Oh ! la paix merveilleuse après son horrible jour

née ! C'était toujours ainsi. Elle quittait l'enfer pour entrer dans un monde de miracle, auquel elle pouvait à peine croire. On avait besoin d'elle ! Elle protesta encore un peu, par plaisir.

— Vous avez... votre femme...

— Martine ! Vous qui savez ce qu'elle est... Et encore, vous ne pouvez imaginer... Votre nature si fine, si distinguée, répugne d'instinct à comprendre une telle brutalité, une telle grossièreté de tempérament... Mais tenez, un exemple entre mille, j'étais oppressé hier soir, je toussais un peu... « Tu tousses, me dit-elle, d'une voix placide, mais placide... Il pleuvra sûrement demain... » Hein ? Que dites-vous de cela ? C'en est presque beau, non ? Et ce matin...

Elle savait l'écouter. Il épanchait avec elle une soif presque féminine de confidences, qu'il n'avait jamais osé satisfaire par crainte secrète d'être jugé. La laideur de Martine, sa disgrâce, lui étaient un garant : elle avait trop à craindre elle-même son jugement pour devenir dangereuse.

L'orchestre typique, vivement applaudi, montait sur l'estrade, hongrois ou mexicain, on ne savait trop, chatoyant en tout cas, fort prodigue de dentelles aux manches, de coiffures hybrides, mi-sombrero mi-panama, et de grands sourires à dents blanches. L'un des musiciens enlevait rapidement le panneau « Trio Morani » et le reléguait dans la petite pièce du fond, qui servait de loge.

— Vous restez, monsieur Morani ? vint demander un autre garçon.

Le prix des consommations doublait avec le changement d'orchestre. Stéphane eut une seconde d'hésitation.

— Oui, apportez-moi aussi un demi. Vous le mettrez sur mon compte, dit-il malgré lui.

C'était une dépense inutile, mais il avait heureusement une petite réserve pour payer ses fantaisies. Il n'avait pas annoncé son augmentation à Louise.

— Stéphane, je ne veux pas... protestait Martine.

Il éleva la main pour l'arrêter.

— Martine, permettez-moi d'avoir un instant l'illusion d'être un homme libre... Un homme qui a le droit, sans se le voir reprocher durement, de prendre une consommation avant de rentrer... Un homme qui pourrait en rentrant trouver une calme solitude plutôt qu'un foyer désuni... Ces rencontres, mon amie, sont des oasis pour nous. Cette amitié très pure est notre refuge. N'y laissons pénétrer rien de mesquin...

Le garçon apporta le demi.

— Alors je le note, dit-il en sortant son carnet. Ça fera quatre cent trente sans le pourboire. Je note le pourboire aussi ?

— Non, non, intervint Martine qui tira de la monnaie de sa poche.

Stéphane la laissa faire.

— Ah ! sans vous... soupira-t-il revenant à ses plaintes.

Son visage exprimait à merveille, par un plissement des lèvres, l'émotion contenue ; cependant ses beaux yeux clairs, sans expression comme ceux des oiseaux, fixaient bien, au-delà de Martine, un point invisible dans l'espace.

*
**

La rue d'Odessa est, au dire de ses habitants, très « passante ». Nonchalante et gaie, vivement colorée par les innombrables boutiques qui s'y pressent épaule contre épaule, elle compte cependant un certain nombre de retraites sombres, oasis de calme et d'obscurité au milieu de l'éclat de la vie moderne qui étale autour d'eux ses plastiques éclatants, l'insolence de son Prisunic, de ses magasins de nouveautés, hérissés de cotonnades accrochées en plein vent, comme de joyeux pendus multicolores, de ses opulentes charcuteries qui n'opposent aux convoitises qu'une mince barrière de verre ; ces oasis, ce sont les cafés empreints encore du charme mystérieux des salles d'attente (la gare Montparnasse est proche) et des splendeurs vieillottes d'un temps glorieux et passé. Dans les cafés de la rue d'Odessa règnent encore le palmier chlorotique et le miroir biseauté ; sur les banquettes trônent des voyageurs de commerce (espèce entre toutes respectable) et d'aimables prostituées, un peu désuètes elles aussi, et qui, à leurs moments perdus, posent à la Grande Chaumière et parlent d'art, espérant encore découvrir sur le boulevard quelque génie méconnu qui les rendra immortelles. On parle beaucoup d'art dans ces sombres retraites. Même, à les fréquenter, nos voyageurs de commerce acquièrent plus de poli, les prostituées un sens plus fort de leur dignité. Il n'est point question, rue d'Odessa, de débraillé, d'ivrognerie — il y a l'Art, et il y a le Commerce. Les cafés à prostituées sont fréquentés par quelques commis voyageurs à prétentions — les cafés à commis voyageurs par quelques prostituées à vues pratiques. Quelquefois, l'Art et le Commerce se donnent la main, réunissant leurs économies. A leur tour, ils ouvriront un café, où s'abreuveront les élites de demain. Je me laisse entraîner. Néanmoins, entre la flèche jaune du Dupont et les légers abris du marché couvert sur lequel débouche la rue, entre l'éclatant Prisunic, temple du Commerce, et celui de l'Art, le profond, le secret music-hall, repaire de houris et de sultanes, se joua plus d'une fois cette fable morale.

Si le passant arrive au bout de cette attirante ruelle sans être happé par l'une ou l'autre tentation — depuis la plus simple, les oripeaux éclatants qui lui sont offerts en plein vent à des prix défiant toute concurrence, jusqu'à la plus haute, cette impasse provinciale peuplée de petits magasins dignes, de respectables et minuscules entreprises, où s'abrite un haut lieu de l'esprit, l'atelier de M. André Lhote —, s'il résiste, dis-je, aux néons qui se renvoient, ébloui et résonnant comme une bille de billard électrique, jusqu'à le propulser sur le boulevard Edgar-Quinet où il se retrouve portant une cravate à deux cents francs, violette et ornée d'une tour Eiffel (ceci surtout s'il est breton et arrive de la gare Montparnasse), s'il résiste aux palmiers chlorotiques, aux petits hôtels meublés où l'eau est toujours froide, les lits petits, les dessous troués, les genoux pointus et l'amour bref, s'il n'est pas happé par l'un de ces cafés sombres et frais comme l'eau d'un puits où des habitués (dont il est indispensable que l'un ait une jambe de bois) poursuivent une partie de cartes commencée le 3 février 1945, s'il évite le Prisunic (à gauche en montant), les *Folies-Montparnasse* (à droite) et enfin la gueule étincelante de faïence, la courette ornée de deux dauphins en cuivre et d'un jet d'eau, du Bain de Vapeur, si son pas ne s'est ni ralenti ni accéléré, si son œil reste vif et son cerveau froid, au bout de son trajet de la gare Montparnasse au marché couvert du boulevard, il pourra enfin apercevoir à gauche, terminant la rue, une maison de trois étages (entresol et chambres de bonnes non compris), qui fut autrefois, avant d'être vendue par appartements, un hôtel.

Le rez-de-chaussée garde des traces de peinture rouge foncé. A gauche, un trou sombre où luit seulement un comptoir nickelé. A droite, une porte cochère, qui dut être imposante avant qu'on eût rogné son flanc pour élargir la terrasse. Accolant l'un à l'autre le bar et la porte, une sorte de poutre, grossièrement fixée, rouge sombre elle aussi, porte ces mots : *L'Empire Céleste.* Ce qu'un écriteau, plaqué de travers la vitre du café, corrige en lettres majuscules : CUISINE GREC. Cet écriteau, aussi surprenant par son orthographe que par sa signification, vous eût-il incité à pénétrer dans la salle petite, sombre, fraîche, que vous n'y eussiez pas découvert la moindre trace de ce Parthénon, de cet Ulysse, de cet Aurige de Delphes, que culturellement (et en dépit de la faute d'orthographe) vous y veniez chercher. Les murs qu'on eût pu croire marron, avant d'avoir compris qu'il s'agissait d'un rouge chinois, s'adornaient d'une frise de mandarins pansus. Un calendrier, véritable œuvre d'art, dont on pouvait chaque année remplacer la partie périssable en la dégageant d'une rainure, un calendrier perpétuel donc offrait à l'admiration une jeune fille d'un charme indiscutablement oriental, tenant en main un bouquet de nénuphars (certains habitués prétendaient qu'il s'agissait de lotus — mais y a-t-il en Chine des lotus ?) Qu'au bas de cette œuvre typique figurassent les mots (en caractères savamment ondulés) : *Coca-Cola,* n'ôtait rien de son charme à la souriante jeune fille. Des poissons, indubitablement chinois, officiaient dans un aquarium verdâtre au fond de la salle, et au-dessus d'eux était suspendue (concession à l'Occident ?) une toile portant quatre triangles d'argent sur fond bleu. Une toile abstraite, vous eût dit tout le voisinage qui la connaissait. Enfin, au-dessus du bar, dans une niche, un dieu doré, à l'attitude bizarre, et dont personne ne savait le nom, tordait ses membres en une danse plus hindoue que chinoise. Mais sait-on jamais ? En tout cas, ce dieu n'était pas grec.

La cuisine et le patron, qui portait le beau prénom de Socrate, étaient les seuls vestiges de cette noble civilisation. Encore que la cuisine, au contact prolongé de la France... Et que Socrate lui-même eût hérité cette salle (pieusement conservée telle quelle par souci artistique) d'un oncle turc. Turc ! s'écrieront avec indignation tous les Grecs. Grecs ! s'écrieront les Turcs avec horreur. Mais laissant à d'autres le soin de trancher cette douteuse question familiale, vous quittez *l'Empire Céleste,* croyez traverser en paix le boulevard Edgar-Quinet, et êtes aspiré comme la boule du billard électrique qui recommence son trajet, par la rue de la Gaîté où d'autres empires vous attendent. Tant pis. Vous ne ferez jamais la connaissance de Socrate, et cette histoire ne commencera pas.

Socrate était seul, avec Dimitrios et Constantin. Les mandarins souriaient.

— Encore un apéritif ? proposa-t-il.

Dimitrios et Constantin se récrièrent.

— Allons, rien qu'un petit verre... Un Picon, tenez, vous aimez ça... Je peux tout de même me permettre d'offrir un Picon à mes meilleurs amis...

Dimitrios tendit son verre sans hésiter davantage. Constantin feignait la gêne. C'était un psychologue. Il voulait être invité à dîner.

— Ça marche, demanda-t-il, les affaires ?

Socrate s'anima immédiatement, presque fébrilement.

— Oh ! bien sûr, ça marche ! Ce n'est pas pour me vanter, mais c'est moi qui fais le plus d'argent de toute la rue... De toute la rue !

— Vraiment ? demanda Constantin, dosant habilement la crédulité et le soupçon.

Trois jours auparavant, Socrate avait refusé de lui prêter cinq mille francs, sous le noble prétexte qu'il n'avait pas de « liquide ». Constantin était décidé à prendre sa revanche — une revanche mesurée.

— Un petit café-tabac comme cela ? murmura-t-il.

Socrate s'indigna. Ses cheveux noirs frisés, sa grosse moustache, sa peau mate, ses gros yeux, lui donnaient aisément l'air d'un bandit d'opéra-comique. Constantin avait conscience d'être beaucoup plus digne ; sa chevelure blanche lissée en arrière, son regard asymétrique, le prédisposaient plutôt au rôle d'Iago, et il avait un sourire très doux.

— Un petit café ? Un petit café ? Et le restaurant ? Qu'est-ce que tu en fais ? Je connais un Suisse, oui, Constantin, un Suisse, qui vient chaque été spécialement pour manger ma cuisine !

— Cinq tables ne font pas une fortune, dit Constantin.

L'ennui, c'est qu'il n'arrivait pas à savoir si Socrate se vantait et était aussi pauvre que lui — auquel cas il l'eût écrasé de son mépris et se fût cherché un autre protecteur — ou s'il était simplement avare. L'avarice est une chose respectable.

— Cinq tables, parfaitement ! Ce sont des petits restaurants comme ça qui font les meilleures affaires. Je pourrais prendre un café ou un restaurant de cent couverts, plus, un palais, le Dupont, tenez, je n'en voudrais pas.

— Tiens, dit Constantin.

Dimitrios lui-même, devant son verre vide, paraissait surpris. Il était plus jeune que les deux autres, à peine trente ans. Parfaitement stupide et ressemblant à l'Aurige de Delphes, il faisait visiter Paris aux jeunes Anglaises, l'été. Le reste du temps, il ne faisait rien.

— Les impôts ! Les impôts, mes enfants ! Avec mon petit bar, je ne déclare rien, trois fois rien. Et ça rapporte ! D'ailleurs, je n'ai pas voulu jusqu'ici, parce que je ne sais pas conduire, mais cette année je vais m'acheter une de ces voitures ! Du cuir, du chrome... Par exemple, il faudra que je prenne des leçons, et ça m'embête...

Son exubérance sonnait un peu faux. Lui-même, obscurément, s'en rendait compte. Il ne pourrait pas y échapper, il faudrait les inviter à dîner. Entamer le billet de dix mille francs qui se trouvait dans le tiroir-caisse. Si un client pouvait entrer ! Quelqu'un de la maison, avec qui il pourrait entamer une conversation ! Le Dr Fisher, qui boit tant ! Mme Prêtre qui est toujours disposée à bavarder ! Même un client ordinaire ! Mais comme par un fait exprès, il ne vient personne.

— Ce n'est pas très animé, en tout cas, ce soir, murmure Constantin.

Et le naïf Dimitrios :

— Tu m'y emmèneras, Socrate, dans la voiture ?

Socrate voit Constantin sourire. Non, il n'est pas dupe. S'il se levait pour partir, s'il allait voir n'importe quel autre Grec des environs, on saurait... Avec une ardeur désespérée, Socrate se lance.

— Je t'emmènerai, j'emmènerai Costi aussi (il use du diminutif le plus doux pour amadouer Constantin)

Tu vois, en somme, le bar... ce n'est pas ce qui rapporte le plus, n'est-ce pas ?...

Constantin lève les yeux. Il doute à nouveau.

— Non, poursuit Socrate qui sent qu'il reprend l'avantage. Il y a des affaires, n'est-ce pas ?...

Il ne sait trop quoi inventer, mais Constantin interprète favorablement son trouble.

— Dont il vaut mieux ne pas parler ?

— Dont il vaut mieux ne pas parler, reprend Socrate encouragé. Ce sont des contrebandes, tu comprends ? Montres de Suisse, fromages de Hollande, de tout, de tout... Oh ! je fais des profits ! Ces gens-là traitent chez moi, tu comprends. Ils consomment, me laissent un bénéfice sur ci, sur ça... Et (maintenant le mensonge coule de source, bienfaisant, facile, grisant), et ils m'apportent toujours un petit cadeau, du caviar (ils l'ont pour presque rien), de la vodka, du raisiné, des cigarettes américaines... Tiens, je voudrais manger du caviar tous les jours, à mon petit déjeuner, je pourrais. Mais, pouah ! j'en suis dégoûté...

Une bonne chaleur le remplit soudain, comme s'il avait bu. Il n'a même pas besoin de se retourner, il se sent cru. Dimitrios admire sans réserve, et même le soupçonneux Constantin se sent gagné : il a ce faible des Orientaux, infiniment méfiants devant une affaire claire, mais que la moindre transaction louche, impossible, pourvu qu'elle s'accompagne de tripotages, de marchandages et de secret, émerveille et convainc comme des enfants le conte d'Ali-Baba. Ils restent songeurs un moment.

— Donne-le-moi, ce Picon... murmure Constantin, vaincu.

Et Socrate débouche la bouteille.

La Grèce ! La Grèce qui l'avait vu triomphant, trôner dans le restaurant de son père où d'autres faisaient la cuisine, sa mère assise à la caisse, les ongles noirs et couverte de bijoux, et lui, offrant des verres, offrant des repas, régnant depuis l'enfance sur un royaume de couverts étincelants, de cristaux, de nappes blanches, sur les plongeurs maigres qu'on revoyait, aux heures de repos, vendant des éponges aux touristes, sur les deux cuisiniers pointilleux qui lui faisaient goûter les plats (l'aîné avait une dent en or), sur le sous-sol aux longues tables de marbre sur lesquelles l'agneau écorché avait encore sa petite tête et sa queue noire, le canard ses plumes chatoyantes, sur la salle où les fruits se dressaient en pyramides symétriques dans les corbeilles en osier tressé, et enfin sur le premier, sur l'appartement tout à coup silencieux du roi et de la reine, l'appartement somptueux aux rideaux crochetés, au lustre de bronze, à l'énorme T.S.F. trônant sur une soie lie-de-vin. Et des statues ! Un Laocoon de marbre vert ! Un Parthénon qui avait l'air en sucre ! Et des tableaux ! Il venait des peintres au restaurant qui n'étaient que trop heureux de faire quelques repas gratuits. Et les grands-pères et grand-mères en d'énormes photographies aux cadres ornés de feuillage de plâtre ! Et des napperons, encore et toujours des napperons partout, jusque sur les gigantesques, les magnifiques fauteuils en peluche ! Tout cela était à sa disposition, à lui, immuablement depuis ses cinq ans jusqu'à la terrible trentaine qui avait marqué la fin de son règne. Tout avait disparu, le sous-sol aux viandes effrayantes, et le cuisinier à la dent d'or ; la salle étincelante et les visages respectueux des clients derrière les fruits bien ordonnés ; la mère, digne à la caisse, s'entourant d'un rempart de chiffres marmonnés ; et jusqu'au Laocoon, jusqu'à... (les larmes lui en venaient encore aux yeux) son napperon favori, lie-de-vin avec des franges, sous la radio... Sa mère, s'arrachant les cheveux avec une maîtrise rare, avait glapi que c'était sa faute. Tous ces amis à dîner tous les jours, ces verres offerts, ces cadeaux (neuf paires de chaussures le mois dernier, et à des inconnus !) et lui se sentait innocent comme un enfant. Ce n'était qu'en France, venu recueillir l'héritage de l'oncle turc (méprisé depuis toujours) qu'il s'était senti déchu. Personne ne le regardait plus avec admiration. Personne ne quémandait plus ses largesses. Personne ne dépendait de lui. Existait-il encore ? Il avait tellement l'habitude du bruit qu'il faisait que ce silence autour de lui lui donnait l'impression d'être mort. Socrate, dont le nom n'était plus loué par des bouches complaisantes, Socrate qui ne faisait plus peur, plus envie, allait-il être forcé d'exister à lui tout seul ?

Mais il avait rencontré Constantin. Constantin qui avait accepté un verre, avait accepté une paire de souliers (dont Socrate avait fait le sacrifice à grand-peine), avait accepté un dîner. Il était venu, revenu... Avec Dimitrios, mais Dimitrios n'était guère que son témoin, le peuple, le chœur... Et d'une façon précaire, fugitive (combien onéreuse aussi), Socrate était redevenu le roi. Il respirait à nouveau, il existait à nouveau. Il en oubliait sa vieille mère qui, à Athènes, vendait ses bijoux et faisait de petits ouvrages en perles en attendant que son fils revînt riche. L'héritage de l'oncle, cet argent un peu turc, coulait entre les doigts de Socrate et s'élevait en châteaux de sable, vite écroulés. *L'Empire Céleste*, dernier vestige de l'oncle (qui avait de sa main calligraphié l'écriteau CUISINE GREC), subsistait encore. Pour combien de temps ?

Socrate versait à boire. Il ne voyait pas au-delà du moment présent, de la bonne ivresse revenue, de la royauté reconquise, du triomphe d'un instant. Cependant, il préférait ménager ses munitions. Serait-il contraint, ce soir, d'offrir le dîner ? Un homme entrait et s'accoudait au bar. Il était sauvé.

— Qu'est-ce que je vous sers, monsieur Morani ?

— Une Suze, mon bon Socrate.

Constantin et Dimitrios étaient passablement déconfits. Battus sur le terrain de l'insinuation, ils ne pouvaient même plus compter sur leur persévérance. Socrate était capable de rester à bavarder avec son client pendant des heures, n'ayant pas le moins du monde l'air de songer à l'heure du dîner.

— Cela a bien marché, cet après-midi, monsieur ?

— Comme tous les après-midi de ma vie, mon ami. Il y avait beaucoup de monde, pourtant. Je m'épuise, je m'épuise...

— Un homme comme vous, monsieur ? Second Prix du Conservatoire !

— Hé oui, Socrate. Ce second Prix ne m'empêchera pas de finir à l'hôpital, pendant que vous prendrez votre retraite parmi les palmiers et les millionnaires, sur la Côte d'Azur. Tiens, le docteur...

Et le Dr Fisher entrait aussi, non par la porte vitrée, qui donnait sur la rue, mais par une petite porte de côté qui ouvrait directement sur la cage d'escalier. Il serra la main de Stéphane, en silence.

— Un rhum, dit-il brièvement.

Socrate le lui versa, souriant aux palmiers et aux millionnaires fantômes. Lentement, Constantin et Dimitrios se levèrent.

— A bientôt ! dit Socrate gaiement.

Que lui importait le lendemain ? Il but aussi une bonne rasade de rhum.

— Non, non, messieurs, protesta-t-il quand les deux hommes portèrent la main à la poche. C'est la maison qui vous l'offre !

— Je sais bien que vous pouvez vous le permettre, dit Stéphane en riant, mais enfin...

— Pour l'amour de l'art ! monsieur Morani, dit Socrate comme il le faisait toujours.

Il se disposait à une bonne conversation. La politesse de M. Morani ne se payait pas cher, heureusement. Il n'y avait qu'à lui rendre la pareille. Ah ! si tout le monde était comme lui !

*
**

« Elle n'est pas belle ! Elle n'est pas belle ! »

Le nez à la vitre, Martine se détournait de son comptoir, des clients, de l'animation bariolée qui l'entourait, pour épier la rue. Le comptoir était perpendiculaire à une petite vitrine, et c'est à travers des cotonnades rayées et des filets de pêcheur artistiquement disposés que Martine pouvait apercevoir le trottoir, les voitures des quatre-saisons, les passants qui ne se hâtaient pas dans ce printemps déjà tiède.

— Mademoiselle ! Mais cela fait trois fois que je vous demande du jambon !

— Voyez ma collègue, répondit Martine hargneusement, sans se retourner.

Et son attente était récompensée. Lou venait de s'avancer, de son pas balancé, portant un cabas plein, à l'aise dans la rue comme elle l'eût été dans sa chambre. D'une main, elle relevait une mèche de cheveux tombant de son chignon noir, replantait avec force une épingle à cheveux fugitive.. Avidement, avidement, Martine buvait des yeux son moindre mouvement. Elle circulait entre les éventaires, saisissait un fruit, le reposait, choisissait... Choisir ! Il était sûr, à la voir, qu'on ne lui donnerait pas le fruit trop vert, la salade déjà flétrie. Il était sûr que si elle protestait, on lui échangerait sa marchandise, que si elle comptait sa monnaie, il n'y manquerait pas cinquante francs...

« Elle n'est pas belle ! Elle n'est pas belle ! »

Avidement, les yeux de Martine analysaient, déchiraient le corps alourdi, la démarche traînante (elle a l'air d'être en pantoufles !) le chignon qui croulait toujours... Elle tournait le dos, discutant sans gestes superflus avec une marchande de fleurs. Elle posait une gerbe d'iris sur son cabas...

« Elle est vulgaire. Elle porte un peigne de fausse nacre. Elle a une voix de mégère. Elle est lourde. Elle a quarante-cinq ans. Elle est bête, mal habillée... »

Mais elle se retourna, et son visage éclata au soleil, comme réduit à ses traits essentiels, simplifié par des ombres dures : la barre des yeux trop noirs, impitoyables à eux-mêmes, l'ovale fin, le nez un peu long, animal et rusé, la bouche dure et douloureuse... Son visage vivant...

Martine se retourna brutalement comme si on l'avait giflée.

— Le voilà, votre jambon ! dit-elle avec fureur à la dame qui attendait toujours, désespérée, le bon vouloir de Claudine.

Matée, la dame tira son porte-monnaie, paya, et disparut sans demander son reste. Mais Martine ne se retourna plus.

Il en était ainsi chaque jour, ou presque. Depuis qu'elle avait découvert que Louise Morani faisait son marché aux éventaires de la rue, ces éventaires qui étaient juste devant la vitrine, elle ne pouvait se défendre d'être fascinée par la rue. Elle aurait pu cependant contempler Mme Morani autant qu'elle l'eût voulu à *l'Empire Céleste* : il lui arrivait fréquemment d'y boire quelque chose. Elle aurait pu aller la trouver sous l'un ou l'autre prétexte. Mais non. Ce qui la fascinait, c'était de voir sans être vue, de guetter : comme si elle avait pu surprendre un secret. Elle avait beau se dire que c'était ridicule (et même la surveillante lui avait déjà fait une observation), elle continuait. Il lui semblait presque, à force de tension, qu'elle allait sentir physiquement le moment où Louise allait passer. Il lui arrivait de tomber juste. Et les jours où elle ne l'avait pas aperçue, elle était presque déçue.

Dieu merci, ce n'était pas de la jalousie, se disait-elle. Qui pourrait mettre en danger d'ailleurs cette amitié exaltée qu'elle avait nouée avec Stéphane, et qui l'avait sauvée d'un morne désespoir ? Enfin elle avait trouvé une sorte de justification de son existence. Non qu'elle partageât les croyances de son ami : mais elle était heureuse de le sentir autant qu'elle-même détaché des choses de la terre et trouvant à cet état une justification. Tout en servant d'un geste machinal des clientes momentanément exorcisées dont elle n'entendait pas la voix, elle se mettait peu à peu, en attendant l'heure de le rejoindre, à l'unisson de Stéphane. Oui, il l'aimait purement. Oui, le reste n'existait pas, et ils n'étaient pas tenus à l'écart du monde, mais élevés au-dessus. Non, rien ne pourrait entamer cette conviction, pas même un visage à l'éclat insultant...

***

Le soleil ne pénétrait pas dans l'étroite petite pièce, meublée seulement d'un grand miroir fêlé, d'une chaise, et d'une planchette où s'alignaient des pots de maquillage. C'était là ce que le gérant de la *Brasserie Dorée* appelait pompeusement « la loge des artistes ». Bruno y retirait le fond de teint grâce auquel il aspirait à s'élever jusqu'à un type exotique, et Stéphane y déposait sa veste blanche (marquée des initiales S.M.) dans un placard fermé à clé.

— Alors ? dit Bruno. Elle vient, votre petite amie ?

Il passait un coton imbibé de lait d'amandes sur son petit visage poupin qui, en dépit de ses efforts, paraissait guilleret, presque égrillard, et cadrait mal avec les chansons sentimentales dont, entre deux coups d'archet, il fredonnait le refrain.

— Je la verrai chez elle... bâilla Stéphane, en se laissant tomber sur la chaise. Ce n'est pas ma petite amie, d'ailleurs.

— Oh ! je me doute bien que vous pouvez en trouver de mieux roulées.

— Bruno ! gronda Stéphane.

Mais il le dit sans dureté. Il se savait admiré et aimé du petit musicien, et cela le désarmait toujours. Et puis, il y avait si longtemps qu'ils travaillaient ensemble...

— Mme Bart était là.

— Avec sa petite famille, malheureusement. Tu as vu le petit qui voulait grimper sur l'estrade ?

Ils avaient fini par connaître presque toute la clientèle d'habitués, des gens du quartier qui venaient là, le soir, pour se détendre à moindres frais qu'au music-hall, des commerçants, des employés de la gare parfois...

— Il y a peu de monde ce soir...

— L'attraction n'est pas bien fameuse, dit Bruno avec satisfaction.

Il avait beau avoir trente-huit ans, un petit ventre replet, un visage rond, bonasse, comique avec son nez retroussé, il n'en aspirait pas moins encore à devenir une sorte de Luis Mariano adulé des foules. Le violon, non plus que les calebasses qu'il secouait à l'occasion d'un rythme sud-américain, n'était pas son affaire. Il avait toujours rêvé d'être chanteur. Aussi nourrissait-il une véritable haine contre les « attractions » du soir, les « espoirs de la chanson » ramassés n'importe où et à bas prix par le gérant, mais qui chantaient des chansons entières sous un projecteur bleu ou rose, alors que lui devait se contenter de roucouler des refrains, et à la lumière du jour.

— Elle n'est pas laide, dit Stéphane avec indulgence.

— Un modèle ! Un simple modèle ! Et ça s'imagine faire une carrière ! Ah ! Elle est bien bas, la *Brasserie Dorée.*

— Oui, nous et Gloria Grétry, ce n'est pas reluisant... Grétry ! Elle est spirituelle, du moins...

Bruno était blessé par la comparaison.

— Il ne faut pas dire cela, monsieur Stéphane ! Vous n'allez tout de même pas nous comparer, nous et cette... Nous sommes des musiciens ! Ça compte, tout de même !

Il s'indignait, le tampon d'ouate encore à la main, le visage aux trois quarts démaquillé où persistaient des traces brunes, et si convaincu ! Stéphane eut un beau soupir désabusé.

— Des musiciens ! Mon pauvre Bruno ! Nous l'avons été, peut-être, autrefois... Mais maintenant ? De vieux chevaux de retour, des fonctionnaires ; et encore, de petits fonctionnaires. Des musiciens d'après-midi, autant dire de tasse de thé, moins que la radio... Des musiciens de salle d'attente, on nous écoute entre deux trains... Bien sûr (le ton devenait véhément, la ride sarcastique), nous avons des admiratrices : ma crémière, ma concierge, et cette brave Mlle Lethuit, et Socrate, qui m'appelle monsieur le Professeur gros comme le bras... Nous sommes connus dans le quartier ! Qu'est-ce qu'on peut rêver de mieux, n'est-ce pas ? Etre connu dans son quartier ! Je parie qu'on nous ferait crédit, tiens. Jusqu'à un certain point, naturellement. Nous ne sommes tout de même que des saltimbanques ! Nous avons beau vendre notre marchandise depuis huit ans à la même place...

Il marchait maintenant dans la pièce étroite, sous l'ampoule pâle, à grandes enjambées, respirant largement, jouissant du silence de Bruno qui l'écoutait comme il eût écouté Tino Rossi, avec recueillement. Dans quelques instants, il allait sortir, respirer avec délices l'air du printemps, remonter le boulevard, salué çà et là par de braves commerçants qui fermaient leurs boutiques et le connaissaient de vue. Il boirait un verre avec Socrate, qu'il ne paierait pas, et Socrate le dévisagerait avec une grande compassion. Il dirait quelques mots à Mme Prêtre, la concierge, lancerait un regard à cette petite Sylvia (idiote, mais ravissante) qui, au dire de Louise, était amoureuse de lui. Il croiserait peut-être l'un ou l'autre voisin, qui faisait partie du petit cercle du lundi (« Nous autres, de *l'Empire Céleste* », disait-il en goûtant ce jeu de mots),

M. Ducas, si cultivé, Paul Coban, un peintre abstrait du plus bel avenir, le Dr Fisher, sur la porte duquel s'étalait une plaque de cuivre avec ces initiales : U.P.R. (Union Politique des Réfugiés)... Tous gens respectables, tous l'écoutant, le considérant, malgré ses malheurs, comme un être exceptionnel... Et quand il serait arrivé (lentement et en soufflant) au second, si Louise était sortie, il continuerait jusqu'au quatrième et irait boire aux yeux de Martine cette inépuisable complaisance dont il n'était jamais lassé.

La concierge est un des rares personnages sacrés qui subsistent à notre époque. Il n'est que de questionner ses subordonnés, ses inférieurs, ses prisonniers — quand ce ne sont pas ses enfants, car elle les considère parfois comme tels : les habitants de « son » immeuble. L'horreur — ou la passion — avec laquelle ils stigmatisent ses vices ou glorifient ses vertus ne s'explique que par cette totémisation. Dieu lare ou Furie du Foyer, tapie dans son antre inévitable, y concentrant ses foudres dont on ne sait jamais trop si elles sont destinées à l'ennemi du dehors ou au prisonnier du dedans, ogresse de légende, Deus ex machina de tragi-comédie, que sais-je, chœur antique ! la concierge, dans une société respectueuse des mythes, devrait porter, péplum ou chlamyde, un uniforme. A son défaut, Mme Prêtre (au nom prédestiné) entassait sur un vaste corps rhumatisant une extrême abondance de flanelles, de tricots, et pour la partie supérieure, de châles, qui pouvaient impressionner par la masse, sinon par l'élégance. Son physique était à la hauteur de son nom : une dentelle couvrant le haut de sa gorge ravinée, un ruban noir, orné d'un camée, retenant les fanons du cou, le nez bourbonien, la lèvre gourmande, discrètement carminée, l'œil rusé d'un vieux Talleyrand. Il y avait chez elle du diplomate et de l'entremetteuse, deux fonctions, on le sait, socialement utiles et moralement discutables. Mme Prêtre, qui tenait dans sa main ferme (et ornée d'une fausse émeraude) les rênes de *l'Empire Céleste*, répondait parfaitement à cette double qualification.

A 7 heures, ce même soir, Mme Prêtre, assise dans un fauteuil d'osier, se tenait sur le seuil de *sa* porte, jouissant de la tiédeur du soir, et de sa position stratégique. En effet, si, à sa gauche, elle avait la vue ample et découverte du boulevard Edgar-Quinet, comprenant le marché couvert, la bouche du métro, le terre-plein où s'exhibaient souvent des équilibristes et des mangeurs de feu sans engagement, à sa droite, la rue d'Odessa apportait jusqu'à ses pieds, lui semblait-il, sa rumeur colorée. Voilà pour le point de vue esthétique ; psychologiquement, le fauteuil d'osier, remplissant exactement le petit espace situé entre la minuscule terrasse du café et la porte cochère, ne permettait à aucun habitant d'entrer ou de sortir sans avoir été, en quelque sorte, pointé par Mme Prêtre. Socrate avait offert plus d'une fois à la vénérable dame de s'asseoir franchement à la terrasse. Elle y serait mieux, et même lui serait utile, en remplissant en quelque sorte un rôle de figurante, qui montrerait l'exemple à des clients éventuels. Mais Mme Prêtre avait jugé cette position intermédiaire plus conforme à sa dignité. Et elle s'y plaisait tant qu'au moindre rayon de soleil, le fauteuil d'osier, porté par une jeune, mince et ravissante créature, sortait de la loge, était déposé entre la porte et la terrasse, et, peu d'instants après, était rempli par Mme Prêtre. La créature svelte et jeune, qui n'était autre que la fille de Mme Prêtre (nommée Sylvia, pour être précis), s'en allait alors vers son destin, lequel se présentait sous une forme infiniment moins jeune et moins svelte, portait un nom célèbre, un crâne chauve, et était de sexe mâle.

Un beau jour de printemps comme celui-ci, Mme Prêtre n'avait quitté son fauteuil, de 10 heures du matin à 7 heures du soir, que deux fois. La première aux heures de midi, pour aller finir un ragoût de mouton de la veille, la seconde, vers 3 heures, pour aller surveiller le Dr Fisher qui téléphonait de la loge et qu'elle soupçonnait de tricher sur ses communications. (On voit que Mme Prêtre, comme beaucoup de ceux que leur fonction accoutume au sacré, ne respectait plus rien : un homme qui avait sur sa porte une plaque en cuivre U.P.R., tricher sur ses communications !) Elle avait donc pu vérifier en paix, toutes, absolument toutes les allées et venues des copropriétaires (car c'étaient des copropriétaires, gibier plus sauvage et plus fuyant que de simples locataires). A 8 h 40, Martine Fortin avait pris un café crème chez Socrate et était arrivée trop tôt au Prisunic. Elle avait stationné un moment devant l'entrée. A 10 heures, M. Ducas s'était rendu à son magasin d'antiquités, rue de Rennes, en la saluant fort poliment.

— Vous voilà déjà dehors, madame Prêtre, avait-il dit de sa voix flûtée.

— J'aime l'air frais, monsieur, M. Coban va bien ?

— Rentré tard, hélas, madame ! On n'arrive pas à discipliner ces jeunes gens... Ah ! les artistes...

Il avait son costume de cheviotte bleue. Un brave homme, qui s'habillait bien, avait des revenus, donnait de bons pourboires. Elle ne le critiquait pas, malgré ses mœurs. Elle ne critiquait personne d'ailleurs : elle s'amusait simplement, et avec une sorte de désintéressement, à les observer. Deux messieurs (à chemise élimée) étaient venus à 11 heures pour voir le Dr Fisher. Des étrangers, et pas des clients, Mme Prêtre l'avait vu tout de suite. La plaque en cuivre, qui faisait si bon effet dans l'escalier, était faite pour ces étrangers-là. Le Dr Fisher distribuait-il, au nom des initiales mystérieuses, des subsides ? En recevait-il ? Mme Prêtre n'eût pu le dire précisément. Cependant, elle savait bien que sa clientèle de petites bonnes n'avait pu suffire à lui payer sa voiture et son appartement à *l'Empire Céleste*. Elle eût bien voulu, elle aussi, connaître des initiales magiques qui lui eussent permis de choyer Sylvia. Il y avait eu, entre 11 heures et midi, un va-et-vient de clients au bar. Sans intérêt. Et Mme Morani était sortie pour faire son marché, un peu plus tôt que d'habitude. Sous prétexte qu'elle travaillait au music-hall (et une habilleuse, ce n'est tout de même pas une artiste !) elle se levait rarement avant 11 heures. Elle avait salué Mme Prêtre, et Mme Prêtre l'avait saluée. Personne n'aimait Mme Morani dans la maison, et Mme Prêtre pas plus que les autres. Mais elles s'estimaient assez, comme des combattants au repos, et leur salut trahissait cette estime. Retour de M. Ducas vers midi, de Mme Morani vers midi et quart ; M. Coban n'était pas sorti de la journée ; il devait avoir bu. Le jeune homme inconnu qui louait le troisième n'était pas sorti non plus : un étranger. Martine Fortin était rentrée vers 6 heures (donc venant tout droit du Prisunic), et Mme Morani ressortie. Elle devait dîner dehors. M. Morani était rentré à 7 heures et paraissait de bonne humeur.

— Mlle Fortin est là-haut, monsieur.

« Il y avait pourtant, s'était-elle dit, de jolies filles qui n'auraient pas demandé mieux... Enfin ! »

Et voilà. La journée s'achevait. Elle sentait l'air autour d'elle se rafraîchir, pénétrant, cru : ce n'était malgré tout que le printemps. Encore un jour de passé, où Mme Morani avait dû sourire à un passant, M. Morani et Mlle Fortin connaître quelques bons moments dans la chambre de bonne, M. Ducas se désespérer des frasques du jeune peintre (on ne pouvait pourtant pas lui demander de se contenter toujours d'un vieil antiquaire, pour ce qui est de la distraction), et le Dr Fisher boire à tomber... Encore un jour de passé où Socrate avait rempli la petite salle de ses hâbleries. Encore un jour où Mme Prêtre s'était vue confirmer dans son opinion que le monde « n'était pas grand-chose de propre » et s'en était trouvée satisfaite. Elle n'était d'ailleurs nullement malveillante malgré cette opinion : les joies de la connaissance lui suffisaient. Et quand elle avait, en quelques mots paisibles, stigmatisé devant son amie Mlle Marie ce monde « pas propre », elle était toute disposée à s'y trouver bien à sa place.

Il faisait déjà moins clair, et les néons de la rue prenaient de l'importance, semblaient grossir. Des jeunes gens arrivaient en groupe dans un petit restaurant, en face. Un couple entrait à *l'Empire Céleste* pour dîner, et la grosse voix de Socrate énumérait les plats. Le Dr Fisher était descendu au bar et buvait quelque chose — un rhum vraisemblablement. Sylvia n'était pas rentrée.

« Ils ont dû dîner en ville, pensa Mme Prêtre, cocktails, champagne, fleurs... Des photographes peut-être, puisqu'il est si connu... » Ces mots n'éveillaient en elle aucune idée voluptueuse, ni même aucun espoir de gain, du moins en cet instant. Si elle désirait si fortement pour Sylvia sa fille, ces photographies, ce champagne, cette liaison avec un homme riche et âgé, c'était parce que, de l'avis de tout le monde, cette situation passe pour enviable (et pourquoi l'avis de Mme Prêtre eût-il été différent ?) Cette situation enviable, elle la voulait, l'exigeait pour sa fille. Et le fait que d'autres eussent peut-être eu plus de droits à la posséder ne la lui faisait désirer que davantage.

Le modeste petit néon de *l'Empire Céleste* s'allumait à son tour. Il faisait presque noir maintenant. Les passants étaient plus rares, mais la rumeur restait la même, plus sourde seulement parce qu'elle venait de l'intérieur des maisons. Il y avait une file de gens devant les *Folies-Montparnasse* qui attendaient déjà. Mme Morani passa en coup de vent sur l'autre trottoir. Il devait être plus de 8 heures. Le Dr Fisher était toujours au bar et il y avait trois hommes debout, et deux couples qui mangeaient. Sylvia ne rentrerait pas, sans doute, avant 11 heures, minuit peut-être.

Socrate sortit un moment sur la terrasse, laissant derrière lui le bruit de la salle, se tint immobile, regardant dans le vide, vers la rue, vers les néons, vers le ciel sombre mangé de cheminées. Puis il baissa à nouveau la tête.

— Vous êtes encore là, madame Prêtre ?

— Vous voyez, monsieur Socrate...

— Un petit café bien chaud ?

— Non, merci, vraiment. Ça me donne des palpitations, des aigreurs. Le café, voyez-vous...

Autour d'eux, le bruit de la rue s'apaisait, et une espèce de vent domestiqué se levait doucement.

— Commence à faire frais... Vous voulez que je rentre votre fauteuil, madame Prêtre ?

Il était complaisant, très complaisant avec elle, avec tout le monde, mais d'une complaisance gênée, le regard fuyant comme s'il allait, un instant plus tard, vous emprunter de l'argent.

— Non, peut-être... Pas encore...

— Oh ! ne vous tracassez pas. Elle ne sera pas là avant 11 heures, minuit... Les jeunes filles...

L'intention était bonne, mais Mme Prêtre furieuse d'avoir été percée à jour.

— Tous comptes faits, rentrez donc mon fauteuil, monsieur Socrate, dit-elle sèchement, en se levant avec difficulté. Et surveillez un peu vos clients. Ils sont capables de filer sans payer... C'est curieux comme vous avez toujours des clients d'un drôle de genre...

Les néons vibraient pour eux-mêmes, se renvoyant de petites flèches de lumières. Une sonnerie assourdie vint du music-hall. Des couples entraient au cinéma. La faïence du Bain de Vapeur brillait dans l'ombre. De temps en temps, un homme qu'on ne voyait pas riait très fort, et son rire parvenait jusqu'à la petite terrasse déserte. Socrate était rentré, et jouissait du moment présent, de l'absence de ses bourreaux.

— C'est la tournée du patron !

La brûlante chaleur qui l'envahissait noyait presque le petit nœud d'insécurité, dur dans sa poitrine. Mme Prêtre était rentrée, ensachait son corps dans une flanelle de nuit, faisait marcher un très vieux poste de radio, murmurait pour elle seule : « La petite sotte ! Elle a dû tout gâcher. » Et elle se sentait emplie soudain de cette colère douloureuse qui était la forme de son amour pour sa fille. Le boulevard Edgar-Quinet était une oasis d'ombre et de silence, où le métro s'ouvrait comme un refuge. Martine dormait au quatrième, sous le toit, dans la chambre trop chaude (l'été, c'était une fournaise), elle dormait, les pieds joints, les mains jointes, et son visage apaisé avait la douceur incertaine, un peu laide et touchante, d'une femme de Clouet. Stéphane écrivait, avec un contentement d'enfant, dans un gros cahier bleu, des phrases à majuscules. Entre la sortie des *Favorites du Sultan* et le *Chœur des Tulipes*, Louise Morani courait d'une loge à l'autre, rajustait une épaulette, cousait du strass, agrafait des corps jeunes et mal lavés, rejetait en arrière cette grande mèche de cheveux noirs qui retombait toujours sur ses yeux. Dans les petits cafés en contrebas, il y avait au moins trois parties de cartes en train, mais une seule partie de billard. Et tout au bout de la rue, quand on débouchait sur la masse obscure de la gare, ronronnant doucement, tout à coup s'élevait, comme marquant une frontière, la flèche jaune du Dupont. Je l'ai dit, ce printemps était tiède et calme.

*
**

Les lucarnes étaient haut placées, filtrant parcimonieusement un jour doré. La salle était grande et rectangulaire. Les femmes circulaient entre trois estrades de marbre gris, l'une presque carrée, au centre, et encadrée de quatre colonnes trapues, les deux autres longeant les murs de gauche et de droite. Au fond, par un encadrement de porte, la vapeur arrivait épaisse, gluante et tiède. La salle n'en était pas pleine encore : le Bain de Vapeur venait de s'ouvrir.

Les lignes raides du marbre gris encadraient, soutenaient les corps mous, distribués équitablement. Trois sur l'estrade centrale, trois sur chacune des autres estrades, que de petits murs en marbre encore divisaient en trois logettes. Les femmes se taisaient, encore un peu frissonnantes, attendant, le menton aux genoux, que la lente vapeur les atteignît. Et quand elle arriva à la limite de la salle, il y eut un long soupir de bien-être.

Les corps se détendirent, vautrés sur le marbre comme sur l'étal d'un boucher, les courbes grasses étirées, les angles maigres se combinant avec les arêtes du sol et des murs. Elles paraissaient là pour l'éternité : la chair blanche faite pour contraster avec le marbre dur, les poitrines lourdes, les hanches maigres se répondant, s'appelant, la courbe s'opposant à l'angle, l'angle appelant la courbe, et ce corps déformé conférant à cet autre une fonction, une noblesse, une raison d'être. Seul, sur l'étal central, allongé au pied d'une colonne, brillait doucement le corps ambré, parfait, d'une très jeune fille, les bras ronds entourant le visage aveugle, les seins ronds soulevés d'un muscle fin, et s'achevant au talon rosé dans une harmonie particulière, isolée, détail soigné et un peu frêle d'un ensemble à tonalité forte.

Lou, d'un geste habituel, se mordillait le bras. Tour à tour, son regard se posait sur l'une ou l'autre arrivante (Arménienne épuisée par les maternités, matrone juive au ventre adipeux, fiancée prête pour le bain rituel) et les analysait, sans indulgence comme sans déplaisir. Elle aimait la vue de ces corps nus, étalés dans leur vérité nonchalante ; c'était la vie qu'elle y lisait, l'usure normale des maternités acceptées ou refusées, de la misère ou de la prospérité, des nourritures grasses ou maigres, de l'amour épuisant ou doux, la marque des jours, de cette vie qui était pour Louise tiède et close comme cette salle, savoureuse et terrible, fournie d'anecdotes et de drames, mais dans laquelle elle s'insérait sans peine, solidement, corps parmi les corps, sans jugement, sans révolte, et presque complaisamment étalée, tel son corps encore beau sur le marbre glissant.

La chaleur augmentait. Une femme ployée rinçait sa chevelure au robinet de cuivre. Sur le sol déjà gras, Lou posa les pieds, se dirigea vers le fond. Là, dans une pièce ronde et petite, cylindre de marbre, des formes indistinctes se mouvaient dans la vapeur blanche, autour du puits d'où elle montait. Lou s'assit sur le rebord, pencha son visage vers la chaleur brûlante. Des gouttelettes de sueur couvrirent son visage, mouillèrent ses cheveux. Elle respirait calmement. « C'est si bon pour la peau... » Elle ne pensait à rien d'autre.

— Bonjour, Loulou ! dit l'une des formes indistinctes.

C'était Sarah, orgueil du music-hall de la rue d'Odessa, sultane et tulipe, reine de quartier qui attendait la chance.

— Alors, tu y viens, à la vapeur ?

— Il fallait bien, soupirait l'autre, étirant son beau corps allongé sur la margelle. Je finissai par devenir trop grasse...

Louise eut pour la fille un long regard expert.

— Tu pouvais te le permettre...

— Ce n'est pas la mode, dit Sarah. Dans le déshabillé de la mariée, cet été, on verra que j'ai du ventre.

Le ventre en effet, au nombril profondément enfoncé, s'élevait en une tendre courbe.

— D'ailleurs, pour ce que j'y resterai, dans cette boîte... disait Sarah avec une vulgarité apprise. Il y a un type...

— Le petit brun, bien habillé, qui est venu avec les fleurs ?

— Tout juste. Il est venu...

Elle parla. D'une brève question posée au bon moment, Lou l'encourageait, comme d'un « ollé ! » jeté au chanteur de flamenco. La chaleur devenant trop forte, elles quittèrent l'étuve pour la grande salle, s'isolèrent dans un coin, s'inondant mutuellement d'eau fraîche au moyen d'une casserole rouillée sans manche, silencieuses un moment dans cette simple joie de l'eau.

La salle était plus bruyante à présent. Un jacassement aigre ct joyeux s'élevait, de petits groupes s'étaient formés. Appuyées aux colonnes, étirant les bras, se rinçant l'une à l'autre les cheveux, teignant au henné de pauvres ou luxuriantes chevelures, elles vivaient intensément, à nouveau. A trois groupées autour de cette frêle jeune fille, lui arrachant un secret qu'elles se partageaient, rieuses ou gémissantes avec la même véhémence, claquant vigoureusement leurs fortes cuisses ou leurs flancs défaits, installées dans leur bonheur ou dans leur infortune comme dans un fief dont elles faisaient volontiers les honneurs, c'étaient des femmes. Elles, tout à l'heure posées là comme des objets, évoquaient violemment, avec des mots de chair, les enfants nés de leur ventre, les hommes accueillis dans leur lit, l'argent compté par leurs mains jamais lasses. Avec des mots maladroits, souvent marqués d'accents divers, elles échangeaient ces objets, les vantaient, les exhibaient ; l'amour, la maternité, la mort, y pesaient leur poids de lit, de douleurs basses, de sang. Les fêtes mêmes, et les saisons, y étaient palpées, dévorées, se chiffraient en pièces d'argent, en pain azyme, en agneau rôti ; les nations confondaient leur sel, le plus profond et le plus vrai de leur substance, pour satisfaire leur féroce appétit. Et leurs vies étaient là, bien d'aplomb, riches même des vices, des misères et des maladies, des vies, quoi... Leurs vies étaient là, posées comme des objets.

Lou peignait ses cheveux. Sarah, couchée sur le ventre, cachait son visage impudent dans ses bras de lutteuse, rendant à ses épaules, à ses reins puissants, une noblesse ensevelie.

— Vous restez, Loulou ?

Elle ne la tutoyait pas. Quelque chose dans le regard noir, douloureux sans le savoir, dans l'ovale fin du visage de Louise, inspirait-il ce respect, démentait-il la bouche sensuelle, presque vulgaire, le menton empâté, la voix chaude et basse, prompte aux conseils chuchotés et aux criardes invectives ?

— Oui, mon petit. Tu t'en vas ?

— Il m'attend dehors depuis 5 heures, dit Sarah paisiblement.

Elle se dressa, étira ses beaux bras, et marcha vers la salle de repos, calmement, posant les pieds bien à plat, indifférente à sa propre beauté.

« J'étais aussi bien que cela, à son âge, pensa Lou sans amertume. Et même mieux. Elle a l'âge que j'avais quand je me suis mariée... » Oui, mieux que cela. Elle n'en tirait pas d'orgueil. Un peintre aujourd'hui connu avait fait son portrait, appuyée, au pont, au-dessus de la voie ferrée de Signac. Oh ! la ville serrée dans ses remparts comme une bourse fermée, comme une étoffe plissée à travers un anneau ! Elle ne le regrettait pas, mais y revenait parfois en pensée. La rue étroite et fraîche, la chambre en contrebas, aux murs chaulés... La « perspective » comme on appelait là-bas la promenade, où elle se promenait le soir avec une amie rieuse, à figure plate, dont elle ne se rappelait pas le nom... C'étaient de beaux soirs, des garçons moqueurs appuyés sur leur bicyclette, des bals dans des baraques en bois, fréquentés par des militaires, les petits hôtels qui grâce à leur sol carrelé, à leurs rideaux à carreaux, laissaient une impression presque familiale, ingénue... Ingénu aussi le calot tombé à terre, la robe neuve en satin bleu (qu'elle devait être laide !) froissée par des mains moites, et en sortant de l'hôtel, le bâillement du petit matin, le café brûlant bu en hâte, le clairon lointain, les bicyclettes passant comme des hirondelles, et elle courant, courant dans ses souliers à talons éculés jusqu'à l'usine de cartonnage... C'était l'enfance et l'innocence pour elle, ces souvenirs à odeur d'été... 6 heures du matin, un corps intact, heureux de vivre, la douceur des bêtes repues, et jusqu'à l'odeur de colle de l'usine petite et laide... Puis venaient les petits déjeuners pris à l'aise, et l'hôtel de la Paix, où il y avait un grand salon à odeur d'encaustique, et une chambre ennuyeuse avec des abat-jour roses. Qu'était devenue la robe en satin bleu ? Et la fille à figure plate qui riait bêtement ? Cette année-là (était-ce même tout à fait une année ?) et cette modeste prospérité due au portrait sur le pont et au peintre généreux, l'avait fait considérer plus mal que cinq ans de bals et de nuits blanches. On regardait ses robes, sur la perspective. Elle s'en moquait, d'ailleurs.

Elle s'étira, se demanda l'heure qu'il était. Fallait-il rejoindre Stéphane ? Cette pensée rompait son bien-être, la faisait frissonner désagréablement, et par analogie, elle songea tout à coup aux petits trains de banlieue surchargés et glacés de la guerre, au fermier rouge à qui elle achetait des œufs... Stéphane lui avait-il assez reproché ses voyages « pendant qu'il était prisonnier » ! Autant que les bals d'autrefois. Ce n'était pas pourtant des parties de plaisir, s'était-elle écriée avec indignation. Elle avait aidé tout le quartier. « Et acheté l'appartement », avait-il rétorqué, « et fait des économies... » Il eût été bien embarrassé s'il l'avait retrouvée sous les ponts et sans le sou ! Mais elle était de mauvaise foi : elle n'avait pas détesté tout à fait l'âpre lutte pour quelques œufs, un jambon, du beurre. Et même, quelquefois, courbatue, glacée, épuisée, chargée de sa lourde valise de paille, elle s'était malgré tout sentie triomphante de ramener dans la rue d'Odessa ces proies comestibles.

Lui n'avait rapporté de la guerre que sa maladie, sa fatigue complaisante, et une raison de plus de se croire supérieur à elle. Une raison de plus de se plaindre, d'elle et de sa vie, auprès des habitants de *l'Empire Céleste*, à la Brasserie, et de s'épancher jusque sur le sein de Martine Fortin. « On croirait qu'il les choisit », pensa-t-elle avec amusement. Elles étaient nombreuses, en effet, ces filles laides, déshéritées de tout, repliées sur elles-mêmes, que Stéphane élevait au rang de platonique consolatrice, de complaisant écho. L'écho disparaissait en général au bout de quelques mois, ayant démérité. Et Stéphane se replongeait, avec de grands airs désabusés, dans son journal intime. Cependant, pensait Louise avec un peu de malice, un jour il tomberait sur un laideron plus coriace, qui n'accepterait pas de se laisser liquider sans cris. Et Martine Fortin pourrait bien être celle-là.

En attendant, il fallait rentrer. Lentement, elle se leva, s'aspergea d'eau froide au robinet de cuivre, passa dans la salle de repos, aux tentures d'un rouge fané, où des femmes somnolaient sur des nattes. Elle se fût bien allongée aussi, le temps de fumer une cigarette, mais elle n'aurait plus alors son quart d'heure de flânerie sur le boulevard... Ce soir, elle choisissait le boulevard : elle avait besoin d'air.

Habillée en quelques instants, elle sortit. L'air avait la température exacte qu'elle aimait, tiède et pourtant traversé par endroits d'un vent frais, léger comme une petite vague. Un moment, appuyée au mur du Bain de Vapeur, elle attendait. C'était l'heure où les néons s'allumaient. Elle les aimait, les connaissait tous ; mais elle attendait celui qu'elle préférait, la gigantesque flèche de néon jaune du Dupont, qui éclatait tout à coup, vers 8 heures. C'était comme un signal que lui faisait le quartier, un coup de cymbale avant la musique, un gong éclatant et vulgaire. Et il éclata en effet soudain, dégoulinant du ciel sur les passants, les trempant de sa lumière fausse et gaie. En même temps, sur le toit voisin, les cercles rouges du Martini se mirent à tourner vertigineusement, s'allumant et s'éteignant, projetant sur la place de vifs clins d'yeux rougeâtres. Mais la gare restait paisible, mastodonte blotti dans l'ombre, grondant un peu, avec au front la tache froide de la paisible horloge.

Ah ! après ce plaisir, la petite crémerie juive qu'elle

affectionnait ! Y manger, coudoyée par des inconnus à l'accent étranger, des tartines de pain noir, du fromage aigre et des concombres ! Ou, sur le boulevard Edgar-Quinet, cette terre étrangère, cette province, le faux luxe de la petite « Hostellerie », son steak saignant, son beaujolais... Ah ! une superproduction en couleurs au *Miramar*, des valses autrichiennes, des acteurs suédois, des baisers en ski nautique dans un Midi qu'elle reconnaissait sans nostalgie... Et l'hôtel meublé au palmier triste, aux chambres sans fenêtres, les Nord-Africains humbles et brutaux qui se rinçaient la bouche avant et après l'amour... Mais non. Ces plaisirs modestes étaient pour le lundi, relâche du music-hall, fermeture de *l'Empire Céleste*, jour des « réunions » de Stéphane. Elle en écartait le désir, fermement, les autres jours. Elle quittait la place, remontait la rue, goûtant encore au passage quelques affiches, une vitrine restée illuminée, une lanterne au fond de l'impasse qui rayonnait doucement... Le monde était vrai, solide, bien d'aplomb, comme Louise elle-même. Plein de choses savoureuses, à portée de la main. Quant aux choses qui lui avaient échappé... Que lui importait ? Comme elle ne quittait jamais son quartier, elle mettait son obscur courage à se contenter de ce qui l'entourait. Oui, elle était pleine de force encore, comme aux matins intacts de sa jeunesse, d'une force qui ne servirait jamais à rien d'autre qu'à vivre, sans pensées et sans regrets, mais qui la comblait. Marchant vers sa maison indifférente, vers son mari qu'elle ne regardait plus, vers un travail médiocre et mal payé, elle était dans l'ordre des choses, et marchait triomphante.

Près du bar, un mendiant s'approcha, et lui tendit la main. D'un geste, elle le repoussa dans la grisaille du mur. Lui aussi entrait dans l'ordre des choses : il n'avait qu'à s'en contenter.

*
**

La cuisine était petite et ils s'y trouvaient trop près l'un de l'autre. Lui se redressait, creusait son visage, l'imprégnait d'une douloureuse patience à l'avance exaspérée. Elle se tassait au contraire, comme ajoutant à son poids, à son opacité une indifférence trop évidente. Et ils prenaient l'un avec l'autre les précautions insultantes des êtres qui se sont beaucoup blessés.

— Bonne journée ? demanda-t-elle, d'un ton neutre.

— Si l'on peut dire... soupira-t-il. J'ai fabriqué mon sirop, comme toujours... (Elle ne comprendra donc jamais combien cet avilissement de ce qu'il avait rêvé, être un virtuose, lui coûtait ?)

(Se plaindre, toujours se plaindre... Un travail à mi-temps, et qui n'était pas mal payé, pas de loyer, le salaire de sa femme...)

— Beaucoup de monde ?

— Pas mal... Je n'ai pas de pourcentage, tu sais... (Mais il abandonna imprudemment l'amertume pour laisser échapper naïvement) : Martine n'était pas là...

— Mais tu es allé lui parler dans sa chambre, sourit-elle. Je l'ai rencontrée dans l'escalier, et tu penses qu'elle s'est empressée de me raconter...

— Enfantillage, dit-il. Je préparais un peu notre petite réunion de lundi. Notre bonne Mlle Lethuit a pondu un nouveau chef-d'œuvre et me l'a soumis, et...

— Oh ! je pense bien que tu ne lui parlais pas d'amour. La pauvre fille qui n'attend que ça...

Elle lui tournait le dos et mettait une casserole sur le réchaud, aussi n'eut-il pas à lui cacher un sourire involontaire.

— Tu te l'imagines, mon amie...

— Allons donc ! (Elle se retournait vers lui, un oignon à la main.) Comme si tu ne le savais pas ! Je parie qu'elle couche avec ta photo. C'est bien la seule chose avec laquelle elle doit coucher, d'ailleurs. Pauvre petite ! Vierge à son âge !

— Elle a vingt-cinq ans !

— C'est bien ce que je disais.

— Je ne vois pas ce que cela a de ridicule, dit Stéphane, imperceptiblement raidi. (Chaque fois qu'il se laissait aller à plaisanter avec elle, il le regrettait aussitôt. Ah ! que de bonne volonté gaspillée !) Si Martine préfère se garder pour une belle aventure...

Lou allait prendre dans le garde-manger une belle entrecôte qu'elle regardait complaisamment.

— Ne t'en fais pas, dit-elle en riant. Elle se gardera longtemps, va. Personne ne lui demandera de ne pas se garder !

Son rire franc, sonore, se mêla au grésillement de la viande dans la poêle. Stéphane haussa les épaules. Bien entendu, Louise était incapable de comprendre ce qu'il pouvait y avoir de beau dans l'attitude orgueilleusement raidie de Martine, se refusant à toute camaraderie, à toute aventure, à toute compromission dans ce travail pour lequel elle n'était pas faite... « Une vraie petite héroïne d'Anouilh.... » avait-il écrit un jour, avec un réel attendrissement. La beauté de la pauvreté, du refus... Les paroles de Louise le blessaient d'autant plus qu'au fond de sa conscience il n'avait pas été quelquefois sans souhaiter secrètement que l'héroïne d'Anouilh eût bénéficié un peu plus largement des bienfaits de la nature. C'était cela qu'il détestait en Louise. Elle réussissait toujours à réveiller en lui ce qu'il y avait d'impur, de moins noble, ce qu'il refoulait avec tant de bonne volonté au plus profond de lui-même. (Jusqu'au moment, parfois, où cela se faisait jour avec brutalité, où il « voyait clair », tout à coup, sur le compte de l'une ou de l'autre, et les rejetait loin de lui.)

— Tu as pensé au pain brioché ? (C'était, implicitement, sa revanche sur cette plaisanterie de Lou.)

— Oh ! j'ai complètement oublié ! Tu aurais dû me

le demander tout de suite ! Veux-tu que je redescende ?

— Non, mon amie, non. C'est inutile. Je puis fort bien m'en passer. (Il retrouvait son air de douceur, qu'elle détestait, contre lequel elle ne pouvait rien, son air de victime qui s'attend au pire et invoque le ciel.)

— Mais si, je redescends ! C'est l'affaire d'un instant.

— Ta viande va être cuite, mon amie. Donne-moi un morceau de pain ordinaire, je ne voudrais pas te retarder.

Elle lui tendit le pain. Il le prit, en découpa lentement, stoïquement, un morceau. Elle servit la viande.

— Tu as montré à Martine le petit abat-jour que je lui avais promis ?

— Je le lui ai donné, dit-il d'un ton moins apprêté. (La viande était bonne, et il aimait l'oignon.) Elle te le rendra le mois prochain, quand elle aura de quoi s'en acheter un autre.

— Je n'en ai pas besoin, tu sais.

— Je le lui ai dit, mais... C'est un petit être d'une telle délicatesse ! D'une telle fierté ! Une petite héroïne...

— ... d'Anouilh, je sais. Il n'y a que des anges dans cette maison...

Stéphane soupira, la bouche pleine, ce qui n'allait pas sans difficulté.

— Comme tu es amère, Louise ! Et désabusée ! Je sais bien que ce monde est imparfait, parfois cruel, mais n'est-ce pas notre devoir de nous tourner de préférence vers la lumière ? De créer autour de nous une sorte de... pourquoi pas ? de monde transformé, de...

Louise n'écoutait jamais ce genre de propos. Elle mangeait. Stéphane reprit sur un autre ton :

— Ceci dit, je dois reconnaître, mon amie, bien que je blâme la façon dont tu as acquis cet appartement, que nos copropriétaires sont dans l'ensemble absolument charmants. Je regrette d'autant plus que tu t'obstines à ne pas vouloir participer à nos petites réunions...

— Ce n'est pas mon genre, dit Louise. Tu veux du fromage ? J'ai du brie.

Stéphane se laissa distraire.

— Il est bon ?

— Regarde.

Il hésita un instant.

— Je ne sais pas... J'ai l'estomac un peu chargé, ce soir... Et puis tant pis, donne-m'en un petit morceau. Je ne me coucherai pas tout de suite. Il y a du vin ?

— Il reste un fond...

Elle le servit, mais ne se rassit pas : l'heure avançait. Devant le miroir fendu, elle se recoiffait.

— Il faudrait vraiment un autre miroir...

— Je te l'ai fait remarquer plus d'une fois, dit Stéphane. Je regrette parfois de te voir négliger si fort ces petites choses qui font, en somme, le charme de la vie quotidienne. Si tu voyais la chambre de Martine, cette impeccable propreté, malgré sa pauvreté... Et elle a des idées si ingénieuses, une sorte de placard pliant, je ne sais pas...

Il eut un geste vague... Lou enfilait son manteau. Elle aurait bien voulu s'en offrir un autre, cette année. En tweed beige, très doux...

— Je pars, dit-elle, interrompant l'éloge de Martine Fortin. Méfie-toi quand même. Ce sont ces petites femmes maigres qui sont les pires. Elles vous avalent un homme en moins de deux !

— Martine n'est pas...

Souriante, massive, Lou s'arrête sur le seuil.

— Martine est un ange, c'est entendu. Seulement, n'oublie pas que cet ange a *acheté* sa chambre... C'est-à-dire que tu ne t'en débarrasseras pas si facilement que des autres...

Stéphane eut beau empreindre son visage de dignité offensée. Louise était déjà partie. Aussi, avec un soupir, reprit-il un morceau de fromage.

*
**

Stéphane écrit. La chambre, autour de lui, répète presque exactement, dans sa nudité, la reproduction de Van Gogh accrochée au mur blanc. Lit de fer, chaise solitaire... Identité un peu gênante : à être ainsi répétée, la chambre austère perd de son pouvoir. Est-ce la vraie chambre qui ajoute au tableau, ou le tableau à la chambre, cette note d'insistance un peu déclamatoire, cette ostentation de mendiant exhibant trop de plaies à la fois ? Toujours est-il que cette duplicité jette une ombre sur le tableau même : on doute de Van Gogh avant de douter de Stéphane.

Stéphane écrit. Il écrit comme il parle, avec facilité, avec plaisir. Son écriture est aisée, son style agréable, il n'y a pas de ratures. Les mots coulent de source, les récriminations s'amplifient, deviennent nobles plaintes, l'aigreur quotidienne se change en amertume, les petits griefs en grands reproches. Ce journal est grave ; le mot Résignation, le mot Mort y reviennent souvent. Cependant le visage de Stéphane écrivant ne reflète qu'un plaisir enfantin. Stéphane écrit. Dans ce miroir complaisant, il contemple une image qu'il appelle Stéphane, et l'admire, cependant que, tout au fond de lui-même, une minuscule lueur de conscience s'applaudit de sa ruse, et de tromper si bien son monde.

Lequel de ses parents, petits bourgeois de province rangés et doux, quelle subtile qualité dans cette atmosphère pourtant paisible, d'une lumineuse médiocrité (la cuisine à carreaux rouges où chaque objet devenait étrange à force de banalité astiquée, la petite arrière-cour où fleurissait un seul arbre penché, le salon lui-même, son long buffet mesquin qu'adornait un chat exemplaire), quel héritage ou quel hasard avait fait germer dans le cœur de l'enfant ce goût de dissimulation ? Secret comme une peur, d'abord au jeu, peut-être, puis peu à peu, niché plus profondément en lui, développé enfin au milieu d'un rêve, ce n'est plus que confusément que se fait sentir la réalité du dehors.

Ses parents étaient gens de bon sens, aimant l'ordre comme une religion, et la religion parce qu'elle était un ordre. Un grand souci du qu'en-dira-t-on, de l'avis des voisins. Mais ils s'aimaient, aimaient leur fils, vivaient heureux dans la médiocrité. Faut-il supposer que la seule faiblesse de Mme Morani, fille d'un armateur ruiné, qui était de regretter quelquefois les splendeurs de la maison paternelle ; que la seule petite vanité de M. Morani (alors professeur d'anglais) qui était de vanter à ses collègues la noble ascendance de sa femme, furent la cause de tout le mal ? Il apparaît cependant que leurs natures à tous deux ne portaient pas en elles la richesse nécessaire à nourrir un vice. Mme Morani vanta toujours son père, mais sans concevoir d'amertume de sa chute, sans nourrir de désirs insensés ; M. Morani adora toujours sa femme, par vanité autant que par tendresse (bien qu'elle fût très jolie), mais ne se lança jamais dans de folles spéculations. Au contraire, leurs allusions au grand-père prestigieux mises à part, ils restèrent toujours fort modestes, portés même à se restreindre, à se refuser de petits plaisirs ou d'innocentes dépenses, sous le prétexte qu'il fallait « rester à sa place » et que « cela n'était pas pour eux ». Ainsi, loin de chercher la source de cette dissimulation de Stéphane dans les petits défauts de ses parents, peut-être faut-il la chercher dans leurs vertus ?

Mais qui sait si le premier mensonge ne fut pas qu'un simple hasard, un accident, le recours d'une âme humiliée par trop de modestie, comme on peut l'être par trop d'orgueil. Il avait besoin d'éblouir — et ses parents, accoutumés à vivre dans l'admiration de l'ancêtre (qui vivait encore pour déplorer vertueusement sa déchéance), étaient tout prêts à se laisser prendre à un mirage encore plus flatteur. L'aisance avec laquelle ils furent dupes épouvanta Stéphane, car ils l'avaient convaincu, sans qu'il le montrât, d'une infériorité secrète et comme innée. Le mensonge s'installa peu à peu, presque sans intervention de sa part ; il ne le créait pas, mais le subissait, chaque jour plus encombrant, comme un hôte indésirable qui s'incruste et qui par la force de l'habitude finit par devenir un ami.

En classe, il n'était qu'un élève moyen. Mais il se fit remarquer par sa sagesse : il avait appris promptement à se composer une attitude, et se réjouissait de contenter ainsi chacun à peu de frais. Sa soif de louanges le poussait plus que la malice, avec cet étrange résultat, qu'arrivant à treize ou quatorze ans il était si accoutumé à n'obtenir de résultats que par fraude, qu'une récompense obtenue autrement le laissait perplexe, et comme doutant d'un mérite pourtant réel cette fois.

A seize ans, entrant au Conservatoire de Signac, il commença à tenir son journal. Il se croyait à cette époque un personnage fort séduisant. Il se voyait, jeune, beau (il l'était extrêmement), un avenir radieux de virtuose, et il en concevait une certaine considération pour lui-même. Cependant, cette considération restait purement extérieure. Il respectait son propre personnage de beau jeune homme plein d'avenir, et pourtant ne pouvait se convaincre que ce personnage lui fût vraiment apparenté. La condescendance de ses camarades, tous d'un milieu social plus élevé que lui, y était certes pour quelque chose. Mais plus encore ceci : l'habitude de dissimuler l'avait confirmé dans son sentiment d'une tare secrète. Cette insécurité, cette difficulté à réconcilier son personnage avec son secret sentiment, était fort pénible pour un adolescent. Son orgueil, sa naturelle médiocrité (qui était surtout de caractère, car il ne manquait pas de dons) le poussaient chaque jour, et jusque dans sa façon d'exécuter la musique, à de petites fraudes. Le secret sentiment d'infériorité s'en nourrissait, tandis que l'orgueil pavoisait devant le succès remporté. Peut-être eût-il mieux valu pour Stéphane en arriver à un conflit ouvert, plutôt que de découvrir ce miraculeux expédient : son journal.

Encore une fois, il s'agit là d'un hasard bien naturel. Qui n'a jamais, à l'âge qu'avait Stéphane, éprouvé ce besoin de se regarder dans un miroir toujours un peu trouble, de s'y refléter plus fervent ou plus cynique, conforme à une image idéale qui disparaîtra comme fumée à la première occasion ? Mais s'il y avait un génie en Stéphane, c'était celui de tirer des circonstances les plus ordinaires de la vie un parti tortueux, un usage imprévu. Par un mouvement peut-être naturel encore, il omettait de raconter dans ce journal, fort régulièrement tenu d'ailleurs, les petits faits humiliants ou douteux, les fraudes minuscules, dont il ne pouvait tirer gloire. Et par une sorte de magie, ces faits, ces ruses, une fois omis dans un compte rendu de sa journée, disparaissaient complètement de sa mémoire. Le mensonge avait pris pour lui valeur magique, valeur de sacrement. Dès lors, son personnage s'amplifia, prit de la vigueur, de l'assurance. Avait-il des doutes sur l'origine de tel geste, la raison de tel acte, sentait-il le moindre malaise moral : le journal était le remède à tout. Il eût pu incliner vers l'arrivisme, vers le cynisme aussi, mais il lui restait de ses parents le goût de la vertu. Et n'est-ce pas d'ailleurs l'idéal le moins sujet à discussion ? Qui peut juger de la vertu d'un homme, sinon cet homme lui-même ? Juge de son propre tribunal, prêtre de sa propre religion, rien ne pouvait plus atteindre Stéphane.

Il écrit encore, ce soir de sa quarante-sixième année. Ou plutôt un certain Stéphane déçu mais aimant, raté mais génial, amer mais philanthrope, séduisant mais vertueux, écrit. Car, comme ces mousses qui envahissent un arbre, le couvrent, l'étouffent, et continuent, même mort, à l'enserrer, que reste-t-il de Stéphane lui-même dans cet homme assis, s'enchantant de ses propres paraphes, de ses propres périodes ? Rien, sauf peut-être, au fond de tant de feinte amertume, un peu de tristesse vraie, un sentiment presque puéril de détresse et de solitude, une brève lueur d'angoisse le traversant de temps en temps, aussitôt étouffée par des mots et des gestes, mais qu'il faut bien appeler son âme...

*
**

Mlle Lethuit était arrivée la première. Socrate l'accueillit avec affabilité. Il avait déjà condamné la porte d'une chaise et retourné l'écriteau « CUISINE GREC » qui portait à son envers les mots « Fermé Lundi ». Il disposait à présent des chaises autour d'une table. Les autres tables et les chaises superflues formaient un entassement au fond de la pièce, sous le tableau abstrait.

— Vous buvez quelque chose ? demanda Socrate.

Mlle Lethuit, virilement, accepta un verre de rouge. Elle portait un tailleur et une sorte de lavallière qui devait impressionner les habitants du quartier.

— Je n'allume pas au-dessus du bar, dit Socrate. La semaine dernière on venait tambouriner toutes les cinq minutes, et cela a beaucoup gêné M. Ducas.

La peinture rouge sombre des murs s'écaillait. La jeune fille aux nénuphars souriait. Socrate avait pensé quelquefois à la remplacer par un hoplite, mais ce projet n'avait jamais été réalisé, non plus que celui de repeindre le restaurant dans un ton plus vif. Une lampe à abat-jour rose avait été fournie par Mme Prêtre pour donner plus d'intimité aux réunions, auxquelles elle ne manquait jamais de participer.

— J'ai tellement regretté de ne pouvoir être là ! dit Mlle Lethuit, un peu nerveusement. Il a dû faire un très bel exposé ?

— C'était merveilleux, dit Socrate. J'ai servi un petit vin d'Arbois dont j'avais commandé deux barriques, vous pensez s'ils étaient contents ! Oh ! ils n'en boivent pas tous les jours, du vin pareil !

— Probablement, dit Mlle Lethuit, non sans un peu de froideur.

— Des personnes instruites, je ne dis pas, poursuivait Socrate. Mais qui n'ont pas les moyens, malgré tout. Moi, là-bas, en Grèce, j'ai rencontré une fois la princesse Marina, et, figurez-vous...

Mlle Lethuit n'écoutait pas. Elle était agitée d'un tremblement intérieur. Quoi, Mlle Lethuit, terreur et providence des familles pauvres qu'elle assistait pour le compte de l'Etat, soutien de son vieux père et de sa sœur Pauline, amazone laïque et républicaine, tremblait ? Personne de sa connaissance qui n'eût ri à cette idée, et pourtant cela était vrai. Mlle Germaine Lethuit était une petite femme roussâtre, rieuse, aux yeux ronds et vifs, au geste énergique, à la voix sonore et presque mâle, ce qui surprenait sortant de ce petit corps agité. « Un apôtre ! » disait Stéphane à son propos. Et c'était vrai que, quelle que fût la cause, pourvu qu'elle fût neuve, Mlle Lethuit s'enflammait de cette ardeur qui fait les martyrs. Le socialisme vénérable dont se prévalait sa famille ne lui suffisait pas. Il lui fallait sans cesse renouveler sa provision de causes. L'accouchement sans douleur n'avait pas de meilleure propagandiste que cette femme qui n'était pas mère, l'union libre que cette vierge pure de toute émotion trouble. Rien qui fût plus éloigné des austères principes qu'affichait Stéphane. Mais la façon démodée et purement idéaliste dont Mlle Lethuit défendait son idéal révolutionnaire les rapprochait. Les paroles austères de Stéphane étaient aussi étrangères à sa vie quotidienne que les théories enflammées de Mlle Lethuit. Ils sympathisaient par-là. Elle vivait à Meudon, square Jeanne-d'Arc (ô symbole !) avec un père âgé, ancien instituteur, à grandes moustaches, image si conventionnelle de la vertu laïque qu'il eût pu servir d'affiche à un vin apéritif. La sœur de Mlle Lethuit (qui avait été mariée mais qu'un prompt divorce avait rendue à sa véritable vocation de fille) y donnait des leçons de chant et élevait des poissons rouges. Ce trio vivait dans la paix, une affection sincère, une croyance naïve et touchante dans la sainteté de l'enseignement obligatoire, de la séparation de l'Eglise et de l'Etat, et de Tout ce qui était Bien, Beau et Laïque. En somme, une religion comme une autre. Et des personnes très pieuses et un peu simples, les trois habitants de la villa *Jeanne-d'Arc* (considérée en tant qu'héroïne nationale, bien sûr) avaient les douces manies, les petits ridicules, qu'estompait leur totale et irréfléchie bonté. Qu'un journal ouvrît une souscription, la villa *Jeanne-d'Arc* y contribuait aussitôt, dans la mesure de ses faibles, très faibles moyens. Les sans-logis, les enfants d'Aubervilliers, les objecteurs de conscience, bénéficiaient de leurs dons. Il ne se passait pas de semaine qu'un enfant de la communale, reniflant un vieux rhume, ne vînt leur présenter des timbres de colonie de vacances, qui s'entassaient dans une vieille boîte, et quémander un bonbon. Même, lorsqu'il arrivait qu'une cornette se hasardât dans le petit jardin (tenu avec un soin jaloux), l'une des sœurs lui glissait une pièce de monnaie, mais en cachette de l'aïeul, et avec un sentiment qu'il faut bien appeler (malgré l'horreur qu'elles avaient de cette terminologie chrétienne) de péché. Les sœurs feignaient de ne pas s'apercevoir que le père était sourd. Le père feignait d'ignorer les efforts vocaux de ses filles. Cette vie eût trouvé place dans quelque Légende dorée. Mlle Lethuit, cependant, avait un faible, une faille, je n'irai pas jusqu'à dire une tache, mais une ombre légère sur son irréprochable vertu. Elle nourrissait, vis-à-vis de sa sœur Pauline (l'artiste de la famille, disait le vieil instituteur), une très faible, une imperceptible jalousie. Etaient-ce les dons musicaux de cette sœur, toujours un peu privilégiée, et le prestige qu'ils lui valaient auprès de la population de Meudon ? Etait-ce ce mariage malheureux (le mari de Pauline, employé aux P.T.T., s'était enfui avec sa recette de la journée et jouait aux courses) qui auréolait cette sœur d'un halo de passion ? Mlle Lethuit s'était toujours sentie (sans aigreur d'ailleurs) réduite à un rôle plus pratique, plus terrestre — elle gagnait plus d'argent, décidait des achats à faire, c'était elle qui avait choisi le réfrigérateur (modeste d'une marque inconnue et à absorption) et décidé qu'on prendrait l'*Humanité-Dimanche.* Bref, elle était la Marthe de cette Marie. Mais on se lasse de ces situations sans prestige, et j'ose hasarder que ce fut cette lassitude, le désir de s'entourer, elle aussi, de quelque prestige artistique (car, en ce qui concernait la passion, même épisodique, même matrimoniale, Mlle Lethuit en avait une horreur de béguine) plus qu'une véritable inspiration qui la poussa à prendre un beau matin la plume et à écrire son *Ode aux Objecteurs de Conscience* (un cas qui l'avait toujours intéressée).

Et aujourd'hui, à *l'Empire Céleste,* elle attendait, dans l'angoisse, le jugement de ses amis. Quel triomphe à rapporter villa *Jeanne-d'Arc,* si le poème plaisait ! Mais plairait-il ?

— Ah ! s'écria-t-elle avec un enjouement feint, voilà ma petite Sylvia.

Sylvia Prêtre entrait en effet, suivie de sa mère, et transportait le fauteuil d'osier. Tandis que Socrate s'empressait autour de la concierge, qui l'écoutait toujours complaisamment, Mlle Lethuit adressait à Sylvia quelques paroles affectueuses. En dépit de sa jolie figure, de ses robes à la mode, et de sa liaison avec « l'homme célèbre », Mlle Lethuit tenait Sylvia pour une belle âme, à laquelle n'avait manqué que l'éducation pour fleurir. Et chaque fois qu'elle la voyait, elle s'efforçait, dans la mesure de ses moyens, de jeter une bonne semence dans cette terre négligée.

— Mais je ne vois ici que des dames ! s'écriait une voix sonore.

Une chemise blanche, au col ouvert (un artiste peut se permettre cette fantaisie), un gilet de velours, la chevelure rejetée en arrière, le sourire éclatant, c'était Stéphane, les lundis, rajeuni et rasé de près. Il adorait ces petites réunions, qu'il avait transformées à partir de mornes réunions de copropriétaires, en une petite société d'élite (« Nous autres de *l'Empire Céleste* », comme il le disait en souriant) où ressuscitait l'atmosphère feutrée, prudente, complaisante à elle-même et aux autres, faite d'innocentes plaisanteries et de manies communes, d'une certaine province. Courbant avec grâce sa haute taille, il vint baiser la main de ces dames, s'attardant un peu sur celle de Sylvia. Martine n'était pas arrivée.

— Eh bien, jeune fille ? (Avec elle, il adoptait volontiers un ton badin.) Toujours la grande vie ? Les cocktails, les premières, les photographes, les couturiers ?

Sylvia en convint d'un sourire, auquel sa lèvre supérieure relevée donnait une grâce innocente. Elle avait de beaux yeux noirs, dépourvus de toute expression, qui mettaient parfois l'interlocuteur mal à l'aise.

— Et fidèle malgré tout à notre petit cercle ! Voilà qui est charmant de la part d'une personne aussi lancée ! Nous avons aujourd'hui une pièce de choix, vous savez. Une très jolie chose de Mlle Lethuit — mais oui, notre amie se lance dans la poésie — et sur un sujet qui nous fournira une discussion intéressante : les objecteurs de conscience. Un très grand thème !

— Les quoi ? demanda Socrate.

Un peu fébrile, Mlle Lethuit se mit en devoir d'expliquer. Mme Prêtre surveillait d'un œil mécontent la conversation de Stéphane et de sa fille. Deux ans auparavant, elle avait dû décourager déjà un sentiment naissant pour M. Morani chez la Sylvia de seize ans. L'année dernière, il est vrai, il y avait eu le regrettable épisode du photographe. Enfin, cette année, étant parvenue à ses fins, qui étaient de faire apprécier Syvia par un homme qui était en mesure de la « choyer » (vocabulaire de Mme Prêtre), elle ne tolérerait pas de voir mis en danger ce résultat si péniblement acquis. Dieu merci, Sylvia était docile, et cette docilité compensait ce que Mme Prêtre appelait (non sans une douloureuse crispation d'estomac) ses « enfantillages ». Il suffisait que sa mère lui répétât de temps en temps : « C'est un raté », au sujet de Stéphane (et pour le photographe, ç'avait été : « un être frustre », ce qui impressionnait beaucoup l'innocente). L'affaire du photographe avait été de beaucoup la plus grave. N'avait-il pas osé, suprême insulte, parler de mariage ? Mais elle se méfiait de tout et voyait en ce moment avec déplaisir Stéphane tapoter la joue ambrée de Sylvia.

— Ah ! mon enfant ! disait-il justement avec feu (un feu qu'accroissait l'ingénue admiration des yeux noirs). Vous que j'ai vue toute petite, je ne peux m'empêcher de vous mettre en garde... (il posait la main sur son épaule). Ne vous laissez pas trop prendre à ce tourbillon ! Vivez, certes, vivez ! J'ai vécu moi-même... (il se mettait aisément dans la peau d'un habitué des premières et des cocktails) mais ne laissez pas se perdre en vous cette petite oasis où il fait bon se retirer, méditer... (Elle l'écoutait, la bouche un peu ouverte, comme elle eût écouté de la musique : avec une incompréhension ravie. Mais cela ne gênait pas Stéphane.) Ah ! le silence, mon enfant ! Qui en dira les vertus ?

Il les dit, et d'abondance. Sylvia l'écoutait toujours. Comme il parlait bien ! Certainement, Henry (« l'homme célèbre ») était un grand homme. Les journaux le disaient, la considération générale le disait, son appartement, sa voiture, ses revenus, le démontraient largement. Et pourtant, Stéphane...

— Eh bien, Sylvia ? interrompit la voix sèche de sa mère. Tu ne dis pas bonjour à Mlle Fortin ?

Stéphane se retourna, un peu gêné par le regard de Martine. Elle avait parfois de ces regards aigus, soudain dépourvus de cette admiration qu'il aimait. Mais il n'y prêtait pas grande importance. Ce soir, il ne le remarquait qu'à cause des paroles déplaisantes de sa femme, qui lui revenaient mal à propos : « N'oublie pas qu'elle a *acheté* sa chambre, elle. Tu ne t'en débarrasseras pas si facilement... » Encore une fois,

Louise lui gâchait son plaisir. Il n'en sourit pas moins très affectueusement à Martine. Il n'y avait pas de raisons de se sentir coupable pour avoir parlé quelques instants à cette petite Sylvia. Ses paroles d'ailleurs n'avaient-elles pas été le contraire de galantes ?

— Bonsoir, mon amie. Vous n'êtes pas venue, tout à l'heure ?

— Vous aviez besoin de moi ? dit-elle avec une sorte d'ironie qui lui fut désagréable.

Désagréable aussi le fait que Socrate, Mlle Lethuit, Sylvia et sa mère s'écartassent, comme reconnaissant à Martine des droits sur lui.

— J'ai toujours besoin de vous, Martine, voyons.

— J'aurais cru que Toni vous suffisait, dit-elle d'une façon pincée.

Elle s'était mis en tête que la serveuse était amoureuse de lui ! Il ne put s'empêcher de sourire.

— Voyons, Martine...

L'entrée des autres lui coupa la parole.

— Entrez, mais entrez donc ! s'écria-t-il, soulagé en somme. Vous n'êtes pas en avance, chers amis...

— Ne vous plaignez pas, mon cher Stéphane, vous aviez toutes ces dames..., répondit l'antiquaire de sa voix flûtée.

C'était un petit homme mince, et d'une élégance apprêtée, au visage fin, un peu triste, et non sans bonté. Paul Coban le suivait, et fit entendre un grognement en guise de salut. Cette habitude, une chevelure ébouriffée, un nez retroussé et un air maussade de collégien sale faisaient qu'on ne s'apercevait qu'au bout d'un instant qu'il devait avoir trente-cinq ans. Le Dr Fisher fermait la marche, digne sous son épaisse chevelure blanche, son visage de beau jeune homme dédaigneux éclairé de deux yeux très bleus. Socrate s'empressa de verser un verre de rhum, que le docteur prit aussitôt.

— Alors ? Il paraît que nous lisons ce soir un poème de vous, chère mademoiselle ? fit Ducas avec une grande courtoisie, en se tournant vers Germaine Lethuit.

Celle-ci, rougissante, allait répondre, mais Stéphane s'en chargea.

— Le thème est prenant, dit-il avec feu, il s'agit...

— Je boirais bien quelque chose, bâilla Paul Coban.

— Je vous l'offrirai avec plaisir, monsieur Coban, fit Socrate qui se multipliait. Un vin blanc, comme d'habitude ?

— C'est ça, grogna Coban.

Il jeta sur une chaise son grand corps lourd, étala ses jambes d'une façon ostensible, et mit son coude sur la table. Sa ressemblance (que Ducas se plaisait à souligner) avec le portrait de Rimbaud par Fantin-Latour lui paraissait autoriser cette attitude.

— Paul, voyons, fit Ducas avec une indulgence maternelle. Il a travaillé toute la nuit, mon pauvre Paul, excusez-le. Il avait un peu bu hier soir, et tout à coup, vers 11 heures, il s'est jeté sur sa toile avec une fureur ! Eclaboussant tout, salissant tout... Je dois dire qu'il a réussi une harmonie de rouges ! Des couleurs électriques, fausses, vous voyez ce que je veux dire ? Toute la vie moderne, son artifice, sentie par un visionnaire, au cours d'une nuit d'orgie. Il faudrait que vous voyiez cela, mon cher Morani. Votre brasserie, vous savez, ce monde faux, grinçant, vos ritournelles, votre souffrance aussi, tout cela y est, transposé naturellement, sublimé, mais...

— J'en serais très content, oui. Très content, dit Stéphane un peu guindé.

Les travaux des autres, surtout aussi abondamment commentés, ne l'intéressaient guère ; mais une universelle complaisance était la règle du petit cercle.

— J'aime beaucoup le rouge, dit Socrate.

Sylvia fit entendre un petit rire un peu gênant.

— La vie moderne, vraiment ? dit Mlle Lethuit qui n'aimait pas la peinture, bien qu'elle se gardât de l'avouer. Elle a pourtant du bon parfois. En matière de législation sociale, par exemple... Et même en ce qui concerne l'extension de la culture.

— Il est certain, dit Ducas qui montrait un grand talent de ravaudeur en reliant l'une à l'autre les bribes de la conversation, qu'il y a seulement cent ans beaucoup moins de gens appréciaient la peinture. Mais si nous passions, puisque c'est le thème de notre petite réunion, à la lecture de votre poème, ma chère amie ? J'avoue que j'en suis affreusement curieux. Je m'attendais si peu à vous voir transformée en lyrique !

— Il s'agit surtout, tout de même, d'un poème social ! s'écria Stéphane, coupant encore une fois la parole à Mlle Lethuit qui ouvrait la bouche. Notre amie m'a fait le plaisir — l'honneur, devrais-je dire, de me soumettre cette œuvre en priorité. Je me suis permis quelques remarques — oh ! minimes, presque grammaticales —, quelques corrections de détail...

— Oh ! monsieur Stéphane ! Des poèmes de vous ! s'écria Sylvia en battant des mains.

Mme Prêtre fronça le sourcil. Ces enfantillages allaient encore à Sylvia, mais dans quelques années ? Et si elle était incapable de réprimer ses élans, incapable de comprendre qu'il fallait se hâter de profiter de sa beauté pour conquérir une position sûre, incapable... L'estomac de Mme Prêtre se crispa douloureusement sous son châle noir.

— De moi, de moi, vous exagérez, mon enfant ! (Il remarqua en parlant combien le visage de Martine était maussade.) Vous allez voir que j'y suis pour très peu de chose.

Il tira le poème de sa poche, et tous se rapprochèrent, même le Dr Fisher, son verre à la main. Il avait toujours l'air de se demander ce qu'il faisait là, mais il y venait régulièrement.

— Vous qui avez fui les persécutions, docteur, dit aimablement Stéphane, vous devez vous intéresser particulièrement à ces problèmes moraux...

Le Dr Fisher s'inclina, comme devant un juste hommage, mais ne répondit rien. Gérard Ducas souriait. Il adorait ces petites réunions, si exquisément démodées. C'était une atmosphère dans laquelle il se plaisait : courtoise, affectueuse (ils s'aimaient tous beaucoup), et un tantinet ridicule. Il se renversa sur son siège, pour mieux goûter, en amateur, le poème.

Stéphane, après un dernier regard circulaire à son troupeau (oh ! la bouderie de Martine dans un coin ! Que cela était contrariant !) entama sa lecture, d'une belle voix sonore et grave, qu'interrompait parfois un subit manque de souffle. *Ode aux Objecteurs de Conscience.*

C'était un joli morceau de littérature engagée. Dans la première strophe (construite selon toutes les règles, et dont Malherbe n'eût pas désavoué le style sinon le sujet), Germaine Lethuit proclamait bien haut qu'elle n'excluait aucun objecteur de conscience, ni croyant ni communiste. Dans la seconde, elle décrivait les horreurs de la prison, et faisait allusion (partisane, avait dit Stéphane en critiquant ce texte) à « l'hypocrite aumônier digérant son repas » qui prodiguait aux prisonniers des « conseils homicides ». Une longue discussion avait suivi entre eux et (faiblesse sur laquelle nous jetterons un voile indulgent), Mlle Lethuit, brûlante du désir d'être lue au petit cercle du lundi, sachant que la décision dépendait de Stéphane, trahit ses convictions et le souvenir sacré de Combes, en transformant « l'hypocrite aumônier » en « «hypocrite geôlier » ce qui ôtait, il faut le reconnaître, beaucoup de sa portée révolutionnaire à ce texte. La troisième strophe (due presque entièrement à Stéphane, et d'un style plus lyrique) chantait les consolations du prisonnier « un rayon de soleil qui danse », un animal familier (souris ou araignée), indiquant la « compassion de la *Nature* » (Stéphane à son tour avait fait cette concession à la laïcité), un regard fraternel entre hommes... Cette strophe fut accueillie par un murmure flatteur de l'antiquaire. La quatrième et dernière strophe enfin, d'un ton plus social et plus viril, prédisait la chute du gouvernement, l'avènement d'un monde meilleur, où les jouets donnés aux enfants ne seraient plus des canons et des fusils, mais des truelles et des faucilles. Mlle Lethuit avait évité les « marteaux » trop symboliques, mais ne s'était pas demandé si les enfants de l'avenir ne risquaient pas de se blesser plus grièvement avec des truelles (instruments coupants) qu'avec des fusils de bois. Elle n'évoquait pas non plus la possibilité des truelles en caoutchouc. Rappelons-le, Mlle Lethuit n'était pas mère.

— Il y a de très jolies choses... dit Gérard Ducas, qui n'inclinait pas en général à tant d'indulgence.

Mais il s'était vu un instant poétiquement transformé en objecteur de conscience et serrant furtivement la main de Paul dans un couloir obscur.

— Oui, n'est-ce pas, dit Stéphane, qui pouvait se dispenser de toute modestie en paraissant complimenter Mlle Lethuit. Cela rend un son assez nouveau ; je ne suis pas pleinement d'accord avec l'idéal politique qui s'y trouve exprimé, mais...

— Oh ! moi non plus, dit Ducas vivement (malgré son goût pour l'art avancé, il trouvait délicieusement paradoxal d'être royaliste et clérical), mais il y a certains traits... le rayon de soleil, cette souris (est-ce bien une souris ?) ce geôlier... (il ne se découvrit pas plus avant).

— C'est vraiment poétique, dit Socrate, mais je n'ai pas très bien compris. Pourquoi est-ce qu'ils ne se sauvent pas en Suisse, s'ils ne veulent pas faire la guerre ? En Grèce...

— Moi, j'appelle ça des déserteurs, dit Mme Prêtre. D'ailleurs, si on connaît un médecin, c'est si facile de s'arranger...

— Vraiment ? dit le Dr Fisher d'un air ironique.

C'étaient les premières syllabes qu'il prononçait. Mme Prêtre craignit de l'avoir blessé et s'empressa.

— Je ne veux pas dire, docteur, qu'un médecin ferait

un mensonge, naturellement, mais si un pauvre jeune homme venait vous demander ça, franchement...

— Peut-être, dit le Dr Fisher. Peut-être. (Cette jeune bonne, cet après-midi encore... Pourquoi venait-on toujours lui demander des services de ce genre, à lui précisément ? Pourquoi, aussi, les rendait-il ?)

Mlle Lethuit se trouva un peu négligée.

— La cause des objecteurs de conscience, dit-elle fermement, est tellement importante ! Songez que certains de ces malheureux, dont le seul crime est de ne pas vouloir verser le sang, sont détenus depuis dix ans et plus !

— Mon Dieu ! Est-ce possible ! dit Sylvia, émue.

Stéphane intervint.

— Mais oui, mon enfant. Des hommes sont entrés en prison à l'âge que vous avez, et...

Socrate et Mme Prêtre s'étaient rapprochés. Stéphane leur servait en général d'interprète lorsque la discussion dépassait leur entendement. Paul Coban buvait. Ducas s'était emparé du Dr Fisher pour lequel il avait une certaine sympathie. C'était séduisant, ces cheveux blancs et ce visage à la fois jeune et ravagé. Martine était debout au fond, et regardait la rue à travers la vitre, tout en ne perdant pas une des paroles de Stéphane. Jamais encore il ne l'avait négligée si ostensiblement, et pourtant, n'avait-il pas insisté pour qu'elle fît partie du petit cercle ? Une aigre colère montait en elle.

Sylvia s'apitoyait. Elle avait très bon cœur. Les faits divers des journaux la faisaient régulièrement pleurer. Un crime, un enfant malade, suffisaient à lui gâcher la moitié d'un dîner en ville. L'idée ne lui serait jamais venue d'ailleurs qu'il y eût quelque chose à faire. Mais elle admirait beaucoup ceux qui parlaient de ces choses, comme Stéphane et Mlle Lethuit, elle les vénérait même, de toute son âme d'enfant sage, à laquelle son premier prix (le manteau de fourrure) donne bonne conscience.

Mlle Lethuit voyait son œuvre disparaître sous le torrent des commentaires, sort commun à bien des auteurs, et des plus respectables. Dans un dernier effort, elle s'inséra dans le groupe que Stéphane catéchisait.

— L'ode, commença-t-elle courageusement, est un genre...

Mais Stéphane l'abandonna en proie au commun, et rejoignit Ducas qui attaquait la poésie engagée. Stéphane la défendit avec feu. Il s'était déjà approprié les théories qui avaient présidé à la naissance de l'ode.

— Vous ne prétendez pas, mon cher, écarter de la poésie les images de la vie moderne ? Vous ne prétendez pas m'empêcher de chanter les gratte-ciel, les locomotives, les... Alors, pourquoi ne pas soulever les grands problèmes de notre temps ?

Ducas avait horreur des grands problèmes, de la brutalité, du manque de pittoresque. Une bergerie Louis XV, une de ces fausses bergeries avec faux moutons et faux bergers bien lavés (il n'était pas question pour lui de bergères), eût été son décor favori.

— Il me semble, dit-il, non sans une certaine ironie, que vous, un croyant, vous devriez être plus chaud que n'importe qui pour défendre les valeurs éternelles !

— Vive la poésie abstraite ! dit Paul Coban dans un grognement.

Un artiste n'a pas à s'occuper des grands problèmes, pensait-il. Ni même des petits. Qu'on le laisse en paix, qu'on achète ses tableaux, et que Gérard s'occupe de la blanchisserie et des objecteurs de conscience.

Mlle Lethuit tenta une dernière fois d'intervenir.

— Ne croyez-vous pas qu'une publication.. murmura-t-elle.

Mais Ducas ne l'entendit même pas. Il célébrait les valeurs éternelles, l'amour, Virgile et ses bergers. Stéphane lui répondit par les prêtres ouvriers. Mlle Lethuit soupira. L'auréole de la poésie n'avait pas voulu couronner sa tête. La tentative avait échoué. Dans la bonté de son âme, elle n'en conçut nul grief contre Stéphane. En courageuse amazone, elle se résigna à son destin, et entreprit d'initier Sylvia aux beautés du socialisme.

*
**

Stéphane et le Dr Fisher restèrent les derniers. Le Dr Fisher aimait qu'on lui parlât, et Stéphane aimait parler. Tous deux se préoccupèrent fort peu de Martine qui paraissait calme et regardait la rue.

— Vous fermerez, n'est-ce pas ? dit Socrate. Je vous laisse la bouteille de rhum, docteur. Non, non, je vous assure... Cela me fait plaisir de vous l'offrir...

— Il est rare, disait Stéphane, de trouver une réunion de braves gens qui... Certes, le niveau intellectuel... Mais...

Le Dr Fisher approuvait, buvait, approuvait encore. (Qu'il parle, qu'il parle encore ! Cette chaleur de n'être pas seul, et de se sentir pourtant indifférent... Il se demanda s'il ne devait pas acheter un chien. Mais un chien ne parle pas. Un être humain est plus amusant. On ne peut pas rire d'un chien...)

Enfin, Stéphane s'arrêta.

— Je crois, mon cher docteur, qu'il faut que j'aille m'allonger... La fatigue... Puis, continua-t-il, s'apercevant un peu tard de la présence de Martine, je dois reconduire — si tant est que ce mot puisse s'appliquer à une montée d'escalier — cette charmante personne, qui nous écoute avec tant de patience...

Pourquoi était-elle restée là ? Il avait la désagréable impression qu'elle allait encore prendre son ton pincé. Enfin ! Il en serait quitte pour lui offrir quelque chose, demain, dans un bar, pour bavarder un peu plus longuement... Il avait gardé de sa jeunesse de très beau garçon une confiance naïve dans son pouvoir, dans le pouvoir de quelques mots gentils, d'un bouquet, d'un sourire... Il n'irait pas jusqu'au baiser, elle pourrait s'imaginer... Mais il se sentait dans des dispositions à faire un peu de charme.

— En avant pour notre escalier, mon amie, dit-il gracieusement. Pour moi, fatigué comme je suis, c'est déjà un long voyage...

Son sourire mêlait la faiblesse et la galanterie. Mais Martine conservait son air morose. Elle s'avança cependant, se laissa prendre le bras.

— Allez, allez, dit le Dr Fisher. Je fermerai, ne vous inquiétez pas.

Ils sortirent, par la petite porte de côté. Stéphane s'appuyait sur Martine, tant par calcul que par une réelle fatigue, dont il se sentait pris tout à coup. Un peu haletant, il s'arrêta devant l'escalier pour rassembler ses forces.

— Eh bien, ma chérie ? demanda-t-il, pendant cette halte.

C'était la première fois qu'il l'appelait ainsi, et il n'avait pas l'intention d'en faire une habitude. Mais il l'avait un peu abandonnée ce soir. Alors il eut l'incroyable surprise de la sentir se dégager avec violence, son maigre petit corps agité d'un tremblement de rage, ses yeux habituellement clignotants et indécis le fixer avec une sorte de haine, et une étrange voix blanche, tendue, impitoyable, lui jeta au visage :

— Je vous hais ! Je vous hais !

***

— Alors, dit Henry sans méchanceté, ç'a été, cette culture ?

Sylvia n'était pas perméable à l'ironie.

— C'était merveilleux, dit-elle avec un enthousiasme touchant. Mlle Lethuit m'a parlé des objecteurs de conscience, c'est pour ça que je suis en retard...

Elle consulta la montre en or, enrichie de diamants, qu'Henry lui avait donnée. Mme Prêtre avait été très contente de sa fille, quand elle avait vu cette montre.

— Est-ce que vous saviez ça, Henry, qu'ils étaient en prison depuis quelquefois dix ans ?

— Qui ça ?

— Les objecteurs de conscience.

— Fichtre ! dit Henry qui pensait à tout autre chose.

L'après-midi avait été mauvais. Il n'avait pu travailler. Le disque de Mozart était posé sur le pick-up, il l'avait entendu trois fois, et n'avait pu l'exorciser.

— Oui, et ils ne veulent pas sortir de prison pour ne pas verser le sang. N'est-ce pas beau ? Mlle Lethuit dit que c'est une grave question sociale.

— Ah ! si Mlle Lethuit le dit, évidemment...

Machinalement, il lui caressa les épaules que la robe claire découvrait. Sylvia fit entendre un soupir flatteur, tout aussi machinalement. Henry était si décourageant! Jamais il ne voulait avoir une conversation sérieuse. C'était bien la peine d'avoir à soi seule un homme célèbre !

— Elle a même écrit un poème là-dessus, un très beau poème, qu'on a lu.

— En vers ? (Le même effet qu'il y avait dix ans. Le même malaise. Il ne comprendrait jamais ce qu'il y avait au fond de cette musique qui lui faisait comme un reproche. Ou plutôt non. Ce n'était pas exactement un reproche.)

— Bien sûr, en vers, dit Sylvia, légèrement offensée. Une ode.

— Une ode sur les objecteurs de conscience ?

Un instant réveillé, il se mit à rire.

— Je vois, dit Sylvia d'un petit ton sagace, que vous êtes opposé à la poésie engagée. (La main d'Henry se glissa dans son décolleté, mais elle, oubliant son devoir — qu'eût dit sa mère ! — poursuivit avec courage.) Un peintre abstrait qui était là partageait d'ailleurs votre avis.

— Oh ! moi, tu sais ! dit Henry. Vivre et laisser vivre, voilà ma devise. Je peindrais bien un objecteur de conscience, si sa tête me revenait.

La musique l'avait déprimé, encore une fois. Et quelle sotte idée d'avoir fait venir la petite, à cette heure ! Elle devait mourir de sommeil, à moins qu'elle ne proposât d'aller souper dans un cabaret (il se demandait qui lui fourrait dans la tête ce genre d'idées) alors que c'était une des choses qu'il détestait le plus au monde. Mais ce matin, quand il lui avait téléphoné, il se sentait en pleine forme, prêt à peindre, prêt à faire l'amour... Quelle idée d'avoir voulu se confronter, encore une fois, avec ce disque, comme on appuie sur une blessure déjà à moitié fermée. Et voilà. La douleur était revenue. Ou plutôt non, pas la douleur : c'était un mot trop noble, trop fort. Le malaise, la nausée, l'ignoble doute, pourquoi pas ? la colique... Il n'y avait pas de mots assez bas pour qualifier ces soudaines faiblesses.

Il se taisait. Sylvia se taisait aussi avec application. (« L'inspiration, se disait-elle sagement. L'inspiration. C'est un grand homme, il ne faut pas l'oublier. ») Le grand homme était là, dans l'immense atelier bien éclairé par plusieurs lampes, devant la grande paroi vitrée, masquée d'un rideau de toile grise, assis sur le divan marocain (tous détails qui, se répétait Sylvia consciencieusement, AVAIENT ETE PHOTOGRAPHIES DANS *PARIS-MONDE*) et pas imposant du tout. C'était un homme de taille moyenne, mais que ses épaules énormes, disproportionnées, faisaient paraître petit et trapu. Les mains grossières, les jambes courtes, un peu de ventre (rien de choquant : il avait tout de même soixante-cinq ans !), la tête ronde et paysanne, avec de petits yeux marron très vifs et parfois malicieux ; de rares cheveux gris, plaqués sur un crâne rond aussi. UN GRAND HOMME ! Elle avait beau se le répéter, elle trouvait malgré tout (et non sans remords) que Stéphane, s'il avait été photographié dans *Paris-Monde,* aurait fait plus d'effet. Elle fit un nouvel effort pour échapper à ces mauvaises pensées et réamorcer la conversation.

— M. Morani, lui, était tout à fait pour.

— Pour quoi, ma jolie ?

— Pour la poésie engagée. (Et comme elle voulait l'intéresser à tout prix :) Vous l'avez peut-être connu autrefois, vous qui avez peint à Signac ?

— J'ai connu à Signac un M. Morani qui est pour la peinture engagée ?

— Pour la poésie engagée, dit-elle avec patience. Est-ce qu'il y a une peinture engagée ?

Mais bien entendu, comme chaque fois que la conversation devenait intéressante, Henry s'était replongé dans sa rêverie. Signac ! Quel dommage que le nom d'une aussi jolie ville fût aussi celui de ce peintre haïssable ! (On disait que c'était un homme exquis, d'ailleurs, mais il n'avait jamais voulu lui être présenté : il était sûr qu'ils ne s'entendraient pas.) Signac, c'était avant le disque, avant même l'Amérique, une période heureuse, pleine, solide... Le souvenir de Signac lui rendait Sylvia plus insupportable encore. Pourquoi, mais pourquoi l'avait-il fait venir ? Pourquoi la voyait-il presque tous les jours ? Pourquoi y avait-il des moments où elle lui apparaissait, tout simplement, comme une jolie fille pas très fine, qu'il désirait aisément, et d'autres où elle lui apparaissait tout à coup sous un autre jour, presque répugnante, son corps grêle, longtemps mal nourri, son corps médiocre, à goût de pitié... Et (c'était le signe le plus sûr de ces états maladifs où il était soudain plongé) il lui semblait voir à travers elle cette âme, grêle et médiocre aussi, soumise et vaniteuse, qui faisait des grâces, paraît son néant des plus misérables colifichets...

Oh ! Signac ! Il appelait au secours ses ruelles au pittoresque facile, ses bonnes lourdes rues bourgeoises gonflées d'importance, le petit port déserté, la campagne grise sous le soleil... Mais aucune image n'avait le poids d'alors, le sens d'alors. Ses amours calmes et silencieuses, quotidiennes et nourrissantes comme des repas, l'argent dont il n'abusait pas (il avait toujours eu une tendance à l'avarice) mais qu'il sentait derrière lui comme un mur contre lequel on peut s'appuyer, sa peinture sans inspiration (oh ! comme il haïssait l'inspiration ! Ce poncif méditerranéen ! Il était du Nord, d'une ville de filatures, une des plus laides du monde, et il l'aimait), et ses fureurs contre Van Gogh, dans ce Midi qu'il avait marqué, défiguré au point qu'on se trouvait tout à coup en train de peindre un Van Gogh dans ces paysages contaminés... Tout de même, avec sa lourde patience, son travail pesant et lent, ses tableaux posés un à un comme des pierres une à une pour paver un chemin, il avait réussi à en marquer quelques-uns à son tour, à imposer ses paysages à lui. Et d'autres peut-être lui en voulaient aujourd'hui d'avoir malaxé la matière même où ils vivaient, d'en avoir marqué les contours, réduit la couleur à ces taches pesantes, donné aux choses à jamais leur plein poids, de les avoir, avec quelle force triomphante, *clouées à la terre*. Ah ! Signac ! Et ce moment où (oui, il y avait quinze ans de cela) il avait connu ce sentiment de plénitude, comme le paysan qui se relève enfin, courbatu, pour regarder autour de lui la moisson... Il avait cinquante ans.

— Est-ce que nous sortons, Henry ?

Il sursauta.

— Voulez-vous que je pose ? demanda-t-elle complaisamment.

« Voulez-vous que je me déshabille ? » songea-t-il. Tout ce qu'il lui demanderait, elle le ferait. Et même pas uniquement pour de l'argent. C'était cela le plus terrible. Elle n'était pas vénale. La mère devait la pousser, cette mère qui décidait que sa fille devait rentrer avant 1 heure du matin et avoir un manteau de fourrure (qu'il avait acheté, d'ailleurs). Mais elle, la pauvre petite sotte, c'était pire. Ah ! les soirées culturelles ! (il détestait le théâtre et s'y endormait régulièrement). Les boîtes de nuit ! (« Remarqué au Club de l'Etoile Henry Stass et une jolie brune qui... ») Et cela coûtait cher, en plus. Mais elle était contente. Elle battait des mains. La culture, n'est-ce pas, la célébrité... Et cela, sans méchanceté, sans même cette gloriole qu'on eût pu lui supposer, mais avec une sorte de conscience de sa médiocrité, un besoin désespéré de se mettre en ordre, de faire ce qu'il fallait, de mériter une récompense par sa sagesse, puisqu'elle ne pouvait la mériter autrement... Oh ! l'humilité des imbéciles... Et il lui arrivait, à lui Henry Stass, l'amant riche d'une jolie fille (situation vieille comme le monde, et qui, Dieu sait, passe pour simple et naturelle) d'éprouver une sorte de vertige devant ces moments où il sentait l'inutile, la tragique application de cette lueur de conscience.

Tout de même, il eut un sursaut de révolte. Quoi, même une stupide jolie fille avait à présent pouvoir sur lui ? Le dévastait, le désagrégeait ? Il se dressa.

— Si nous sortions, au fond ? Au Club de l'Etoile... Ils ont de ces homards...

(C'était un coup de dix mille francs, au moins. Elle tenait beaucoup à boire du champagne. Mais il fallait échapper à cette hantise, et qu'elle ne fût pas déçue, en larmes. Non, pas cela !)

— Oh ! oui ! C'est une idée merveilleuse ! s'écria-t-elle en battant des mains.

Feignant de chercher son manteau, Henry détourna la tête pour échapper à cette exubérance.

Petite putain, fille de putain, en quoi mérites-tu la pitié ? Un bijou, un manteau de fourrure, une voiture américaine, voilà ton rêve de beauté, et tu fais l'amour, de tout ton cœur, avec le journal qui t'a appris mon nom. Innocente petite putain, en quoi mérites-tu qu'on remette le monde en question ?

⁂

Il était resté un instant cloué sur place, plus stupéfait, plus bouleversé que s'il avait reçu un coup, le cœur un moment suspendu dans le vide, haletant, et seul le sentiment qu'un énorme sacrilège, une monstrueuse injustice venaient de s'accomplir, l'avait retenu au bord de l'évanouissement.

— Vous ! Vous ! Martine ! avait-il enfin trouvé la force de murmurer.

Elle avait repris son air maussade, mais le regardait toujours en face, et de quel regard insoutenable de rage !

— Quoi, moi ? Est-ce que je vous ai jamais promis de tout supporter de vous ? Est-ce que je suis votre esclave ? Ah ! vous m'avez bien dupée, vous, vos plaintes, vos jérémiades, vos façons maladives ! Une victime, n'est-ce pas ? Que j'ai été bête !

— Martine ! Je vous en supplie !

Il étouffait à demi, sa vue se brouillait sous ce choc si subit, si imprévu. Il chancela, dut s'appuyer à la rampe. Elle monta une ou deux marches, comme si elle allait l'abandonner là, mais se retourna.

— Oui, bête, bête à pleurer ! Je vous ai cru, pauvre Stéphane, pauvre être blessé et incompris ! La maladie grave, la femme qui ne vous comprend pas, le piège est vieux pourtant ! Il doit servir depuis des siècles ! Et je m'y suis prise comme des centaines d'autres, comme vous en aviez pris d'autres, sans doute !

— Martine ! Je vous jure...

Il montait, avec effort, derrière elle. Il n'était pas si désemparé qu'il ne pût s'accrocher à cette idée, que la seule jalousie la faisait parler. Mais il fallait la rejoindre, la convaincre : qu'elle doutât de sa bonne foi l'affolait comme une bête traquée, l'affolait dans le plus profond de son âme, dans ses retranchements les plus savants. Et elle, qui le sentait, devenait plus froide, avec cette terrible joie d'avoir enfin prise sur quelqu'un, de posséder enfin quelque chose, fût-ce la haine de quelqu'un. Depuis l'enfance, elle n'avait plus connu ces rages subites qui l'amenaient presque à des convulsions. Elle s'était résignée à vivre coupée de tout, isolée de tout ce qui était vie et chaleur ; elle s'y plaisait presque, dans son isolement glacé. Et il était venu l'y chercher, lui promettre implicitement un pouvoir, lui faire croire qu'il avait besoin d'elle, qu'elle, si pauvre qu'elle n'avait même plus de colère, pouvait donner quelque chose. Il lui avait promis cela, et il suffisait qu'une fille apparût, une idiote, une simple d'esprit, pour qu'il l'abandonnât, la repoussât négligemment dans sa pauvreté première... Oh ! mais elle était calme maintenant. Il lui fallait trouver l'endroit sensible, savoir par où elle le tenait, car elle le tenait, elle l'avait su tout à coup. Elle gravit encore quelques marches. Il la suivit. Il était très pâle.

— Non, mon ami, dit-elle tout à coup, avec une meurtrière douceur, vous n'êtes pas un monstre. Je me suis emportée. Pardonnez-moi.

Il s'arrêta, haletant, ne comprenant pas, prêt pourtant à oublier, oh ! oui, oublier le plus vite possible... Mais elle reprenait déjà.

— J'étais sotte. Le dépit, voyez-vous... Vous ne pensiez pas mal faire... Il est si aisé d'abuser une pauvre fille... de s'abuser peut-être soi-même...

Il tressaillit vivement, et elle sentit qu'elle avait touché juste, à cet endroit de l'âme qu'il essayait en vain de protéger, cet endroit nu, sensible, à vif, qu'elle n'aurait pas pu nommer, mais qu'elle sentait comme à travers un brouillard.

— Martine, je ne comprends pas... Je n'ai pas essayé de...

Elle reprenait sa montée, et il s'essoufflait à la suivre. Il passa devant sa propre porte sans s'en apercevoir.

— Je veux le croire, Stéphane, je veux le croire. Il n'en est pas moins vrai que vous m'avez présenté sous les plus fausses couleurs vos sentiments, votre vie familiale...

— Ma... ma vie ?

— Soyez honnête, Stéphane. Votre femme, sans doute, n'est pas irréprochable, mais votre légèreté...

Ils se trouvaient entre le second et le troisième étage. On aurait pu les entendre, mais Stéphane n'y pensait pas. Elle le comparait à présent à Louise ! Ah !

elle le touchait plus profondément encore qu'elle ne pouvait l'imaginer, lui qui n'avait cessé, pendant des années, de faire cette comparaison sans parvenir à en trouver le résultat satisfaisant.

— Mon amie, comment pouvez-vous..., murmura-t-il, s'accrochant désespérément à la rampe. Vous la connaissez, vous savez ce qu'elle est. Je vous ai donné ma confiance...

— Elle s'occupe de vous, n'est-ce pas ? Elle vous soigne, elle travaille. Oh ! je sais bien qu'on pourrait dire... Mais enfin...

Ils avaient dépassé le troisième. Stéphane toussait, à bout de forces. Elle ne se retournait pas. Elle entendait ce souffle rauque derrière elle, mais elle savait qu'il la suivrait jusqu'en haut, jusqu'à sa chambre, jusqu'à son lit, et qu'il ne la suivrait que mû par cette peur dont elle ignorait le secret. Mais elle se souciait bien de comprendre ! Elle était soulevée au-dessus d'elle-même — froidement. Ils arrivaient au quatrième. Le souffle, derrière elle, était presque un râle. Elle mit sa clef dans la serrure. Elle sentit le souffle de Stéphane sur son cou. Il était incapable de parler, et pourtant, elle en était sûre, il eût monté encore dix étages derrière elle, quitte à s'effondrer ensuite — mort peut-être. Elle ouvrit la porte, entra, enleva son manteau, posément. Les ressorts du lit crièrent comme Stéphane s'y affalait. Elle accrocha son manteau. Son corps maigre, un peu déjeté, dont elle avait honte, apparut .Mais elle n'avait pas de honte aujourd'hui. Elle se retourna. Elle le regarda, de sang-froid, avec tout de même le petit battement de cœur qu'on a en égorgeant une volaille quand le sang, en pulsations régulières, commence à jaillir du cou tranché, surveillant son affolement, le jaugeant, sans nulle pitié ni pour lui, et ce honteux besoin qu'il avait d'elle, ni pour elle qui tenait de ce seul besoin sa soudaine puissance. Elle le vit blême, comprimant son cœur à deux mains, si défait qu'elle eut presque peur qu'il ne lui échappât. Elle ne pouvait aller plus loin sans briser le ressort de cet être ; et si elle l'avait brisé, elle se serait retrouvée seule.

Elle vint s'asseoir sur le lit, près de lui.

— Mon pauvre Stéphane, dit-elle affectueusement, peut-être me suis-je méprise ?

C'était assez. L'homme assis à côté d'elle, brisé, vaincu, ne lui inspirait plus de haine. Et même, ce grand froid lucide qui l'avait tout à coup envahie, cette joie blanche et terrible, se retirait d'elle, et dans un instant, son pouvoir lui tomberait des mains. Lentement, elle desserrait son étreinte, lui laissait aspirer un peu d'air...

— Allongez-vous donc, Stéphane, vous êtes épuisé...

Il ne résista pas. Elle s'allongea près de lui, posa sa tête contre le bras étendu. Il ne bougea pas, ne la repoussa pas. L'animal torturé était mort, un simple tas de plumes par terre, au soleil. Mais est-ce que cela existe, la mort ? Une vague de puissance reflua en elle, mais plus courte déjà, moins forte... Elle pouvait rendre la vie à ce cadavre.

— Mon ami, calmez-vous, reposez-vous... Je n'ai pas voulu vous bouleverser à ce point... Je ne me doutais pas...

La respiration, tout contre elle, devenait plus régulière. Elle commandait à la vie, se disait-elle encore. Elle le tenait, il ne pourrait pas lui échapper, n'est-ce pas ? Mais les vagues froides se retiraient, c'était à peine si elle entendait encore dans ses oreilles leur bourdonnement lointain.

— Dites-moi ce qui vous a troublé à ce point... J'ai eu tort, peut-être, de vous parler de...

Elle attendait sa réponse. Elle ne devinait plus. Ah ! la soudaine illumination était loin, elle était Martine à nouveau, ce corps sans grâce, ce visage sans douceur...

— Vous m'avez accusé..., dit la voix encore haletante, encore étouffée et déjà pleine de rancune. Vous avez dit qu'elle... qu'elle avait des raisons de...

Il ressuscitait à peine, mais d'instinct, il aiguillait la conversation sur Louise, d'instinct, il défendait déjà cette faille, secrète à lui-même, où elle l'avait touché :

« Il est si aisé d'abuser une pauvre fille... de s'abuser peut-être soi-même... » Et elle se laissait égarer.

— Je n'ai pas voulu dire... Certes, elle est coupable, mais peut-être a-t-elle souffert...

— Souffert, elle ? (La voix était plus ferme, presque véhémente et sa poitrine s'allégeait. Le danger s'éloignait. Il le sentit obscurément.)

— Je sais bien qu'on ne peut attendre d'elle beaucoup de sensibilité.

Elle tâtonnait, cherchait, et ne retrouvait plus sa force.

— De la sensibilité ! Mais c'est un roc, une pierre. Une femme qui était... Vous savez ce qu'elle était, une femme que j'ai tirée de la boue, et depuis dix-huit ans, j'attends encore un signe de reconnaissance, un geste d'affection spontanée...

Dans un effort désespéré, elle osa lui passer la main dans les cheveux.

— Je comprends, murmura-t-elle. Vous si sensible à la moindre nuance...

Comme il lui échappait vite ! Le beau visage à peine ravagé se colorait déjà ; il s'accoudait, dans un instant il allait quitter ce lit où, tout de même, il était allongé près d'elle...

— Des nuances ! Ma pauvre amie, si je vous disais... Mais non, il vaut mieux se taire sur des égarements que vous si pure, vous ne comprendriez pas...

Sa voix aussi était redevenue sonore, et il parlait presque avec plaisir, les yeux dans le vague. Avec précaution, elle se rapprocha de lui, lentement, lentement... Elle parla, pour détourner son attention.

— Mais pourquoi l'avez-vous épousée ?

— Pourquoi, mon amie ? Cela paraît bien fou, bien illogique, n'est-ce pas ? Et je n'ose pas dire que je recommencerais. Mais peut-être aurais-je tort. Peut-être verrons-nous un jour l'utilité de tout ceci. J'étais jeune, plus naïf, peut-être meilleur... Je voulais la racheter, l'élever, que sais-je ? Mais vous devez me comprendre, vous qui tout à l'heure encore, en dépit de toute évidence matérielle, de toute apparente vérité, défendiez celle que vous seriez en droit de haïr...

Elle était tout contre son flanc maintenant, sentait la chaleur de sa jambe. Elle ne pouvait plus parler. Dans sa poitrine étroite, son cœur battit fort.

— ... et en dépit de tout, c'est vous qui aviez raison Martine, en me rappelant le devoir que j'ai assumé... (Il était redevenu tout à fait lui-même. Son bras, tandis qu'il parlait avec une ardeur croissante, serrait involontairement les minces épaules de Martine.) Dans cette boue, il doit y avoir une lumière. Nous devons y croire, en dépit de tout, et dût la boue nous étouffer. De la pitié, encore et toujours de la pitié ! Peut-être se moquera-t-on de nous, peut-être...

Il s'interrompit brusquement. Le corps maigre s'était collé à lui, le visage disgracié, aux yeux arrondis, terribles, ouverts comme des hublots, attendait, tout proche du sien. Serré entre elle et le mur, soudain, il s'apercevait du danger de sa position, et cette terrible répulsion qu'il n'avait jamais pu vaincre le saisissait à nouveau, l'emplissait d'une frayeur enfantine qui se lisait sur son visage, où soudain, le masque arraché, paraissait ce dégoût ingénu.

A nouveau ! A nouveau cette barrière, cet abîme, ce vertige infranchissable, qu'elle n'avait pas, qu'elle n'aurait jamais le courage de sonder. Sa puissance disparue, toute sa malignité en pièces en un instant, devant ce visage atterré, contre ce soudain raidissement des muscles qu'elle sentait, comme s'il s'était ramassé sur lui-même pour la fuir. Un instant encore, elle resta pressée contre lui, ses yeux intenses de myope fixés sur son visage, dans une imploration désespérée. Puis tout à coup, elle se brisa et éclata en sanglots.

Stéphane respira, soulagé, se redressa sur un coude. Dieu merci, le danger était écarté encore une fois. Avec autant de promptitude qu'elle, il écarta le souvenir de sa frayeur, de ce sursaut qui l'écartait d'elle. Il prit une inspiration, caressa les cheveux de la jeune fille qui cachait son visage.

— Martine, mon amie, dit-il lentement de sa belle voix qui emplissait la petite pièce, voyez comme nous sommes punis de notre orgueil. A l'instant même où nous jugeons, où nous tranchons, la tentation... Ah ! nous ne sommes tous que chair et que limon, même les meilleurs...

Elle écoutait. Pouvait-elle ne pas écouter, ne pas croire ? A son tour, elle était nue devant lui, nue, désarmée, atteinte. Obligée de croire, d'écouter. Peut-on ne pas respirer, même si l'air qu'on respire est vicié ?

— De la boue, disions-nous. Et au même moment, un sursaut nous prouve que nous ne sommes que boue, nous-mêmes...

Il s'était assis sur le bord du lit, dégagé d'elle. Non, ce n'était pas avec dégoût. Il disait « nous ». Peux-tu ne pas le croire, visage disgracié caché entre ces mains tremblantes ? Peux-tu refuser ta grâce, ton sursis, visage condamné, corps maudit ?

— ... boue, oui. Et en même temps que l'humiliation, la grâce. Nous pouvons refuser ce sursaut, dompter notre limon originel. Nous en dégager ! Martine, pouvons-nous douter de la Providence ?

Le peut-elle, elle si lucide tout à l'heure ? Le peut-elle, elle vaincue à son tour par cet homme qui n'en sait rien ? Peut-elle refuser le salut, l'ombre protectrice, douce à son corps, à son visage ? Où est d'ailleurs la vérité ?

— Non, Stéphane, dit-elle humblement. Nous ne pouvons pas douter.

Il faut qu'il dise la vérité. Il faut qu'elle le croie pour être délivrée. Il faut.

Et lui arpente à grands pas la pièce, ingénument content comme un écolier libéré du maître ennuyeux, un peu honteux peut-être d'être soudain délivré...

— Savez-vous, Martine, ce que je vais faire pour vous ?

— Non, murmura-t-elle.

— Une chose que je n'ai jamais faite pour personne. Je vais vous prêter mon journal... Oui, mon journal intime, le récit — bien humble, bien maladroit — de mes luttes, de mes espoirs, de mes chutes aussi... Ainsi nous vivrons l'un en l'autre, par l'esprit, ainsi je n'aurai rien de caché pour vous... Vous ne pourrez plus m'accabler de ces vilains soupçons...

Il s'est agenouillé près du lit, lui parle du ton bas et câlin d'un enfant qui a quelque chose à se faire pardonner. Elle lève ses yeux rougis, où naît un tout petit espoir débile... Il ne sait plus de quoi il a eu si peur. Cette pauvre Martine un peu jalouse... Elle ne sait plus ce qu'elle a cru apercevoir en lui de haïssable. Ce pauvre Stéphane, ses scrupules un peu ridicules, mais respectables... Elle ne sait plus ce qui lui a pris...

Ils se regardent, et rien en eux n'est plus inquiétant. Que s'est-il donc passé ? Ils ont oublié. Ils sourient. Un moment, tous deux sont en paix, immobiles au centre de leur fragile et faux bonheur.

II

Dès le début de l'été, les *Folies-Montparnasse* offraient à une clientèle un peu différente un spectacle de strip-tease. Le spectacle habituel étant déjà fort déshabillé, les « artistes » restaient en général les mêmes, sauf les plus considérables, qui prenaient des vacances. Les thèmes eux-mêmes demeuraient inchangés ; le harem était seulement un peu plus voluptueux, le parterre de fleurs un peu moins multicolore à mesure que tombaient les soies et les strass, et le déshabillé de la mariée... mon Dieu, il y avait peu de chose à changer au déshabillé de la mariée. Sarah quittait un petit chiffon de plus, et voilà tout. C'était un spectacle pour touristes — pour touristes un peu à court d'argent. Cependant, il y avait des gens du quartier — des jeunes gens — qui s'offraient à nouveau le spectacle pour voir tomber ce chiffon, et le petit triangle étincelant qui demeurait, infime refuge d'une pudeur dernière, hantait leurs rêves innocents et grossiers.

Ces premiers jours d'été n'étaient guère plus chauds que ceux du printemps qui venait de s'achever. Et même, dans l'après-midi, il avait plu. On le sentait à l'humidité des loges, qui n'étaient pas comprises dans le théâtre proprement dit, mais le flanquaient par-derrière comme une construction surajoutée et de mauvaise qualité, aisément imprégnée d'eau, torride ou glacée. Dans les deux petits étages aux plafonds bas, dans les couloirs étroits peints de jaune, dans les loges minuscules, l'odeur de poudre et de sueur, Lou circulait avec aisance.

— Loulou ! criait l'une.

— Madame ! criait l'autre qui n'était là que pour l'été, et ne la connaissait pas.

Elle se hâtait, agrafait un maillot sur un dos brun, recousait une agrafe, rajustait la jupe qui n'était là que pour tomber... Elle aimait cette familiarité de corps jeunes et sains, sinon toujours très strictement tenus, ce naturel des rapports familiers et indifférents ; et elle était aimée, plus assez jeune pour être une rivale, assez pour être encore une amie, et non la louche entremetteuse de Goya qu'est parfois l'habilleuse vieillie. Elle était bien chez elle, là, dans ces lumières trop fortes, dans une animation colorée qui paraissait joyeuse, et n'étaient-elles pas joyeuses souvent, toutes mal nourries et mal aimées, toutes mal payées, mal logées qu'elles étaient, ces sultanes de magazine, ces fleurs trop maquillées à odeur synthétique, ces paysannes en satin, ces mariées symboliques dignes de la clé des songes, des papillons sur les seins et un point d'interrogation sur le bas-ventre... Louise les connaissait toutes, les belles et les moins belles, les affamées et celles (il y en avait) dont la 4 CV attendait devant la porte. Les mariées, qui avaient une photo de leur petit garçon dans la glace de leur loge, et celles qui se prenaient pour des artistes parce qu'elles avaient tourné pour une marque de savon un court métrage publicitaire. Lou connaissait le prénom du petit garçon, l'adresse du « petit brun qui m'attend » et le numéro de téléphone d'un docteur accommodant ; elle avait vu le monsieur aux œillets qui avait entretenu Sarah trois saisons enlever sa Légion d'honneur, et elle se souvenait de Consolacion, une Espagnole ravissante, qui avait réussi, elle, à devenir une starlette sous un autre prénom. Et elle avait fait siens ces soucis quotidiens, ces rites puérils, comme avaient été siennes les ruelles de Signac, le bal du samedi, et l'aube fraîche enlaidie par la fabrique.

— Loulou ?

Sarah accourait, ses grands atours de mariée sur le bras, nue, sauf ses bas argentés, les hauts souliers d'un rose écœurant, et le petit triangle réglementaire. Combien moins belle qu'au bain de vapeur, dans sa nonchalante indifférence ! Elle était, songeait Lou en entrant dans la loge, trop belle pour paraître attirante aux touristes excités par les grâces minaudières de nudités malingres. Pour plaire, elle était contrainte d'user d'un maquillage outré, de poses vulgaires. Louise promena sur le dos puissant un gant de toilette mouillé d'eau de Cologne.

— Il devait faire bien froid, remarqua-t-elle.

— Vous parlez ! bâilla Sarah. Mon peignoir, s'il vous plaît. Quel mois de juin ! Et c'est l'été, depuis trois jours ! Enfin ! Ce salaud aurait pu attendre la fin des vacances pour me lâcher ! Je ne serais pas ici. On laisse aux gens le temps de se retourner, tout de même...

— Il y a des Américains dans la salle, suggéra Louise.

— Ils passent trois semaines en France et vont voir des cathédrales ! Non, ce que je voudrais trouver, c'est quelqu'un de sérieux.

— Ça ne court pas les rues, dit Lou sentencieusement.

Elles avaient dix minutes : le gros de la troupe (douze personnes !) était en scène et levait la jambe sans ensemble. Lou apporte les pantalons bouffants de la sultane, la courte veste et le triangle rouge — il fallait bien en varier la couleur.

— Vous, vous êtes mariée, dit Sarah en riant. Vous avez bien trouvé.

— Oh ! dit Lou, en province...

C'était pourtant vrai que Stéphane lui avait paru à un moment donné « quelqu'un de sérieux ». Et pas seulement parce qu'il lui avait proposé le mariage. Ses paroles, sans doute, et puis qui sait, son métier... Un musicien lui paraissait assez prestigieux... Elle souriait en y pensant : combien elle avait été sotte ! Et elle avait vingt-sept ans, à l'époque ! Mais après tout, que serait-elle devenue, restée à Signac ? La femme d'un marchand de bœufs, la maîtresse d'un bonnetier, devenu sur le tard député ; et qui eût marchandé à l'épouser ? Et puis elle n'avait pas raisonné. Stéphane était beau, très beau. Cela du moins était vrai, était dans une certaine mesure resté vrai. Quant au sérieux...

— Si tu savais, murmura-t-il en agrafant le pantalon bouffant, ce que ça peut devenir, le sérieux...

Et la sonnerie retentit trois fois dans la loge, comme chaque soir, et Sarah bondit comme chaque soir dans ses babouches, et la porte de la loge claqua... Quelles sottises que les souvenirs ! pensa Lou. L'imperceptible déplaisir qui l'avait frôlée un instant s'éloigna. Il fallait se hâter, aller transformer les tulipes en suivantes de la sultane, ce qui n'allait pas sans plaintes, chairs coincées dans des fermetures à glissière, agrafes sautées au moment d'entrer en scène, un maquillage manqué, deux paires de bas déchirées, et il n'y en avait plus du même mauve dans la réserve... Elle sortit attendre les tulipes qui allaient arriver dans le petit escalier de fer, se tordant les chevilles et riant trop fort. Mais le fond du couloir était obstrué par un homme debout, qui paraissait chercher quelque chose, et dont elle ne remarqua tout d'abord que la carrure exagérément large.

*
**

... Tout ce qu'il peindrait, dorénavant, existerait. Même s'il n'y croyait pas, il se trouverait toujours quelqu'un pour dire : « Çela se rattache à sa période des machines », ou « Il reprend son vieux thème du pont bleu. » Tout ce qu'il peindrait était déjà classé, étiqueté, codifié. Même le terme d'évolution ne serait pas prononcé ; tout au plus dirait-on qu'il s'agissait d'un achèvement, d'un accomplissement. Ou même (dans de petites revues sans importance) de redite. Sa vie était derrière lui, solide et compacte, bien délimitée comme les trottoirs et les gratte-ciel dont il avait aimé la masse géométrique, violemment colorée comme ses machines et ses paysages industriels — sa vie, telle qu'il l'avait bâtie et conçue, voulue dans les plus petits détails de son architecture. Une vie significative, réussie. Et il n'était ni malade ni fatigué, faisant à pied une douzaine de kilomètres par jour, à travers Paris, honorant chaque jour, ou presque, une maîtresse admirative...

Du bout de son pinceau, il caressa doucement la toile. Il n'était ni fatigué, ni malade, ni à court d'idées. La veille encore, il avait fait plusieurs projets sur son carnet de croquis, et ces projets étaient équilibrés, harmonieux, *existaient* eux aussi. Il n'avait qu'à se mettre à peindre. Tout ce qu'il peindrait serait bon (« Stass est toujours en pleine forme, quelle vitalité ! » lisait-on), serait équilibré, existerait... Il y a des peintres qui connaissent ce déchirement de sentir que tout à coup leur œuvre ne *colle* plus, qu'ils ont beau se déchirer à l'ouvrage, ça ne va pas, ça n'a pas de signification, ça ne vit pas. Ce n'était pas cela qu'il éprouvait. Son œuvre vivait, continuait à peser son plein poids de chair, à affirmer son rythme. Mais il lui semblait qu'elle vivait indépendamment de lui, en dehors de lui. C'était lui qui ne vivait pas.

Il cessa de caresser la toile. « Je ne ferai rien de bon aujourd'hui », décida-t-il à voix haute. Cela n'était pas vrai. « Je ne *serai* rien de bon aujourd'hui », eût-il dû dire. Ce que d'autres ressentaient pour l'inspiration, cette brusque fatigue, cette « panne », ce trou, lui le sentait à vivre. Ce n'était qu'après plusieurs jours de soins que la vie retrouvait peu à peu ses couleurs, sa signification. Il reprenait pied avec soulagement. « Allons, la crise est passée. » Et Sylvia hochait sa jolie tête incompréhensive. Elle croyait assister aux « affres de la création » et vivait un grand moment de bonheur, dans son rôle d'inspiratrice. Alors, il lui disait de s'en aller — cette admiration, c'était trop.

A cinquante ans, la vie avait joué à Henry Stass un drôle de tour : il était devenu, comment dire : intelligent. C'était du moins ainsi qu'il qualifiait sa maladie. Pour un peu, il eût dit : intellectuel. Les symptômes ? Certaines musiques qui l'atteignaient, lui qui se faisait gloire de ne reconnaître que *la Marseillaise.* Et c'était de bonnes musiques, des musiques connues. Il voyait enfin la peinture des autres, la comprenait ! lui qui s'était toujours senti le seul peintre du monde. Ils existaient donc, les autres ? Il se mit à comprendre ses propres tableaux ; à les construire (non que ses œuvres de jeunesse ne fussent composées, mais il ne le savait pas).

« Moi, je n'ai jamais d'idées », avouait-il aux jeunes gens admiratifs qui disaient de lui : « C'est un génie bête. » La bêtise est la circonstance atténuante qu'on trouve en général au génie. Elle rassure, elle souligne l'irresponsabilité du créateur, qui de ce fait n'est plus un être supérieur, mais un privilégié. Ce qui échappait à tous ces partisans de la « bêtise du génie », c'est qu'Henry lui-même y trouvait un refuge.

Ce fut sa première « crise ». Un brusque succès, le gros succès de public qui lui manquait encore l'aida à en conjurer les effets.

Depuis, c'était revenu quelquefois, par à-coups. Tous les trois ans, ou pendant une grippe... Une maîtresse trop passionnée, un dîner trop copieux... Peut-être, s'était-il dit, une maladie d'estomac ? Il avait consulté, vu de grands professeurs souriant avec indulgence, qui l'invitaient à dîner, dont la femme ou la fille demandait un autographe ou (oserait-elle ? mais oui, elle osait) un dessin ? Henry payait sa consultation en traçant quelques lignes de sa grosse main appliquée sur un album où figurait déjà un autographe de Mallarmé. Il remerciait le Maître qui l'appelait Maître à son tour. Tout cela se passait dans un monde très bien, qu'il avait en horreur. Mais il n'avait pas de maladie d'estomac. Ni de foie. Vous êtes sûr ? Voyons, cher ami ! Ces artistes, tous de grands nerveux... Et les crises revenaient, de plus en plus souvent. Il y avait bien maintenant un ou deux par mois, de ces jours décolorés et exsangues. « Comme les femmes », avait-il tenté de se dire avec une grossièreté amusée. Mais cela ne l'amusait pas vraiment.

« Votre crise ? » demandait Sylvia d'un air renseigné. Il essayait ainsi de l'apprivoiser, d'en faire une chose admise, reconnue, sans intérêt. Mais il en craignait le retour, il la sentait venir, et quand elle était proche, toute proche, alors il ne pouvait se tenir, pour qu'elle se délenchât enfin, de mettre sur l'électrophone le disque de Mozart. Pourquoi Mozart ? C'était à un concert qu'avait commencé l'une des « crises », la plus longue, la plus pénible, celle après laquelle il avait renoncé à croire à une maladie de foie. Le foie ne pouvait pas tout expliquer. C'était un mal plus... intellectuel. Quel dégoût de devoir s'avouer cela ! Un intellectuel, lui ! Est-ce que Maurras n'avait pas dit quelque chose là-dessus ? Ou quelqu'un de ce genre ? Les intellectuels, cause de toutes les défaites... (Non que les défaites le concernassent le moins du monde. Il était en Amérique pendant la guerre, et à chaque poignée de main condoléante, qui sous-entendait : « Pauvre France ! Vous devez bien souffrir ! », il avait envie de s'écrier : « Ces messieurs de la famille... » D'ailleurs il avait fait 14, et il était déjà trop vieux en 40... Trop vieux ! Ces normes étaient ridicules. Il ne s'était jamais mieux porté.)

Intellectuel, disais-je. Bon, mais pourquoi Mozart ? Cela l'avait agacé au point qu'il avait acheté le disque, et un électrophone (il se souvenait encore de son prix ; c'était un grief de plus à l'égard de Mozart). Et comme il avait l'électrophone, il avait acheté d'autres disques, d'autres classiques — du Bach, du Beethoven, ce que les vendeurs lui recommandaient. Mais cela ne lui avait rien fait. Rien. Bach, avec sa certitude mathématique, son impitoyable douceur, était si loin de lui, si loin, comment dire ? Parallèle. Ils ne se rencontreraient jamais. Rien que le portrait de la femme en rouge, sur le pont de Signac, suffisait contre Bach. C'était poids contre poids, certitude contre certitude. Et Beethoven aussi frappait trop fort, d'une façon désordonnée, lui. « Tiens, ça c'est vrai ! Tiens, voilà pour toi ! » Et bête avec ça ! Reprenant le même argument sans arrêt, sans arrêt patient tout à coup, béat. Croyait-il seriner à un petit garçon une leçon trop difficile ? Et tout à coup, pan, un coup de poing dans le clavier. « Pourquoi c'est vrai ? Parce que je te le dis, là ! Et ça suffit comme ça ! » Tout de même, Henry avait de la sympathie pour lui, comme pour un ami un peu fou, dont on ne partage pas les convictions, mais qu'on aime bien quand même. Mais Mozart... Comment se méfier d'un enfant qui chante ? Tout à coup, pendant qu'on l'écoute avec plaisir, et presque avec indulgence, le voilà qui murmure : « Si c'était vrai, pourtant ? » On veut se gendarmer, se mettre en colère, mais déjà il a recommencé à chanter, presque à fredonner, des prairies et des ruisseaux, des moutons enrubannés, de gracieux abandons de femme, le charme facile de la mélancolie... (La dame avec qui Henry était sorti avait murmuré : « C'est une œuvre de début, bien entendu. Il y manque le tragique du *Requiem,* cette profondeur... Ah ! » Elle goûtait un intense plaisir à initier à la musique ce grand homme délicieusement ignorant. Elle était l'un des partisans les plus féroces de la « bêtise du génie »). On s'abandonnait donc, puisque c'était une œuvre de début, une œuvre sans danger, on était bercé sur une eau familière, qu'on ignorait perfide — insensiblement la mélancolie perdait de son charme, devenait tristesse, s'approfondissait, et soudain, alors que, cloué sur place par un trait d'une incroyable justesse, on restait là, désarmé, pantelant, l'enfant reprenait sa chanson et s'éloignait d'un air d'innocence...

Il avait acheté le disque. Le disque était là comme un objet magique. Il y avait de longues semaines où il ne le sortait pas de son enveloppe, n'y pensait même pas. Mais dès qu'il était en alerte, que quelque chose allait amener une crise, il le mettait en marche. Et d'être attiré par l'objet magique, de détester l'objet magique, le dispensait en somme de réfléchir plus avant.

« Quand Henry est déprimé, disait Sylvia de son petit air supérieur si navrant, il n'y a que Mozart pour le remettre d'aplomb. » Elle l'avait tant dit, et cela avait paru si vraisemblable, qu'un journaliste l'avait même imprimé.

*
**

Il avait dû chercher pour trouver les coulisses.

— Mais, monsieur, vous n'aviez qu'à venir voir ces demoiselles à l'entracte !

— Je me fous de ces demoiselles ! Je dois voir l'habilleuse.

L'autre l'avait regardé avec des yeux ronds.

— Il y en a deux, d'abord. C'est un accident ?

Il avait failli se mettre en colère. Un accident !

— C'est personnel.

L'autre avait haussé les épaules.

— Bon, bon, si vous y tenez.

Il s'était arrêté un moment dans l'escalier de fer, se sentant un peu ridicule. Sa conversation avec Sylvia, sur laquelle il était parti sans réfléchir, lui revenait à l'esprit.

— Comment, il est de Signac, ce M. Morani ?

— Lui et sa femme, avait-elle répondu.

Elle n'aimait pas parler des gens de l'immeuble où elle habitait, peut-être parce que sa mère y était concierge.

« Comme c'est extraordinaire ! avait-il songé tout haut. Signac ! Je m'en souviens avec tant de précision et pourtant il doit y avoir... quinze, vingt ans. »

— La seule époque où vous ayez fait du paysage, avait dit Sylvia, qui avait fait de sa carrière son bien personnel.

— Je n'ai pas fait que du paysage.

— Oh ! je sais, avait-elle dit d'une façon qui avait attiré son attention.

— Qu'est-ce que tu veux dire : oh ! je sais.

Elle se dérobait maintenant, elle avait dit cela sans réfléchir, sa mère lui avait défendu... Bref, elle avait fini par avouer. Une habitante de la maison, la femme justement de ce M. Morani que... de ce M. Morani qui... avait posé pour un peintre autrefois, et elle supposait que... croyait deviner que... Lou ! C'était Lou. Il avait éclaté de rire. « En effet, elle s'appelle Louise... Habilleuse aux *Folies-Montparnasse...* » Elle avait ajouté d'un air de dépit : « Elle devait être mieux à l'époque, car je ne vois pas... » Les femmes n'avaient jamais aimé Lou. Elles ne voyaient jamais « ce qui peut vous attirer dans cette fille... », comme disait la femme du maire de Signac à laquelle il avait fallu se laisser présenter. A l'époque ! C'était hier, c'était aujourd'hui ! Il se sentait aussi bien qu'à quarante-cinq ans, et il n'avait jamais été beau. Plus de cheveux, sans doute, mais bah ! S'il était assez bon pour Sylvia, il devait être assez bon... Mais, dans le petit escalier de fer, se souvenant du regard du régisseur, il se demandait tout à coup quel âge elle pouvait bien avoir. L'homme avait eu l'air de trouver si invraisemblable... Les habilleuses sont rarement jeunes. C'est vrai que, quand on dit habilleuse, on voit en général une femme effacée, âgée, passant au milieu des étoiles de la scène... Voyons, à l'époque du portrait sur le pont, du grand nu bleu, elle était toute jeune... Il ne se rappelait pas lui avoir demandé son âge. Mais son amie (dont il avait fait plusieurs croquis, une figure plate assez amusante) qui disait : « Elle est l'aînée », n'avait pas vingt ans, il en était sûr. Admettons que Lou ait eu un peu plus de vingt ans, vingt-deux, vingt-cinq au grand maximum. Elle aurait donc... quarante-deux ? quarante-cinq peut-être ? Quoi, Lou, Lou, qui brillait d'un feu sombre et doux, dans sa robe rouge au Musée d'Art moderne de New York, Lou avait l'âge qu'il avait, lui, quand il avait peint ce portrait ?

On l'avait bousculé, une belle fille brune en pantalons bouffants, qui riait, et machinalement il avait continué de monter le petit escalier de fer. Il s'était arrêté dans l'étroit couloir humide, empesté d'une odeur de femmes et de fards, et peut-être allait-il repartir... A l'époque !... quand il l'avait vue. Son long regard chaud l'avait frappé de plein fouet. Le couloir était mal éclairé. « Ce que c'est que la pénombre ! » se dit-il avec une sorte de terreur. Car c'était bien Lou, Lou d'autrefois, qui s'avançait vers lui, dont il reconnaissait le nez droit et fier, l'ovale pensif que démentait la bouche ardente, et cette voix basse et grave qui murmurait sans surprise, semblait-il :

— Henry ?

— Loulou ! dit-il, feignant, lui, d'être étonné.

Car il était saisi de panique tout à coup, craignait la lumière, la dégradation d'un visage qui lui avait appartenu, et il préférait lui dire qu'il était venu par hasard. Ainsi pourrait-il la fuir si... Mais sa voix toujours pareille !

— Eh bien, si je m'attendais... disait cette voix d'un ton presque moqueur. Henry ! J'aurais cru que tu fréquentais des endroits plus chics maintenant. Tu viens pour la sultane, je parie.

Elle paraissait si évidemment convaincue qu'il ne venait pas pour elle qu'il se rassura un peu.

— On pourrait aller boire un verre ensemble ? suggéra-t-il, encore prudent.

— Tout à l'heure, tant que tu voudras, mais maintenant je n'ai pas une seconde, je...

Dans un grand tumulte, il fut bousculé tout à coup par une demi-douzaine de filles à demi nues ou drapées dans des peignoirs, qui hurlaient.

— Vite ! Loulou ! Mon bas ! Le costume du paon est déchiré !

Elle n'eut que le temps de crier :

— Attends-moi dans le couloir de la salle ! Je viendrai le plus vite possible...

Et il fut abandonné, cependant que des portes claquaient partout.

Il descendit pour attendre, ne sachant trop que penser. Si elle allait se révéler une horrible vieille femme fanée, sentimentale, du genre « ce que c'est que de nous... » Vraiment, il l'avait mal vue. Mais une femme de quarante-cinq ans n'est pas une vieille femme. Il y en a même de très désirables. Oui, mais qui s'arrangent, des femmes riches. Elle ne devait pas être riche... Oh ! on verrait bien...

Dans le hall, les ampoules aussi étaient insuffisantes. Sur les murs, d'innombrables photos exposaient aux désirs des passants deux générations de cuisses et de seins. D'autres jours, Henry eût aimé cette pauvreté, la salle et ses airs d'ancien hangar, ses fauteuils durs dont on sentait le bois à travers le velours élimé, le plafond nu, la frise décolorée de roses cubistes... Mais décidément, cela n'allait pas. Il traversa la rue pour boire quelque chose, puisqu'il avait le temps. Il envisagea même de ne pas l'attendre. Mais cela eût été si inélégant... La pauvre femme devait se faire une telle joie... Il attendit. Il était arrivé vers la fin du spectacle, heureusement, et la foule commençait à s'écouler dans la rue étroite. Il ne venait plus jamais de ce côté-là. C'était tellement démodé, Montparnasse !

Il sentit qu'elle s'approchait comme autrefois, et cela encore lui fit peur. Il n'avait pas besoin de la voir, ni même de l'entendre, pour savoir qu'elle venait. Ridicule, sans doute. Mais Dieu, que cette fille-là lui avait plu ! Il se souvenait encore d'un jour où ils avaient été surpris dans un fourré par un groupe de piqueniqueurs, et où, se dressant contre lui sans le quitter ni recouvrir ses jambes nues, elle s'était écriée : « Vous ne pourriez pas aller faire ça ailleurs, non ? » avec un tel visage de furie que la bande s'était éloignée en désordre et sans demander son reste.

— Alors ? dit-elle tout contre lui. Où va-t-on ?

Il n'osait pas encore la regarder. Pas encore.

— Tu as une idée ? (il la tutoyait puisqu'elle avait

commencé). Moi, Montparnasse, tu sais, depuis le temps... Je...

Mais elle le saisit par le bras, l'apostropha brutalement.

— Dis donc ! Tu pourrais me regarder en face, pour me parler ! Je ne suis pas encore tout à fait croulante !

Il l'admira, d'avoir compris si vite, et de l'affronter sans attendre. Il la regarda, sous la lumière crue d'un néon (ils remontaient vers la gare).

— Tu es belle, dit-il sincèrement.

Et c'était vrai. Non qu'elle ne fût pas marquée par le temps, au contraire. Mais ses yeux devenus douloureux étaient toujours aussi durs, sa belle bouche était toujours là, et le visage était presque plus beau, marqué de rides nobles comme des cicatrices. Ils s'étaient arrêtés. Autour d'eux passaient des filles frileusement emmitouflées (il continuait à pleuvoir un peu) dans des manteaux râpés, quelques-unes s'appuyant sur un bras d'homme, deux ou trois, mieux vêtues, s'avançant avec une négligence affectée vers de petites voitures dont elles faisaient claquer très fort la portière avant de démarrer. Mais la plupart s'en allaient seules, très droites, avec cette hargne triste des filles bien faites et pas jolies, tapant fort des talons et jetant autour d'elles des coups d'œil furtifs.

Un taxi passa, lentement, les bouscula presque. Henry l'arrêta d'un geste.

— Monte. (Et par habitude, il indiqua :) Au Club de l'Etoile, avenue..

— Connu, dit le chauffeur.

Ils démarrèrent. Lou s'était installée sans protester.

— Tu n'as pas de voiture ? demanda-t-elle avec une légère désapprobation.

— Si, une américaine. Mais je suis venu à pied.

— Ah ! bon ! Je me disais aussi... Quelle marque ?

Il le lui dit.

— Qu'est-ce que ça t'a coûté ?

Il le lui dit aussi. Et l'adresse de son appartement, et ce qu'il lui avait coûté. Et ce qu'il vendait ses tableaux, actuellement. Tant que ça ? Elle ne l'aurait pas cru. Et l'Amérique ? Il avait décoré une Université là-bas ? Un grand panneau... De combien ? Il cita les chiffres. Et est-ce qu'il avait laissé de l'argent là-bas ou l'avait-il rapatrié ? Et la cuisine était-elle vraiment si mauvaise qu'on le disait ?

Pas de conversation plus naturelle, plus triviale même. Et pourtant la chaleur de la vie remontait lentement en lui, il le sentait presque physiquement, et il avait envie de la remercier. « Pauvre Sylvia », songea-t-il en se souvenant de « à cette époque évidemment ». Pauvre Sylvia, sa jolie figure insignifiante, ses efforts pour paraître à l'aise, sa conversation qui chaque fois qu'elle montait en voiture ou entrait dans un endroit présumé « chic » changeait, comme elle aurait changé de robe.

— Tu es marié ? demandait Louise.

— Non.

— Tu dois en avoir, des impôts, rêva-t-elle.

La voiture s'arrêtait déjà. Henry paya, un peu inquiet tout de même. Il avait dit au Club de l'Etoile parce que c'était là qu'il allait toujours avec Sylvia. Il hésita un instant devant le portier en uniforme, haussa les épaules. Sous son manteau, elle devait être pauvrement vêtue... Mais tant pis. Il avait bien le droit d'amener qui il voulait, non. Un peintre est excentrique, on sait cela.

— Viens, dit-il à Lou.

Ils entrèrent.

— Bonsoir, monsieur Stass.

Il donna son manteau au vestiaire, non sans éprouver comme toujours un peu de gêne et de fierté à la fois. Ce genre d'endroit l'intimidait toujours, mais il était flatté d'y être reconnu. D'ailleurs, une fois qu'il avait ses habitudes quelque part, il y retournait, même si l'endroit ne lui plaisait pas outre mesure. Il était ainsi pour Sylvia, aussi. Il en avait pris l'habitude, sans être jamais sûr qu'elle lui plaisait vraiment. Mais elle lui coûtait de l'argent (dépenses qu'il faudrait recommencer, s'il changeait de maîtresse), et puis changer... Il changerait cet été, dans sa propriété du Midi... De Club, il ne changerait pas. Il avait dû se prendre par la peau du cou pour y entrer la première fois, et tenait maintenant à bénéficier de son exploit. Ce qui l'ennuyait le plus était de régler, en fin de mois, des notes élevées. Mais encore, n'y avait-il pas le plaisir de signer sa note, négligemment ?

Lou avait abandonné sa gabardine discrète, sa robe était d'un rouge agressif, criard, un rouge de bohémienne. Il frémit devant ce courage.

— Bonsoir, monsieur Stass.

Le garçon n'avait-il pas une note d'étonnement dans la voix ?

— Votre table est libre, monsieur. Par ici, madame.

Elle traversait la salle, calme, sans hâte, indifférente aux regards qui la suivaient. Sa robe révélait la taille épaissie, les hanches de matrone, les seins encore beaux. Dans cette atmosphère tiède, ces murmures décents, ces vraies jeunes femmes sans appétit, bien habillées et savamment discrètes, ces fausses jeunes femmes aux cheveux légèrement mauves couronnés d'un chapeau audacieux, le passage de Lou faisait sensation. Ils s'assirent. « C'est Henry Stass », murmura une dame à son voisin. On devait prendre Lou pour un modèle, sans doute. « Elle devrait, songea-t-il, porter des jupes plus amples ; la poitrine est encore belle, elle pourrait... » Mais non. On ne pouvait rien changer à Lou. Ni à sa robe, ni à son coude posé sur la table, ni à la sérénité barbare avec laquelle elle supportait les regards et commandait du foie gras et du homard.

— Pour une fois que tu m'invites..

— Pour une fois que je t'invite, tu vas être dans un drôle d'état.

Elle se mit à rire.

— Depuis... depuis que tu es parti, tiens, il y a bien vingt ans, pas une maladie, pas une indigestion, et à peine une gueule de bois ! Hein ? Et tu n'as pas l'air mal en point non plus, dis donc. Bien sûr, les cheveux... Mais le reste est bien en place, hein ?

C'était elle qui l'inspectait, d'un regard sans tendresse, mais plein d'une sorte de fierté sportive. Et, passé la première gêne (sans compter le déplaisir qu'il avait eu à évaluer le prix du foie gras et du homard), le bien-être qu'il avait déjà senti dans le taxi remontait en lui, de plus en plus puissant, reléguant loin, très loin, les pensées moroses, l'inquiétude vague, le détachement malsain... La force lui revenait de les dévisager de très haut, ces pensées grouillantes comme des larves, de les écraser dédaigneusement. Un grand mouvement de reconnaissance lui vint pour Louise. Il posa la main sur son bras.

— Cela me fait plaisir de te revoir, tu sais. J'ai pensé à Signac si souvent, si souvent...

— Je n'aurais pas cru, dit-elle avec sincérité. Tu n'y es pas resté si longtemps... On ne pourrait pas avoir un peu de vin rouge, du bourgogne ?

On leur avait servi du champagne par habitude ; Sylvia se serait crue déshonorée si elle avait bu autre chose. Il commanda du bourgogne. Il commanda un steak pour lui : l'appétit lui revenait.

— Du bourgogne avec le homard, monsieur ?

La discrète réprobation du maître d'hôtel lui était maintenant totalement indifférente. Il s'en serait plutôt amusé.

— Et le champagne, monsieur ? Je le remporte ?

Il en avait bu un verre sans y faire attention.

— Mettez-le au frais, nous le boirons après.

Oui, l'appétit lui revenait, le goût de voir devant lui s'accumuler des nourritures abondantes, le goût de boire, et pourquoi pas, de boire trop, et peut-être, encore lointain, encore inconsciemment ressenti, dans ce joyeux tumulte aigu qui s'élevait, comme une basse d'orchestre encore infiniment discrète et pourtant base, fondation du léger édifice, le grave désir...

— Tu y es retournée quelquefois ?

— Où cela ? dit-elle.

Pour elle, la vie entière avait dû être Signac, masses bien équilibrées, couleurs franches, plaisirs et déplaisirs sans malaise. Ce que la vie, la peinture, l'amour avaient été pour lui, en somme, jusqu'à Mozart. On lui apporta son steak.

— A Signac ?

— Non, jamais. Pourquoi ?

Pourquoi, en effet. En Amérique non plus, il n'avait jamais pensé à Signac. Femme intacte, merveilleusement pure de tout ce qui l'avait inquiété !

— Et à moi non plus, tu n'as jamais pensé, je parie ? (Il jouait avec le feu. Si elle allait cependant répondre, avec un « air Sylvia » : « Henry, je ne vous ai jamais oublié ! »)

— Mais si. Tiens, il y a encore deux mois, je t'ai vu photographié dans *Paris-Monde*...

— Et tu as pensé ?

— Tiens ! Que tu ne devais pas être dans l'embarras, rit-elle. C'est la petite qui t'a dit... ?

— Oui, cet après-midi.

— Et tu es venu tout de suite, c'est gentil, ça. Tu vois, je n'aurais pas cru qu'elle te l'aurait dit. Surtout à cause de la mère. Elle en est tellement fière, du peintre de sa fille ! Il faut l'entendre...

Ils mangeaient, ils buvaient, ils parlaient lentement, sans hâte, sans fièvre, sachant apprécier chaque plaisir à son heure, en son temps. La bouteille de bourgogne se vidait. D'un geste, il en réclama une autre.

— Et toi, tu ne pouvais pas me faire signe, non ?

— Je ne pouvais pas deviner, dit-elle paisiblement, que cela te ferait plaisir.

C'était elle, c'était tellement elle, cette dignité de sauvage, sans humilité, sans effusion, acceptant tout comme un dû, mais ne demandant rien. L'hôtel de la Paix réapparut. La chambre d'acajou réapparut, étouffante et mystérieuse avec ses rideaux jaunes fermés, tandis qu'au-dehors la chaleur était épaisse et humide ; la basse grave réapparut moins lointaine, alternant maintenant avec le crissement aigu des nappes blanches, des verreries étincelantes, des fantômes obséquieux qui présentaient un papier glacé.

— Un dessert, madame ?

Et pour l'entendre mieux, il négligea le champagne qui tiédissait, but encore du bourgogne sombre dont la chaleur secrète exaltait les basses de rubis, plus soutenues toujours, plus violentes...

Elle commandait du dessert. Elle mangeait. Elle était là, à son côté, tout ce qu'il avait aimé, tout ce qu'il avait peint, toute la puissance indifférente de la terre. Elle était là, son visage ravagé, ivre un peu de nourriture et de vin, repoussant une mèche de cheveux noirs. Elle était là, lui appartenant. Les notes aiguës, prétentieuses, gênantes, qui finissaient en point d'interrogation, étaient noyées à présent, noyées dans le fleuve obscur et doux. Mange, ma fille, bois, pensa-t-il. Elle était à lui, elle, Signac, la peinture. Il avait tout retrouvé, il possédait tout à nouveau. « Ma fille, ma belle putain, ma femme. » Il se leva.

— Pas de café, monsieur Stass ? Un petit alcool ?

Elle le suivait, silencieuse.

— Je le mets sur votre compte, monsieur Stass ? Vous n'étiez pas mécontent, monsieur ?

On les regardait à nouveau, mais il s'en foutait royalement, cette fois.

— Mon manteau.

Ah ! le bien-être de la rue, de l'obscurité de la rue ! Il marchait à grandes enjambées, sans se soucier d'elle qui suivait. Ils n'étaient pas loin, mais il eût marché longtemps s'il l'avait fallu, se frayant un passage dans la nuit comme à travers une mer tiède et calme. Rien n'était pressé. Et il savait qu'elle se tairait jusqu'au bout.

La lumière du hall, l'ascenseur qui s'élevait, avec son doux ronronnement de machine... Il eut envie de poser sa main sur les parois légèrement vibrantes. Lou aussi était sûre comme une machine, silencieuse et sûre comme une machine... Il eut du mal à ouvrir la porte de l'appartement, la main lui tremblait. Il y avait une chambre à coucher après le grand atelier, mais il n'eut pas la patience d'aller jusque-là. Il y avait le divan marocain.

— Si on allait dormir ? murmura-t-il plus tard.

Elle fit non de la tête.

— On t'attend ? dit-il sans grand intérêt.

Il dormait déjà à moitié.

— Je me suis mariée, tu ne le sais pas ?

Il entendit à peine. Il s'était roulé dans la couverture rouge et noire, sans souci du confort, avide maintenant de sommeil.

— Tu viendras demain, poser, gronda-t-il encore.

Elle se rhabillait vite, pensant elle aussi au sommeil, à l'humidité qui l'attendait dehors, contente pourtant. Puis, doucement, elle s'éloigna, fermant les portes derrière elle, ne songeant pas à se retourner, à jeter un regard sur l'atelier, sur les toiles posées çà et là, sur l'homme qui dormait, enroulé dans sa couverture, et veillé par ses femmes pesantes, par ses lourdes cruches opaques, comme un saint médiéval par ses anges.

*
**

— Disons le mot, fit la voix encore tranchante, mais qui grinçait parfois comme une vieille machine rouillée, disons le mot, c'est une prostituée.

Et la toujours belle Mme Morani (comme la qualifiait le journal local, tous les ans, au moment de la fête de charité) poussa un gémissement.

La scène se déroulait tout à fait comme il l'avait imaginé, dans l'invraisemblable salon poussiéreux, ses moulures noircies, ses splendeurs effilochées. Le vieillard à l'œil unique (qui l'avait tellement effrayé quand il était petit) assis dans le fauteuil grenat, la mère et le père, baissant la tête comme des coupables, mal à l'aise sur les chaises à haut dossier de velours élimé. Combien de fois avait-il rêvé cette scène, hésité, remis, attendu... Il se sentait presque soulagé, aujourd'hui, d'avoir enfin parlé.

— Je ne permettrai pas...

— Mais enfin, si tu l'aimes, mon chéri, es-tu absolument obligé de l'épouser ? gémissait la mère, à gauche. Joujou, dis-lui...

Et le père, à droite, reprenait :

— Est-ce que tu nous dis tout, Stéphane ? Cette personne est peut-être...

— Il ne manquerait plus que cela, intervenait la voix tranchante et sarcastique. Endosser un enfant qui pourrait être de tout Signac...

Il avait prévu tout cela. Avait-il peur, était-il content au fond de réussir, enfin, à les étonner ? Avait-il pitié de ses parents effondrés ? Il ne savait pas. Il attendait.

— Stéphane, mon chéri, songe aux sacrifices...

— Nous espérions tellement...

(Il le savait assez, ce qu'ils espéraient. On le lui avait assez répété, depuis qu'il avait l'âge de comprendre. Mais ils y resteraient, dans leur salon en ruine, dans leur honte résignée. Ce n'était pas lui qui renouvellerait les velours et ferait redorer les moulures. L'œil unique avait eu beau éplucher tous ses bulletins...)

— Laissez donc, Georges. J'ai toujours su que cet enfant ne ferait rien de bon. Il n'a pas voulu entrer dans les affaires parce qu'il fallait commencer au bas de l'échelle. Pourtant, mes amis m'avaient promis... Passons. Il a voulu être virtuose. Sois virtuose, mon garçon. Pianote, puisque c'est ton goût. Il a vingt-huit ans, un second Prix et tient le piano du grand orchestre de Signac. Un résultat, vraiment !

— Nous avons fait tout ce que nous avons pu..., disait la voix tendre, honteuse, humiliée de son père.

Et machinalement, comme chaque fois qu'il était gêné, il se balançait sur sa chaise.

— Je ne vous reproche rien, Georges. Dans votre position, il vous était impossible de faire plus — ne vous balancez pas comme ça. J'ai toujours dit à ma fille : Estelle, tu sais que je n'ai pas approuvé ton mariage (ne m'en veuillez pas, Georges, je suis rond, je suis franc, vous me connaissez, mais on peut compter sur moi), je n'ai pas approuvé ton mariage et je ne l'approuverai jamais, mais je suis le premier à reconnaître qu'étant donné sa position ton mari a fait tout ce qu'il a pu.

— Merci, père.

— Il n'y a pas de quoi. Je suis rond, je suis franc. Bref, Georges, je vous considère comme un homme de devoir et je ne vous rends en rien responsable des folies de votre fils. Dieu merci, vous n'avez jamais donné dans ce genre-là !

— Papa...

— Estelle, tais-toi. C'est peut-être toi, ton romanesque idiot... Passons. Stéphane n'avait pas réussi, mais enfin il travaillait, avait un emploi honnête, un emploi de fonctionnaire, ne prenez pas cela pour vous, Georges, (ne vous balancez donc pas comme ça, c'est agaçant), on pouvait le croire casé, tant bien que mal, et selon ses goûts. Un mariage du même ordre, dans vos milieux, Georges, on ne pouvait espérer davantage, mais enfin on pouvait espérer cela, et on n'y aurait plus pensé. Mon Dieu, ce n'était pas un mauvais garçon, et tout le monde ne peut pas être un aigle. Mais voilà que Monsieur, qui ne s'est jamais distingué, éprouve le besoin de le faire, et de quelle façon ? En épousant une fille à soldats — ne dis rien, j'ai pris mes renseignements —, une fille qui a vécu maritalement avec je ne sais quel barbouilleur cubiste à l'hôtel de la Paix (pour plus de discrétion, sans doute) pendant un an et demi...

Non, il n'avait pas peur. Il braverait l'œil unique. Il se montrerait sous son vrai jour à eux qui l'avaient toujours méconnu. Ils comprendraient enfin ce qu'il était vraiment. Et s'ils ne comprenaient pas... Louise le comprendrait. Cela suffirait. Il parla avec feu.

— Tout cela, grand-père, je le sais, dit-il d'une voix assurée.

Deux cris désolés s'élevèrent des chaises à haut dossier, et du fond du fauteuil, un grognement étonné.

— Mais oui, je le sais, reprit-il avec toujours plus de chaleur. Je sais la vie de Louise, sa jeunesse pénible, l'usine, la tentation, ses fautes, son besoin, enfin, d'un peu de luxe et de repos... Vous l'avez dit, tout le monde le sait à Signac. Comment ne le saurais-je pas ?

— Et malgré cela ? murmura la mère.

Et le père en écho :

— Malgré cela, Stéphane ?

Il s'attrista de leurs voix désolées. Mais il fallait qu'ils comprennent... Et sa voix à lui se fit plus chaude encore, plus vibrante, plus suave.

— Malgré cela, dites-vous ? Mais non. A cause de cela. C'est à cause de cela que je l'épouse, que je sauve ce pauvre être que rien en apparence ne pouvait sauver, que je lui rends sa dignité de créature humaine... A cause de cela, oui. Prostituée, as-tu dit, grand-père, eh bien oui. Prostituée, humiliée, méprisée de tous, c'est pour cela que je l'ai aimée, que je lui ai tendu la main. Et si vous êtes incapables de comprendre cela, vous me reniez, vous me chassez, je partirai avec elle, je passerai ma vie à ses côtés, aux côtés d'une âme qui a faim, et que je puis rassasier, d'un être tombé, à qui j'ai tendu la main...

— On se croirait, dit la voix sarcastique, dans laquelle se glissait pourtant une fêlure, à la Comédie-Française !

Ils ne voulaient pas comprendre. Jusqu'au bout il resterait pour eux le garçon dont on n'attendait rien de bon, qui « n'était pas un aigle ». Son assurance l'abandonna un instant, ses yeux clairs se remplirent de larmes. Ils ne voulaient pas partager son émotion, son exaltation. Comme lorsqu'il avait décidé d'être musicien. Comme lorsqu'il avait parlé de s'engager sur un bateau, à douze ans. Jamais ils ne lui avaient fait confiance.

— C'est bien, dit-il d'une voix malgré lui étranglée. Je me marie samedi, j'aime autant vous prévenir.

Ensuite, nous partirons pour Paris, où j'ai l'intention de m'établir.

Et il était sorti de ce salon où il avait connu tant d'heures humiliantes, pour la dernière fois. Et en proie à une extrême nervosité, il arpentait maintenant les rues de Signac, en attendant l'heure de retrouver Louise sur le pont du chemin de fer — il la retrouvait toujours en plein air. Il ne devait rien se passer entre eux avant le mariage, il voulait lui prouver qu'il la respectait malgré tout. Etait-elle très sensible à cette délicatesse ? Il ne le savait pas trop. Elle avait encore un côté si naturel, si primitif... Mais cela s'arrangerait. En pensant à elle, il s'apaisait, oubliait « leur » injustice. Comme il avait encore un quart d'heure devant lui, il entra dans une église pour se recueillir. Il « leur » pardonnait. Ils étaient incapables de concevoir une véritable supériorité. Ce qui comptait pour eux, c'était l'argent, la supériorité sociale. Quand il reviendrait de Paris, ayant réussi, on verrait bien s'ils oseraient lui tourner le dos.

Il s'apaisait. Il allait voir Louise. Elle du moins savait ce qu'il était, ce qu'il valait. Il l'imaginait arrivant en courant à sa rencontre, comme elle le faisait toujours, se jetant à son cou, l'enserrant dans ses bras... Il était incapable de se recueillir plus longtemps. Il avait trop de hâte à la revoir, elle, ses yeux noirs brûlants, son chignon qui croulait toujours.

Il sortit de l'église. Il faisait très clair, et il put l'apercevoir qui arrivait, de l'autre côté du pont du chemin de fer.

— Louise !

Elle l'aperçut, fit un geste de son bras nu. Louise ! Bien qu'elle fût toute proche maintenant, il se mit à courir lui aussi, dans un grand élan de jeune joie.

*
**

C'était la première fois qu'il introduisait quelqu'un dans ce monde au milieu duquel il avait toujours vécu ; ce monde, non pas décoloré, comme on pourrait se l'imaginer, mais au contraire plus coloré, plus expressif, plus significatif et plus clair que celui qui les entourait, comme ces fausses pêches ou ces fausses poires qu'on voit dans un compotier d'apparat, et dont on décèle tout de suite la fausseté à leur velouté exceptionnel. C'est ce qu'on dit communément « être trop beau pour être vrai ». Le monde où ils se mouvaient à présent de compagnie était très beau. Et tout les encourageait, la paix retrouvée, les conversations aisées, sans heurts, et jusqu'à l'été qui avait éclaté soudain, très bleu, très chaud, trop beau, lui aussi, avec un fond d'humidité qui accablait, qui en faisait un piège, une gigantesque et molle toile d'araignée où l'on se prenait, et où l'on restait pris jusqu'au soir, sans pensée. Ils se rencontraient à 7 heures, comme avant, mais plus détendus, plus conciliants ; il ne leur fallait qu'un instant pour retrouver le ton, la porte, la serrure : ils entraient dans leur domaine, et s'y mouvaient nonchalamment.

— J'avais bravé ma famille. Sans doute, j'avais tort. Mais mes torts venaient d'une âme noble, naïve. Vous auriez pu vous tromper ainsi, vous, Martine.

Elle disait oui. Elle essayait, pêchant une idée par-ci, un mot par-là, de se faire une place à elle, dans ce monde irréel, d'oublier que ce n'était pas là qu'elle avait souhaité demeurer, mais dans un domaine combien plus terrestre. Elle essayait, essayait de bonne foi. Et c'était bien la première fois de sa vie, depuis qu'elle était entrée à l'école et qu'on avait ri sur son passage (pourquoi une petite fille laide fait-elle rire plus qu'une femme laide ?), depuis que sa mère lui avait dit : « Quel malheur que tu ne puisses pas faire d'études, toi qui ne te marieras pas... », depuis les distributions des prix, les bals (car elle était allée à des bals, à seize ans : trois exactement), les réunions de toutes sortes où on la regardait trop, où on ne la regardait pas assez, où on lui parlait sans bonté ou avec trop de bonté, depuis tous ces jours où elle s'était immobilisée, digne et raidie comme une blessée qui ne se plaindra pas, c'était la première fois qu'elle essayait quelque chose. Elle disait oui. D'un violent effort qu'on ne pourrait comparer qu'à celui de sortir de sa peau, elle essayait. De le croire. De s'identifier à lui. De se porter d'un élan (et comme l'élan lui était pénible, à elle qui s'était figée au sol, gelée au sol, si longtemps) dans cette région où elle pouvait être son égale. Et elle y parvenait. Et elle parlait, elle si silencieuse, si maussade. Stéphane s'émerveillait de leur accord. « Que n'aurais-je pas fait avec une femme qui m'aurait ainsi soutenu, ainsi compris », songeait-il. Un reste de prudence le retenait cependant, de le dire. Et il songeait aussi, malgré lui, très vite, écartant avec remords cette pensée importune : « Tout de même, Louise à son âge avait une autre allure ! »

Ils parlaient, à la terrasse du Dupont, dans la chaleur moite du soir. Des touristes somnolaient déjà sous les parasols rayés. D'ici huit jours les magasins commenceraient à fermer, l'un après l'autre, et il faudrait faire cinq cents mètres pour acheter un litre de lait à un commerçant inconnu. Paul Coban et Gérard Ducas partiraient chez « les parents de Paul », en Normandie, se gaver de crème et de pluie sur l'herbe grasse ; Mlle Lethuit, escortée de son père, de sa sœur, du chat dans un panier, prendrait, chargée de pliants et d'oranges, un train bondé vers la Bretagne. Socrate resterait là, bien sûr, plus mélancolique encore que d'habitude, et plus disert, s'emparant de vous pour vous narrer d'imaginaires Côtes d'Azur des temps prospères. « Un mythomane », disait Stéphane. Et le Dr Fisher, avec sa cantine de fer, disparaîtrait vers le « chalet de l'U.L.R. » où il avait coutume de passer ses vacances, une grande baraque délabrée sur une montagne triste, où errait une sorte de femme de ménage fort sale et ne parlant pas le français, que Stéphane détestait. Car Stéphane aussi partirait, au milieu du mois d'août, et pendant un mois pesterait contre l'ennui du chalet, du site de toute beauté, et contre le peu d'attrait de la compagnie du Dr Fisher, qui ne s'arrêterait de boire que pour le soigner, consciencieusement d'ailleurs. Mais il s'agissait bien de soins ! Les gens croient avoir tout fait quand ils vous donnent une potion. Un malade a besoin...

Pour le moment, il se sentait fort peu malade.

— Que prendrez-vous, mon amie ?

— Et vous ? Non, pas de bière, cela vous fait mal quelquefois... Si nous prenions du porto ? C'est doux, et...

Le porto lui paraissait une chose luxueuse et molle, à la mesure du temps et de leur humeur ouatée. La démarche des passants paraissait ralentie par la chaleur, comme s'il fallait fendre une eau lourde. Ils burent lentement.

— Je ne comprends pas, dit Martine, tout à coup, que vous n'ayez pas fait de démarches auprès d'un organisme d'anciens combattants, de Sécurité sociale, que sais-je ; vous n'auriez pas aujourd'hui à passer vos vacances dans un endroit pour réfugiés...

Elle avait trouvé, déjà, ce ton maternel, pratique, qui lui donnait une raison d'être, une fonction, qui la reliait à Stéphane d'une façon tout de même plus charnelle, une sorte de cordon ombilical par où passerait un sang plus généreux que celui des seules paroles. S'occuper de son corps, c'était toucher, de quelle façon furtive, à ces biens terrestres qui lui étaient interdits, c'était apaiser la nostalgie qui demeurait même au milieu du splendide univers en trompe-l'œil où Stéphane l'entraînait. S'il eût été plus attentif, il eût senti là un danger, il eût pressenti cet appétit vorace qui était en elle, et qui ne se contenterait pas toujours de creuses nourritures. Mais il était tout au charme de se sentir entouré de sollicitude.

— Je sais que vous n'aimez pas le docteur, dit-il

avec modération. Mais rien ne l'oblige, après tout, à me rendre ce service, et voilà cinq ans qu'il s'occupe du pauvre esseulé que je suis. Remarquez bien, mon amie, que je ne vous donne pas entièrement tort. Evidemment, tous ces réfugiés... Il se peut que dans l'exercice de sa profession... On raconte bien des choses... De même j'ignore d'où viennent les fonds de cette Union qui... Mais ne jugeons pas témérairement. L'attitude du Dr Fisher envers moi a toujours été digne de tous les éloges.

— Tout de même, il me semble qu'en vous adressant aux autorités militaires, autrefois, vous auriez pu obtenir un dédommagement, une pension...

Elle posait la main sur son bras. Elle posait la main sur sa souffrance, sur sa maladie, non point par pitié (comme ce n'était pas par désir qu'elle aurait voulu, le jour de leur grande scène, qu'il la prît), non, ni par pitié ni par désir, mais comme on pose la main, à la dérobée, sur un objet qu'on voudrait posséder, sur lequel on voudrait écrire son nom, pour le plaisir d'enfin avoir quelque chose à soi, amour ou maladie, même si la chose n'est guère désirable au fond. Il aurait dû avoir peur de cela, lui qui n'avait rien à donner que des jouets sans signification, rien, justement, qu'on pût posséder : il ne possédait rien lui-même. Mais il pensait à Louise et n'avait point de peur.

« Une pension », c'était pourtant aussi ce qu'avait dit Louise, du haut de sa santé triomphante, due au marché noir. « Tu pourrais peut-être encore obtenir une pension ? » Bien sûr, il s'était écoulé deux ans depuis la guerre. Il n'était pas absolument sûr qu'il eût contracté « cette fatigue » (il se refusait à l'appeler autrement) pendant sa captivité. Mais en insistant ? « Après tout, tu as fait la guerre, tu as été prisonnier, on ne peut pas te renvoyer comme ça. Veux-tu que j'aille les voir, moi ? » Elle avait dit cela d'un tel ton de complicité où se mêlait, lui avait-il semblé, un peu de mépris, qu'il avait été contraint, absolument contraint, de s'indigner. Jamais il n'essayerait d'exploiter sa guerre pour... Il n'avait fait que son devoir et n'entendait pas... Bon, bon, avait-elle eu l'air de dire, comme si elle s'y attendait. De même, quand il lui avait annoncé que sa radio n'était pas excellente (et même il avait exagéré un peu, dans l'espoir de l'épouvanter) : bon, bon, elle ne s'attendait pas à autre chose. Qu'il fût malade, ne demandât pas de pension, ne gagnât pas autant d'argent qu'elle, c'était toujours la même chose : elle s'y attendait, comme autrefois, devant ses résultats médiocres, l'œil unique. Elle avait rejoint le clan de ses ennemis. Bon, bon, on ne pouvait vraiment pas le gronder, ce n'était pas sa faute, le résultat était honnête, sinon brillant. Même résignation sans douceur. Il en était arrivé à en vouloir plus à Louise de cette résignation-là (ce trait qui complétait son personnage odieux de femme-qui-a-fait-du-marché-noir-et-se-porte-bien) que des aventures épisodiques qu'il flairait. Cependant, la guerre et la maladie, la considération de tout un quartier, étaient un terrain plus solide que ne l'avaient été autrefois la place de premier en catéchisme et la préférence de l'abbé Mourron. Il ne s'était pas fait faute de s'en servir contre elle, de cette considération, comme autrefois de sa pitié, de ses prix de conduite, contre ses parents et l'œil unique plein de condescendance. Mais s'en servir autrement ? Jamais.

— Jamais je n'ai voulu exploiter ce qui a été pour moi un devoir. Il y a des hommes qui...

— Je comprends vos scrupules. Mais enfin, la Sécurité sociale...

Il fronça le sourcil. Elle insistait trop ; lui qui parlait sans cesse de ses malaises n'aimait pas pourtant y réfléchir. Il s'en était servi. Il avait brandi ses malaises, comme, autrefois, cette piété qui lui conférait avec les fils de famille (« que tu ne peux pas fréquenter », disait sa mère) une sorte d'égalité. Et comme il s'en servait, sa maladie devenait entre ses mains une de ces choses trop colorées elle aussi, un faux bruit, un trompe-l'œil, un reproche à Louise, une preuve de culpabilité de Louise envers lui, du monde envers lui, sans rapport direct avec cette fatigue, ces étouffements, ces petites fièvres qui ne l'inquiétaient pas. La pension, la Sécurité sociale, ces soucis trop terre à terre l'auraient forcé à prendre d'abord une véritable conscience du fait qu'il était souffrant : aussi les écartait-il avec répulsion.

— Comme vous êtes bonne, mon amie ! Comme vous vous penchez sur ces répugnantes questions matérielles avec bonté ! Quel souci vous prenez de moi, alors que tout m'abandonne et me fuit ! Savez-vous que même dans cette stupide Brasserie, dans ce travail quotidien qui est notre médiocre choix, il m'arrive de vous sentir à mes côtés, comme une petite ombre de Samaritaine ? Et...

D'instinct, il noyait sa répulsion, s'écartait de tout ce qui aurait pu lui faire perdre son fragile équilibre. Et, sans même le savoir, c'était comme s'il prenait la main de Martine, la détournait du domaine interdit, lui montrait à nouveau les seuls bien permis, ceux qui la laisseraient secrètement affamée et enivrée à la fois...

— C'est vrai, Stéphane ? C'est vrai ?

Elle était prête à saisir n'importe quoi, à se nourrir de n'importe quoi, pour l'instant. Elle ne savait pas encore, ni lui, que sa faim ne ferait que croître et qu'exiger davantage.

— Mais oui, ma chère Martine. Mais oui.

Comme il était facile, pensait-il, de l'apaiser. Ainsi en est-il de tous. Un peu de bonté suffit. Cependant, Louise... De presque tous, dirons-nous.

— Mais oui, ma chère Martine...

La paix, sur ce visage ingrat, avait quelque chose de gênant. Stéphane en détourna les yeux.

— Il faudrait tout de même que j'aille chez le Dr Fisher, murmura-t-il.

*
**

Par la petite fenêtre basse, la chaleur spongieuse entrait aussi chez le Dr Fisher, semblait imprégner les rideaux vert sombre, les meubles acajou, le beau tapis qui tirait l'œil. Mais le docteur, lui, avec sa chemise impeccable, son œil d'acier et ses gestes nets, était de ces hommes qui ont toujours l'air d'avoir frais. Ce n'était pas le cas de la femme blême et grasse affalée sur la chaise, et dont la robe à fleurs était plaquée au corps par la sueur.

— Voyons, madame, réfléchissez, s'entendait-il dire d'une voix lasse, qui allait mal avec son personnage élégant et précis.

Elle le dégoûtait. Une méduse, une véritable méduse, échouée là comme dans son habitat naturel, envahissant la pièce de sa graisse, de son odeur, et moins gênée que lui, à tout prendre.

— C'est tout réfléchi, disait la méduse avec obstination. Je n'en veux pas. Docteur, je vous en supplie ! S'il n'y a qu'une question d'argent, je...

Elle ne le suppliait pas du tout, en réalité, elle sentait son emprise, elle était décidée à rester là jusqu'à ce qu'il cédât, écœuré par elle, par son odeur de femelle, ses yeux de femelle... Il alla jusqu'à la fenêtre pour être plus loin d'elle, avec ce dégoût d'homme chaste et soigné, tout ce qui restait de pur en lui...

— Vous comprenez bien que quand mon mari... Le qu'en-dira-t-on...

Le qu'en-dira-t-on des méduses ! La morale des crustacés ! Il aurait pu, bien sûr, la jeter dehors. « Qui vous a donné mon adresse ? Pour qui me prenez-vous ? Aucun médecin digne de ce nom... » Mais il n'avait plus la force de dire ces mots-là, de dire des mots hautains, dignes, abstraits. Il ne savait que trop le peu de secours que laissent ces mots-là, le moment venu, le moment sans dignité, poisseux de sang et de sueur, de la peur... Ce jour-là, devant leur inutilité, il les avait répudiés pour toujours, ces mots-là, et les méduses le savaient, le sentaient, se cramponnaient à lui, de tout leur sûr instinct de méduses, quitte à le mépriser après, si un accident arrivait. « Médecin marron... Tous ces réfugiés... » Il les entendait déjà.

— Alors, docteur ?

Il fit un effort, avec une telle répulsion que son visage se contracta.

— Une vie humaine...

Il savait trop bien l'inanité de ses paroles, la profonde inanité de ses paroles. Il avait vu mourir sa femme (dissimulé dans la soupente, retenant sa respiration), l'être qu'il aimait le plus au monde, et comme ce corps chéri, mille fois caressé, était là, exhalant ses derniers râles, ses derniers hoquets, inconscient, heureusement, il n'avait pensé qu'à une chose, avec un calme effrayant : retenir sa respiration. Il y avait pensé avec une précision mathématique, il s'était appliqué comme il ne s'était jamais appliqué dans sa vie à ce geste simple : aspirer et rejeter l'air de sa poitrine. Et aucune pensée de douleur ne l'avait troublé, rien ne l'avait dérangé dans son effort. Anna était morte en lui à cet instant, avant même d'avoir cessé de hoqueter sur le sol. En aurait-il été différemment si elle avait crié, dit son nom ? Il n'en était même pas sûr. Alors... Il ne demandait plus que le calme. Le calme de l'été.

— C'est entendu, madame. Venez mardi, à 5 heures... Vous êtes seule chez vous en ce moment ? Pas de bonne, de femme de ménage gênante ? S'il se passait quelque chose d'anormal, téléphonez à un hôpital, affolée. Vous ne savez pas ce qui se passe, non, vous ne saviez pas, et surtout ne prononcez pas mon nom.

— ... Bien entendu, docteur !

C'est tout juste si ce n'était pas elle qui prenait un ton protecteur maintenant. Comme eux tous, la femme pauvre et chevaline qui en a déjà six et dans deux pièces, comme la petite bonne qui ne sait pas comment c'est arrivé, elle avait dû boire un peu au bal et on la renverra sûrement, comme l'homme égaré un instant avant et qui se calme : « Pourriez-vous m'en céder un peu régulièrement ? J'ai de telles douleurs et... bien entendu votre nom se sera jamais prononcé... » Tous, si pitoyables fussent-ils, prenaient cet air de savoir, cet air « nous ne vous trahirons pas »... Il en avait assez maintenant. Il revint vers elle, décidé à la jeter dehors si elle ne partait pas. Il avait de ces brusques bouffées d'exaspération. Mais elle se leva docilement, fouilla dans son sac.

— Si vous permettez, docteur, je vous donne tout de suite...

Confiante malgré tout. Sentant que lui non plus ne la trahirait pas.

— Alors à mardi, docteur. Et merci encore.

— A mardi, madame.

L'enfant de méduse était condamné. Même si cet enfant avait dû être Einstein ou Paganini, Rubens ou Pasteur, le Dr Fisher l'aurait condamné. Il n'éprouvait envers Einstein ou Rubens rien de plus qu'envers la dame blême. Tous méduses. Il s'accorda trois secondes avant d'ouvrir la porte du petit salon d'attente. La fin de la journée. M. Morani. Du moins il ne s'accrocherait pas, celui-là. Quelques échantillons médicaux, l'ausculter, pour avoir l'air de faire quelque chose... Il serait mieux à sa place dans un sanatorium. Le docteur, avec un immense effort, avait offert de le faire prendre en charge par l'U.L.R. On trouverait bien un parent réfugié, quelque chose... Il ne voulait pas ? Le Dr Fisher avait renoncé aussitôt. Cela ne le regardait pas, ne l'intéressait pas. Il donnait ses échantillons médicaux. Il offrait le chalet. Il faisait ce qu'il pouvait. La consultation ne durerait pas longtemps, heureusement. Ils descendraient tout de suite après, ils iraient boire quelque chose chez Socrate. Il boirait. Il aimait assez boire ; c'était agréable, propre. Tellement plus propre que de faire l'amour. Depuis la mort d'Anna, il n'avait plus jamais fait l'amour. Qu'en auraient dit ses compatriotes, qui, affamés, à peine le petit subside de l'U.L.R. touché, se précipitaient en quête d'une femme, n'importe laquelle, dans ce Paris « capitale de l'amour » dont ils rêvaient... Ah ! vite, recevoir Morani pour pouvoir descendre, sentir l'alcool sec et pur lui brûler le palais...

Socrate égrénerait ses plaintes maussades.

— Quand j'étais à Athènes, jetant l'argent par les fenêtres, ami avec toutes les grandes familles...

Et Morani, avec sa belle voix chaude :

— Vous êtes pour moi une Providence, docteur, moi qui, sans foyer, j'ose le dire...

Ils ne s'apercevraient même pas qu'il ne les écoutait pas, tout à leur ivresse de mots. Pauvres types, pensa-t-il avec une sorte de mépris bienveillant. Eux ne le devinaient pas, ne se cramponnaient pas à lui. De pauvres types. Ce qu'il avait dû être autrefois, se grisant de mots et de principes, et se croyant bien défendu, bien entouré de mots infranchissables... La toute-puissance de l'esprit, comme on dit. Mais eux étaient tranquilles. Rue d'Odessa, à *l'Empire Céleste,* rien ne viendrait déranger leurs petites divagations. Rien ne viendrait le déranger, lui, dans son indifférence. Tout serait bien. *L'Empire Céleste* s'enfoncerait dans l'ombre de la nuit et d'une ivresse tranquille. Les deux hommes parleraient, élevant leurs dérisoires murailles. L'heure viendrait où le Dr Fisher ne comprendrait même plus pourquoi il avait un jour, avec tant d'application, retenu son souffle dans une petite soupente. N'était-il pas déjà mort, se demanderait-il, appuyé au bar nickelé. Et cette pensée lui serait douce.

Il avait hâte tout à coup d'arriver à cette heure-là, à ce repos. Il alla ouvrir la porte du petit salon, toujours raide, net, professionnel.

— Monsieur Morani ?

*
**

La loge, qu'on se fût attendu à trouver noire et malodorante comme Mme Prêtre elle-même, remplie d'objets maléfiques et crasseux, la loge était un temple rose de noyer et de taffetas. Un temple élevé, conçu pour Sylvia, délicieusement ambrée sur son lit rose, dans sa robe de chambre rose, et qui faisait un test « Etes-vous une femme cultivée » en cherchant dans le dictionnaire les neuf muses et les sept merveilles.

— Comment, dit Mme Prêtre, avec une surprise indignée, tu ne sors pas ?

Elle s'était réservé une sorte de réduit derrière la loge, où elle couchait fort malaisément, mais sans en souffrir. Mme Prêtre, bien qu'elle ignorât en elle l'existence de cette vertu (qu'elle eût raillée si elle l'avait connue) était désintéressée. Désintéressée dans l'intérêt goulu qu'elle portait aux habitants de la maison : elle se nourrissait de leurs faiblesses sans songer à en tirer profit. Désintéressée dans son amour pour Sylvia : elle la voulait riche et adulée pour le plaisir de la revanche, de la réussite (comme on serait fier de jouer une symphonie sur un instrument défectueux), pour le plaisir d'écraser ses voisines et le monde, de voir justifiée enfin la tendresse qu'elle portait à sa fille. Mais elle ne songeait nullement à en tirer un profit personnel. Ce qui ne nuisait pas, d'ailleurs, à l'énergie avec laquelle elle menait sa fille.

— Alors ? répéta-t-elle, en se campant devant le lit rose. Tu ne sors pas, ma chérie ?

Sylvia ne leva pas les yeux, et continua à feuilleter le dictionnaire. Mais sa mère la connaissait assez bien pour sentir qu'elle cachait quelque chose.

— Cela fait une semaine que tu n'es pas sortie, n'est-ce pas ?

— Et après ? dit Sylvia d'un ton boudeur.

Mais elle rougit.

— Il se passe quelque chose ? Il est malade ?

— Oui, dit Sylvia.

Mme Prêtre s'assit sur le lit. Ce ton, ces yeux fuyants... Déjà l'appréhension lui serrait la gorge. Sylvia avait dû faire encore une bêtise.

— Sylvia, tu me mens.

Silence. Allongée sur le lit rose, Sylvia paraissait se contempler dans la glace.

— Dis-moi ce qui se passe, ma petite fille, voyons. Je ne te gronderai pas.

Sylvia se taisait. Déjà à dix ans, elle se taisait ainsi, par moments, sans raison ; et déjà Mme Prêtre ressentait devant cette petite fille trop sage, trop jolie, qui avait redoublé sa classe, cette exaspération mêlée d'amour qu'elle sent encore aujourd'hui, douloureuse comme un rhumatisme traversant son corps engourdi à travers les épaisseurs de châles.

— Dis-le-moi, ma chérie ! C'est pour ton bien que je te le demande. Vous vous êtes disputés ? Quand l'as-tu vu pour la dernière fois ?

— Il travaille en ce moment, dit Sylvia maladroitement.

Elle ne répondait jamais directement aux questions. Mme Prêtre sentit sa gorge se serrer, et une colère naissante la gagna.

— Qu'est-ce que ça veut dire, il travaille en ce moment ? Il ne travaillait pas, il y a quinze jours ? Il ne travaille pas du matin au soir, tout de même.

Le petit visage de Sylvia se crispa légèrement .Elle avait horreur des colères de sa mère. Elle eut recours à des mots de grande personne.

— Tu ne sais pas ce que c'est, dit-elle d'une petite voix craintive. L'inspiration. Il a quelquefois besoin d'être seul pendant quinze jours, un mois...

— Il te l'a dit ?

— Oui, répondit Sylvia plus fermement, car Henry l'avait dit.

— Il a dit, l'inspiration ?

— Oui.

Mme Prêtre médita, avec l'air d'un chat qui a reniflé une mauvaise odeur.

— Il y a quelque chose de louche là-dessous, dit-elle. Quand est-ce que vous avez rendez-vous ?

Elle savait déjà, rien qu'à regarder Sylvia. Pas de rendez-vous. Après un an de liaison, elle se laissait éconduire ainsi, sans un mot, sans une larme, plutôt soulagée, peut-être. Oh ! mais elle ne se laissa pas aller à sa colère. Elle s'assit sur le lit, à côté de sa fille, et lui prit la main.

Combien de fois, assise sur ce lit, n'avait-elle pas essayé, avec la même patience, avec la même colère brûlante et contenue, de raisonner Sylvia ! Et il y avait des cas où cela avait été relativement facile. Le photographe, Stéphane Morani... En fait, il était toujours possible d'empêcher Sylvia de faire quelque chose. C'était de la pousser à l'action qui était difficile. Et Dieu sait pourtant si Mme Prêtre y avait dépensé de la diplomatie, de l'énergie, et toute la patience dont elle était capable ! Et toujours on en revenait au même point, semblait-il, à ce petit visage incompréhensif et boudeur, qui était encore le visage d'une enfant de dix ans dont la mère rougissait, à la distribution des prix. « Ah ! si j'avais eu seulement le quart de sa beauté ! » Laide comme elle l'avait été, n'avait-elle pas réussi à épouser un des plus jolis garçons du quartier Saint-Antoine, Jules Prêtre, ébéniste d'avenir ? Mais l'ingéniosité de Mme Prêtre n'avait servi qu'à lui donner quelques semaines de bonheur et une jolie fille. Jules Prêtre avait trouvé moyen de contracter une pneumonie et d'être « emporté en trois semaines » avant même de s'être aperçu de la laideur de sa femme. Et dès l'enfance, il y avait eu quelque chose en Sylvia qui surprenait les autres enfants et leurs mères. Peut-être était-ce seulement d'être trop sage. Et pourtant il arrivait à Mme Prêtre, exaspérée sans savoir pourquoi, de gifler sa fille. Puis, bouleversée de la voir en larmes, elle la serrait dans ses bras.

— Sylvia, ma chérie, dis-moi tout. Vous vous êtes disputés, n'est-ce pas ? Tu as dit quelque chose, il s'est fâché...

— Mais pas du tout, maman ! C'est lui qui m'a dit... qui m'a dit... (Elle était près des larmes.)

— Qui t'a dit quoi, mon petit poussin ?

— Qui m'a dit : « On ne va pas se voir pendant quelque temps, j'ai trop de travail, un nouveau modèle dont je veux tirer quelque chose. »

— Et tu n'as pas eu l'idée de demander jusqu'à quand il serait occupé par ce modèle ?

— N... non... J'ai demandé quand on se reverrait et il a dit après les vacances.

— Après les vacances !

Mme Prêtre leva les yeux au ciel.

— Et tu ne lui as pas demandé où tu passerais tes vacances, toi ?

— Est-ce qu'on ne va pas à Arcachon comme l'autre année ?

Cette question ingénue eut raison de la patience de Mme Prêtre.

— A Arcachon ? Et avec quel argent irons-nous à Arcachon, s'il te plaît ?

— Mais... la banque..., murmura Sylvia.

— Sais-tu ce que j'y ai mis pour toi, à la banque, depuis deux ans que tu fréquentes cet homme célèbre, qui a des « inspirations » ? Des inspirations, vraiment ! Deux cent quarante-trois mille francs, exactement. Voilà ce que tu as, après une liaison dont une fille un peu intelligente aurait tiré des millions. DES MILLIONS ! Un homme qui a une voiture américaine ! Un chauffeur ! Et jolie comme tu es ! Vingt ans ! Une mineure ! Tu aurais gagné davantage à être secrétaire, vendeuse, est-ce que je sais ! Mais on n'aurait pas voulu de toi, sans doute ! Ou tu aurais trouvé moyen de travailler pour rien, c'est tellement plus gentil, n'est-ce pas ?

Les beaux yeux sombres étaient remplis de larmes, mais Mme Prêtre n'avait pas plus pitié de Sylvia que d'elle-même. Car c'était sa faute, sa lointaine vanité d'autrefois, qui lui avait fait diriger ses batteries sur ce beau garçon un peu sot que les filles se disputaient, au lieu d'essayer de captiver quelque marchand un peu âgé, déjà établi, qu'elle payait aujourd'hui — et que payait Sylvia. Sylvia ressemblait à son père, belle plus encore, et plus sotte. « Tu l'as voulu », se disait Mme Prêtre, en voyant grandir Sylvia, et en se voyant elle-même obligée de borner son génie de l'intrigue aux limites d'une loge. Et elle avait souhaité ardemment, pour Sylvia et pour elle-même, une revanche. Et elle avait cru l'heure de cette revanche venue avec Henry Stass.

— Ne pleure pas, voyons, dit-elle d'une voix encore

frémissante, mais dont elle redevenait maîtresse. Nous allons essayer d'arranger ça. Ne pleure pas. Qu'est-ce que tu as répondu, quand il t'a dit cela ?

— Je... j'ai dit... que c'était dommage, sanglota Sylvia.

— Tu l'as dit en pleurant ?

— N... non...

— Et c'est maintenant que tu pleures ? Bon. Passons. (Mme Prêtre avait repris son calme, son aspect de vieux diplomate. Henry Stass était la chance de Sylvia. Il ne s'agissait pas de la laisser passer.) Ce modèle, naturellement, c'est une femme ?

— Il ne me l'a pas dit.

— Et tu ne le lui as pas demandé ! Mon pauvre poussin... Il faut savoir qui c'est.

— Pourquoi, maman ?

— Mais pour l'évincer, tiens. Elle a peut-être un fiancé, un mari, cette femme... Il faut...

Sylvia rêve, les yeux vagues. Elle ne pense plus à Henry Stass. Elle ne pense pas non plus au jeune photographe aux taches de rousseur qu'elle rencontrait, il y a des siècles, square Bourrély. Il serait difficile de traduire en mots sa pensée confuse ; s'il le fallait, ce serait simplement qu'elle est bien découragée, et qu'elle a beau faire, personne n'est jamais content. Mme Prêtre, elle, médite, suppute ; dans sa cervelle méfiante s'élaborent des plans naïfs et compliqués.

— Oh ! je trouverai bien, dit-elle.

Et seule la perspective d'avoir à exercer à nouveau son flair lui rend déjà une partie de sa sérénité.

Et elle attend, immobile, dans la guérite d'osier, comme une monstrueuse idole. Elle attend de satisfaire à la fois son désir de venger Sylvia (qui continue à faire des tests et à lire *Sélection* dans son temple rose) et sa curiosité. Faire des démarches ? Remuer ? Ce n'est pas l'habitude de Mme Prêtre. Mais elle a convoqué son amie, son ilote, Mlle Marie, et lui a donné ses instructions. Et elle attend, immobile dans sa guérite d'osier, le long des journées moites, notant des détails par habitude, le locataire (le seul !) de Mlle Lethuit qui sort, sa serviette sous le bras, un jeune homme blond qui doit être étranger et payer très cher ses deux pièces ; Gérard Ducas qui sort, un tableau de Paul dans les bras, et revient, toujours avec le tableau de Paul ; Mme Morani qui sort, à 3 heures de l'après-midi, avec du rouge à lèvres, sûrement elle ne va pas au bain de vapeur, et elle a un sac neuf ; et M. Morani qui entre et qui sort avec cette petite Fortin qui ne le quitte pas d'un pas, il aura du mal à s'en débarrasser, de celle-là ; et le Dr Fisher qui sort, et revient, une bouteille sous le bras, enveloppée dans du papier de soie, qui a dû coûter cher : il ne se contente plus de boire chez Socrate. Cet homme-là a dû commettre un crime, se dit Mme Prêtre. Mais elle se le dit presque avec sympathie : le monde est ainsi fait. Elle se plaît une fois de plus à le constater. Elle aurait presque de la reconnaissance pour qui lui confirme cette image violente et heurtée. Adultère, anomalie, crime, escroquerie, ont pour elle une couleur, un parfum, un attrait presque poétiques. Elle s'y sent chez elle, à l'abri, parmi ses proches, ses pairs. Sentiment d'autant plus étrange qu'elle-même a commis fort peu de ces forfaitures — mais elle s'en est toujours sentie capable. Enfant maladive, immobile derrière la vitre, elle décelait chez les autres le germe qui fleurirait en de sanglantes ou sordides aventures, qu'elle lirait dans le journal du soir. Déjà elle attendait. Ainsi représente-t-elle, dans ce monde qui déferle à ses pieds, une sorte de barde bénévole. Et sa parole coule, le long de la rue d'Odessa, indifférente et boueuse comme le ruisseau, répandant de porte en porte une information impartiale.

Mme Prêtre attend. Moins calme pourtant que d'habitude. Son sein volumineux se soulève parfois, sous l'influence d'une passion qui ne lui est pas habituelle : l'indignation. Car pour elle, il n'y a qu'un crime : s'attaquer à Sylvia. Sylvia qui paraît paisible et lit avec application *Comment vivent les baleines*. « Petite sotte ! Petite imbécile ! » songe Mme Prêtre. « On lui vole sa chance, on la laisse tomber, sans doute n'est-elle pas assez bonne pour lui, ce dégoûtant vieux cochon, et elle lit ! Et elle reste là ! » Et l'idole monstrueuse, bienveillante, la flaireuse d'égouts, la louche protectrice des vies bourbeuses et fortes, baisse un instant la tête devant l'humiliation de tous les instants qui lui inflige l'objet de son coléreux amour.

*
**

Bruno descend du trottoir, emprunte les clous, contourne par-derrière la station du métro Edgar-Quinet (il est un peu maniaque) et va acheter des saucisses à la charcuterie de la rue Delambre. C'est lundi, et le lundi il mange de la choucroute. Tous les lundis. Il aime ce trajet du soir, vers 7 heures, qu'il accomplit toujours de la même façon. Il aime la choucroute. Et Jacquotte, qui l'attend dans leur chambre meublée, la prépare à merveille, dans du vin blanc et avec des baies de genièvre. Précédemment, il a fait l'effort de quitter une maîtresse parce qu'elle faisait mal la cuisine. Ce ne serait pas la peine d'avoir obtenu de la propriétaire la permission, si enviée, d'avoir un réchaud dans la chambre, si c'était pour ne pas s'en servir.

Bruno prend le trottoir de droite dans la rue Delambre. Parfois il s'amuse, comme quand il était petit, à fermer les yeux en récitant le nom des boutiques qu'il frôle de la main : Gobert, teinturerie, Café des Artistes, Au Bonbon Praliné... Et de les connaître par cœur l'enchante. Il connaît par cœur aussi le nom des boutiques de certaines rues où il aurait voulu habiter... Il prend sa place dans la queue, à la charcuterie. Il y a cinq personnes avant lui. Il a bien le temps de se livrer à son petit jeu favori : Hermès, Lanvin, Pharmacie Saint-Honoré, ou Résidence Auteuil, Blanchisserie Mozart, Au Petit Roy... Si Bruno avait de l'imagination, il tenterait de parcourir en esprit les lieux dont il rêve le plus, Hollywood, les piscines des stars, la villa de Clark Gable, de Frank Sinatra. Mais il n'a pas d'imagination. Il lui faut se contenter des rues qu'il a déjà vues, des noms qu'il a lus en passant. Quelque chose pourtant l'entrave même dans sa modeste rêverie, comme s'il avait fait un nœud dans sa mémoire. « N'oublie pas... n'oublie pas. » En vain tente-t-il de rester avenue Mozart, ou de hanter une résidence avec vue sur le Bois de Boulogne. « N'oublie pas... » Et la voix du charcutier le ramène définitivement rue Delambre.

— Deux paires de Francfort, comme d'habitude ?

— Non, mettez-en quatre paires aujourd'hui. Et quatre tranches de petit-salé...

C'était cela ; il ne fallait pas oublier d'acheter la part de Stéphane Morani et de Martine. Il se hâta de rentrer. Il fallait aider Jacquotte à arranger la chambre. Non que Stéphane fût si difficile ; mais Martine... C'était une idée de Jacquotte de l'inviter. Il est certes délicat d'inviter un homme sans sa maîtresse, mais quand elle est aussi maussade, on est tenté d'oublier. Stéphane aurait pu trouver mieux. Cela n'aurait été que Toni... Enfin, chacun ses goûts. Quand on est l'ami d'un homme depuis huit ans, on ne le critique pas pour une maîtresse mal choisie : on attend qu'il en change. Bruno lui-même ne se faisait pas faute d'en changer ; lui qui aimait tant ses habitudes qu'il lui arrivait de racheter la même cravate quand la première était trop chiffonnée, n'hésitait jamais à rompre, « c'est la vie d'artiste ». Il est vrai que comme les cravates, les maîtresses de Bruno restaient dans la même gamme, de petites brunes boulottes aimant l'ail. Jacquotte, qui lui ouvrait la porte, était un spécimen entre d'autres ; cependant elle ajoutait à ces caractéristiques de série une touche de dignité qui impressionnait un peu Bruno, comme l'impressionnait le ton élevé de Stéphane. Il attribuait à son manque de culture ses infructueuses tentatives dans l'art de la chanson (ce qui marquait une confiance intrépide dans le degré de culture des chanteurs arrivés). L'exemple de Stéphane ne le tirait nullement de cette erreur.

— Qu'est-ce que tu en dis ? demanda Jacquotte.

Il regarda autour de lui et fut charmé de l'air d'intimité de la chambre. Sur la commode, des marguerites trônaient dans un vase de Bohême rouge et bleu, du plus bel effet. Sur la table de noyer, légèrement écaillée, sous chaque assiette et chaque verre, des napperons crochetés faisaient un effet somptueux. L'odeur de la choucroute s'échappant en épaisses volutes du placard-cuisine était bien appétissante, et autour de la lampe à pied, Jacquotte avait drapé une sorte de châle espagnol à grosses fleurs rouges, qui donnait à l'ensemble une note artistique, et détournait les yeux du paravent derrière lequel s'abritaient les commodités hygiéniques.

— Au fond, dit Bruno émerveillé, on peut très bien recevoir, ici.

Jacquotte sourit. Elle avait tout fait pour que cette constatation s'imposât à lui. Bien que Bruno n'en sût rien, elle avait décidé de l'épouser. A eux deux, ils pourraient mener une petite vie tout à fait confortable, et elle attendait son moment pour sortir de sa manche son plus gros atout : une tante à moitié morte qui habitait rue Daguerre et qu'elle expulserait sans peine. Déjà, Jacquotte s'était enquis des conditions d'achat à crédit d'une machine à laver ; déjà, elle connaissait le nom des commerçants de la rue Daguerre et pouvait énumérer les commodités du quartier. Ses batteries étaient chargées, elle n'attendait qu'une occasion de faire feu. L'invitation de Stéphane Morani lui parut être cette occasion. Aussi s'était-elle vêtue en conséquence. La jupe de faille bleue, serrée autour des hanches abondantes, le corsage d'une dentelle jaunie (venant de sa mère) et fermé d'une broche en corail, les petites mains chargées de bagues artistiques, elle faisait très femme du monde. Bruno l'admira sans l'ombre d'un pressentiment.

— Allons, disait Stéphane, devant le petit immeuble « Maison meublée » qui depuis des années affichait l'écriteau « Complet ». Il ne faut pas nous attendre à grand-chose. Ce pauvre Bruno ! Et son amie ! Ce doit être assez effrayant, dans le genre buffet Henri III et papier à fleurs sur les murs ! Je ne puis pas comprendre pourquoi Bruno s'est mis en tête de donner un dîner. Cela ne lui est pas arrivé une fois en huit ans ! Mais comment refuser. J'aurais eu l'air de les mépriser, et je ne voudrais pour rien au monde...

— Bien entendu, dit Martine. *Nous* ne pouvions pas refuser...

Leurs longues conversations, aux terrasses des cafés, les défendaient tous deux contre l'accablement de la chaleur. Ils se grisaient de mots, Stéphane avec ingénuité, Martine avec un reste d'inquiétude. L'ingénuité n'était pas son fort.

Ils montèrent le petit escalier en colimaçon, assez propre malgré sa moquette usée. Stéphane s'appuyait sur l'épaule de Martine. Ils y prenaient plaisir tous les deux.

— On va s'amuser, chuchota-t-il avec une malice puérile. Vous savez ce qu'elle fait ? Tient la rubrique du cœur dans une de ces revues... *Moi et Ton Cœur,* je crois, ou *Amour et Jeunesse,* ce genre de choses...

Martine sourit.

— Signe-t-elle Tante Louise ? ou « Votre Pimprenelle » ? Elle doit être longue et maigre, avec de grandes dents, un air anglais.

— Oh ! non. Ce n'est pas le genre de Bruno. Plutôt des boucles d'oreilles, l'air inspiré...

Etouffant leur rire, ils parvinrent au troisième dans l'odeur de plus en plus forte de la choucroute.

— Croyez-vous que ce soit pour nous ? fit Martine avec une grimace.

— Je le crains, chuchota-t-il. Allons, du courage ! En avant pour le sacrifice. (Lui ne détestait pas la choucroute.)

Il frappa vaillamment à la porte. Ils entrèrent, aussitôt noyés dans l'odeur épaisse, et dans le chaud rayonnement de la lampe espagnole.

— Mais entrez ! Entrez donc ! s'écria la petite femme minaudante, en s'élançant pour refermer la porte. Je suis si heureuse de faire enfin la connaissance des amis de Bruno !

Martine la détesta instantanément. Stéphane baisa cérémonieusement la petite main grasse, les bagues exotiques, et serra d'un air ravi la main de Bruno.

— Mais c'est délicieux, ce petit intérieur !

Martine regardait la lampe drapée, le placard-cuisine à demi ouvert, le paravent, la table en noyer... Ah ! Plutôt que cela, sa chambre nue, pure. Plutôt que cette union entre deux petits êtres gras, amateurs de bonne cuisine, de pièces closes trop chaudes, de châles espagnols (ce détail l'irritait plus que tout autre), leurs conversations à la terrasse des cafés, sur un banc, dans un square... C'était tellement plus beau, plus riche... Les mots de Stéphane lui venaient à la bouche.

Mais la petite femme s'empressait autour d'elle.

— Enlevez donc votre manteau... Mais asseyez-vous sur le lit... Oui, nous sommes un peu à l'étroit, mais... Une vraie dînette, vous savez...

Ses cheveux noirs étaient frisés en petites boucles serrées. Elle était poudrée d'une poudre très blanche, comme l'une de ces pâtisseries orientales sur lesquelles on croit toujours avoir vu se poser des mouches, et une grosse verrue, sur la joue gauche, avait l'air d'un raisin de Corinthe.

— Quoi ? Comment ? Qu'est-ce que vous dites, les hommes ?

Bruno, congestionné, venait d'apprendre par Stéphane que Martine n'aimait pas la choucroute.

— Mon brave Bruno, quelle importance ? disait Stéphane, en lui tapant sur l'épaule. Nous venons pour vous voir, pas pour déguster de la choucroute.

Mais Bruno était inconsolable.

— J'aurais dû le deviner !

Il y eut un moment de confusion. Raidie, ne voulant rien dire à cette femme qui lui déplaisait, à Bruno qui se confondait en excuses, Martine se cantonnait dans un silence maussade. Jacquotte s'empressait, agitant successivement le poitrail et l'arrière-train comme un chien de concierge qui frétille, elle arrivait à mettre du liant.

— Nous nous arrangerons, n'est-ce pas, Martine ? Vous permettez que je vous appelle ainsi... Nous ouvrirons une boîte de petits pois, et voilà. Un peu de banyuls ? Il est excellent, un ami à moi me le rapporte chaque année du Midi... Un biscuit ? Nous sommes bien à l'étroit pour recevoir ici, mais enfin... J'ai dit cent fois à Bruno que nous devrions... Vous-mêmes sûrement aimeriez... Ah ! (elle se renversa en arrière comme percée d'une flèche) ce que vous faites avec votre piano, monsieur Stéphane, c'est... c'est de la magie... Bien sûr, j'ai été vous écouter, ce n'est pas dans une Brasserie, c'est dans une salle de concert qu'il faudrait vous entendre, mais...

Et elle parlait, parlait de sa petite voix grasseyante, décidée à s'imposer, à charmer Stéphane qui ne pourrait faire autrement que de féliciter son ami d'être enfin tombé sur une femme digne de lui. Et elle versait à boire, souriait éperdument, remplissait le silence, déjà les appelait par leurs prénoms, férocement résolue à ne pas laisser s'installer un instant l'ennui. Et Bruno, toujours innocent, se disait : « Comme elle sait recevoir ! Quelle femme d'intérieur ! » attiré peu à peu dans le piège banal.

Ils se mirent à table. La choucroute dont l'odeur les avait hantés jusque-là, apparut enfin, fumante, couronnée de saucisses, et fort impressionnante. Stéphane l'attaqua de bon cœur : les éloges de la petite femme poudrée lui avaient ouvert l'appétit. Il s'amusait d'ailleurs, préparant déjà les plaisanteries qu'il ferait à Martine en sortant, mais jouissant de ce rôle de souverain visitant une chaumière, et offrant sa conversation avec condescendance. Bruno rayonnait de satisfaction culturelle. Il n'eût jamais supposé que Jacquotte pût se trouver à égalité avec Stéphane dans ce domaine. Mais ils avaient l'air de s'entendre à merveille...

— Vous êtes, disait Stéphane, l'une de ces femmes qui...

Avec son facile aveuglement, il avait déjà classé la

petite « chroniqueuse du cœur » (c'était ainsi qu'elle se qualifiait) parmi les êtres inférieurs, un peu comiques et inoffensifs, dont il considérait l'admiration comme un dû, et qu'il supposait, fort gratuitement, tout à fait imperméables à son ironie. Imperméables ? Jacquotte en tout cas avait déjà compris qu'elle avait fait assez, en ce qui concernait Stéphane. « Au fond, pourquoi n'épouses-tu pas cette petite femme-là ? » en viendrait-il à dire tôt ou tard. Elle décida donc d'attaquer Martine. Les remarques désagréables d'une maîtresse peuvent dégonfler tous les éloges du monde. Il lui fallait Martine dans son camp. Et quoi de plus naturel qu'une solidarité entre deux femmes dont la situation, en somme, est analogue ?

— Alors, petite madame, attaqua-t-elle en s'isolant résolument avec Martine de la conversation des deux hommes, vous aussi, je crois, vous êtes très amateur de musique ?

— ... Mais... oui... murmura Martine assez déconcertée.

— Ah ! la musique ! reprit l'autre d'un ton complice. La grande consolatrice ! Comme je vous comprends ! Je ne veux pas être indiscrète, mais... Moi aussi, j'ai souffert...

Martine eut un geste pour se défendre de tant de familiarité.

— Je ne vois pas... commença-t-elle en jetant un coup d'œil à Stéphane.

Mais Stéphane et Bruno étaient engagés dans une controverse au sujet d'un cachet à faire, une soirée donnée dans l'île Saint-Louis pour les dix-huit ans d'une jeune fille, et pour laquelle une agence avait réussi à les faire engager.

— Voyons, entre femmes... chuchotait la voix tentatrice. Je sais bien que je devrais ignorer, me taire, mais... Oh ! ne croyez pas à de l'indiscrétion surtout... Mais vous m'êtes tellement sympathique... Instinctivement, j'ai compris tout de suite...

Elle sentait le jasmin et la bière. Martine sentait bien

la fausseté de ces effusions tièdes et douteuses, de ces sous-entendus complices... C'était tout ce qu'elle détestait, comme le mauvais goût de la chambre, les napperons en dentelle, cette intimité médiocre et le lit proche, présent. Mais, en même temps, elle était fascinée peu à peu, désarmée devant une espèce de chaleur qui ne lui était jamais dispensée, cet « entre femmes » avec son arrière-plan de complicité un peu sale... Et elle cédait doucement à la tentation, se laissant engluer, engourdir, par ce murmure, trouvait la chambre moins laide, la chaleur moins oppressante... Encore mal habituée, gauche, elle commençait quelques phrases, un timide aveu, se reprenait, s'arrêtait, repartait encouragée par le murmure compréhensif... Et des ondes subites de rougeur faisant passer sur son visage ingrat comme une ombre de beauté lointaine.

— Bien sûr, bien sûr... disait Jacquotte, qui écoutait à peine, contente de sa victoire.

Et elle jugea le moment venu d'offrir à l'admiration des convives un admirable et massif flan au riz, entouré d'abricots.

— Mais, chère amie, c'est un véritable festin ! s'écria Stéphane qui se familiarisait vite et qui aimait les plats sucrés.

— Que ne ferait-on pas pour vous, monsieur Stéphane, minauda-t-elle, et pour cette charmante jeune femme ! J'aime autant vous avouer que nous avons un peu bavardé, toutes les deux, et que vos oreilles ont dû tinter.

Stéphane se mit à rire.

— Mais nous-mêmes, chère amie, n'étions-nous pas sans avoir nos petits secrets, n'est-ce pas, Bruno ?

Il tapait sur l'épaule du gros homme, avec une familiarité un peu trop poussée, un peu condescendante, mais si naïve qu'il la confondait lui-même avec une véritable affection.

— Ah ! mes amis, dit-il avec une soudaine mélancolie que transforma son visage en un instant. Quelle satisfaction pour moi de vous voir ainsi, heureux, unis, me recevant avec cette charmante simplicité (le mot fit froncer le sourcil, légèrement à Jacquotte — mais Bruno était béat). Pour moi, qui suis pratiquement seul, sans foyer (il ne sert à rien de le dissimuler, hélas ! vous êtes de fidèles amis, vous qui savez !), c'est un grand réconfort de me trouver ainsi parmi vous, dans cette intimité modeste et agréable !

Un reste de choucroute s'endormait sur la table. Le flan au riz, vigoureusement attaqué, avait disparu, ne laissant derrière lui que d'infimes fragments blancs trempant dans un jus glauque. Il commençait à faire frais, et Bruno ferma la fenêtre, tira le rideau à fleurs. La lampe entortillée de papier rouge répandait une lueur intime, agréable. L'odeur du café emplit la pièce, la rendant soudain confortable. Stéphane se sentait entouré, écouté, admiré. Martine aussi paraissait détendue. Il se laissa aller au flot des confidences qui montait en lui.

— J'ai connu cela moi aussi, autrefois. Ces paisibles soirées, la certitude d'être compris... Naïveté ! Oh ! je ne reproche rien à personne, tout le mal est venu de ma propre sottise. Je me revois, jeune homme, plus couvert d'illusions qu'un arbre de Noël de bougies, parfaitement ridicule d'ailleurs, la tête dans les nuages, et les pieds pas tellement sur terre non plus... Et cet ostrogoth, ce tombé de la lune, est allé se mettre en tête d'épouser l'être le plus matériel, le plus terrestre... Oui (poursuivit-il dans un grand élan de lyrisme et de charité), au fond, il m'arrive, même aujourd'hui, de me dire que cela n'est pas sa faute à elle. Elle n'en demandait pas tant, la pauvre femme. Je lui offrais des fleurs, des étoiles, des nuages, de la musique, une vie de rêve et d'illusion, qui sait ? (ses sourcils se haussèrent, il eut un sourire ironique et résigné) une chimère, peut-être ? Et tout ce qu'elle demandait, c'était une petite réussite bourgeoise, l'auto le dimanche, un manteau de fourrure... Ma pauvre femme ! Elle demandait du pain, et je lui ai donné de la brioche. J'ai joué Marie-Antoinette, et me voilà au Temple !

Il éclata de rire, franchement amusé de sa propre

verve. Bruno écoutait avec recueillement, sans du tout se sentir atteint. Lui aussi pourtant n'ambitionnait rien d'autre qu'une voiture et une « réussite bourgeoise ». Mais il avait pris le pli de considérer tout ce que disait Stéphane comme l'effet de son immense culture : une façon d'être qui n'altérait en rien sa pensée profonde. Qui refuserait une auto, d'ailleurs, si on la lui offrait ?

La conversation ne prenait pas le tour désiré par Jacquotte. Les malheurs conjugaux de Stéphane n'étaient pas de nature à encourager Bruno dans la voie qu'elle voulait lui faire suivre.

— Oui, dit-elle, vous êtes bien mal tombé. Ah ! il y a de ces femmes... Mais heureusement vous avez trouvé une consolation, quelqu'un qui vous a compris...

Martine rougit.

— Belle consolation, soupirait Stéphane, que de gâcher la vie, la jeunesse d'un petit être pur, ardent, à qui encore une fois je ne puis offrir que du vent, de la musique, des poèmes...

Cette fois Jacquotte se sentait près du but, et perdit un peu de sa prudence.

— Et l'amour, monsieur Stéphane, vous le comptez donc pour rien ?

— L'amour, oui, évidemment...

Il était un peu gêné.

— L'amour, oui. Il ne faut pas en rougir, croyez-moi. Une vie où il y a eu un amour n'est jamais gâchée. (C'était un des thèmes de ses chroniques hebdomadaires.) Bien entendu, il vaudrait mieux... Quand on peut, une situation régulière est tellement plus... Mais quand on a les idées larges, des couples comme nous...

Stéphane leva vers eux un œil plus surpris que choqué.

— Je ne vois pas du tout, dit-il avec urbanité, ce que vous entendez par des couples comme nous.

Il y eut un petit silence tout à fait désagréable. Martine avait sursauté, puis rougi profondément. Et voilà ! Elle s'était laissée aller comme toujours, cela finissait par un camouflet, par cette honte qu'elle avait ressentis après la scène de l'escalier, qu'elle ne pouvait bannir d'elle tout à fait. Bruno baissait les yeux, Jacquotte baissait les yeux, seul Stéphane paraissait simplement étonné. « C'est lui qui a raison, se répétait-elle en essayant vainement de trouver quelque chose pour rompre le silence, il n'y a pas de quoi avoir honte. C'est tellement plus beau, c'est... Il n'y a pas de quoi avoir honte ! » Mais ils baissaient les yeux, ces deux êtres stupides qu'elle méprisait, qu'elle détestait, et qui étaient tout de même un couple. « Il n'y a pas de quoi avoir honte ! Ah ! s'ils avaient lu le journal de Stéphane ! Si seulement ils avaient lu son journal ! » Mais ils n'avaient pas lu le journal. Et elle avait honte, une honte qui la rongeait. Et le silence se prolongeait, devant les ruines du flan au riz.

*
**

L'été se fit plus sec, la rue d'Odessa plus calme. Mme Prêtre attendait dans sa guérite et Sylvia lisait sur le lit, en face de l'armoire à glace. Et Socrate donnait à dîner à Constantin et Dimitrios en les regardant dévorer ses bénéfices avec une sombre résignation. Et le jeune homme locataire de Mlle Lethuit était suédois. Et la *Brasserie Dorée* connaissait moins de voyageurs de commerce, d'employés, de familles, et plus de touristes égarés qui prenaient Gloria Grétry pour une figure du Tout-Paris. Et Stéphane et Martine s'attardaient toujours sur la terrasse du Dupont, sans regarder le quartier se dépeupler et se repeupler autour d'eux. Car les maisons autour d'eux étaient les maisons de Signac, les passants ceux que Stéphane avait croisés au cours de sa vie, et elle, la fille laide, inutile, était l'œil unique, le père, la mère, la femme, le monde, ce tribunal silencieux devant lequel Stéphane plaidait depuis si longtemps, et qu'enfin il avait réussi, lui semblait-il, à isoler, à concentrer eu une seule personne, qu'il entourait, séduisait, absolvait à son tour. Car lui était pour elle le professeur, le père pharmacien, le père indigne, les amies moqueuses, et jusqu'à cette multitude sans visage qui avait fait bloc pour empêcher Martine d'entrer dans la vie, il était toutes ces portes qui s'étaient fermées devant elle, et lui affirmait qu'elle n'était pas repoussée, pas isolée, et n'avait qu'à regarder autour d'elle pour s'apercevoir qu'il n'y avait plus de portes, plus de bloc hostile, et qu'ils allaient tous deux librement dans un monde librement choisi.

Et Mlle Lethuit, dans sa banlieue, bouclait des valises séculaires, et dirigeait de ses conseils sa sœur Pauline, en se félicitant que celle-ci eût divorcé d'un escroc, ce qui leur permettait à tous trois de passer des vacances dignes et honnêtes sur les plages de Bretagne. Et Mlle Marie, l'amie de Mme Prêtre, prenait l'autobus pour l'Etoile et entreprenait la conquête d'une concierge de l'avenue Carnot. Et Bruno était bien ennuyé d'avoir découvert les visées de sa maîtresse ; il tentait en ce moment de persuader le gérant de la *Brasserie Dorée* de lui laisser chanter plus que le refrain des chansons. Mais ce bonheur lui était toujours refusé, et Jacquotte voulait l'épouser ! L'été l'accablait. Les hommes sont bien à plaindre et surtout lui et Stéphane, pensait-il, car il est évident que Martine voulait aussi l'épouser. Mais Stéphane se défendait mieux sans doute. Cela lui était aussi plus facile : on ne divorce pas du jour au lendemain. Bruno chantait ses refrains de plus en plus lamentablement, et Marcel lui dit un jour, ce qui mit le comble à sa détresse : « Tu as une vraie nature de comique. »

Et Paul Coban peignait, comme toujours, de grands triangles argentés sur fond rouge ou bleuté.

— Enfin, dit Gérard Ducas de sa petite voix maniérée, nous voici près du départ. Ces vacances me réjouissent extrêmement. On finit par avoir un vrai besoin physique de voir plus loin que l'autre côté de la rue d'Odessa.

— C'est un besoin de fonctionnaire, gronda Paul.

Il peignait. L'antiquaire allait et venait, rangeant avec

un soin méticuleux des vêtements dans une malle-armoire fort impressionnante.

— Peut-être, concéda-t-il.

Il détestait se quereller avec Paul, et il y avait des moments où éviter une querelle nécessitait pour lui des trésors de diplomatie. Paul était si nerveux ! Les artistes... L'antiquaire avait toujours les meilleures raisons du monde de justifier son ami...

— Alors, il l'a accepté, mon tableau ? demanda Paul d'un ton désagréable.

Depuis une demi-heure que Ducas était rentré, il avait envie de poser cette question. C'est pourquoi, bien entendu, il avait parlé de tout autre chose. Et Gérard n'avait rien deviné. Paul avait une envie folle de casser quelque chose.

— Mais oui ! répondait l'antiquaire avec enthousiasme.

Il réservait la nouvelle pour le moment où l'humeur de Paul aurait atteint son niveau le plus bas.

— Il m'a même dit qu'il le trouvait très beau, très dépouillé, dans ta nouvelle manière. Il croit avoir un acheteur américain.

— Toujours des Américains !

— Tu sais, ils aiment beaucoup l'abstrait, là-bas.

— Tu parles... On leur colle n'importe quoi, voilà tout. Ils veulent m'étouffer, pour placer chez les amateurs français, où mon nom risquerait d'être remarqué, leurs petits copains à eux !

Ducas se tut. Décidément Paul était dans un mauvais jour.

— Toujours les cliques, les conspirations ! Mais je m'en fous. Je n'en ferai pas partie. Ils veulent ma peau, mais ils ne m'auront pas !

Il secouait ses cheveux désordonnés, jetait son pinceau.

— Tu n'es pas content de voir tes parents ? hasarda l'antiquaire. Tu vas pouvoir travailler là-bas, préparer une exposition...

Rien n'aurait pu être plus maladroit que ces mots. Paul explosa immédiatement.

— Une exposition ! Pour le bruit que cela fait, quand je fais une exposition, hein ? Pour ce que cela me rapporte ! Pour...

Depuis dix ans qu'il était arrivé à Paris, Paul avait exposé trois fois, grâce aux intrigues compliquées de son ami. Dix ans déjà ! songeait Gérard Ducas avec mélancolie. Paul cependant n'avait pas changé. Le Paul de trente-deux ans ressemblait à s'y méprendre au Paul de vingt-deux ans, le cheveu broussailleux, timide, maussade, les ongles sales. « C'est Rimbaud ! » s'était dit Gérard Ducas ébloui. Cependant, malgré la calomnie, jamais il n'avait cru être Verlaine. Simplement, quand les marchands de papiers peints, somptueux, avaient offert à leur rejeton l'appartement de la rue d'Odessa, il était allé offrir au jeune Rimbaud ses services. Assis sur une pile de caisses, l'air d'un collégien mal soigné, morose, rongeant ses ongles, le jeune homme lui parut extrêmement romanesque.

— Puis-je vous aider à quelque chose, mon jeune ami, en tant que syndic...

— Oh ! la barbe, avait murmuré la voix du poète.

Un peu déçu, l'antiquaire avait battu en retraite.

— Comme vous voudrez. Je pensais que je pourrais peut-être vous aider à déballer...

— Si c'est pour déballer, ça colle, avait déclaré Rimbaud.

Gérard Ducas avait déballé. Quelques jours plus tard, il proposait au jeune homme d'emporter son linge — dont celui-ci semblait fort peu se soucier — chez le blanchisseur. A sa façon peu aimable, Paul accepta, et ne parut jamais songer à en rembourser le prix, ce qui remplit d'aise l'antiquaire. Il avait un besoin chronique de se dévouer. Il s'en plaisantait lui-même : il tenait cela, disait-il, de sa mère, humble garde-barrière à Saint-Jean-le-Vieil, cette mère exemplaire qui l'avait élevé dans le culte des « belles choses », de l'honnêteté, de la vertu, cette mère très « calendrier des postes », comme il disait encore, qui soignait des pigeons et cultivait des roses. Comme tout cela lui avait paru désuet, quand il était arrivé à Paris pour se présenter à l'agrégation d'histoire. Comme cela lui avait paru démodé, et ridicule, et honteux l'attendrissement que provoquait en lui (jusqu'à ce jour encore, où il préparait la malle-armoire) la mention d'une mère, d'un petit village, et de roses... Comme il avait plaisanté de ces choses (avec un délicieux sentiment de sacrilège) avec les autres garçons de leur petit cercle sous-surréaliste ! Quelle belle époque de découverte et de révolte, de besognes mal payées et de soirées passionnantes au café ! On se moquait de lui avec son agrégation toute fraîche, et il avait renoncé à être professeur pour s'associer avec cette vieille Russe à demi folle qui tenait la boutique d'antiquités de la rue de Rennes. C'était la grande époque de Montparnasse, et lui se sentait tellement au centre des choses, « du mouvement » (lequel ?), voyait des gens célèbres (sans toutefois avoir la hardiesse de leur parler), voyait des modèles, des filles qui auraient fait scandale à Saint-Jean-le-Vieil (et n'était attiré par elles qu'esthétiquement, se disait-il, car ce qui lui restait aussi de Saint-Jean-le-Vieil, c'était qu'à fréquenter de telles filles on attrapait « de mauvaises maladies ». C'était sa mère qui le lui avait dit, en rougissant, au moment de la séparation), et sa vie s'était arrangée, chaste, réglée, en réalité sinon en pensée, en somme la vie qu'il aurait pu avoir, restant vieux garçon à Saint-Jean-le-Vieil. Mais cette pensée ne lui venait pas. Il écrivait à sa mère sans penser vraiment à elle, la revoyait toujours avec son sécateur, près des roses, comme une image d'almanach, et sa mort ne changea pas grand-chose, sinon qu'il n'écrivit plus de lettres. La vieille Russe lui laissa la boutique et disparut vers son destin morphinomane. Et le temps passa. Et les autres garçons le dépassaient. L'un devenait communiste, l'autre se mariait, un troisième avait le Prix Goncourt, un quatrième plus jeune s'en allait enseigner aux colonies, et Weiss, le plus intelligent de tous, le seul qui eût connu Breton, mourut dans un camp de concentration, en 41. Lui en restait toujours aux belles années, toujours ébloui, toujours scandalisé, avant de s'apercevoir tout à coup que le langage mystique, mystérieux, secret, qu'ils avaient parlé tous les cinq avec le sentiment d'appartenir à une caste, de posséder la clé d'or des miracles, était maintenant le langage de tous, que les affiches étaient surréalistes, que les ouvriers ne respectaient plus leur mère, que les midinettes savaient qui était Louis Aragon... Et il lui fallait faire semblant d'être content, de trouver cela tout naturel. Où était, alors, le délicieux sacrilège ? Où, le dangereux secret ? Où, le langage pour initiés ? Il ne restait qu'une convention de plus, une convention de l'anticonventionnel, des vierges de vingt ans qui rougissaient de l'être, des garçons qui affectaient des airs équivoques, et un vieil homme auquel revenait parfois le souvenir, embelli par la distance, des roses de Saint-Jean-le-Vieil. Il avait attendu trop longtemps, sans doute — il avait craint de s'engager, de se laisser prendre —, et il n'était pas si mécontent de sa vie. Il la goûtait, à petites gorgées, en amateur. Et son dévouement, son affection pour Paul étaient aussi, quoi qu'en dît la calomnie, des sentiments d'amateur, des sentiments purs et sans danger. L'antiquaire croyait au talent de Paul. Le talent de Paul lui prouvait que sa jeunesse n'avait pas été gaspillée, comme l'affection qu'il avait pour Paul rachetait un peu ces années sans tendresse. Mais si l'admiration de Gérard Ducas lui était indispensable, son affection agaçait souvent Paul. Et dans ses mauvais moments, il se plaisait à la saccager.

— Les vacances ! disait Paul justement. Les chers parents ! Et qu'est-ce que mon petit Paul fait cette année, monsieur Ducas ? Et est-ce que mon petit Paul progresse bien, monsieur Ducas ? Odieux ! Et toi, qui joues le jeu : mais oui, madame, Paul se nourrit régulièrement. Non, non, il ne fait pas de folies... Marchand de papier peint et antiquaire, cela va bien ensemble.

Notre cher petit Paul ! Béats tous les trois, comme dans la comtesse de Ségur !

— Paul ! dit Gérard Ducas douloureusement.

— Mais oui, mais oui. Tu adores ça, cette atmosphère familiale, provinciale, vertueuse. Tu n'aimes que cela. Et le train bondé, et les valises, et l'ennui... Tiens, cette année, je les tape, et je file à Deauville, en voiture américaine, comme la Morani.

— Mme Morani va à Deauville ? demanda Ducas, plus pour détourner la conversation que par curiosité.

— Je ne sais pas si elle va à Deauville, mais je sais que je l'ai vue descendre d'une Cadillac hier après-midi.

— Pauvre Stéphane... soupira l'antiquaire.

Paul paraissait se calmer.

— Oh ! pauvre Stéphane, il ne s'en doute sûrement pas. A moins que cela ne l'arrange.

— Oh ! Paul !

C'était la part la plus ancienne de Gérard Ducas, la part des roses et des almanachs qui s'indignait.

— Pourquoi pas ? dit Paul malignement. Moins de charges, un peu plus d'argent... Il fallait bien qu'il en manque, pour avoir vendu sa chambre de bonne à ce petit monstre... On se demande d'ailleurs ce qu'il en fait, de celle-là. Moi, je la montrerais dans les foires. Elle vaut le coup.

— Paul, tu es injuste, et pour M. Morani qui est un très honnête homme, et pour cette jeune fille, qui évidemment n'est pas très jolie mais...

— Portrait d'un sapajou..., ricana Paul.

— Mais qui admire beaucoup ta peinture.

— Ils admirent tous beaucoup ma peinture, n'est-ce pas ? Même Socrate, qui en accroche une parmi ses mandarins ! Même Mlle Lethuit qui trouve ça exquis ? Exquis ! Même...

Tout était compromis à nouveau. Décidément, Paul était dans une humeur noire. Il avait de ces moments que l'antiquaire qualifiait de « dépression » où il arrivait à dire vraiment des choses odieuses sur les braves gens avec qui ils vivaient, sur sa propre peinture, sur Gérard Ducas lui-même. Cela finissait parfois par une beuverie insensée, un retour à 5 heures du matin (et l'antiquaire était gratifié de tous les détails de la soirée), du bruit dans l'escalier... « Un grand cheval sauvage... disait Ducas aux autres propriétaires, il faut l'excuser. Un artiste... » On l'excusait. Il rentrait dans son silence morose, dans sa maussade suffisance de tous les jours, acceptait les compliments de tous, les dévouements de Ducas, les achats des amis, comme un dû, et malgré toute leur bienveillance, les habitants de *l'Empire Céleste* ne pouvaient s'empêcher de remarquer : « Comme il est content de lui, ce jeune Coban ! »

Cependant, ils ne songeaient pas à s'étonner de ce qu'avec un appartement à sa disposition, la substantielle pension que lui faisaient ses parents, le talent qu'ils lui prêtaient, Paul Coban fît d'eux sa seule compagnie. Ils ne se demandaient pas (et pourquoi se seraient-ils, à propos de Paul Coban, posé des questions qu'ils ne posaient même pas à leur propos, à eux-mêmes ? si, en dépit de l'admiration béate de ses parents, de la dévotion de l'antiquaire, et de leur propre complaisance, cette brutalité morose ne cachait pas quelques doutes sur cette supériorité offerte aux suffrages de l'extérieur. Ils ne se le demandaient pas, et Paul Coban lui-même n'eût jamais songé à se poser une question aussi indiscrète. Et pourtant, cette très lointaine, cette très obscure conscience de son néant qui rendait parfois cruel ce garçon paresseux et morne, qui seule animait quelquefois cette matière inerte, tel un monstre endormi sous la mer, c'était elle aussi qui donnait parfois, fugitivement, presque imperceptiblement, à la peinture morne, plate, et sans vie de Paul Coban, une brève lueur désespérée, ce regard un instant humain des bêtes prisonnières.

***

Et voilà qu'il partait. Et voilà que Ducas et Paul Coban étaient partis, que Mlle Lethuit était partie, que le Dr Fisher était parti (à l'aube, silencieux comme un chat, et on n'avait même pas entendu heurter dans l'escalier sa cantine de fer) et Socrate se taisait, délivré pour quelques semaines de Constantin et de Dimitrios qui dévoraient une autre proie ; et Mme Prêtre, dans sa guérite d'osier, paraissait somnoler. Il partait. Martine descendit à l'appartement et brava l'hydre. Car Louise était là, faisant une valise avec placidité.

— Mais bien sûr, dites au revoir à Stéphane, fit-elle sans ironie. Je finis sa valise, et... Voulez-vous un apéritif ? J'ai justement une bouteille de...

Elle pliait un tricot, elle prenait des verres, les posait sur la table de la cuisine. Son moindre geste disait la possession, la royauté. Son moindre geste était une insulte innocente aux efforts de Martine. Elle était venue pour revoir Stéphane une dernière fois, pour entendre sa voix, pour se sentir rassurée, faire une provision de mots, de phrases qui pût la nourrir, la soutenir jusqu'en septembre, et elle ne le regardait, ne l'écoutait qu'à peine. Elle ne regardait, n'écoutait que Louise.

— Je te mets les gros souliers, dans la montagne, on en a besoin. Et ton pull gris, je l'ai réparé hier. Prends un porteur, ce ne serait pas raisonnable de porter toi-même la valise, elle est assez lourde...

Elle entrait, sortait de la cuisine, où Stéphane et Martine étaient assis devant leur verre d'apéritif, gênés comme dans une gare. Elle allait et venait, ne leur prêtant qu'une attention distraite. Les objets se groupaient autour d'elle, les gestes se groupaient autour d'elle, non point gracieux, mais assurés, mais chargés d'une paix insultante, proclamant que de toute éternité ces gestes et ces objets étaient à elle, étaient elle, et qu'elle-même était là, posée et éternelle comme un objet. La détresse, la colère montaient à nouveau en Martine sur ce refus désespéré. « Elle n'est pas belle ! Elle n'est pas belle ! »

Et elle regarda Stéphane, soudain. Et elle vit qu'il baissait les yeux. Lui aussi ressentait, plus obscurément peut-être, la même gêne, la même humiliation, devant cet objet triomphant. Elle posa la main sur la sienne. « Je vous comprends, Stéphane, pensa-t-elle ardemment, je vous comprends. C'est vous, c'est moi qui avons raison. Un jour... » Elle était bien incapable de s'imaginer ce que serait ce jour qu'elle appelait, qu'ils appelaient. Elle eût été sans doute incapable même de reconnaître que c'était ce jour-là qui se levait, s'il s'était levé tout à coup. Mais elle l'appelait, elle l'appelait intensément.

— Il ne faudrait pas manquer le train, dit Louise. Tu veux que j'appelle un taxi par téléphone ?

— C'est peut-être un peu coûteux, murmura-t-il. Je pourrais aller jusqu'à la station, tu sais...

Sa souffrance à elle, son humiliation à elle, lui étaient imposées, elle ne les possédait pas en propre. Mais son humiliation et sa souffrance à lui, elle pouvait se les approprier, elle pouvait s'en nourrir. Et de cette nourriture-là, il faudrait bien que, jusqu'au retour de Stéphane, elle se contentât.

— Je t'accompagne, alors. Je ne veux pas que tu portes cette valise. Vous descendez, Martine ?

Elle descendait. Elle voulait tout subir jusqu'au bout, l'adieu contraint sur le pas de la porte, le regard amusé de Mme Prêtre, et de les voir ensemble traverser le boulevard, côte à côte, Louise portant la valise...

— Elle peut bien porter sa valise, dit la voix grasse de Mme Prêtre, comme répondant à ses pensées. C'est autre chose qu'elle lui fait porter...

Socrate, qui disposait les trois tables de la terrasse, se mit à rire. Martine ne dit rien. Près de la station de taxis, Stéphane déposait un baiser sur le front de Louise.

— Oh, vous savez, murmura la voix complice, il ne faut pas être jalouse... Moi, je parierais qu'ils vivent comme frère et sœur...

Martine s'arracha au spectacle du boulevard, ne salua pas, et descendit la rue d'Odessa. Elle n'allait pas au Prisunic. Elle aussi était en vacances. Elle n'allait pas quitter Paris. Pour aller où ? Avec qui ? Elle allait attendre, essayer de préserver le peu qu'elle avait à préserver, essayer de ne pas vivre, de ne pas respirer, de ne pas bouger, pour ne pas fêler cette paix si fragile, ce givre de paix sur la brûlante souffrance... Les visages à nouveau hostiles, les couleurs, les odeurs, il allait falloir les supporter à nouveau : si seulement elle pouvait vivre ce mois en fermant les yeux, en disparaissant complètement dans un sommeil de plante... Comme il était midi, elle s'en alla déjeuner au restaurant végétarien. Là, tout était pur, inoffensif, sans goût et sans odeur. Ensuite, elle dormirait, dans l'accablante chaleur de la petite chambre. Ou elle tenterait de dormir.

*
**

Il faisait frais dans l'atelier, et c'était agréable. Louise avait une vague envie de citronnade, mais elle ne voulait pas déranger Henry qui dormait peut-être. Ils boiraient tout à l'heure ; ils pourraient même dîner ensemble, bien qu'ils eussent déjà déjeuné ensemble, puisque Stéphane était parti. Elle hésita à rentrer coucher à *l'Empire Céleste.* Henry lui demanderait probablement de rester. Mais Mme Prêtre serait prompte à savoir, et à répandre le bruit qu'elle avait une liaison : elle ne découchait jamais, accoutumée à ses brefs plaisirs du lundi. Elle ne s'en inquiétait d'ailleurs que pour Stéphane ; elle-même se souciait fort peu de ce qu'on pouvait dire, rue d'Odessa : la considération était un des biens dont elle se passait le plus aisément.

Elle avait de très beaux cheveux, pensait-il. Un beau visage, de beaux cheveux, de beaux seins. Bien sûr elle n'avait pas vingt ans, mais... Il avait ainsi de temps en temps besoin de se justifier en face de lui-même. Enfin, l'important, c'était qu'elle lui convînt. Il hésitait depuis quelques jours à partir pour la maison de campagne qu'il avait en Provence. A partir avec elle, bien entendu. Il n'envisageait pas de la quitter. Il rêva un peu à ce départ, aux beaux pieds nus de Lou se posant sur les dalles en grès du patio, sur les carreaux rouges de la chambre... Mais la chaleur ne le gênait pas, et il s'était remis à aimer Paris. Il aimait aller la chercher à Montparnasse, errer dans le quartier en l'attendant. Quelle idée avait-il eue de s'installer à l'Etoile! Il avait retrouvé là-bas une atmosphère qu'il aimait, la gare, les voyageurs se hâtant vers des trains de banlieue, le cinéac où l'on passait de vieux films pluvieux, les dactylos moulées dans des chandails aux tons faux, vert-jade et mauve tendre, les patrons de café omnipotents, les hôtels bretons, les cafés bretons... Et les employés aux serviettes déformées, crevant aux angles, qu'on croirait rejetées par la mer, et dont Henry se demandait toujours s'il n'y avait pas dedans trois millions ou un pied de femme. La consigne ! La consigne verdâtre, la buvette, les magazines qu'on lit en train, et dont l'alléchante couverture représente toujours une paire de jambes à côté d'un revolver... Et les petits cyclistes du dimanche, leurs pulls de trois couleurs, et ces braves bêtes de locomotives, épaisses, bêtasses, l'œil rond, le museau crachotant, pour s'amuser, un peu de fumée pas méchante. Et les *Folies-Montparnasse* elles-mêmes étaient une mine de croquis, qu'il faisait sans intention d'en tirer quelque chose, par plaisir pur, comme un enfant...

Quand tout va bien, il ne faut pas bouger. Les « crises » lui avaient appris cela. Il n'y aurait pas, pour le moment du moins, de pieds nus sur le grès poreux, de chambre à carreaux rouges, de Méditerranée. Il y aurait seulement l'atelier frais et calme, les *Folies-Montparnasse* et les corps déformés qu'il se plaisait à dessiner, les rues moites et étroites, le ciel très haut... Puisqu'elle était libre maintenant, elle viendrait poser tous les matins. Elle pourrait faire le déjeuner, il ne déjeunait jamais chez lui, cela le changerait, et il était inutile d'aller tous les jours à deux au restaurant. Inutile et coûteux. Par la fenêtre ouverte entrerait, sans faire bouger les rideaux, la chaleur sirupeuse qui ne les gênait pas. Les jours passeraient, mais eux resteraient immobiles, et il n'arriverait rien. Mieux : ce soir-même, il lui dirait de rester près de lui. Ne le lui demanderait pas, le lui dirait. Et elle, après un moment d'hésitation, dirait : « Bien sûr, Henry. » Il la verrait s'endormir, cachant son visage dans le creux de son bras — elle cachait toujours son visage pour dormir. Et il dirait à haute voix, pour lui-même : « C'est fou ce que ça peut être calme, l'été. »

En toute sérénité, Mme Prêtre avait été disposée à ébranler sa masse de chair pour aller révéler le scandale qui ternissait une honnête famille (si la coupable avait été d'honnête famille). En toute sérénité, Mme Prêtre avait envisagé d'envoyer au mari ou à l'amant de la coupable (si tant est qu'elle eût un mari ou un amant) une lettre anonyme, ou même, si la lettre anonyme ne produisait point d'effet, une délation signée. En toute bonne conscience, elle se serait fait un devoir de révéler à Henry Stass, par la même voie, que la coupable avait un amant de cœur auquel elle versait l'argent du peintre (cette dernière opération ne nécessitait pas l'existence effective d'un amant de cœur. Mme Prêtre se sentait prête à le créer de toutes pièces, même s'il n'existait pas). Mais la révélation que lui apportait, en la sucrant comme un gâteau d'exclamations apitoyées, Mlle Marie, elle ne pouvait l'accepter avec sérénité. Et même, son égarement était si grand (ou était-ce alors une instinctive réaction, peut-être moins inoffensive qu'elle n'en avait l'air) qu'elle prit Socrate à témoin, car la révélation lui avait été apportée sur le lieu même de son règne, sur la terrasse ! Socrate ne put faire moins que d'offrir un réconfortant, et Mme Prêtre l'accepta, à sa grande surprise. Elle pénétrait rarement dans le bar en dehors des réunions littéraires auxquelles elle jugeait sa présence indispensable. Mais il lui était impossible, après cette nouvelle, de rester calmement dans sa guérite d'osier, sous le regard des passants, et cette nouvelle entre les mains, comme un objet ridicule et inutilisable, une dérision à ses efforts, à son amour. Car qu'était-ce d'autre, et Mlle Marie le savait bien, qui levait les bras au ciel et gémissait avec bonheur : une insulte, un camouflet, à la face de Sylvia, de Sylvia adorée et haïe, bousculée et parée, qui attendait dans la loge (aujourd'hui elle lisait *Vogue*), qui attendait, confiante, ce que sa mère déciderait pour elle... Sylvia bafouée ! Sylvia méprisée ! Mme Prêtre, la gorge serrée, la poitrine (ou du moins le cœur qui battait sous cette épaisseur de poitrine) en feu, prit un rhum, comme le docteur Fisher, et s'affala sur la banquette, sous le calendrier et sous les mandarins. Ayant l'air d'un dragon, elle était la seule, dans leur trio, à s'adapter parfaitement au décor. Cependant Mlle Marie continuait ses déplorations. Grande, plate, avec des prétentions à l'élégance (elle était couturière, et femme d'un sergent de la Garde Républicaine dont elle vivait séparée), fort poudrée, les lèvres pâles, les yeux pâles, les bandeaux gris mais ondulés. Mlle Marie faisait profession d'avoir du cœur. Elle n'eût pas toléré qu'on l'appelât Madame. Etait-ce à force d'avoir, la bouche pleine d'épingles, compatit par des grognements inarticulés aux plaintes de ses clientes ? Etait-ce une habitude prise lors de la fuite du sergent, qui avait disparu avec une Auvergnate (grief majeur de Mlle Marie qui se disait « de pur sang parisien ») ? Elle avait le goût des larmes. Ce penchant ne l'empêchait pas de s'entendre fort bien avec Mme Prêtre, à laquelle elle confectionnait chaque année l'une de ces robes noires interchangeables dont la concierge faisait une sorte d'uniforme. Mlle Marie, elle, se permettait des fantaisies, fantaisies d'ailleurs limitées aux tons gris, beige, marron, des étoffes striées, chinées, mais jamais, non, jamais imprimées de fleurs. Car, disait Mlle Marie qui parlait bien : « Je porte le deuil du cœur. » Mme Prêtre fournissait à Mlle Marie, comme on fournit un thème au chanteur de flamenco, des sujets de déploration. Mlle Marie remerciait et entamait le thème. Rarement avait-elle trouvé plus belle occasion. Et alors que Mme Prêtre eût peut-être souhaité, précisément ce jour-là, un peu moins d'inspiration chez son amie, justement Mlle Marie se sentait visitée. Comme chacun sait, l'inspiration est chose capricieuse et qui souffle où elle veut.

— Oh ! malheureuse petite ! gémissait Mlle Marie, sous l'œil admiratif de Socrate. Ce lâche individu qui a abusé d'elle, lui a promis le mariage, a rempli d'amour ce jeune cœur, et l'abandonne aujourd'hui ! Et pour qui ? Pour quoi ? Pour une vieille femme, un être cupide, une femme mariée, mariée à un malade, à un absent, une femme qui n'est même pas belle, qui...

— Elle n'est pas si mal, coupa Socrate qui avait un faible caché pour les brunes un peu grasses. Moi...

Mlle Marie lui jeta un regard courroucé.

— Une femme, reprit-elle, qui trompe son mari depuis des années, une femme qui était autrefois, nous le savons, une femme de trottoir, une femme qui a collaboré...

— Ça, c'est vrai, dit Socrate impartial. Elle m'a apporté un jambon un jour. Mais c'était plutôt du marché noir que collaborer, comme vous dites. Le prix n'était pas excessif.

— Oh ! dit Mme Prêtre qui sous l'influence du rhum reprenait ses esprits, je suis bien sûre qu'elle a connu des Allemands...

— La façon dont elle s'habille est une honte ! La façon dont elle parle à l'Arabe qui fait les quatre-saisons au coin du boulevard est une honte ! Et voler maintenant à cette pauvre innocente, cet agneau, cette colombe, un homme qui allait l'épouser ! Pauvre, malheureuse petite ! Et si elle était enceinte ! Ah ! ce que c'est que de nous ! Le monde n'est qu'injustice et...

Mme Prêtre n'aimait pas cette façon de présenter Sylvia comme une victime. « Malheureuse petite », c'était ce qu'elle entendait depuis toujours. Elle seule avait le droit de plaindre Sylvia.

— Je me demande comment elle s'y est prise, dit-elle pensivement.

Elle se le demandait en effet, avec une colère mêlée

d'admiration, et Socrate et Mlle Marie se rapprochèrent d'elle, séduits par ce nouveau thème.

— Ces femmes de trottoir, dit Mlle Marie d'un ton nettement moins élégiaque, ont de ces moyens, paraît-il... Moi, bien entendu, je n'en sais rien, mais on raconte... Je suis sûre que c'est comme cela que cette Auvergnate m'a pris mon mari. Le soir, quand je l'approchais, il me repoussait. Marie, me disait-il, je ne peux pas...

— Il y a des femmes qui jettent des sorts, fit observer Socrate. Chez moi...

Mme Prêtre ne croyait pas aux sorts, ni à d'autres moyens que ceux de chair et de sang, de boue et d'argent.

— Elle doit savoir se débrouiller, concéda-t-elle. Bien sûr, Sylvia est jeune...

— Une fleur d'innocence ! intercala Mlle Marie.

— Marie, tais-toi. On croirait pourtant qu'un homme de plus de soixante ans...

— Il la trouve peut-être plus en rapport ? dit Socrate innocemment.

— Plus en rapport ? Ce vieux cochon ! Il *doit* préférer une fille de vingt ans à une femme qui en a... qui en a peut-être cinquante ! Ils sont tous pareils à cet âge-là ! Ou bien ils ne pensent plus à rien, ou bien ils se jetteraient sur une fillette de quatorze ans s'ils pouvaient...

Mme Prêtre énonçait son credo, avec rage. Les hommes de soixante ans aux jeunes filles, c'était connu. Elle avait toujours vu ça, elle avait toujours su ça, elle avait bâti là-dessus, et maintenant on venait lui parler d'âge en rapport !

— Imbécile ! dit-elle tout haut.

Non, elle devait se l'avouer, elle devait le reconnaître, à sa honte, à sa colère, c'est que ce n'était pas une question d'âge. C'était une question de savoir-faire. Elle n'avait jamais sous-estimé Mme Morani, et aujourd'hui, elle voyait que son instinct ne l'avait pas trompée. Cette femme était bien capablee de tout.

— Elle a dû tirer les vers du nez de Sylvia, lui soutirer l'adresse, y aller... Un homme qu'elle a connu il y a des vingt ans ! Il y en a qui osent...

— Tout ! dit Mlle Marie qui remontait en selle. Et vous allez voir que si elle le tient par les sens — il n'y a que comme ça qu'une femme de cet âge peut le tenir, n'est-ce pas ? — vous allez voir qu'elle le ruinera ! Qu'elle le dépouillera ! Qu'elle le tuera peut-être ! Il y en a qui font cela, vous savez. Avec des pilules...

Un instant, Mme Prêtre berça son chagrin de ces séduisantes images. Mais cela n'occupa qu'un instant.

— Que faire maintenant ? soupira-t-elle amèrement. Que faire ? J'espérais...

— Que va devenir la pauvre enfant ? reprit en écho Mlle Marie. Se consolera-t-elle jamais ?

— Marie, tais-toi. Il ne s'agit pas de se consoler. Il s'agit...

Mais Mme Prêtre ne savait pas elle-même de quoi il s'agissait. Car elle ne voyait pas comment agir sur Louise Morani. Il n'y avait pas de famille honorable. Il n'y avait pas de peur du qu'en-dira-t-on. Mme Prêtre connaissait trop bien Louise. Il n'y avait certainement pas d'amant de cœur. Une femme de cet âge est trop contente... Et Henry Stass devait connaître son passé. Du côté du mari...

— Pauvre M. Morani ! soupirait Mlle Marie, comme venant au-devant de ses pensées. Trompé par un homme plus vieux que lui !

— Elle serait bien en peine de trouver un jeune homme, elle n'a pas le sou, dit Mme Prêtre.

Mais elle ne prit même pas plaisir à sa propre méchanceté. Elle était bien atteinte.

— Et il ne le sait même pas ? suggéra Mlle Marie.

— Cela ne servirait à rien, répondit Mme Prêtre, négligeant les circonlocutions. Que voulez-vous qu'il lui dise ? C'est elle qui a l'argent, elle qui a l'appartement... Il ne gagne presque rien, il est malade, qu'est-ce que vous voulez qu'il lui dise ?

— Pauvre homme ! Pauvre homme ! fit Mlle Marie, mais par devoir et sans intérêt réel.

Ce qui l'intéressait était Mme Prêtre, les catastrophes qu'elle devait provoquer (au sens de Mlle Marie qui l'aurait en vain suppliée « de ne pas faire ça ! »). Mais Mme Prêtre, malgré sa bonne volonté, ne semblait pas trouver de catastrophe à provoquer. Mlle Marie en était fort déçue.

— Mais s'il le savait..., insista-t-elle.

— Peut-être il serait content ? dit Socrate avec sa redoutable ingénuité. Il gagne beaucoup d'argent, ce monsieur ?

Cette question raviva la plaie de Mme Prêtre. Elle poussa un gémissement.

— Ce n'est pas Sylvia qui en aura su quelque chose, dit ingénieusement Mlle Marie. La pauvre enfant était bien incapable d'un calcul...

Mme Prêtre éclata.

— La pauvre enfant, la pauvre enfant, j'en ai assez d'entendre ça. Ce n'est pas une invalide, tout de même ! Elle retrouvera dix hommes pour un, c'est moi qui vous le dis !

— Bien sûr, dit Mlle Marie avec un doux sourire. Bien sûr. Pauvre mère outragée !

Mais la pauvre mère outragée s'était péniblement levée de la banquette et regagnait sa loge, pour ne pas exposer aux yeux de son amie un sujet de lamentation trop évident : des larmes de rage dans ses petits yeux rusés. La porte de la loge claqua. Mlle Marie et Socrate restèrent face à face.

— Quelle tenue ! Quel courage ! Elle refuse de nous avouer son chagrin.

— Pauvre femme..., dit Socrate sincèrement.

Car il était assez pitoyable quand il y songeait. Et il ajouta par habitude :

— Voulez-vous prendre quelque chose ?

— Quelque chose de doux alors, dit Mlle Marie qui se sentait bien. Un peu de bénédictine...

Dans la loge, Mme Prêtre contemplait sa fille. « Une

telle beauté ! Une telle beauté ! » se répétait-elle désespérément. Et Sylvia était là, belle en effet dans un pantalon corsaire rayé et un petit corsage saumon échancré, les cheveux sombres bien coupés, teinté habilement d'un très léger reflet fauve, les yeux d'un brun doré, changeant, le petit nez adorable légèrement retroussé, la peau ambrée comme une star, et svelte, et potelée cependant, avec de si jolis bras...

— Qu'est-ce que tu fais ? demanda Mme Prêtre d'une voix étranglée.

— Je regarde les collections, dit Sylvia avec douceur. Cela m'ira bien, ces nouveaux tailleurs d'automne...

« Et avec quoi les payeras-tu, ces nouveaux tailleurs d'automne ? » pensa la mère avec colère. Mais elle ne dit rien. Si elle avait parlé elle en aurait trop dit... Elle avait besoin de se reprendre un peu, avant de faire des recommandations, car elle en ferait... Mais pas tout de suite. Elle était accablée en ce moment par ce monde où des hommes de soixante-cinq ans préféraient à sa fille une Mme Morani, où des hommes mariés ne « pouvaient rien faire » parce que c'était leur femme qui avait de l'argent, par ce monde où des Mlle Marie pouvaient gémir « Innocente comme une fleur ! » en pensant « Tout simplement idiote ». Elle était accablée et d'autant plus accablée qu'au fond, ce monde, elle lui donnait raison. Elle avait essayé de les tromper, mais elle l'avait toujours su : sa belle, son adorée Sylvia n'était pas faite pour triompher dans ce monde dont Mme Prêtre elle-même faisait partie. Si Sylvia avait été l'enfant d'une autre, Mme Prêtre eût trouvé juste qu'elle succombât, même en face d'une femme de l'âge de Louise Morani. Elle l'avait toujours su, alors que Sylvia avait dix ans. Malgré tout son amour, elle l'avait en quelque sorte condamnée. Par ses paroles, par son goût de ce monde dur et violent, par sa curiosité, par son regard malicieux, perspicace et limité, elle l'avait condamnée. Et si elle ne le savait pas, du moins le sentait-elle à la contradiction qui toujours la déchirait devant sa fille, et qui était le seul sentiment noble de cet être bas. Car elle souffrait d'aimer ce qui, selon sa morale à elle, ne le méritait pas.

Plus tard, elle lui parlerait encore, s'efforçant à la douceur. Elle tâcherait de la convaincre de retourner chez Henry Stass : il valait mieux attendre un peu. S'il s'était lassé de Sylvia, il se lasserait aussi de Louise Morani. Elle dicterait alors à Sylvia ses moindres paroles, ses moindres attitudes ; et on verrait si elle ne triompherait pas ! Mais ce serait plus tard. Aujourd'hui, Mme Prêtre n'en aurait pas eu la force, même si elle l'avait voulu. Sa tendresse l'accablait comme un fardeau trop lourd, et elle eût pu, si elle s'était laissée aller, la gifler ou la prendre en sanglotant dans ses bras. Elle passa dans le réduit obscur où elle s'était volontairement confinée. Elle s'étendit. Elle ne pleurait pas, mais à l'intérieur d'elle-même il y avait comme une longue plainte monotone. Le chat sauta sur le divan, à ses pieds, sans qu'elle bougeât. Elle s'abandonnait à cette plainte, la berçait comme elle avait bercé Sylvia, sans la comprendre. Elle était sûre de n'être pas dérangée : les copropriétaires étaient presque tous partis, et quand Sylvia regardait des robes, elle en avait pour l'après-midi.

⁂

Pourquoi ne peut-on pas croire ? se demanda-t-elle. Pourquoi ne peut-on pas croire absolument, totalement, sans réflexion, sans doute, comme les croyants croient en Dieu ? Pourquoi ne peut-on pas exister, aveuglément, fortement, se suffire d'exister comme les bêtes existent ?

Si l'on avait pu voir la maison en transparence, ou simplement se faire une idée assez précise de la topographie des lieux, on se fût rendu compte que sur son lit étroit, sous son toit brûlant, dans la petite pièce mansardée, elle était étendue juste au-dessus (quatre étages au-dessus) de l'autre pièce étroite, fraîche et sombre celle-là, avec une légère odeur de chat, juste au-dessus d'un autre corps, parallèlement à lui, juste au-dessus d'une autre plainte, parallèle elle aussi, et qui ne rencontrerait jamais la sienne. Et, bien sûr, si l'on avait pu voir en transparence, si simplement on avait pu se faire une idée assez précise de la topographie de la rue, de la ville, on se fût sans doute rendu compte que leur double plainte était exactement parallèle ou perpendiculaire à d'autres plaintes, leur double corps parallèle ou perpendiculaire à d'autres corps. Et l'on se fût trouvé devant une sorte de graphique, une représentation très stylisée, très symbolique, de tous ces corps (que l'on aurait pu représenter d'un trait), de toutes ces plaintes (que l'on aurait pu représenter par un rond) et dans ce graphique, ce dessin, qu'on appelle comme on voudra, l'une ou l'autre plainte, l'un ou l'autre corps aurait paru relativement de peu d'importance. Ou au contraire auraient-ils acquis une importance accrue, une fonction ? Le graphique tout entier eût-il pu changer de physionomie, comme un tableau cohérent et achevé, de par la position d'un seul des traits qui le formait ? C'était possible. Mais si l'œil, quittant le graphique de la ville, se reportait à celui de la rue, quittant le graphique de la rue, se reportait à celui de la maison, si le trait redevenait corps, le rond plainte, et si le corps et la plainte redevenaient et votre corps et votre plainte, alors il n'aurait servi à rien de savoir la place qu'occupait dans le graphique le plus vaste (ni celui de la rue ni celui de la ville, mais le plus vaste vraiment qu'on pût imaginer), il n'aurait servi à rien de savoir la place exacte qu'y occupaient votre corps et votre plainte, le trait rond dont vous étiez prisonnier, et que vous regagniez vertigineusement. Martine était là, devant vous, et vous étiez Martine. Il n'y avait plus rien à y faire.

Elle était sur son lit, naufragée, perdue. Elle était Martine. Pourquoi ne pouvait-on pas croire ? Exister ? Sa main se glisssa sous l'oreiller. Elle saisit le cahier bleu, sa bouée, son espoir. Il y avait d'autres cahiers sur la table en bois blanc. Mais celui-là était le premier, celui où son nom figurait, s'étalant à chaque page. La preuve était là qu'on pouvait l'aimer, qu'elle pouvait aimer. Qui, ne la connaissant pas, et lisant ces pages, ne l'eût imaginée belle ? Elle-même, un jour, une semaine, un mois, s'était vue, s'était sentie belle. D'où venait aujourd'hui sa détresse, ce doute revenant, toujours et toujours grossi, comme une vague roulant son écume, et qui, tandis qu'on la croit retirée, prépare sa plus haute lame ?

Sa chambre était sous le toit. Il y régnait une extrême chaleur. Elle avait lavé tout à l'heure un jupon, accroché maintenant à un fil tendu devant la petite fenêtre. Un long moment, elle fixa ce peu de blanc, et cela lui fit du bien. Peut-être, si elle avait moins chaud... Elle songea à descendre, mais pour se tenir où ? Dans le bar ? Elle y serait en butte aux bavardages de Socrate, à sa commisération bruyante... Dans la rue ? La foule lui faisait horreur, les rues étroites étaient moites comme des étuves, et sur le boulevard la poussière et le soleil s'unissaient pour achever le passant trempé de sueur. Un moment, il y eut, quelque part dans son esprit, précédant sa pensée, un lieu carrelé, frais et sombre, à odeur très particulière... Le mot « Pharmacie » apparut dans son esprit et la pièce fraîche, l'arrière-boutique où elle jouait, accroupie, avec de vieilles boîtes marquées « Poison » cessa d'être agréable. Sa mère devait s'y tenir toujours, non plus patronne et maîtresse, mais employée, gérante de ce qu'elle avait possédé. Sa mère toujours plaintive, toujours, comme elle disait, « dérangée » et qui pourtant avait été jolie. La chambre existait-elle toujours, tapissée de papier à fleurs, où le père s'était (pauvre escroc sans envergure) « fait justice », la chambre dont Martine se souvenait encore parce qu'elle avait été la sienne et parce que, dans un recoin, elle avait découvert une photo jaunie de cette mère jeune et jolie, de cette mère coupable qui ne lui avait point légué de beauté ? La pièce fraîche disparut de sa pensée. Un souffle de vent, très faible, agitait le jupon blanc. Mais cela ne faisait aucune différence dans la pièce.

Elle reprit le cahier sous l'oreiller. Le feuilleta. Y lut son nom. Son nom : Martine. Cela lui avait paru une preuve, un jour. Cela lui paraîtrait une preuve encore si Stéphane était là. Mais il n'était pas là. Et il n'y avait pas une semaine qu'il était parti. Pas une semaine. Pas le quart du temps qu'elle avait à subir seule, qu'elle devait parcourir seule et qu'elle imaginait tout entier brûlant, insoutenable comme cette minute même.

Non, il ne fallait pas sortir. Elle savait déjà qu'en bas le monde qui l'attendait était redevenu hostile et fermé. Elle savait déjà qu'à nouveau, la protection que lui offrait Stéphane disparue, tout lui apparaîtrait agressif, insultant, comme Louise lui était, peu de jours auparavant, apparue. Il fallait rester là, sur ce lit, sous cette toiture brûlante, chargée de ce corps épuisé et malingre, et tenant dans sa main ce cahier. De cette immobilité, de cette lueur d'espoir, de ce peu d'air respirable dans un élément à elle contraire, dépendait son existence. Elle voulait exister.

Elle appuya sa joue sur la page où son nom s'inscrivait.

— Je veux..., soupira-t-elle, je veux...

Son murmure fervent était presque une prière.

*
**

On appelait, à cause des palmiers qui l'encombraient, la toute petite pièce hexagonale, terminée par une véranda non moins minuscule, « le jardin d'hiver ». L'éternelle chaise d'osier y régnait, et les magazines de l'année précédente ; et sur la petite fenêtre de ce côté qui ne donnait pas, comme la véranda, sur la mer, mais sur une cour passablement sordide, régnait aussi le papier filigrané, jaunâtre, qui laisse percer une douteuse lueur, fleurit dans les lieux d'aisances et les salles de bains vieillottes et porte le nom de « vitraux Fanny ».

Les palmiers, à cause de leur rigidité impassible, peut-être frileuse, à cause enfin de ce qu'ils avaient de moins « palmier », de moins oriental (et en effet on eût beau rester devant eux pendant des heures, rien, absolument rien devant leur nanisme gris et rigide n'eût évoqué les houris, les parfums de santal, ni, hélas, le soleil), les palmiers étaient des palmiers bretons. La véranda, en dépit de son nom exotique, était indubitablement bretonne : des filets de pêche s'y entassaient, propriété des pensionnaires, et qui réussissaient ce tour de force d'être absolument vierges de toute prise (sauf peut-être un jour — photographie — d'une crevette grise et terne) et de répandre cependant une forte odeur de marée. L'escalier (pour ne pas parler du vestiaire encombré de suroîts, de parapluies, de bottes et de tout un attirail typique) était breton, ne serait-ce que par l'odeur qui s'en dégageait, et qu'il faut bien avouer être de beurre salé et un peu rance (difficultés d'approvisionnement). La pluie enfin, légère, fine, diaphane comme ces fées qu'on rêve de voir danser sur les dolmens (et on les verra aussitôt que se sera organisé le comité — encore en gestation — de la Bretagne *by night*), la pluie était étiquetée, j'allais dire réservée, à l'usage des estivants. Car, dès l'arrivée, l'un de ces pêcheurs bretons réputés qui font leur publicité sur tous les calendriers avait dit : « On vient de loin pour voir ça ! » Et aussi invraisemblable que cela parût, c'était vrai. On venait de loin. Un car avait encore déversé la veille une bonne vingtaine d'Angevins disposés à apprécier, comme de vrais connaisseurs, une pluie un peu différente de la leur (il doit sûrement y avoir des mots pour apprécier ces subtiles nuances de pluie, tels pour le vin le « bouquet », le « remontant », et autres finesses ; et s'il n'y en a pas en français, il doit en exister en breton). Car, la patronne l'avait dit rituellement : « Il pleut partout, cette année. » Et les amateurs, coiffés de bérets basques (seule fausse note), de s'élancer gaiement vers le régal de cette pluie exotique.

Le Monsieur n'était pas, sans doute, un amateur. Il

était resté à l'hôtel. Il est vrai qu'il bénéficiait tout de même de l'odeur de marée et du beurre rance, suffisante pour lui donner tous ses apaisements : il passait bien ses vacances en Bretagne. Le Monsieur avait pris l'un des sièges en osier, jeté un coup d'œil sur la mer (à travers la véranda) et s'était mis à lire fort sérieusement l'accouchement de Lollobrigida (dont le bébé fêtait déjà son premier anniversaire). Pauline tricotait. Elle tricotait de la laine perlée. Un boléro. Bien entendu, son père et Germaine s'étaient élancés à la suite des Angevins vers la mer, les crevettes fugitives, et la conversation du pêcheur typique (dont on finissait par soupçonner, à ne jamais le voir en mer, qu'il devait être payé par quelque organisme approprié. Syndicat d'Initiative ?) Ils s'élançaient tous les jours depuis leur arrivée et tout particulièrement aujourd'hui : ils n'allaient tout de même pas se laisser distancer par des Angevins ! Et Germaine était si sportive ! Pauline soupira. Bien que propriétaire d'un suroît, elle n'était pas sportive, elle. La vue de la mer la rendait romanesque, lui donnait envie (malheureusement, il n'y avait pas de piano) de jouer du Fauré, du Debussy... Elle songeait à son mari, l'escroc, et se demandait s'il prenait des vacances. Même les escrocs, supposait-elle, prennent des vacances quelquefois.

— Il paraît qu'à Paris, dit le Monsieur d'une voix enrouée de timidité, il fait un temps splendide !

Et il ajouta, comme pour s'excuser :

— C'est la première fois que je viens en Bretagne.

Pauline rougit car, malgré la quarantaine dépassée, elle rougissait toujours lorsqu'un étranger lui adressait la parole.

— Nous y venons toutes les années, dit-elle cependant, effrayée par la perspective d'un autre après-midi de solitude.

Elle connaissait Germaine et son père ; on ne pouvait littéralement pas les arracher aux délices de la pluie. Ils allaient à des kilomètres manger des crêpes moins bonnes que celles de l'hôtel ou voir des menhirs identiques à ceux qu'ils avaient vus la veille (à croire qu'on les déplaçait pendant la nuit pour fournir des buts d'excursion aux touristes) et ils ne s'en lassaient pas : on les eût crus nés Bretons.

— Moi, j'allais dans le Midi, dit le Monsieur d'un petit air triste. Mais on dit que la Bretagne, c'est plus sain.

— Oh ! très sain, dit Pauline avec non moins de mélancolie.

Le Monsieur devait avoir une cinquantaine d'années, mais bien conservé, petit, sec, un vigneron, supposa-t-elle, en Anjou, n'est-ce pas... Cependant, il était pris d'un scrupule, au cas où elle n'aurait pas compris :

— Dans le Midi, mais pas sur la Côte d'Azur. En pleine terre.

— Ah ! Il doit y avoir du soleil...

(« En pleine terre », l'expression était curieuse. Sûrement un vigneron. Pourtant il paraissait fin, délicat, pour ces rudes travaux.)

— Trop, mademoiselle... madame ?

— Madame, dit-elle à regret.

Il allait se figurer qu'elle était là avec, ou attendant son mari, et reprendre son journal. Mais non. Il continuait à converser. C'était peut-être un aventurier ?

— Trop. Ma santé — je suis très délicat, très... — ne s'en trouvait pas bien. Mon travail est très dur, je prends deux mois de vrai repos par an, et sous ce soleil...

(C'était bien cela. Un cultivateur. Pauline ne s'était jamais imaginé ainsi les rudes terriens. Mais il devait être propriétaire d'une exploitation. Diriger les autres. On voyait à son air soucieux qu'il avait des responsabilités.)

— Vous allez rester deux mois ici ?

— Oh ! non, fit-il en frissonnant. Trop humide, beaucoup trop humide. Ma santé... (il eut un regard vers la véranda, la pluie fine, légère, féerique). Je crois que je vais aller dans le Midi.

Il y eut un silence. Pauline baissa les yeux sur le

tricot perlé. L'année dernière, elle s'était fait toute une robe (l'été avait été particulièrement pluvieux) en laine perlée également. Elle l'avait portée tout l'hiver. Cette pensée la rendit songeuse. Elle aurait aimé aller dans le Midi, une année. Mais son père et Germaine étaient si heureux en Bretagne ! Et puis les prix étaient si avantageux !

— Est-ce que la vie est chère, dans le Midi ? Je ne veux pas dire sur la Côte d'Azur, mais là où vous allez, en... (elle hésita, rougissant de son audace) en pleine terre ?

Le Monsieur la regarda avec un peu de surprise. Sans doute se figurait-il que pour venir tous les ans en Bretagne il fallait avoir un tempérament si particulier qu'on ne pouvait supporter aucun autre climat. Il la considéra donc et la vit, encore belle, agréablement potelée, et surtout (ce qui était très important pour le Monsieur) possédant un visage doux, nullement agressif, à peine maquillé sous les cheveux blonds coiffés d'une façon démodée.

— C'est un peu plus cher qu'ici, dit-il avec empressement, mais il y a des arrangements, on peut loger chez l'habitant... Et puis, il fait beau.

— Je croyais que le soleil vous faisait mal, dit Pauline timidement.

Il y avait des siècles qu'elle n'avait plus eu une conversation aussi longue avec un Monsieur, une conversation sans but du moins, qui aurait pu passer (aux yeux de personnes qui ne l'auraient pas connue) pour... mon Dieu, oui... pour un peu frivole...

— Oui, mais la pluie... dit le Monsieur. J'ai une santé très délicate.

— Votre métier doit bien vous fatiguer, s'enquit Pauline habilement.

Il sourit, tout à fait finement, tout à fait de la façon que Pauline attendait.

— Ah ! Ah ! Vous avez deviné mon métier ? Que je suis bête ! Vous avez peut-être vu ma valise dans l'entrée ? Oui, je suis représentant. Brosses, cirages, tous les produits d'entretien, mais pas d'aspirateurs, ne craignez rien ! J'ai emporté ma valise parce que, même en vacances, je place quelquefois un produit par-ci par-là... Votre mari connaît peut-être ? Les produits Mirbien ?

— Je ne suis pas mariée, avoua Pauline. C'est-à-dire... Je suis divorcée.

Le Monsieur eut un soupir de condoléances, fit comprendre d'une moue triste qu'il compatissait, puis, détournant les yeux :

— Moi, je suis veuf. J'ai un petit garçon, en pension à Angers...

L'essentiel était dit, et la pluie, toujours fée et bretonne, s'arrêta de tomber.

Dirai-je la suite de cette idylle, dans la Bretagne des korrigans, où il fit beau dix jours de suite ? Dirai-je les excursions en groupe, les mains pressées dans l'autocar, la promenade sur le môle (où l'immuable pêcheur, de plus en plus suspect d'être un figurant, attira leur attention sur un cormoran « le premier de la saison, qui porte bonheur aux amoureux ») et les aveux qui suivirent ?

— Je n'ai jamais osé le dire à Germaine, murmura Pauline, mais avez-vous jamais, vous, compris la différence entre un menhir et un dolmen ?

Au bout de huit jours de Bretagne seulement, le Monsieur (qui ne s'appelait pas Octave ou Ernest comme on eût pu le supposer à ses façons précautionneuses, mais tout bonnement Jean) avait compris.

— Voyez-vous, ce que j'aime en Bretagne, disait-il à son tour, c'est que tout est propre. L'odeur vient du beurre, c'est tout. Dans le Midi, tout est magnifique, d'accord, mais si vous y regardez de plus près... Prenez les commodités... Moi j'aime une maison propre. Quand le voyageur rentre en fin de semaine, il aime à trouver une maison propre, c'est normal.

— Oh ! oui, c'est normal... soupirait-elle.

Cette profession de représentant, à tout prendre, était romanesque. La femme du voyageur... La maison propre...

— Sans compter que j'ai tous mes produits d'entretien gratuitement, forcément...

Il ne fallait pas négliger le côté pratique. Elle n'osait pas encore lui demander le prénom de son petit garçon, mais savait déjà qu'il avait dix ans, quand Germaine s'aperçut de tout.

— Pauline, dit-elle avec modération, tu te compromets avec ce monsieur.

Pauline s'en défendit avec acharnement. Elle avait eu envie de revoir Carnac, le Monsieur (était-ce bien de ce monsieur Jean que Germaine voulait parler, seulement ?) se trouvait dans l'autocar, était-ce sa faute ? Et sur le môle, elle n'avait pu se dispenser de lui parler, Germaine n'aurait pas voulu qu'elle fût grossière, n'est-ce pas ?

— Pauline, dit Germaine Lethuit, tu es une enfant. (C'était un fait admis depuis toujours dans la famille Lethuit : Pauline était une enfant. Une seule fois on l'avait laissée faire à sa tête, elle s'était mariée, et le résultat ? Son mari avait volé l'Aministration des P.T.T.) Tu ne te rends pas compte que cet homme essaye de te mettre dans une situation où tu ne pourras plus le refuser...

Pauline, rougissant comme une coupable, se défendit. Il n'était pas question de ça, M. Jean avait été parfaitement correct...

— Bien entendu. A ton âge, il n'allait pas essayer de te séduire comme une jeune fille. Mais est-ce qu'il ne t'a pas laissé entendre qu'il avait une très belle situation ?

— Mais... c'est-à-dire... Je crois qu'il gagne bien sa vie, oui...

— Ah ! dit Mlle Lethuit du ton de quelqu'un qui a marqué un point. Et veux-tu me dire ce que c'est que cette situation ? (Cette interrogation était de pure rhétorique. Les interrogations de Germaine Lethuit comportaient presque toujours une réponse par elle-même.) Un voyageur de commerce ! Toujours absent — il n'a pas pu te le cacher —, des gains proportionnels, c'est-à-dire irréguliers, et la femme seule, à la maison, pour nouer les deux bouts. D'ailleurs, on voyage, on a des frais, on raconte ce qu'on veut, n'est-ce pas ?

Evidemment, présenté comme ça...

— Je ne crois pas qu'il ait ce genre de caractère... murmura-t-elle. Tu as l'air de dire... Je ne crois pas qu'il soit l'homme à... enfin, un séducteur...

— Voyons les choses comme elles sont, dit Germaine. Et ne crois pas surtout, Pauline, que j'essaye de t'influencer. Tu as voulu te marier une première fois, je t'ai prédit que tu serais malheureuse, mais je me suis inclinée. Je te donne donc mon opinion, tu en feras ce que tu voudras. (« Je vous préviens de ce que vous risquez, disait-elle aux mères qui refusaient de laisser vacciner leur enfant. Prenez vos responsabilités. » Et elle faisait signe à l'infirmière.) Tu dis que ce monsieur n'est pas coureur. Je suis de ton avis. Ce n'est pas le genre de ton mari, heureusement. Remarque qu'on croit parfois prendre une sécurité en se fiant à l'aspect des gens et que... Bref, il n'est pas coureur. Bien. Mais pourquoi ?

Pauline était bien incapable de répondre à ce genre de question.

— Pourquoi ? Mais je suppose, parce que... parce qu'il n'en a pas envie...

— Exactement. Il a un tempérament maladif. Il n'y a qu'à l'écouter d'ailleurs. La pluie lui fait mal, le vent lui fait mal, le soleil lui fait mal. Et il a cinquante ans ! Vois Papa et tout ce qu'il fait, à son âge ! Ce n'est pas une promenade en plein vent qui lui ferait peur, à lui ! Ça fouette le sang, me disait-il encore hier, en allant aux crabes. Ce monsieur, au contraire... Je ne suis pas de ces femmes qui trouvent un homme ridicule parce qu'il porte de la flanelle, ces choses-là ne comptent pas, mais en été !

— Ce n'est pas sa faute, s'il est rhumatisant... Et il ne faisait pas si chaud, hier...

— Ma chérie ! Tu es attendrissante ! Toi si fragile, tu as un besoin de dévouement... Je me souviens du jour où tu as soigné les oreilles de notre pauvre Minou... Tu étais admirable ! Mais tu as l'habitude, ma chérie, et ce n'est pas moi qui te le reprocherai, d'être choyée, un peu comme si tu étais notre enfant, à Papa et à moi... Notre petite artiste, l'oiseau de la maison... Consulte bien tes forces, ma chérie... Un mauvais mariage est plus dur à porter qu'une solitude bien relative... Vois notre pauvre ami Morani, le crois-tu plus heureux ainsi qu'il ne le serait célibataire, entouré de notre affectueux petit cercle ?

Mlle Lethuit était sincère, elle ne souffrait pas de son célibat. A la tête d'un père en pleine vigueur physique, mais moins doué pour les spéculations financières, d'une sœur qui donnait des leçons de chant (mais rares étaient les jeunes personnes, à Meudon, qui prenaient des leçons de chant, et plus rares encore celles qui les payaient convenablement), Mlle Lethuit tirait de sa situation de chef de famille toutes les préoccupations nécessaires pour vivre tranquille.

— Il n'est tout de même pas seul, insista Pauline, qui se défendait encore faiblement.

— Hélas ! Crois-tu que la compagnie d'une femme aussi vulgaire, et dont la conduite... j'aime mieux ne pas en parler, soit vraiment un réconfort ?

— Alors, pourquoi reste-t-il avec elle ? dit Pauline qui avait de ces moments de révolte contre les amis de sa sœur. C'est idiot.

— Cela ne nous regarde en rien, fit observer Mlle Lethuit. Et d'ailleurs, tel que je connais M. Morani, ce ne peut être que pour de bonnes et nobles raisons. Nous nous écartons de notre sujet. Ce petit garçon que tu ne connais pas... Ne crois surtout pas que je veuille te pousser à... Mais ne crois pas non plus... Je ne te demande qu'une chose : réfléchis !

Pauline réfléchit. Elle était douillette et peureuse. M. Jean réfléchit. Il n'aimait pas la famille, surtout les sœurs impérieuses. La pluie se remit à tomber, d'autant plus inexplicable que, disait la radio de l'hôtel qu'on écoutait le soir entre deux palmiers, il faisait torride à Paris. Les rhumatismes revinrent. M. Jean disparut avec sa valise sur laquelle s'étalait un nom qui, quelques semaines encore, ferait rêver Pauline : « Mirbien. » Elle se remit à la laine perlée, un peu négligée. Elle ne saurait jamais le prénom du petit garçon, en pension à Angers, et qui rongeait ses ongles. Le père était splendide à voir avec sa belle moustache, partant dès l'aube à la pêche aux crevettes. Et il y avait des éclaircies. Deux jours avant de regagner Paris, l'immuable pêcheur du môle, qui avait dû flairer les soupçons, révéla la vérité : il n'était nullement appointé par le Syndicat d'Initiative. C'était un ancien combattant, et il jouissait de sa pension. Cela le regardait, s'il aimait la pluie et la conversation, non ? D'ailleurs, il était venu demeurer en Bretagne pour ça. Car il était d'Agen.

*
**

Et elle décida de descendre, de se soumettre aux juges des enfers.

Il faisait torride à Paris, comme l'avait dit la radio. Et la radio avait dit encore que même ceux qui partaient en septembre auraient encore du beau temps. Que la chaleur, donc, allait durer. Elle avait trouvé le courage de descendre, un cahier à la main.

Mme Prêtre n'était pas dans le bar, mais dans la loge, avec Mlle Marie. Sylvia, en compagnie d'un éphèbe aux longs cheveux, « visionnait » dans une salle de projection des documentaires auxquels l'éphèbe avait vaguement contribué. Il n'y avait pas grand-chose à espérer de cette relation, mais savait-on jamais ? En attendant mieux...

Elles étaient donc là toutes les deux, l'une courte, large, finaude, sa lèvre gourmande, l'œil presque invisible sous la paupière tombante, et le ruban noir à camée qui lui serrait le cou, et l'autre longue, sèche et blanche, une douce limande, avec de petits nœuds blancs sur sa robe gris sombre... Non, Martine n'aurait pu choisir un tribunal plus redoutable, n'aurait pu se jeter avec plus de courage à la rencontre de ce qu'elle redoutait. Et toute courageuse qu'elle était ce jour-là, elle hésita un instant sur le seuil, comme on hésite à plonger dans une eau glacée. Puis elle entra.

Elles furent parfaites. La bouteille de vin apéritif s'avança, on eût dit toute seule, et elles en prirent chacune un grand verre, pour encourager Martine. Les questions se posèrent, on eût dit toutes seules, et Martine n'eut qu'à répondre. C'était bien naturel, elles avaient connu cela, rien n'étonnait Mme Prêtre, et Mlle Marie était prête à compatir à n'importe quelle détresse. Elle n'était pas la maîtresse de M. Morani ? Elles comprenaient. D'ores et déjà, elles pouvaient lui garantir — oh ! elles en étaient absolument sûres, elles l'auraient su — qu'il n'avait pas de maîtresse. C'était déjà cela. On ne pouvait pas en dire autant de tout le monde. Et sûrement il avait pour Martine un sentiment... Oh ! pour cela elles s'en portaient garantes. Un sentiment ! Les yeux de Mlle Marie se levaient vers le ciel pour en exprimer l'intensité. La petite main de Mme Prêtre se posait sur la maigre épaule de Martine.

— Tout de même, il a bien quelquefois un geste, un petit quelque chose qui vous fait sentir que s'il était libre, hein ?

Elle était dans l'eau jusqu'au cou, dans l'eau glaciale et visqueuse. Elle l'avait voulu. Elle ne pouvait plus y éhapper maintenant. Elle avait voulu être jugée, l'être par ce qu'elle haïssait, redoutait le plus, ces femmes qui soupèseraient de leurs mains de bouchères le poids de ses doutes, du supplice brûlant de ces derniers jours... Qui la condamneraient, peut-être...

— Voyons... un petit baiser... nous sommes des femmes d'expérience, des mères... Il n'y a pas de quoi rougir...

— Un seul baiser ? insista Mlle Marie.

— Non.

Elle avouait. Elle disait : non. Elle était toute tendue dans son effort, dans son courage qui allait céder...

— Madame Prêtre, vint dire Socrate, il y a un client qui veut téléphoner, et c'est dérangé. Est-ce qu'il peut appeler de la loge ? Il y en a pour deux secondes...

— C'est trente francs, dit Mme Prêtre.

Elle suivit l'homme dans le réduit où se trouvait le téléphone.

— Pauvre madame Prêtre ! soupira Mlle Marie, comme une machine bien réglée. Il n'y a pas que vous, ma pauvre petite mademoiselle... Ah ! nous avons tous nos misères ! (Mais le temps étant compté, elle s'abstint de parler de l'Auvergnate.) Entre nous, cette pauvre petite Sylvia n'est pas tout à fait normale. Mais de là à lui préférer une Mme Morani !

— Qui lui préfère une Mme Morani ? demanda Martine machinalement.

Mais elle était si absorbée dans son tourment qu'elle ne leva même pas la tête au nom de Louise, décevant grandement Mlle Marie.

— Mais le peintre, dont elles étaient si fières, Sylvia et sa mère. Il paraît qu'elle a été son modèle autrefois, et... Chut ! Pas un mot ! La pauvre mère, elle souffre les sept douleurs, et en silence...

Mme Prêtre rangeait les trente francs.

— Je suis à vous, ma chère petite Martine. (C'était bien la première fois qu'elle l'appelait Martine.) Cela me fait de la peine de vous voir dans cet état... Buvez donc un peu, mais si, c'est excellent le vin apéritif, n'est-ce pas, Marie ? Et parlons gentiment, comme nous le faisions... Bien sûr, vous êtes malheureuse, parce qu'il est parti, mais il va revenir bientôt, songez... Voilà dépassée la seconde quinzaine d'août... Et il s'ennuie de vous, j'en suis sûre. Il vous écrit, j'ai reconnu son écriture, n'est-ce pas ?

Il écrivait. Mais si le journal ne pouvait rien, que pouvaient les lettres qui attendaient, rangées sur la commode, et n'avaient pas été ouvertes ?

— ... Et dans une dizaine de jours, il sera là, allez, et les petits rendez-vous, les petites sorties reprendront... Car vous vous retrouvez bien au Dupont, n'est-ce pas ? Oui, oui, je le sais... Vous voyez bien qu'il vous aime...

Mais ce n'était pas là l'épreuve qu'elle s'était imposée, le fer rouge qu'elle tenait à bout de bras, et qu'elle avait le courage (pour un seul instant encore, un seul) d'appliquer sur sa plaie.

— Madame Prêtre, vous qui... avez de l'expérience... (les mots lui venaient difficilement), si vous pouviez... jeter un coup d'œil sur... ceci...

Elle tendit le cahier bleu, sur lequel elle s'était si souvent endormie.

— C'est son journal, en quelque sorte... et je voudrais que vous me disiez...

— Ce n'est pas bête, ça, fit Mlle Marie. Mais comment avez-vous fait pour entrer dans l'appartement ?

Martine rougit profondément.

— Mademoiselle ! Mais c'est M. Morani lui-même... Je n'aurais jamais...

— Bien sûr, voyons, Marie ! dit Mme Prêtre avec bonhomie. Est-ce que Mlle Martine est une jeune fille à cambrioler un appartement ? Donnez-moi ça, mon petit. Nous allons le lire, nous allons vous dire bien franchement ce que vous pouvez espérer, n'est-ce pas ? C'est bien ça ?

Elle baissa la tête. En somme, oui, c'était bien ça. Si elles, ces deux femmes, ces deux êtres malveillants et rusés, dont elle avait surpris plusieurs fois le regard de pitié complaisante, si elles étaient convaincues, alors... Combien de jours leur prendrait la lecture du journal ? Combien de jours la discussion entre elles ? Deux, trois, quatre jours ? Une semaine peut-être pendant laquelle elle attendrait autre chose que le retour de Stéphane, arriverait peut-être à se poser d'autres questions que l'unique, la torturante question : « Pourquoi ne peut-on pas croire aveuglément ? » Elle avait été courageuse, mais son courage fuyant maintenant, comme le sang d'une blessure, la laisserait dans un instant à bout de forces et désemparée. Déjà elle murmurait :

— Prenez bien votre temps.

Mais elle eut encore la force de fuir.

— Eh bien ! si on m'avait dit ça ! (Mlle Marie reprit un verre de vin.) La petite Fortin dans ta loge ! Une jeune fille si fière !

— Il n'y a pas de honte à venir dans ma loge, tout de même, repartit Mme Prêtre.

Mais elle ne se fâcha pas ; elle s'attablait pour une bonne discussion.

— Et puis, qu'est-ce qu'on ne fait pas quand on aime...

— La pauvre petite ! Et si laide ! Elle ne doit pas se rendre compte...

— Oh ! ce n'est pas la première... Il est possible qu'il n'ait pas couché avec toutes, mais Dieu sait qu'il en a eu, des petites amies...

— Peut-être ce serait un devoir de le lui dire, suggéra Mlle Marie.

— Et pourquoi ? Qu'est-ce que tu veux qu'il lui arrive ?

— Oh ! ce que j'en dis... Elle aurait eu un peu de bonheur dans sa vie, évidemment... Et qu'est-ce que tu vas lui dire, pour ce machin ?

La main dédaigneuse de Mme Prêtre soupesa le cahier.

— Qu'il l'adore, bien sûr. Et patati et patata... Ce qu'elle veut qu'on lui dise, la malheureuse. Vivre et laisser vivre, voilà ma devise...

— Tu ne le liras même pas ?

— Si, si... Il doit y en avoir de drôles, là-dedans... Ça me donnera des idées...

Même dans la loge il faisait chaud. Du réduit où dormait Mme Prêtre sortait une odeur de chat plus véhémente que de coutume. Un peu avant 7 heures, elle vaporiserait l'air d'une bombe désodorisante ; Sylvia détestait l'odeur du chat.

Elles étaient là toutes deux, paisibles, devant le journal, devant l'irruption de Martine, comme deux gourmets devant un plat dont elles voulaient tirer le maximum de saveur. Mais l'accablante chaleur les décourageait un peu.

— Il se moque d'elle, la pauvre petite... entama Mlle Marie, languissamment.

— Et comment !

C'étaient les premiers accords, l'essai des instruments avant la grande symphonie des médisances, des calomnies, des belles inventions gratuites dont elles jouiraient autant l'une que l'autre, à laquelle chacune ajouterait sa touche, sa note, celle de Mme Prêtre plus haute en couleur, plus grasse, plus franche, celle de Mlle Marie, plus doucereuse, plus sentimentalement perfide.

— Elle a sûrement pris ce journal dans un tiroir, pendant qu'il tournait le dos...

— Sûrement.

C'était un bon thème. Et malgré la chaleur, courageusement, elles se mirent à le développer.

***

Et les jours continuaient, non pas à couler, mais à être, à se dresser, l'un à côté de l'autre, l'un n'annulant pas l'autre, mais s'y ajoutant, le complétant, formant avec lui une rangée, de façon qu'on ne puisse distinguer que leur continuité, et non leur écoulement, telle une rangée de dolmens, de dieux de pierre impénétrables, gris à force de chaleur, et terribles aux uns, aux autres favorables.

Pour eux, les jours dressés là, la longue allée de pierre de l'été s'était montrée protectrice ; ils la parcouraient comme une promenade, se retournant parfois pour en jauger l'étendue et la profondeur, et presque convaincus qu'ils pouvaient, s'ils le désiraient, s'arrêter ou retourner en arrière. Même, à cette perspective, s'en ajoutait une autre plus lointaine, ces jours de Signac où ils avaient été, comme eût dit Lou dans son langage noble et modeste, « bien », et pour un peu, ils eussent été persuadés que sur cette allée-là aussi ils pouvaient s'engager, et qu'il n'y avait eu entre les deux promenades qu'un moment de pose, un repos dans l'ombre froide, nécessaire mais sans agrément.

Les mains de Louise se posaient, avec une liberté retrouvée, sur les objets de la petite cuisine dont Henry ne se servait jamais. Dans l'atelier, les hauts rideaux de toile grise étaient tirés, les fenêtres ouvertes. Sûrement le souffle d'air qui entrait parfois et qu'ils buvaient avidement, était le seul souffle d'air frais dans Paris. Elle apportait la carafe d'eau glacée, la bouteille de vin rosé ; elle mettait le couvert sur la table qui servait aux natures mortes, ils mangeaient en face l'un de l'autre, un peu embarrassés parfois de cette totale, de cette injuste paix. Le silence était trop plein, trop riche, il fallait le rompre. Henry s'avouait enfin qu'il n'avait jamais aimé les meubles anglais qui trônaient dans la chambre du fond, où ils ne dormaient jamais. Mais on lui avait dit qu'un célibataire... Ils dormaient dans l'atelier, mangeaient dans l'atelier, et déjà il y avait dans un coin des bouteilles vides, que Lou oubliait de descendre. Il avait donné congé à sa femme de ménage ; d'une pierre deux coups. Quand on a une femme, il est inutile de payer aussi une femme de ménage. Il avait entouré la sonnerie du téléphone d'une écharpe de laine, et quand elle frémissait imperceptiblement, ils se regardaient tous les deux avec un rire. Il ne répondait pas aux lettres. Ces invitations qu'il avait acceptées, pendant tant d'années parce qu'il les croyait nécessaires pour « arriver », puis qu'il avait acceptées pendant des années encore parce qu'il en avait pris l'habitude, parce que, tout en protestant « qu'il ne pouvait pas sentir ces gens-là », il était flatté d'en être recherché, et enfin, et surtout, parce qu'en dehors de son travail il ne savait pas comment passer le temps (une fois qu'il avait fini de peindre, errant, s'ennuyant, avec cette force physique inemployée qui bouillonnait en lui et qu'il trompait tant bien que mal, en se couchant tard et en buvant trop), ces invitations, avec quel plaisir maintenant il les laissait s'entasser dans la coupe en cristal qu'il détestait (un cadeau de sa sœur qui avait épousé, venue à Paris pour profiter des relations du grand homme, un critique musical ; elle avait un salon !) Et il reprochait à Lou de ne pas les jeter, comme les bouteilles. Elle était vraiment négligente ! Trois ou quatre fois, ils se disputèrent, pour des questions de cet ordre, et entre eux se nouait cette hostilité tendre des vrais couples.

Il aimait que Lou non plus ne sût guère, une fois les tâches ménagères accomplies, comment passer le temps. Elle se rendait toujours, ponctuelle, aux *Folies-Montparnasse,* et il allait la prendre, parfois assistant au spectacle, parfois passant la soirée au cinéma. Déjà elle connaissait les commerçants de l'avenue Carnot, leur parlait ; il apprenait avec surprise qu'ils avaient une opinion sur sa peinture, sur son genre de vie. Il se fâchait parce que Lou, descendue pour chercher du pain, ne remontait qu'au bout de trois quarts d'heure, bourdonnante de détails sur les malheurs de « ce pauvre petit teinturier ». Sa vie se peuplait. Il n'avait pas d'amis, n'avait jamais eu l'art de s'en faire. Il était un solitaire, comme son père, qui travaillait dans une filature, dans le Nord, l'avait été, n'allant pas au café, mangeant sa soupe sans parler, le coude sur la toile cirée, et n'aimant que son jardinet où poussaient des légumes. Et comme lui, un peu embarrassé de son trop-plein de forces, puisqu'il ne courait pas les filles. Il était vraiment l'homme d'une tâche, d'une tâche qu'il avait sentie surtout physiquement. Et maintenant, tout désarçonné devant elle, le paysan devant son blé enfin germé, ses pommiers enfin lourds de fruits, il n'osait pas prendre ce repos, lever vers l'horizon ce regard qui met même le paysan mal à l'aise, et qu'il conjure en disant : « L'année qui vient, la récolte sera mauvaise. » Lui aussi aurait eu besoin de cette inquiétude, que la terre dispense avec sagesse, pour pouvoir éviter le calme de l'horizon. Mais sa récolte à lui était faite sans retour. Et où chercher la petite inquiétude quotidienne qui cache la grande angoisse de l'horizon ?

Et la « crise » revint sur lui, le premier jour du mois de septembre. Le temps était toujours chaud cependant. A l'entracte, il était sorti prendre l'air, et c'était étrange, au sortir de la salle moite, de trouver au-dehors la même moiteur. Il aurait fallu s'élever très haut au-dessus des rues étroites, où les fenêtres bâillaient comme des poissons morts, pour trouver un peu d'air respirable.

Puis ce fut la sonnerie, désormais familière, et la foule assoiffée de nudités se précipita à nouveau dans l'étuve. Il rentra, lui aussi, bien que déjà il pressentît, à ce vide qui se creusait en lui, que la crise allait venir. Mais une superstition le mena jusqu'à son fauteuil. Il avait encore foi en l'habitude...

Tout allait bien pourtant. Pour une fois, elles étaient en mesure. Admirable géométrie, les jambes trop musclées ou trop grasses, brunies au fond de teint, s'élevant en même temps, les courbes rondes répondant aux minces obliques, les lignes infléchies des pieds rompant comme un accord sec la ligne longue de la cambrure, du corps renversé finissant par cet ovale étiré, le visage... Cent fois, il avait joui de ces lignes, ou été agacé par une rupture, un défaut dans la figure qui s'esquissait. Aujourd'hui pourtant, c'était pire. Rien ne s'organisait, rien ne formait un tout homogène, et la géométrie était rongée par ces ovales, brusquement redevenus visages, par ces obliques redevenues jambes... Comme par magie, elles lui apparaissaient soudain dévoilées, dépouillées de leur forme vraie (de ce qu'il appelait leur forme vraie) pour revêtir, à sa profonde indignation, une individualité médiocre et encombrante qui s'imposait, passait au premier plan, et qui, se disait-il dans son langage insuffisant (peut-être volontairement insuffisant), « fichait tout en l'air ». S'imposaient, oui, comme un raseur dont on n'a pas envie de faire la connaissance et qui se cramponne à vous, vous raconte la mort de sa mère, ses impressions de service militaire, et combien il est heureux de faire votre connaissance, alors que vous pesez si oui ou non, vous allez vous mettre au ban de la société civilisée en l'étranglant là, derrière ce canapé, dans le salon du professeur Fuchs. Elles s'imposaient, l'une après l'autre, et d'abord les plus laides.

Une verrue sur la jambe leur suffisait, ou un collier qu'elles avaient oublié d'enlever (quelle folie de se mettre au premier rang ! Mais pouvait-il deviner que même l'habitude le trahirait ?) Oui, ce collier, cette verrue suffisaient. Elles pénétraient dans votre imagination, elles, leurs cuisses molles ou maigres, leur vie d'hôtel et de charcuterie, « pas à l'ail, aujourd'hui, j'ai mon ami... », leur permanente, leurs cheveux mal oxygénés et cassants, leurs bijoux de fantaisie, leurs toilettes, hauts talons boueux, maquillage soigné et dessous douteux. Et leur odeur de muguet artificiel. Deux ou trois plus jolies (la sultane, l'oiseau de paradis, Eve du premier tableau vivant) ; c'était alors la petite voiture, le commerçant content de sortir une artiste, et des économies : on n'est plus au temps des folies. Deux ou trois, mariées, mères de famille, vertueuses et nudistes. Leur mari (peut-être employé de banque ? Assistant metteur en scène ? Ou vendeur à la Samaritaine, qui sait ?) vient les chercher, on s'arrête à la pharmacie de garde pour le sirop du petit, on fait l'amour en songeant tout de même un peu aux regards allumés sur ce corps défendu, mais « J'ai hâte de te sortir de ce milieu ». Une étudiante suédoise. En médecine. Les droits de la femme, elle voterait à gauche, petite chambre haute, impeccablement tenue, reproduction abstraite, et c'est là, dit-elle, ingénue clinicienne, qu'elle aime qu'on la caresse.

Oui, elles sont là. Elles s'imposent. Rien à faire pour les décourager. Quel écœurement que tous ces corps qui pensent ! Chacun son individualité, ses prétentions. « Je veux qu'on m'aime », « C'est cinq mille », « Oh ! en attendant mieux... Un petit rôle dans le Grand Départ », et une verrue au mollet droit. Des enfants, des avortements, des jeunesses malheureuses. Une vieille maman. (Le nombre de vieilles mamans ! Le dernier des petits escrocs qui fait les poches dans le métro ou à Longchamp en a une, et c'est vrai.) Ou un cercle culturel, comme Sylvia. Affichant au-dessus de son lit à cinq mille francs « Comment être une femme bien » découpé dans *Elle*. Un homme qui les bat ; aiment-elles l'homme ou les coups, ou les deux à la fois ? La plus intéressée, qui refuse un jour de l'argent. La plus laide, qui vous aime. La plus sotte, qui le sait. Infailliblement, inévitablement, ce jour de la pitié, ce jour de l'émotion niaise, ce jour où l'on lève les yeux vers l'horizon... O pureté des courbes et des angles ! O sûreté de la matière, poids de la chair, pieds lourds bien posés sur le sol, hanches superbement pesantes, poteries humaines, objets...

Il fallait tout recommencer, sans cesse. Lutter. Il tira son carnet. Tout allait bien. Elles étaient, pour une fois, en mesure. Droites des pieds, légèrement infléchies, courbes, ovales, vous n'êtes plus des visages... Mais la musique s'arrêtait. Elles saluaient, sortaient, le dos rond, leurs bras grêles pendant. Douze visages, douze corps différents. Il avait raté son croquis.

Il restait la dernière épreuve : Louise. Il allait la prendre dans les coulisses, comme presque tous les soirs, un peu plus taciturne peut-être, et la ramener, dans la belle voiture aux banquettes de cuir vert, qui avait dû coûter si cher, disait-elle admirative. Il allait la ramener chez lui, comme tous les soirs, sous l'œil maintenant résigné du chauffeur (avoir un chauffeur et même pas de bonne ! Mais il n'avait jamais appris à conduire. Le chauffeur, aussi, ce soir, devait avoir un visage). La ramener chez lui, et là...

Cela s'était fait ainsi. Il avait réussi à éviter plusieurs écueils ; le visage du chauffeur (« Bonsoir, Jean » sans le regarder, songeant à le congédier peut-être. « Il doit être à cran, ce soir... »), un silence trop grand qui eût alarmé Louise.... « Qu'est-ce que tu as ? » avait été évité, et il introduisait sa clé dans la serrure, réussissait même, en allumant la lampe dans l'atelier, et pour qu'elle ne lui posât pas de questions, un « Naturellement, tu n'as toujours pas descendu ces bouteilles ! » très réussi...

— Oh ! demain...

Elle se déshabillait, elle avait son peignoir dans le placard, déjà chez elle, installée, placide... Etait-ce vrai ? Elle aussi, allait-elle le trahir ? Il allait tout tenter, l'épreuve du feu, du fer, ce qu'on voudra : se délivrer. Elle était là qui se dévêtait, tranquille. Si cela ne suffisait pas... Et le disque était là, poussiéreux, caché sous un magazine... Le disque, objet magique, elle, l'exorcisme... « Ce que je suis fétichiste, tout de même... » Elle debout, s'étirant, ses seins lourds, ses hanches larges, non pas Vénus, mais Cérès, déesse-mère, déesse de la terre, du sommeil des épis... « C'est étrange, pensa-t-il sans raison, qu'elle n'ait pas eu d'enfants... » Il avait mis en marche le tourne-disque. Et soulevé doucement, doucement, le bras chargé de la petite pointe de diamant, l'avait posé doucement sur la première rainure de la chose en ébonite (non, ce n'est plus de l'ébonite de nos jours, ce doit être... du plastique, peut-être ?) de la chose magique... Et il attendit. « Le sauvage attendant l'oracle. »

— J'aime la musique, dit-elle. C'est joli. C'est un peu triste.

Déesse ! La musique était là, posée comme un meuble. La tristesse était là, posée. Il pouvait en faire le tour, les toucher, les manier. C'était donc cela, la musique, la tristesse ? Des choses ?

S'il avait été ce sauvage, il se fût sans doute prosterné devant elle.

— C'est bien, dit-il tout haut, c'est bien.

Elle sursauta.

— Qu'est-ce qui est bien ?

— Tout ça, dit-il gauchement. Toi, l'atelier...

— Tout ça n'est pas neuf, dit-elle en riant. Tu n'as pas sommeil ?

— Il faut que je boive quelque chose. Ça va sacrément mieux. Où est cette bouteille ? Tu as encore...

— Elle est avec les autres bouteilles...

Elle s'était couchée, et en tâtonnant avait ramassé un journal qui traînait près du lit.

— Tu pourrais au moins séparer les bouteilles vides et les pleines. Je suis obligé de les regarder par transparence ?

— Manque d'instinct...

Il versa un verre de vin, regarda s'écouler la belle couleur sombre, avec bonheur. Il était décidé maintenant. Il attendrait encore Louise dans le hall mal éclairé où des garçons, le cou serré dans leur chemise du dimanche par la cravate brillante en rhodia, riraient trop haut. Ces garçons étaient la vie. C'étaient les mêmes que les gais cyclistes de l'aube, en pull criard, traversant le matin gris comme des cris d'oiseaux. Les mêmes plus âgés qui emmenaient leur femme faire un bon dîner dans une brasserie, et « savaient vivre ». Les mêmes qui riaient aux *Folies-Montparnasse*, avec l'aïeul un peu saoul et le petit garçon pâlot, qu'on amenait pour les décors, puisque « il n'y verrait pas de mal, le pauvre chou ». Et l'enfant demandant des caramels à l'entracte, attendait patiemment, un peu triste tout de même, l'heure de s'attabler à la joie grasse des autres... Joie simple du spectacle, de la foule, de la trame dont on fait partie et qui insensiblement se déroule et vous entraîne... Il l'avait perdue un moment, mais il allait la retrouver enfin.

Il ne se pressait pas de le lui dire, jouissait déjà de sa surprise, de son étonnement bruyant de femme. Peut-être voudrait-elle quitter les *Folies-Montparnasse*. C'était normal. Alors ils iraient dans le Midi, à sa ferme, et elle connaîtrait tout de suite les voisins (qui ne le fréquentaient pas, effrayés peut-être de ce qu'on racontait au village sur le luxe de sa salle de bains...). Ou même ils resteraient là, et il grommellerait encore à cause des bouteilles, et des malheurs trop détaillés du « pauvre petit teinturier »...

— Qu'est-ce que tu lis ?

— Le crime de Pacy-sur-Eure. On a arrêté le facteur.

— Et c'est lui ?

Il retardait encore l'instant où il le lui demanderait, par plaisir se disait-il, mais aussi un peu par crainte de ce qu'encore une fois le remède se révélât insuffisant, propre seulement à tromper sa faim quelques secondes...

— Moi, je ne crois pas, dit-elle avec conviction. Si les facteurs se mettaient à tuer, maintenant, il n'y aurait plus de tranquillité pour personne.

Elle ne relevait pas la tête, le front barré d'une longue mèche noire, les sourcils froncés par l'attention.

— Loulou ?

— Quoi ? Tu ne te couches pas ?

Ses yeux paraissaient plus doux parce qu'elle avait sommeil. Il la regarda un instant, son ovale fin, ses rides douloureuses, ses lèvres pleines de paix...

— Tu trouves, aussi, que c'est bien ?

— Quoi donc ?

— Tout ça, nous autres (il trouva ceci sentimental, corrigea hâtivement), enfin, notre arrangement, quoi...

— Bien sûr, Henry, c'est très bien, dit-elle avec sévérité. Sauf les bouteilles...

Ils rirent. Mais Henry se sentait toujours gêné.

— Même les bouteilles, je pense que je pourrais m'y faire. Alors, tu restes ?

Elle fronçait les sourcils encore, ne comprenant pas.

— Qu'est-ce que tu veux dire, tu restes ?

Ses yeux soudain étaient redevenus durs. Comme si elle avait depuis toujours attendu ce moment où il faudrait reprendre les armes, comme si elle avait su depuis toujours que leur été n'était qu'une trêve, qu'un abri provisoire, et qu'elle eût gardé prête à son côté cette connaissance qu'elle avait de la vie, elle reprenait soudain le visage des premiers jours, ce beau masque courageux et vieilli.

— Tu ne comprends pas, se hâta-t-il de dire. Je voudrais... (Il ne s'était jamais senti si bête dans toute sa vie.) Je voudrais que tu restes avec moi... définitivement.

— Ici ? demanda-t-elle, comme si le lieu avait une quelconque importance.

— Ici ou ailleurs. Tu pourrais continuer à travailler là-bas, si tu veux, mais nous pourrions aussi aller dans ma propriété...

Il ne disait jamais « propriété » mais il avait aujourd'hui l'impression que ce terme ferait riche, ferait sérieux, et qu'elle en serait impressionnée... Lui l'avait bien été, quand les entrepreneurs lui disasient : « Des dépendances sont indispensables dans votre propriété... » Et le résultat : la « propriété était beaucoup trop grande pour lui, trop luxueuse pour lui, et avait coûté un argent fou...

Elle restait songeuse, accoudée dans le lit.

— En somme, dit-elle, c'est...

— Une demande en mariage, dit-il en s'efforçant de rire. (Quelle situation imbécile ! Et tout cela à cause d'un disque. Et naturellement, elle allait se figurer Dieu sait quelle niaiserie sentimentale... Tout de même, il l'admirait pour son calme ; elle devait tout peser. Peut-être voulait-elle qu'il l'épousât vraiment, divorcer, des complications...) Une demande de la main gauche. « La compagne du peintre », comme on dit dans les notices bibliographiques. Qu'est-ce que tu en dis ?

— Tu sais... je suis mariée...

Oui, il l'admirait. Un tel calme, devant une proposition à laquelle elle ne pouvait raisonnablement s'attendre... Sûrement elle voudrait qu'il l'épousât — peut-être à cause de l'héritage. Puis elle devait craindre qu'il ne changeât. On ne pouvait demander à une femme raisonnable d'échanger un mari même insuffisant contre un homme qui refusait de l'épouser.

— C'est bon, dit-il résigné. Admettons que ce soit tout à fait une demande en mariage, alors.

Avait-elle cru jusque-là qu'il plaisantait ? Elle leva vers lui des yeux surpris.

— Tu veux m'épouser ?

— Voilà une heure que je te le dis ! Je t'épouse, là ! A la mairie, à l'église, à la mosquée, tout ce que tu voudras. C'est clair ?

Il s'était déshabillé en parlant et se glisssait entre les draps, la repoussant vers le mur.

— Tu pourrais tout de même montrer un peu d'attendrissement, plaisanta-t-il. Ce serait décent, non ?

— C'est qu'il faut, dit-elle, que j'y réfléchisse...

Henry resta un instant silencieux.

Il l'admirait. Décidément il l'admirait. Elle allait sûrement résister pendant... disons un mois. Mais pourquoi ? Même le disque passait au second plan, disparaissait. Un peu de jalousie ? Il s'endormit dans cette agréable préoccupation.

*
**

Enfin il était à nouveau au milieu d'eux ! Comme il était content d'être revenu ! Comme ils lui avaient manqué, son petit cercle, ses amis, cette masse où il s'amalgamait aisément, où il se sentait porté, soutenu par eux, entouré, réchauffé, par eux... Merveilleusement rassuré, lui qui détestait la solitude, le silence ; merveilleusement abrité, lui qui craignait les visages inconnus, les questions inconnues. Enfin, il était chez lui, dans ce faux restaurant chinois (*Cuisine Grec*), dans cette fausse grande famille (*Nous autres de l'Empire Céleste*) et dans cette effusion qui se croyait sincère...

— Et vous voilà enfin, cher ami ! disait la voix maniérée de l'antiquaire.

— Je vous offre quelque chose, monsieur Stéphane ?

Paul Coban daigna articuler :

— Salut !

— Comme vous êtes bronzé, monsieur Morani !

Sylvia s'extasiait, sous le regard désapprobateur de Mme Prêtre.

— Un rhum, Socrate. Oui, nous avons passé d'agréables vacances... Nous avons même eu quelques visites, n'est-ce pas, Morani ? dit le docteur.

Sous l'œil bridé des mandarins, Stéphane était entouré, congratulé, comme s'il venait d'accomplir une performance. Même Mlle Lethuit avait tenu à attendre son retour pour regagner Meudon.

— Mes amis, mes amis ! Quelle joie, quelle... M'accueillir ainsi... Vraiment...

Il dut s'asseoir. Ces vacances l'avaient moins que d'habitude reposé. Cela lui était arrivé plus d'une fois, de sentir ainsi ses jambes devenir lourdes comme du plomb, d'avoir cette subite envie de dormir, impérieuse, gênante... Il tenta de se reprendre. Ne fallait-il pas répondre à l'empressement si touchant de ses amis ?

— Socrate, donnez-moi donc un café... Et vous, mon cher Ducas, bonnes vacances ? Je pense que notre ami nous rapporte quelques belles toiles... Que je suis désolé que vous ayez eu de la pluie, Germaine ! Votre sœur toujours aussi jolie ? Votre papa... Et madame Prêtre ! Mais vous vous cachez, madame Prêtre ! Je ne vous ai pas encore dit bonjour !

Il dut faire un immense effort pour se lever. Mais il n'aurait pas voulu que la concierge crût qu'il attachât moins d'importance à elle qu'aux autres...

— Venez un peu à la lumière, madame Prêtre ! Et Arcachon ?

— Nous ne sommes pas parties, cette année, dit Mme Prêtre, un peu de mauvaise grâce.

Ses yeux fuyaient ceux de Stéphane, mais il ne le remarqua pas.

— Pas parties ! Mais quel dommage !

— Il y allait peut-être de l'avenir de Sylvia.. murmura Mme Prêtre. Un metteur en scène l'a remarquée...

Stéphane se tourna vers Sylvia avec enthousiasme.

— Comment ! Notre petite Sylvia va devenir une étoile ? Voilà une merveilleuse nouvelle !

— Oh ! j'ai seulement tourné un bout d'essai... dit Sylvia.

Elle était un peu gênée par la froideur de sa mère,

que Stéphane n'avait pas remarquée. Mais l'entrée de Martine détourna l'attention.

— Martine ! Mon amie !

Sa fatigue croissait, et elle allait croire qu'il ne prenait pas plaisir à la revoir. Il se sentait presque coupable de cette fatigue qui paralysait sa pensée, l'engourdissait, bourdonnait doucement dans sa tête...

Mais Martine souriait, paraissait détendue.

— Vous avez une mine splendide, Stéphane ! Et vous aussi, docteur Fisher. Vous avez dû faire quelques petites sorties entre hommes, je parie !

Stéphane était infiniment soulagé. Il avait craint de la retrouver changée, reprise à nouveau de cette humeur sombre qu'il avait cru sentir renaître à travers ses lettres. Mais non. Elle souriait, et même avec une sorte de légèreté, une sorte de féminité (comme si elle avait porté une robe neuve) qu'il ne lui connaisssait pas. Du reste, il était trop fatigué pour approfondir les états d'âme de Martine. Et il lui semblait que tous ses amis parlaient si fort !

— Comme je regrette, disait Mlle Lethuit, que ce jeune homme (elle parlait de son locataire) n'ait jamais voulu se joindre à nous ! Ces Nordiques, au fond...

Socrate servait le café.

— J'avais envie d'aller à Deauville, disait-il de son air embarrassé et fat, mais je me suis dit...

Le Dr Fisher approuvait gravement. « C'est curieux, songeait-il, comme on s'habitue à boire. Cela finit par ne plus rien faire du tout. Il faudrait trouver autre chose... »

— Chez un peintre aussi abstrait que Paul, il est curieux de noter tout de même une influence du milieu, de la nature... disait Gérard Ducas avec aisance. Là-bas ce qu'il peignait était beaucoup plus aéré, plus...

C'était invraisemblable d'avoir sommeil à ce point-là. Il entendait à peine, malgré le café bu machinalement, ce qui se disait autour de lui. Les mandarins lui semblaient défiler, et la jeune fille au nénuphar, sur le calendrier, sourire. Au-dessus du bar, le dieu dont nul ne savait le nom luisait dans l'ombre, serein et inutile. Les paroles continuaient à s'entrelacer, formant comme une musique, mais une musique désagréable. « Un orchestre de moulins à café », pensa-t-il absurdement. Absurde aussi cette sensation de voir les bouches s'agiter sans entendre les paroles. Il aurait voulu leur demander la permission de monter, mais la seule pensée d'avoir à ouvrir la bouche, à composer des mots qu'il imaginait infiniment longs, comptant un nombre infini de syllabes, le fatiguait. Il valait mieux rester là, quitte à s'endormir sur la banquette, sous le regard de la jeune fille aux nénuphars.

Ils étaient tous heureux de le revoir. Mlle Lethuit avait composé un autre poème ; sûrement, il faudrait pour le lire une réunion spéciale : il s'agissait de l'alcoolisme en France, un sujet brûlant.

M. Ducas était sûr que Stéphane aimerait les dernières toiles de Paul, qu'il comprendrait, aussi, les confidences de l'antiquaire qui avait été heureux deux mois parmi les pommiers, dans cette vie familiale dont il avait la nostalgie — et Paul était si beau en bras de chemise...

Sylvia trouvait l'assistant metteur en scène un peu léger. Il était difficile, à poser en maillot de bain pour des photos qu'on n'emploierait sans doute jamais, à passer des bouts d'essai avec un très grand nombre de jolies filles qui (trouvait Sylvia) avaient peu de conversation, il était difficile de prendre le Septième Art très au sérieux. Il était hors de doute que Stéphane lui donnerait, mieux que les servants de cet art eux-mêmes, une raison de se sentir moins gauche, moins inutile, au milieu de ces bousculades décourageantes. décourageantes.

Martine s'était assise à côté de Stéphane, mais elle ne le regardait pas. Elle vivait encore cet instant où, dans le regard de Mme Prêtre qui lui tendait un cahier bleu, elle avait lu une surprise presque hostile. Avec cette lucidité soudaine qui la traversait parfois, elle avait lu dans cette âme basse. Quoi, cette fille laide inspirait de telles pages, alors que Sylvia... Délicieux instant de triomphe ! Délicieuse hostilité, paroles délectables de Mme Prêtre : « Oh ! vous savez, s'il fallait croire tout ce qu'on écrit... » Elle avait su, en cet instant, que d'enthousiastes affirmations ne l'auraient pas autant rassasiée que cette réticence. Elle n'avait pas besoin de regarder Stéphane.

Il était clair que le rhum ne suffisait plus. Pourtant le Dr Fisher était fatigué, dans cet état d'esprit où peu de choses suffisent à créer l'ivresse. Il avait passé de bonnes vacances dans l'ivresse — de très bonnes vacances, lui silencieux parlant, comme eux tous aujourd'hui, parlant à Stéphane qui vraiment, il l'avait découvert pour la première fois cette année, parce qu'ils étaient presque toujours seuls, était un bon compagnon, écoutant, approuvant, et le laissant boire, en fait, aussi bon compagnon que s'il n'avait rien écouté, rien entendu, et approuvé. Ces vacances avaient dû épuiser le pouvoir du rhum. Il fallait trouver autre chose.

Les paroles ronronnaient toujours, et il ne les entendait toujours pas. C'était presque drôle de les voir remuer leurs bouches sans rien entendre, et moudre ce bruit confus qui remplissait le bar. C'était apaisant, maintenant que le bruit était vraiment un, qu'il était sûr de ne plus distinguer aucune parole. Ses yeux allaient se fermer, s'il n'avait été dérangé tout à coup — oui, sûrement, c'était une impression de dérangement qu'il avait ressentie en la voyant — dérangé tout à coup par l'entrée de Louise. Dérangé par cette voix sèche qui se frayait un passage à travers le bruit mou et paisible, cette voix qui détachait les mots de façon à pénétrer leur tumulte épais et compact, et qu'il lui était impossible de ne pas comprendre malgré toute la fatigue du monde.

— Mais vous ne voyez donc pas que mon mari est en train de se trouver mal ?

*
**

Pourquoi ne peut-on pas croire absolument, comme les croyants croient en Dieu ? Ce moment est venu pour elle. Comme s'élève une mince colonne d'encens, tandis qu'une poussière se consume, elle a cru, elle s'est un moment consumée de pure joie.

Elle est assise, sur la banquette de cuir rouge de la Brasserie. Les refrains sirupeux s'élèvent, les nudités mauves et le Pierrot lunaire sur les murs sont indifférents à sa présence. Toni circule, adroite, avec son plateau. Un homme au teint jaune commande un Pernod.

Elle est venue hier, elle vient aujourd'hui. Toni lui apportera un demi, Bruno la saluera avec cette familiarité respectueuse... Même Marcel la reconnaît à présent. Et Stéphane aura son sourire d'enfant des bons jours, et proposera quelque « folie », le cinéma peut-être, ou un apéritif pris ailleurs...

Comme s'élève une mince colonne d'encres, tandis qu'une poussière se consume... Elle est là, de plein droit, assise sur cette banquette. De plein droit, elle appuiera sa main sur la manche de Stéphane, lui rappellera le médicament à prendre, lui posera quelque question intime à laquelle il répondra tout naturellement. Ne sent-elle pas qu'il faut s'arrêter là ?

— Voilà votre demi, mademoiselle. Je le mets sur le compte ?

Sur le compte de Stéphane : cela leur paraît naturel. Ne sent-elle pas qu'il faut s'arrêter là ? Elle a sa place à la Brasserie, elle a sa place dans le journal. Elle a les confidences de Stéphane, elle a l'hostilité de Mme Prêtre. Pourquoi lui faut-il toujours autre chose ?

Bruno racle pathétiquement son violon. Marcel tapote son violoncelle d'un air dégoûté. Stéphane joue paresseusement, mais sans déplaisir. Il retrouve la camaraderie sans effort, l'innocente malice de Bruno, l'indifférence rieuse de Marcel avec une sorte de soulagement qu'il ne connaît pas à *l'Empire Céleste.* Une insouciante gaieté lui revient par moments, qu'il ne refrène pas.

— Si on jouait *Le Gondolier* ? implora Bruno.

Le Gondolier lui donnait droit à trois refrains chantés. Marcel posa son violoncelle avec joie. Il se considérait comme un guitariste de premier ordre et stigmatisait à toute occasion ces « musiciens de brasserie qui jouent de plusieurs instruments ».

— Bon, bon, va pour *Le Gondolier,* soupira Stéphane. On pourrait enchaîner sur *Dernier Mambo ?*

Bruno fit la moue. Il n'aimait que les chansons sentimentales.

— Prêts ? Allons-y...

Martine écoute *Le Gondolier.* Elle écoutera *Dernier Mambo.* Elle sait déjà ce qu'elle va lui demander, ce qu'elle veut obtenir encore. Oui, elle a confiance. Oui, elle a sa place, sa fonction, elle y croit. Mais ce qu'elle veut encore, c'est l'achèvement, le couronnement, le triomphe. Ce qu'elle veut, c'est...

Bruno avait achevé les trois refrains du *Gondolier* auxquels il avait droit. Il se rapprocha du piano en agitant les calebasses. Marcel passait devant le micro et faisait avec sa guitare un numéro de virtuosité qui surprenait agréablement ; il eût largement mérité de passer en attraction ; d'ailleurs, il jouait, le soir, dans un cabaret de la rive gauche. Mais ces après-midi à la Brasserie lui assuraient un fixe et il préférait ne pas abandonner avant la naissance de son fils (qui s'appellerait Django, en l'honenur de Django Reinhardt, si l'état civil le permettait).

— Vous avez vu ? murmurait Bruno, tout en s'agitant. Elle est dans la salle.

— Qui ça, la crémière ? fit Stéphane en souriant.

— Mais non ! Votre petite amie. Avec une robe neuve, on dirait. D'un jaune !

— La pauvre petite ! dit Stéphane en souriant.

Il était de bonne humeur. Ils devaient faire le soir même un cachet dans un bal — pas grand-chose, d'ailleurs ; remplacement d'un orchestre de jazz quand celui-ci serait fatigué — mais qui rapporterait une petite somme. Inutile d'en parler à Louise, qui devait avoir, de son côté, quelques économies ; elle faisait repeindre la cuisine !

— Ça, il faut dire... Elle aurait pu mieux choisir.

Stéphane eut un remords et se souleva sur sa chaise (chaise et non tabouret, par faveur spéciale de la direction).

— Ce n'est pas si mal... dit-il sans conviction.

— Il faut aimer, repartit Bruno.

Depuis que Marcel (qui n'avait pas trente ans) enregistrait des mircrosillons, il s'aigrissait, devenait sarcastique et amer, et son amertume n'était guère diminuée par les conseils bénévoles du guitariste. « Je te dis que ton genre, c'est le comique ! » « C'est peut-être mon genre, mais ce n'est pas mon idéal », répondait Bruno, maussade.

Stéphane lança un nouveau regard en direction de Martine. Elle lui sourit.

— Ce n'est pas, dit-il repentant, la robe qui fait la femme.

— Non, mais c'est la femme qui choisit la robe, dit Bruno de plus en plus sarcastique. Enfin, si elle vous plaît comme ça...

Evidemment, il aurait fallu, une fois de plus, essayer de détromper Bruno, lui expliquer que Martine et lui n'étaient que des amis, que... Mais il n'en eut pas la force. Quelle importance, d'ailleurs ? Comme si cela ne sautait pas aux yeux, se disait-il en s'asseyant auprès d'elle une demi-heure plus tard. Et c'était vrai que ce jaune ne lui allait pas.

— Ma petite Martine ! C'est bon de vous trouver là. Dieu merci, nous renouons avec nos habitudes. Mon travail est bien allégé par cette perspective.

— J'en suis bien heureuse aussi, Stéphane. Etes-vous tout à fait remis ? L'autre jour...

— Oui, oui, dit-il hâtivement. Ce n'était rien. La fatigue, le voyage... Parlons d'autre chose, mon amie.

De vous, par exemple. Avez-vous mis ces quelques semaines de répit à profit ? Visité quelques musées ? Lu un beau livre ? J'enviais quelquefois votre solitude, si riche, j'en suis sûr. Ce bon Dr Fisher — le meilleur garçon de la terre d'ailleurs — est si fatigant... Ses histoires de guerre — dont je 'nai pas écouté le quart, d'ailleurs, je le confesse, et qu'il tenait absolument, lui si silencieux d'habitude, à me raconter...

— Il devait boire beaucoup, sans doute...

— Il faut reconnaître qu'il a une petite faiblesse de ce côté, notre excellent docteur. Je disais à Louise... (Il trébucha sur le nom, guetta sa réaction du coin de l'œil, mais elle ne cilla pas), je disais à Louise hier que s'il était chirurgien... Sa main tremble à un point...

— L'avez-vous retrouvée en bonne santé, votre femme ? demanda-t-elle malicieusement.

— ... Mais oui, certes, Louise a toujours eu une santé robuste. C'est peut-être à cela, savez-vous, Martine, que l'on pourrait attribuer chez elle une certaine dureté de cœur, une impossibilité à imaginer les souffrances d'autrui. J'en suis venu à me demander, ne serait-ce pas consolant, si la maladie ne développe pas en nous une sorte de sensibilité plus aiguë, une sorte de seconde vue...

— Il est certain que votre femme ne pèche pas par excès de sensibilité, dit-elle.

Elle n'avait même pas la tentation de lui apprendre ce qu'elle savait de Louise. Le regard de Mme Prêtre lui suffisait encore. Et ce qu'elle allait obtenir de Stéphane...

— Nous sommes tous incomplets dans un sens ou dans l'autre, hélas ! Je ne sais que trop ce que l'on pourrait me reprocher du point de vue pratique, ce qui a tant manqué à Louise...

Il avait retrouvé sa femme sans trop de déplaisir, contrairement à ce qu'il avait redouté. Elle paraissait plus calme que d'habitude, presque absente, et elle lui avait donné ses gouttes, l'avait soigné après sa défaillance, avec des gestes doux qu'il ne lui connaissait pas.

Il y avait bien ses projets de faire repeindre la cuisine, les rideaux neufs qu'elle cousait pour sa chambre, mais enfin... Cela l'amusait de penser qu'elle devait, comme lui, lui cacher une partie de ses gains.

— Mais parlons de vous, Martine. Avez-vous repris votre travail sans trop de déplaisir ? Je sais ce qu'il en coûte de rentrer dans la foule...

Du déplaisir ? Non, on ne pouvait pas dire qu'elle eût éprouvé du déplaisir. Elle n'avait songé qu'à son projet, comme elle y songeait depuis près de quinze jours, depuis le regard de Mme Prêtre. Elle l'avait gardé en elle tout ce temps-là, le caressant, l'arrondissant comme une boule de terre glaise, en jouant, le modelant dans des formes diverses, et jouissant de savoir que de cette terre à modeler, malléable et docile à son imagination toute-puissante, naîtrait cette œuvre, ce couronnement, son couronnement à elle, commencé dans cette surprise de Mme Prêtre. Et elle attendait encore un instant de le révéler, de convaincre Stéphane, pour la seule joie de sentir en elle ce germe d'où sortirait l'apothéose dont elle avait rêvé. Et enfin :

— Stéphane, il faut que je vous avoue une chose.

Il souriait.

— Quelle gravité, mon amie ! Un aveu ! Quelle autre folie avez-vous donc commise, sinon l'achat de cette robe neuve qui vous va si bien ?

— Je ne voudrais pas que vous vous mépreniez sur mes mobiles, Stéphane...

— Martine ! Mais je vous connais ! Je ne puis imaginer autre chose, venant de vous, que de pur, et de bon... Vous rougissez ! Mais est-ce que cette folie serait d'ordre... sentimental ?

— Oh ! Stéphane ! (En d'autres temps elle se fût fâchée. Mais son désir l'aveuglait, et ce n'était pas l'instant de se fâcher pour des vétilles.) Vous vous souviendrez qu'en partant, vous m'aviez confié... quelque chose qui vous tenait très à cœur...

— Mon journal ! dit-il vivement. Vous l'avez perdu ?

— Non, non, rassurez-vous. Perdu n'est pas le mot.

— Pas le mot ! (Il était sérieusement inquiet, et sa main fébrile tourmentait un bouton de sa veste blanche, qu'il avait gardée.) Mais que voulez-vous dire ? Vous l'auriez oublié quelque part ? Et quel cahier ?

— Je ne l'ai oublié nulle part, rassurez-vous. Je n'ai pas l'habitude de rien égarer. Seulement... vous allez m'en vouloir terriblement... sur l'insistance de quelqu'un... qui vous connaît bien... j'ai commis une grande indiscrétion : je l'ai prêté.

— A une personne qui l'a perdu ?

— Mais non, encore une fois, Stéphane. Votre cahier — il s'agit du dernier — se trouve dans ma chambre, avec les autres, et je puis vous les rendre quand vous le désirerez. Je craignais simplement...

Il était visiblement soulagé.

— Oui, évidemment... Je ne vous cacherai pas, Martine, que j'aurais préféré que ce journal restât entre nous. Mais enfin, puisque vous avez cru bon... Et pouvez-vous me dire à qui...

— Vous allez sursauter. Je l'ai prêté à Mme Prêtre.

— A la concierge ! Vraiment, Martine...

— Stéphane, vous ne pouvez imaginer le bien que lui a fait cette lecture. Elle était désespérée. Sylvia a rompu avec ce peintre...

— La pauvre enfant ! dit-il, son attention tout de suite détournée. C'est lui qui l'a abandonnée, bien entendu ?

— Bien entendu, dit-elle, souriant malgré elle. Il faut dire qu'on le comprend un peu. L'agrément esthétique mis à part, la pauvre Sylvia...

— Je reconnais qu'elle est fort sotte. La pauvre Mme Prêtre a dû, en effet, être catastrophée. Mais je ne vois pas en quoi mon journal...

C'était le moment de convaincre. Et Martine le sentit.

— Stéphane, vous ne pouvez imaginer l'effet que peut produire sur une pauvre femme qui, il faut bien le dire, n'a jamais connu dans sa vie que des soucis matériels, un exemple comme le vôtre.

— Mais enfin, Martine...

— Cela a été pour elle une véritable découverte, et, j'ose le dire, une espèce de consolation. Mais oui, Stéphane. Vous ne pouvez savoir ce que c'est que le rayonnement d'un être, le rayonnement d'une pensée qui...

Avec quelle diabolique habileté elle s'était saisie de ses propres armes ; avec quelle habileté dont elle n'avait même pas conscience, elle s'identifiait à lui, employait ses mots, ses phrases, jusqu'à ce son de voix qui lui était propre, et lui ne prenait pas peur devant ce miroir, souriait complaisamment à cette image qui lui plaisait sans savoir qu'elle était sienne, comme l'on appprécierait sur un autre, si l'on était doué d'un bon naturel, l'habit qu'on a choisi pour soi-même. Stéphane était doué d'un bon naturel.

— Comme je suis touché de ce que vous me dites, ma petite Martine. Qui aurait cru... Voyez comme nous sommes, comme je suis, présomptueux. J'ai eu un moment d'hésitation en pensant — j'ai honte de le dire — que ma concierge avait lu ce journal. Ma concierge... Comme si ce n'était pas d'abord à ces gens-là qu'il fallait penser...

Les glaces, les nickels étincelaient ; la musique douce coulait à flots. L'orchestre hawaïen secouait ses pagnes poussiéreux. Non loin d'eux, un homme au veston étriqué écoutait avec enchantement. Le visage fatigué, les mains aux ongles cassés n'existaient plus. L'enchantement de l'alcool et du mauvais orchestre comptait seul.

— J'ai pensé, Stéphane, au bien que pourrait faire un tel exemple s'il était mieux connu de nos amis. J'entends : si chacun d'eux avait communication.. .

— Vous voudriez que je prête le journal à tous nos amis ? Mais c'est fou, c'est...

Elle ne s'impatientait pas, ne se fâchait pas. Le regard de Mme Prêtre était en elle, le soutenait, et cet étonnement, ce « Comment est-ce possible ? » plus qu'à moitié convaincu qu'elle avait lu dans les yeux de la concierge. Ce moment avait été merveilleux. Elle avait été en un instant comblée. Elle avait été jusqu'à penser que, jolie, elle n'aurait pas connu le même plaisir de victoire. Et elle était reconnaissante à Stéphane de le lui avoir procuré. Toutes ces phrases dans lesquelles elle ne croyait plus, ou du moins qui avaient perdu leur vie, étaient là mortes, ternes, froides et sans pouvoir, avaient tout à coup, sous le regard de Mme Prêtre, repris leur force, leur magie. Ce n'était plus seulement Stéphane, qui pouvait la tromper, pour tant d'obscures raisons, mais c'était aussi Mme Prêtre qui la voyait à présent sous un jour flatteur et différent. Elle revenait toujours à ce moment où, avec une expression qu'il faut bien qualifier de chagrine et même d'envieuse, Mme Prêtre avait reporté ses yeux du cahier à Martine, de Martine au cahier, comme les comparant, les jugeant, et finalement, avec quel déplaisir, se voyant contrainte de les identifier. De les identifier ! Elle avait été cette « petite Antigone » dont parlait Stéphane, cette « merveilleuse amie » dont on ne pouvait imaginer les traits autrement que paisibles, qu'harmonieux, que beaux...

C'est alors qu'était né, qu'avait grandi, son désir, complaisamment bercé, cent fois pris et repris aux moments de fatigue : être cela pour tous ceux de *l'Empire Céleste.*

C'était un rêve bien innocent, un rêve de petite fille, de conte de fées, Peau d'Ane apparaissant tout à coup étincelante et dépouillée de sa trompeuse enveloppe, Cendrillon débarbouillée. C'était un rêve d'enfant malheureuse, de petite fille aux allumettes, les dindes rôties apparaissant à l'affamée, la fée faisant tomber des diamants des lèvres de la pauvresse... C'était, eût-on pu dire, un rêve inoffensif. Mais l'ardeur de Martine, cette faim démesurée habitant ce corps maladif, et qui se promettait toujours d'être rassasiée demain, cet orgueil qui se déployait soudain dès qu'il trouvait le plus petit espace et qui réclamait plus de place, plus de place encore, était-il inoffensif ? Et ce vouloir, raidi, tendu tout entier dans une seule direction, qui n'admettrait pas d'échappatoire, pas de divergences, qui prendrait toutes les formees, des plus douces aux plus cruelles, pour s'accomplir enfin, était-il inoffensif ?

— Comprenez bien que je ne vous conseille pas cela comme une exhibition qui serait déplaisante — bien que littérairement ce journal le mérite cent fois...

— C'est sans le vouloir, disait le pauvre homme, prenant tous les chemins qu'elle voulait lui voir prendre, donnant dans tous les pièges avec une innocence qui aurait dû la toucher. Car je vous le jure, Martine, que j'étais en écrivant cela, très loin de toute préoccupation littéraire.

— Je le sais bien, mon ami, c'est pourquoi je ne vous conseille pas d'en donner lecture, malgré ses qualités, comme d'une œuvre... Mais comme un témoignage, un témoignage humain. Cela aurait pour nos amis une valeur immense, j'en suis sûre...

Un rêve inoffensif, un rêve de petite fille laide et humiliée, de petite fille négligée, d'enfant lucide qui a été le tribunal de son père et de sa mère, le faible tricheur et la paresseuse, plaintive mère inutile, qui ne lui a même pas légué sa beauté. Mais ce vêtement de nobles paroles qu'elle revêt si aisément, avec une sorte de malin plaisir, est-il inoffensif ? Mais l'attention aiguë avec laquelle elle surveille la confusion, le plaisir puéril de Stéphane, est-elle inoffensive ?

— Evidemment, un témoignage... Si vous présentez les choses de cette façon... En extrayant certains passages... Je ne voudrais pas avoir l'air, vis-à-vis de ma femme...

— Bien entendu. Il suffirait du dernier cahier, des deux derniers peut-être... Là, il ne subsiste rien de ce qui pourrait être gênant pour votre femme... C'est si beau, Stéphane, le passage sur la solitude...

Sa voix douce, admirative, la voix qu'il faut pour convaincre Stéphane, est-elle inoffensive ?

— Vous croyez vraiment que cela pourrait intéresser nos amis ?

— Ce serait absolument passionnant, Stéphane! Vous ne vous rendez pas compte, je crois, de l'influence...

Stéphane fléchit. Pour sa part, il se serait bien contenté de la petite berceuse qu'il se fredonne à lui-même depuis tant d'années, endormant son mal sans le supprimer... Mais puisqu'elle le veut...

— Peut-être, en effet, y a-t-il là une sorte de devoir... L'idée commence à lui plaire, il élabore sur ce thème quelques phrases encore timides. Martine n'écoute plus. Elle a gagné. Elle aura son triomphe, elle aura l'étonnement de tous ces yeux, l'envie peut-être... Elle aura cette hésitation entre elle et le cahier, entre le cahier et elle, et tout à coup, cette identification, cette surprise, cette apothéose... Les glaces et les nickels brillent. Une jeune femme au teint sombre et à l'accent italien s'est avancée sur l'estrade et chante, ondulant des hanches dans ce qui semble être un paréo : « Je suis fille de Hawaï. » L'homme au veston étriqué la contemple avec ravissement et fait au garçon un geste très digne : « La même chose. » Martine s'abandonne au bien-être. Elle aussi peut, ce soir, dans l'attente de son accomplissement, jouir des charmes de la *Brasserie Dorée.* Elle aussi peut commander d'un geste impérial, se délecter du paréo multicolore et de la voix sirupeuse, elle peut aimer les glaces et les néons ; elle peut même négliger le bonheur de sentir à ses côtés Stéphane détendu, confiant, qui bavarde et qu'elle n'écoute pas : c'est demain, demain qu'elle sera heureuse.

*
**

Quelque chose, dans l'énorme personne malodorante de Mme Prêtre, paraissait changé. Elle traînait plus lourdement peut-être sa masse de vêtements sombres ; l'arrogance du grand nez diplomatique, la finesse des yeux sans couleur, semblaient comme voilées, et elle ne relevait pas le front quand un inconnu montait l'escalier — grave symptôme. La main même qui tenait le balai, cette main nonchalante et hautaine d'ordinaire, sinon méprisante et rageuse (un coup par-ci, un coup par-là, éparpillant dans les coins une poussière vieille de dix ans), sa main paraissait molle, résignée ; pensive, elle rassemblait en un seul petit tas des brins de paille et des bouts de papier qu'elle contemplait ensuite en soupirant...

— Eh bien, madame Prêtre ? Cela ne va pas ?

C'était l'antiquaire, toujours courtois, qui s'engageait dans l'escalier. Lentement, comme si elle avait pesé un poids énorme, elle releva sa tête chargée de bouclettes tristes, de papillotes à demi défaites, insignes d'une dignité dont elle ne se souciait plus.

— Pas trop fort, monsieur Ducas, je vous remercie.

— J'espère qu'il n'est rien arrivé à notre petite Sylvia ?

— Oh ! rien de plus, monsieur... Vous êtes au courant ?

L'antiquaire parut gêné. Socrate ne lui avait fait grâce d'aucun détail, y compris le nom de la remplaçante de Sylvia...

— Oui, malheureusement... murmura-t-il. Mais si elle pouvait faire du cinéma...

Hélas ! Les bouts d'essai n'avaient rien donné. Avaient-ils été même autre chose qu'un prétexte de ce jeune homme (sûrement dépourvu de tout revenu) pour sortir avec Sylvia ?

— Je n'aime pas ce milieu, monsieur. Je ne l'aime pas du tout. Mais tout n'est pas dit, monsieur, « elle » ne le gardera pas longtemps, allez !

— Sûrement pas, sûrement pas, madame, fit prudemment l'antiquaire en montant quelques marches.

Mais Mme Prêtre le suivit jusque sur l'escalier, au pied duquel elle s'arrêta, son balai à la main.

— Savez-vous s'il est au courant, monsieur Ducas ?

L'antiquaire redescendit une marche pour chuchoter :

— Notre pauvre ami ? Je ne crois pas, non. Il m'a semblé très serein, très calme... Il paraît qu'elle n'a pas couché ici un seul soir, pendant que le pauvre homme était en vacances ?

— Pas un seul ! Et elle fait repeindre sa cuisine ! Et

elle a un nouveau manteau, d'un chic ! C'est à se demander comment il ne s'aperçoit de rien !

Ces derniers mots avaient été dits sur un ton presque hargneux, qui surprit Gérard Ducas.

— Le pauvre homme n'est vraiment pas responsable... hasarda-t-il avec douceur.

Mme Prêtre eut cette réponse surprenante :

— Voire !

Et elle rentra dans sa loge. Gérard Ducas monta jusque chez lui, fort surpris. Mme Prêtre, si elle était volontiers bavarde, curieuse extrêmement, sans doute médisante, voire calomniatrice, n'était pas de nature hargneuse. Elle n'eût pas supporté qu'on eût pour elle des secrets : mais elle semblait se contenter de ces secrets. D'où venait donc ce subit changement au nom de Stéphane ? Pacifique de nature, Gérard Ducas n'aimait pas sentir autour de lui l'agressivité. « Ce sera l'estomac, se dit-il en entrant chez Paul, oui, cette pauvre Mme Prêtre... ce sera l'estomac... » Lui-même en souffrait parfois.

Ce n'était pas l'estomac. Après avoir, de la même façon accablée, poussé dans le ruisseau des brins de paille et la poussière rassemblés dans l'étroite entrée, Mme Prêtre était rentrée dans sa loge, et là, se laissant tomber sur le lit rose, mais évitant la vue du miroir, elle avait eu encore un soupir, un long soupir. Où était Slyvia ?

Vraisemblablement avec cet assistant-je-ne-sais-quoi. Une relation qui ne lui rapporterait rien que du vocabulaire. Mais qu'avait-elle tiré de plus d'Henry Stass ? Un manteau de fourrure, une montre enrichie de diamants, et deux cent quarante-trois mille francs qui se dévaluaient à la banque .C'était bien autre chose qu'elle avait espéré. Oh ! ne plus penser à cela ! Ne plus se dire sans arrêt : « Si elle était un peu plus maligne ! » Elle ne l'était pas, c'était un fait. Mais si ce fait, Mme Prêtre l'avait eu constamment à la mémoire, aurait-elle espéré quelque chose ? Aurait-elle joué la virginité de sa fille ? Supposé que sa fille pourrait se faire aimer ? Elle soupira, soupira encore. Des choses plus invraisemblables se produisent. Prenez Martine Fortin. Qui irait supposer qu'avec ce visage, ce corps, un bel homme comme M. Morani (car il fallait le reconnaître, s'il avait été un peu moins maigre... et même tel quel, c'était encore un bel homme) irait s'amouracher d'elle. Donc... mais la démonstration n'était pas probante. Car vraisemblablement M. Morani n'était pas amoureux de Martine Fortin. Il disait cela... Pourquoi ? Elle ne pouvait pas le comprendre, et ce n'était pas sans l'indisposer contre lui. Quel besoin de remplir des cahiers en prétendant qu'on est amoureux de quelqu'un si... Il est vrai qu'il ne disait pas qu'elle était sa maîtresse. Elle avait toujours été persuadée que Martine était la maîtresse de Morani, et qu'il s'en contentait, par commodité sans doute puisqu'elle était dans la maison, mais qu'en aucun cas il n'était amoureux d'elle. Et voilà que ça avait l'air d'être le contraire ! De toute façon, si une chose pareille était possible, si Martine Fortin était aimée, à plus forte raison, jolie comme elle l'était, Sylvia pouvait l'être. En jouant la virginité de Sylvia, elle avait donc eu raison.

Raison. Sylvia pouvait encore gagner, Martine Fortin était aimée. Raison. Ne revenons pas là-dessus. Tout de même, c'était invraisemblable. Pas que Sylvia... mais que Martine Fortin fût aimée. Mme Prêtre aurait juré que Stéphane avait encore une espèce de sentiment pour sa femme. Bien entendu, il y avait aussi l'intérêt. Il n'était pas question d'intérêt dans ce journal. Voilà qui prouvait bien que tout cela n'était qu'un tissu de mensonges. Pourquoi M. Morani resterait-il avec une femme qui l'ennuyait (car enfin c'est ce qui ressortait de ces pages : elle l'ennuyait et ne le comprenait pas) si ce n'est par intérêt ? C'était lumineux. Le journal n'était qu'une vaste farce, et elle avait tort.

Tort de ne pas admettre les faits. Sylvia n'était pas... (Sous les châles, quelle douleur se réveillait, toujours la même, toujours aussi oppressante...) n'était pas comme les autres : elle ne pouvait être aimée que par un idiot comme ce photographe, qui gagnait soixante mille francs par mois en s'exténuant et lui aurait fait des tas d'enfants aussi bêtes que lui. (Mme Prêtre pensa : « que lui », puis « et qu'elle » et la douleur revint, multipliée par dix.) Elle avait eu tort. Les Martine Fortin ne pouvaient pas être aimées, les Stéphane Morani ne pouvaient être désintéressés, et son enfant était faite pour un photographe de quartier. O douleur ! Au moment même où elle avait cette terrible pensée, le petit visage de son enfant, ces yeux noirs étonnés, cette bouche rose, ce teint ravissant, cette lèvre supérieure légèrement relevée, qui lui donnait l'air d'avoir dix ans... « C'est vrai, maman ? Moi je le trouve si gentil... » Elle le trouvait gentil, le photographe à soixante mille francs. Elle aurait vécu volontiers dans l'arrière-boutique à odeur chimique, écouté le photographe rassurer les mamans du quartier : « Mais non, madame, il n'a pas bougé, il est adorable, ce petit... » Elle le trouvait gentil, l'idiote ! Sa mère avait assez pâti d'avoir trouvé « gentil » l'innocent ébéniste qui avait encore trouvé le moyen de mourir d'un rhume quelques mois après ! Aurait-il fallu la donner au photographe ? Mme Prêtre ne l'avait pas pu. Ç'aurait été reconnaître sa défaite totale, reconnaître...

Elle aurait voulu relire ce cahier, se reprochait maintenant de l'avoir rendu trop vite à Martine. Peut-être, après tout... Il disait que Martine n'était pas sa maîtresse par scrupule ou quelque chose de ce genre. C'était peut-être vrai ? Il y avait des gens comme ça. Mme Prêtre n'avait jamais beaucoup cru à ces gens-là, mais elle avait peut-être eu tort ? Il devait y en avoir. Si Stéphane Morani était de ceux-là, on pouvait dire, évidemment, que bien qu'elle ne fût pas sa maîtresse, Martine était aimée... Cette notion déjà était toute neuve pour Mme Prêtre. Que pour croire en Sylvia, il lui fût nécessaire d'admettre un monde où Martine serait aimée et Stéphane désintéressé, lui paraissait un obstacle insurmontable, et que toute son expérience passée lui interdisait de franchir... Et pourtant ne l'avait-elle pas franchi sans peine, sans hésitation, quand elle s'était dit, au moment de la rencontre avec Henry Stass, que Sylvia, après tout, n'était « pas plus bête qu'une autre... »

Sa tête lui faisait mal. Elle n'avait pas l'habitude de ces problèmes. Ce détestable cahier (d'abord, a-t-on idée d'écrire son journal ?) était cause de tout. Elle vivait sa contradiction sans même s'en apercevoir — ou si peu... Un instant, elle détesta Martine, Stéphane, le cahier, les « remit tous à leur place » c'est-à-dire à la place où elle avait coutume de les mettre... Puis vint le moment de penser à Sylvia, à *sa* place... Non. Il valait mieux admettre (et avec quelle peine) tout ce que sa raison pourtant refusait. Tout être humain, même (un soupir suivit cet effort de la pensée), même Martine Fortin, pouvait être aimé. Et Martine, et Stéphane, et Sylvia. Il n'y avait qu'à se cramponner à cette idée toute simple et les problèmes disparaissaient. Et Martine, et Stéphane, et Sylvia. Cette tolérante pensée était bien loin des conceptions habituelles de Mme Prêtre, mais pour sa fille, elle eût renié même ses conceptions de la vie. Aussi se releva-t-elle moins accablée, passa-t-elle dans son réduit où se trouvait aussi, entre son lit et le téléphone, un modeste réchaud, tendit-elle la main vers une casserole. Dans sa tête un peu apaisée, sautillait sa dernière pensée : « Et Martine, et Stéphane, et Sylvia. » Puisque c'était nécessaire, n'est-ce pas ? « Et Martine, et Stéphane, et Sylvia. » « Et le photographe... » ajouta tout à coup une petite voix maligne, venue on ne sait d'où... Mme Prêtre, saisie d'une brusque fureur, jeta violemment la casserole par terre. Le chat s'enfuit en miaulant.

***

— Tu n'as pas oublié le pain brioché ? demanda la voix de Stéphane, de sa chambre.

— Non.

— Tu as pris le nouveau remède ?

— Oui.

Elle avait pensé à tout, ce soir, et elle se tenait devant la table, dans la cuisine nouvellement peinte, regardant le couvert mis. Les melons jaunes coupés en deux et le jambon de Parme sombre. Les œufs piquetés de brun étaient pour demain, mais elle n'avait pas pu résister au plaisir de les disposer dans le compotier, en pyramide. Le steak pour Stéphane. La salade de champignons (elle adorait les champignons, et pas seulement leur goût toujours un peu terreux, mais aussi les laver, tenir en main ces petites têtes rondes qui avaient percé de terre, avec une drôle de force aveugle...). Et le vin, une très bonne bouteille de vin qui devait être encore un peu frais... Dans ce petit appartement (ils avaient chacun leur chambre, mais devaient manger dans la cuisine), c'était la seule pièce où elle se sentît bien. Les reproches, les allusions de Stéphane lui avaient gâché le plaisir de posséder « une maison ». Mais elle aimait encore ces moments de calme dans la cuisine, à préparer, à disposer les joies simples d'un repas. Elle n'avait rien oublié, ce soir, et elle regardait la table. Mais elle pensait à autre chose.

Elle était un peu surprise.

Le jeu était-il truqué ? Avait-elle mal compris les règles ? Elle avait le sentiment de s'être toujours conduite loyalement, observant ce qu'elle en savait, allant de case en case avec une régularité exemplaire, et lorsqu'il fallait rétrograder, ne se plaignant pas... De la fabrique à l'Hôtel de la Paix, de l'Hôtel de la Paix au mariage, du mariage à la guerre, (et ce n'était pas pour elle autre chose qu'une case, cela aussi, un peu plus colorée peut-être, mais sans plus d'importance que la case de « la prison » au jeu de l'oie), de la guerre enfin (et elle l'avait acceptée aussi comme au jeu de l'oie, bonne joueuse, retournant au début, ou presque, de la partie, parce qu'elle avait mal jeté les dés), de la guerre à ce travail régulier, à cet homme malade, à cette vie à peine plus aisée que ne l'avait été sa jeunesse. Ce qu'elle n'aimait pas en Stéphane, justement, c'est qu'il était mauvais joueur. Elle s'attendait bien maintenant à passer, au prochain coup de dés, dans la case « vieillesse », et l'extrême bout du jeu, la case « cimetière » avec sa tête de mort hilare et son peuplier pleurnicheur, n'avait rien qui l'impressionnât non plus. Même, cela l'amusait, qu'en dix coups de dés comme en cent, et quel que fût le parcours, il fallût toujours en venir là. Mais ce soir, elle était un peu surprise.

L'ordre des choses l'avait laissée non pas soumise, mais intacte. Du moins le croyait-elle (l'imperceptible blessure faite par Stéphane, au long des années, elle n'en était pas consciente). Elle se frayait un chemin à travers un monde dur et défini, dont elle croyait connaître les lois. Et voici que les choses allaient à l'envers, que les mauvaises cartes gagnaient, que la partie perdue pouvait se recommencer. Elle cherchait en vain l'explication.

Elle avait déjà plus d'une fois examiné scrupuleusement les instants passés avec Henry, aujourd'hui et autrefois. Elle en avait fait le compte, en avait évalué le poids. Elle n'avait pas trouvé. Henry lui demandait de l'épouser : cela n'était pas dans les règles. Cela tenait de l'anormal, du miracle, et, fût-il en sa faveur, Lou n'aimait pas le miracle. Debout devant sa table, elle restait immobile, cherchant encore. Elle avait accepté sans surprise l'argent offert, et le plaisir. Elle avait goûté leurs rares paroles, les jours de chaleur ; sans doute s'étonnait-elle déjà de tant d'ardeur, des yeux restés doux après l'amour, indulgents à sa quarantaine épaissie, et les mains généreuses. Pourtant, sans orgueil et sans modestie, se jugeant supérieure à bien des jeunes filles, elle ne s'était inquiétée qu'un peu de rencontrer sur sa route, là où déjà elle apprêtait ses forces pour une longue marche solitaire, une halte sur laquelle elle n'avait pas compté et qui risquait de l'amollir. C'était plutôt cela qui lui était vaguement déplaisant : l'idée qu'il lui faudrait d'autant plus de vaillance pour repartir. Mais enfin, une halte peut être inattendue. Il n'en était pas de même d'une arrivée. Ceci était trop. Elle souhaitait presque qu'il n'y eût là, de la part d'Henry, qu'une lubie. Elle se l'affirmait. Bientôt il aurait changé d'avis, et le seul bénéfice de l'aventure serait cette cuisine repeinte (au fait, si elle faisait peindre aussi sa chambre ? Puisque l'ouvrier avait laissé son matériel...), ce manteau neuf (comme Sylvia) et un compte en banque légèrement gonflé. Rien d'excessif. Le bilan normal d'une aventure comme celle-là. Et le plaisir aussi, cette douceur entre eux qui s'installait si facilement... Tout cela ne suffisait pas pour justifier une telle offre.

— Tu rêves, Louise ?

La faim attirait Stéphane dans la cuisine.

— Elle n'est vraiment pas mal en bleu, la cuisine... Ça la rajeunit.

— Si on pouvait faire la même chose, plaisanta Louise, qui se reprenait.

— Mais que vois-je ? Quelles splendeurs !

Il feignait de découvrir seulement les victuailles étalées sur la table. C'était ce qui l'avait frappé dès l'entrée ; mais il n'avait su comment réagir.

— Petite rétribution, dit Lou sans violence.

« Bien entendu, pensa-t-elle, il fait semblant de me croire. Ça l'arrange. Pourquoi se compliquer la vie, n'est-ce pas ? Mais devant les autres, je suis une femme perdue, et lui un malheureux qui subit tout sans se plaindre... »

« Bien entendu, pensa-t-il, elle étale encore une fois sa générosité. Il faut bien souligner qu'elle gagne plus que moi, que je ne suis bon à rien... »

Mais leur double mouvement d'humeur était plutôt rituel ; ni l'un ni l'autre n'étaient d'humeur agressive. Ils s'attablèrent dans la cuisine nette avec un plaisir partagé.

— Tu es bien aimable d'avoir songé au pain brioché, dit-il avec une courtoisie encore faiblement revendicative, impliquant comme toujours qu'il lui arrivait de songer au pain, au thermomètre, le soir, au médicament nauséabond, mais que d'autres besoins plus essentiels, plus spirituels étaient négligés.

Toutefois, l'intonation était moins marquée, ce soir, et le manque de réaction de Louise lui causa presque de l'inquiétude.

— C'est excellent, ce jambon avec le melon, dit-il en la surveillant du coin de l'œil. C'est ainsi qu'on le mange en Italie, n'est-ce pas ?

— On le mange aussi avec des figues, je crois...

Décidément le climat était serein, ce soir. Pourquoi pas ? Par la fenêtre minuscule de la cuisine, la fraîcheur montait des arbres de l'avenue. Un bel automne. L'autre soir, en rentrant d'un bal où ils avaient joué, il s'était senti fatigué. Il avait cru à nouveau se trouver mal, sombrer dans cette espèce d'étrange sommeil : Bruno avait dû le ramener en taxi. Mais ces jours-ci, il se sentait assez bien ; ces journées de septembre étaient douces, Martine était d'une humeur radieuse (comme elle l'aimait ! Il en était vraiment ému. Et cette idée si touchante de lecture...) et Louise elle-même faisait de son mieux, sans doute, car il avait depuis son retour de la montagne une impression de confort, de tranquillité, toute nouvelle. Il la regarda. Elle mangeait, silencieuse, le front barré d'une mèche, toujours la même, les sourcils froncés, comme si elle réfléchissait... Réfléchir, la pauvre Louise... Dire qu'il avait tenté, autrefois, de l'amener à réfléchir... Il s'étonna de la voir aussi semblable à autrefois, maintenant qu'il la regardait (il se passait des mois sans qu'il eût l'impression de la voir vraiment), lorsqu'elle boudait, s'accoudant à la table, et refusant de lui parler...

— Loulou ?

Elle leva les yeux, surprise. Il n'avait jamais eu l'habitude (ou alors il y avait bien longtemps) de l'appeler de ce « diminutif vulgaire ». Cela faisait partie de ses principes de l'appeler « Louise » avec un peu d'affectation. Lui-même parut gêné de s'entendre.

— Mets la radio, tu veux ?

Sans bouger, elle étendit le bras pour tourner le

bouton du poste désuet, énorme, grouillant de parasites sous son palissandre écaillé. Puis elle prit la bouteille.

— Le vin sera trop chaud... soupira-t-elle. Mais enfin...

Il lui enleva la bouteille des mains.

— Dis donc, tu as pris des habitudes de luxe, pendant mon absence. Du vin millésimé, maintenant !

Machinalement, il cherchait des yeux le coin où elle rangeait les bouteilles vides.

— Et tu as rangé les bouteilles !

Sans raison apparente, elle se mit à rire.

— Ça t'étonne, hein ?

Elle débouchait la bouteille, remplissait les verres, lentement. C'était lundi. Elle n'était pas pressée, et Henry avait un dîner en ville, ce soir. Elle irait le lendemain matin de bonne heure à l'atelier, et ils déjeuneraient ensemble. Mais si Henry lui reparlait de son projet ?

— Il est vraiment remarquable, ce vin, dit Stéphane. Il n'y a de bon que les vins français, d'ailleurs. Ces Chianti, ces vins italiens, ça n'a pas de classe. (Décidément, il se sentait bien, la radio jouait doucement, l'air frais et doux, avec une odeur de feuilles, emplissait la pièce propre, lumineuse — ce bleu était joli, et Lou, impressionnée sans doute par cette cuisine toute neuve, avait enfin récuré les casseroles.) On pourrait recréer toute une civilisation à partir d'un vin, mon amie. Le goût a une importance égale à l'ouïe, au fond. Ce qui prouve entre autres choses cette supériorité française si discutée. Prends la cuisine ailleurs qu'en France... Ces ragoûts n'ont pas plus de finesse que leurs patois bredouillés — l'italien dégoulinant, l'anglais mâchonné d'une bouche prudente —, compare cela à notre tourangeau, par exemple, si clair, si limpide, à notre provençal, si riche, si nourrissant...

Il s'enchantait de sa propre parole, du plaisir de n'être pas interrompu.

— C'est pourtant vrai, dit Lou, béate, qui buvait systématiquement.

Du moment que cela lui faisait plaisir de parler... Il

lui faudrait arriver à écouter Henry de la même façon : sûrement ses projets n'étaient qu'une rêverie. Elle se versa un autre verre de vin, et servit Stéphane.

— Tu le veux très cuit ?

(Elle se levait paresseusement pour cuire le steak.)

— Pas trop. Sur le gril, si tu veux bien.

Oui, il était bien ce soir, détendu vraiment. Il n'avait même pas envie de descendre au bar où les autres devaient l'attendre bientôt. « Quand j'ai ma petite canne à pê-ê-che... » scandait la radio.

— C'est ça, dit-il en souriant, que Bruno devrait chanter, tu ne trouves pas ? J'ai envie de lui acheter la musique, demain. Il serait furieux !

Elle s'étirait, bâillait. L'odeur de la viande grillée remplit la cuisine. Il se souvint de ces premiers jours à Paris où, dans leur minuscule chambre d'hôtel, elle bâillait, s'étirait ainsi, et de son trouble alors. Il y avait plus d'un an qu'il ne l'avait pas approchée, à la suite d'une de leurs disputes en apparence insignifiantes, mais qui devenaient tout de suite si violentes. Il s'était drapé dans sa dignité, et s'en était retrouvé prisonnier, un peu penaud de voir qu'elle n'en souffrait apparemment pas ; son sentiment d'avoir eu raison dans cette dispute (comme il avait toujours eu le sentiment déplaisant d'avoir raison, mais de ne pouvoir la convaincre) lui interdisait le moindre rapprochement. Qui sait si elle n'avait pas réfléchi pendant ces vacances ? Si elle ne tentait pas par ces attentions non pas d'avouer ses torts (on l'aurait plutôt tuée, il la connaissait) mais de le ramener à elle ?

— Tiens, ça va comme ça ?

Elle lui tendit le steak, entouré de salade.

— Tu prendras du café ? Je mets de l'eau. Ils doivent t'attendre, tes petits copains d'en bas...

Il ne se fâcha pas. Qui sait si un peu de jalousie... Elle portait une robe sans manches, et d'une assez jolie couleur olivâtre. « Elle a renoncé à ce rouge vulgaire... » C'était peut-être pour lui plaire ? Et elle lui paraissait plus douce aussi, jusqu'à ses gestes qui semblaient s'arrondir, se ralentir... Lui-même (il se rendit hommage) était plus patient depuis son retour. Peut-être avait-il parfois (mais avec quelles raisons !) manqué de tolérance, de compréhension ? « Il suffit de si peu de chose, songea-t-il, un peu d'amour, pauvre être égaré, un peu de patience... »

« Un peu de vin, songeait-elle, un peu de cette chaleur qui venait de l'argent d'Henry... On peut vivre, tout de même, sans se disputer... »

L'eau chantait. Elle ne se levait pas. La radio leur dispensait en sourdine d'utiles conseils publicitaires, entremêlés de musique douce et de crachotements. La bouteille était vide. Il faisait bon. Au travers de leur table, leurs mains se rencontrèrent, se posèrent l'une sur l'autre. Ce n'était pas un geste de tendresse, même pas un geste d'amitié. Plutôt un instinct d'animaux, accoutumés à la même tanière et qui, repus, se rapprochent sans même savoir si c'est pour l'amour ou pour le sommeil .Néanmoins, ils firent ce geste, et demeurèrent ainsi, un long moment, dans cette paix indifférente. Cependant, à *l'Empire Céleste*, on attendait Stéphane.

*
**

— Puisque M. Morani est revenu, ils doivent être moins libres, tu comprends disait Mme Prêtre avec une patience exaspérée. Donc, tu y vas...

— Mais Albert ? demandait Sylvia avec une petite moue boudeuse.

— Quel Albert ?

— Mon ami.

— Combien de fois est-ce qu'il faut te répéter que cet Albert — je parie que tu ne sais même pas son nom de famille — n'est pas ton ami ! Ton ami, c'est M. Stass ! Et cela restera M. Stass, que ça te plaise ou non !

Il eût fallu surtout que cela plût à « M. Stass », songeait-elle en même temps. Mais une objection pareille ne pouvait venir à l'esprit de Sylvia.

— Albert m'a dit...

Elle s'entêtait ! Dieu sait de quoi cet Albert lui avait farci la cervelle. C'était encore une fois le coup du photographe ! Dans un instant, Sylvia allait encore une fois gémir : « Mais il est si gentil ! »

— Sylvia, tu t'es laissé monter la tête. Cet Albert ne te mènera à rien. Tu ne vois donc pas qu'il se moque de toi ? Tous ces gens de cinéma...

— Pas Albert, murmura Sylvia avec entêtement. Il n'est pas du tout comme ça, il me l'a dit. Il est si gentil...

Pan ! Elle l'aurait juré ! Si gentil ! Mme Prêtre perdit patience.

— Je te dis qu'il se moque de toi !

— Non, il veut m'épouser...

— Mais tu t'attaches donc comme un petit chien ! cria Mme Prêtre exaspérée. D'abord ce photographe minable, puis M. Stass (là, je ne dis pas, c'était un homme de valeur) et maintenant cet Albert ! Tu te marierais donc dix fois, si on te laissait faire ?

Les larmes montèrent aux yeux de Sylvia. Elle sentait bien que sa mère n'avait pas entièrement tort. Il suffisait qu'on lui témoignât un peu de gentillesse...

— Mais ce n'est pas ma faute, pour M. Stass, gémit-elle, puisqu'il ne voulait plus.

Mme Prêtre se radoucit.

— Il ne voulait plus parce que tu t'y es mal prise, ma petite fille. Crois-tu qu'il puisse sérieusement être amoureux de Mme Morani, quand il avait une jolie fille comme toi ? Allons donc ! je suis bien sûre qu'il pense à toi tous les jours, maintenant, qu'il te regrette...

— Tu crois ?

Les arguments sentimentaux avaient toujours prise sur elle.

— J'en suis sûre. C'est lui qui a dû penser que tu ne l'aimais pas. Tu n'étais pas assez affectueuse, j'en suis certaine. Cela lui a fait de la peine, il a voulu se venger, il a pris n'importe qui...

— Tu crois ?

— Les larmes s'étaient taries. Une telle complexité de sentiments émerveillait Sylvia. Mme Prêtre improvisait avec brio et dissimulait son impatience.

— La preuve ? Pourquoi a-t-il pris Mme Morani ? Une femme de cet âge, tu penses bien que ce n'est pas pour ses beaux yeux.

Ceux de Sylvia, en tout cas, s'écarquillaient avec une totale stupéfaction.

— C'est parce qu'elle habitait la maison ! Pour que tu le saches ! Pour voir si tu l'aimais vraiment !

C'était le coup de grâce. Sylvia s'allongea sur le lit, la tête entre les mains. Mme Prêtre aussi s'assit. Ces efforts d'imagination l'épuisaient.

— Et toi, reprit-elle avec moins de feu, tu ne pleures même pas. Tu lui dis au revoir comme s'il fallait faire un tour, et tu ne donnes plus signe de vie. Qu'est-ce que tu veux qu'il pense ?

Il y eut un silence. Sylvia assimilait. Mme Prêtre reprenait des forces.

— Et Mme Morani ? demanda Sylvia tout d'un coup. Elle ne l'aime pas non plus ?

Si accoutumée était Mme Prêtre à toutes les questions absurdes de Sylvia que celle-ci la trouva prête.

— Elle se dévoue, expliqua-t-elle brillamment. (Mais force m'est de reconnaître que ce dernier trait était puisé dans le numéro de la veille de *Confidences*.) Pour son mari malade, qui ne gagne pas assez d'argent. Tu sais bien qu'ils ont dû vendre la chambre de bonne, l'année dernière. Elle se dévoue. Elle adore son mari, au fond. Elle souffre. Tu dois l'expliquer à M. Stass.

— Je dois l'expliquer ?

— Oui. Il détruit un ménage. S'il leur donnait un peu d'argent et ne s'occupait plus de Mme Morani, il ferait une bonne action. Une bonne action ! Les Morani s'adorent ! Mme Morani pleure tous les soirs ! Tu te souviendras de lui dire ça ?

— Oui, dit Sylvia, impressionnée. Je me souviendrai. C'est vrai, qu'elle pleure ?

— Puisque je te le dis, c'est que c'est vrai.

Sylvia se tut, convaincue. Mme Prêtre pouvait constater qu'elle paraissait émue. Oui, elle se souviendrait. Elle téléphonerait à Henry, prendrait rendez-vous, dirait ce qu'elle avait à dire. On verrait bien ce que ça donnerait. Mme Prêtre jugea qu'elle avait mérité un réconfortant et se dirigea vers le réduit où elle avait rangé le vin apéritif.

— Tu ne viens pas chez Socrate, maman.

— C'est vrai que c'est lundi. Mais je me sens bien fatiguée.

— Ça va être si beau ! M. Stéphane va lire des passages de son journal, Mlle Martine m'a dit que c'était bouleversant...

Mme Prêtre jaillit du réduit, s'essuyant les lèvres du bord d'un de ses châles.

— Ah ! non, merci bien ! Je sais ce que c'est, son journal, ça me suffit comme ça !

— Je ne puis pas y aller ?

— Oh ! vas-y si tu veux, tu n'y comprendras rien. Mais pour moi, merci ! Tu diras que mon estomac me joue des tours. Ah ! non, merci, son journal !

Elle qui s'est donné tant de mal pour convaincre la petite, pour trouver une idée... Assez de complications ! Dans son déplaisir, elle retourne vers le réduit et prend une nouvelle rasade de quinquina.

⁂

Sous le regard des mandarins, de la jeune fille aux nénuphars (ou sont-ce, décidément, des lotus ?), sous le regard du dieu sans nom, Stéphane lit, et sa belle voix chaude, nuancée, remplit le petit bar sombre. Il lit lentement, sautant de temps en temps un passage, et y prend plaisir. Au fond, cette idée de Martine est une excellente idée. Il ne s'était pas douté que l'idée fût si bonne. Même, en commençant à lire, il avait un petit frisson pas tellement agréable. Mais au fur et à mesure que se déroulent les phrases, son assurance lui revient ; il n'aurait pas cru écrire avec tant d'agrément, de facilité : rien ne sent le bâclé dans son texte, tout coule harmonieusement... N'y a-t-il pas des écrivains qui publient leur journal intime ?

Le Dr Fisher n'a pas demandé d'alcool, à la grande surprise de Socrate. Il flotte cependant dans un rêve agréable, que la voix de Stéphane ne trouble pas, mais berce. Cette voix sonore lui rappelle d'autres voix, si convaincues, si chaudes, l'arrière-salle d'un café sombre, presque pareil à celui-ci (en excluant toutefois les mandarins ; mais il y avait aussi, dans un coin, un dieu doré, une icône, dont il ne savait plus le nom). Sa propre voix s'était élevée parmi les autres, articulant des mots à majuscules, et une grande chaleur l'habitait, comme elle devait habiter Stéphane, ce soir. Il aimait les hommes, il voulait leur bonheur. Non point précisément de tel ou tel homme (son voisin le cordonnier, ou sa femme même, qu'il aimait tendrement mais avec laquelle il se disputait fréquemment), mais tous les hommes, qu'il voyait en esprit réunis en un vaste troupeau indistinct, et émouvant justement parce qu'il était indistinct. Il avait été cet homme grand, aux cheveux dorés, parlant bien, qu'il pouvait voir, d'un coup d'œil furtif, dans la glace de cette arrière-salle, haranguant ses compagnons comme il eût aimé haranguer l'humanité tout entière. Il rentrait tout excité encore, tout en sueur, et Anna disait, comme toutes les femmes du monde : « Cette politique ! » en lui essuyant le front d'un mouchoir. Il était rare qu'il pensât maintenant à l'homme qu'il avait été .Mais aujourd'hui cela l'amusait. D'entendre ces mots auxquels il avait cru lui-même, et de savoir ce qu'il savait sur lui-même et sur les hommes... La chaste amitié, l'amour des hommes, comme tout cela était beau, vu de l'extérieur ! Et agréable à ressentir ! Il n'y avait qu'à regarder son visage, à ce bon Morani, tout rouge de plaisir, à entendre sa voix, sonore, articulant bien... Jusqu'à ses étouffements qui diminuaient, qui le gênaient moins... Une séance comme cela, de temps en temps, lui ferait autant de bien qu'une bouffée d'air pur. Oui, les hommes sont extraordinairement amusants. C'était agréable, autrefois, d'être parmi eux, méduse parmi les méduses, et s'exaltant, et parlant, et se sentant d'une importance primordiale dans le mécanisme du globe... Mais c'était agréable aussi d'être devenu spectateur ; de comparer cette grande exaltation et ses petites causes, ses petits effets. De savoir, lui seul parmi eux, combien tout cela était creux, inutile et sot. C'était même grisant. Il se sentit un instant divinement bien, flottant dans l'espace, les contemplant tous avec pitié, libre d'entraves, de responsabilités... Libre...

Inconsciemment, pendant la lecture, Gérard Ducas avait posé sa main sur celle de Paul. Cela lui arrivait aussi au concert, quand il était ému. Et il était ému, bien malgré lui, par cette lecture. Ce pauvre cher Morani, avec ses grandes phrases, ses formules désuètes, ses métaphores ampoulées... C'était exquis d'inconscience. Personne mieux que l'antiquaire ne goûtait ce genre de « pièces de musée ». Le journal de la reine Victoria, absolument le journal de la reine, dirait-il à Paul tout à l'heure. Et pourtant il était ému, du même genre d'émotion qu'il ressentait en pensant à sa mère. Les roses de Saint-Jean-le-Vieil... Au fond, cela avait une mélodie inimitable, ces bons sentiments provinciaux, ce parfum de lavande entre les draps, cette honnêteté un peu pataude et tout encombrée de comparaisons bien amples, bien balancées. « C'est laid et touchant comme les monuments aux morts dans les villages », dirait-il à Paul tout à l'heure. Il aurait voulu que Paul comprît, que Paul partageât son attendrissement. Paul ne comprenait pas toujours ces choses-là. « Si j'avais eu un fils, se disait l'antiquaire, il n'aurait pas compris non plus. » D'ailleurs Paul n'était-il pas pour lui comme un fils ? Les braves marchands de papier peint ne pouvaient pas vraiment tenir le rôle de parents autrement que dans un vaudeville. Lui seul avait vraiment compris Paul, ce qu'il y avait de tourmenté au fond de cette nature apparemment ingrate. Les parents d'ailleurs le savaient, le remerciaient. « Vous êtes un père pour Paul, monsieur Ducas. Nous ne savons pas ce qu'il ferait sans vous... » Quelle joie de plus aurait-il tirée de la paternité ? Sans compter qu'il se serait encombré d'une femme peut-être criarde et désordonnée comme celle de ce pauvre Morani... Il détestait cette femme, bien qu'il apppréciât les mobiles qui avaient poussé Stéphane à l'épouser. Cela aussi, c'était si délicieux, si reine Victoria (à rebours, bien entendu, dans le genre dostoïevskien, mais cela revenait au même). Délicieux et tragique, car le pauvre charmant garçon avait toujours dû détester cette affreuse créature si vulgaire. Ç'avait dû être (c'est ce que le journal laissait supposer) une sorte de mariage blanc, ou presque. C'était mieux ainsi. Blanc comme la chemise de Paul peignant parmi les pommiers, cet été. Gérard Ducas le regardait peindre, pendant des heures, ce profil buté, cette main appliquée, la chemise ouverte sur le torse nu... C'était ainsi que sa mère à lui avait dû le regarder, lui, étudiant, dans la petite maison de Saint-Jean-le-Vieil. Même une mère aime à trouver son fils beau. Il n'y a là rien d'équivoque. Stéphane aurait compris cela, il le sentait maintenant. Oui, malgré le manque de goût du cher garçon, il aurait compris le sentiment de Gérard Ducas pour son Paul. « Chaste et passionné », soupira-t-il pour lui-même « Chaste et passionné. » Comme il eût souhaité que Paul lui-même le comprît ! Que le climat qui régnât entre eux fût plus serein, plus tendre, moins orageux... Le climat du journal...

« C'est fou, ce qu'il y croit, se disait Paul. Y a pas à dire, il y a encore des naïfs... Un brave type, au fond. Bien sûr, c'est marrant comme tout, son machin, mais c'est authentique. Article premier choix. Gérard doit être fou ; c'est le genre de trucs qu'il adore. Bon vieux Gérard, va, ébahi comme une vache dans un pré. « Tu évolues, tu seras bientôt prêt pour une nouvelle exposition. » Bah ! Il y croit, lui aussi. Il se donne un mal pour placer mes machins ! Pour ce que ça lui rapporte ! Faut aimer la peinture... C'est comme ce brave vieux débris, qui reste collé avec cette bonne femme... Faut dire que la petite n'est pas plus appétissante. Mais s'il ne couche pas... Il doit coucher avec l'autre. Dans ce genre pouffiasse, elle est possible. Y en a qui aiment ça. Pas le genre de Gérard, par exemple. Il lui jette des regards à la faire rentrer sous terre quand il la croise dans l'escalier ! C'est vrai que Gérard, les femmes... C'est plutôt un beau gars comme moi qu'il faudrait. « Mais si, donne-moi ta chemise, je vais la laver. » Une vraie fée du logis. Après tout, il se fout peut-être de ma peinture comme l'autre se fout de nous avec son journal intime. « Intime ! » La vérité, c'est qu'il doit la trouver très bien, au moins au lit, sa Loulou. Et que Gérard... Non, tout de même. Il y aurait mis le temps, depuis le temps qu'on se connaît. Faut être juste : il a toujours été tout ce qu'il y a de chic, de correct. Et il bave d'admiration devant ce que je fais... D'ailleurs mes trucs de Normandie sont pas mal torchés, vraiment. On pourrait essayer cette petite galerie de la rue... Pauv' Gégé ! Il en a les larmes aux yeux d'écouter les élucubrations de l'autre. Moi qui... Il n'est pas vicieux pour un sou. Et l'autre nouille non plus... Deux cinglés, voilà tout. Oui la galerie... »

Mlle Lethuit trouve qu'on aurait bien pu lire aujourd'hui son poème. Après tout, elle en avait parlé avant que cette histoire de journal ne vienne au jour. Elle avait la priorité. Mais, bien entendu, dès que M. Morani a dit quelque chose... Il a pris l'initiative de ces réunions, d'accord. Mais de là à monopoliser l'attention... Sans compter qu'il y a encore M. Ducas qui voulait leur offrir un petit récit « Histoire d'un bidet Louis XV » qu'il polit depuis plusieurs mois... Et les toiles de Paul Coban qu'il faudra monter voir... Quand pourra-t-elle lire son poème ? Elle ne se permettra pas, néanmoins, d'en faire la remarque. Elle attendra, voilà tout. Elle a l'habitude du sacrifice. D'autant plus qu'il faut être juste, ce journal est un témoignage psychologique intéressant. Mlle Lethuit a elle-même étudié d'assez près le problème de la réhabilitation des filles mères, et elle a pu en apprécier les difficultés. Louise Morani n'est évidemment pas une fille mère, mais son cas est similaire. Un échec total, évidemment. L'entreprise de Stéphane n'a pas été menée scientifiquement. Ces élans soi-disant mystiques, ces décisions pieuses (fruit le plus souvent des troubles de l'adolescence ; il suffit de lire certains exemples cités par Freud) ne peuvent donner rien de bon. Voilà toute une vie gâchée, et par la faute d'une éducation mal comprise. Ah ! l'école laïque ! Sans compter le rôle un peu trouble que joue cette petite Martine là-dedans. Antigone, Antigone... Mais tout le monde dit qu'elle est sa maîtresse. S'il abandonnait cette femme sans intérêt, irrécupérable, et vivait courageusement avec la jeune Fortin dans l'union libre, ce serait plus digne et plus raisonnable. Mais allez demander de la raison à ces mystiques ! Ils se plaisent dans la souffrance ; ce sont des refoulés. Mme Guyon, par exemple. Ou ces moines qui se flagellent. Ah ! non ! Mlle Lethuit n'admet pas cela. Il y a assez de choses à faire ici-bas, des écoles à construire, des hôpitaux regorgeant de malades à soigner, des problèmes politiques à régler... Et ces messieurs se sacrifient, vivent aux côtés d'une femme qui leur est odieuse, épuisent leurs forces, et pourquoi ? Par orgueil, par simple orgueil, la plupart du temps. Les Pharisiens ! Se montrer supérieurs à nous, les simples matérialistes, qui essayons d'être un peu heureux sur la terre. Notez que tous les sacrifices ne sont évidemment pas de ce genre. Il y a d'admirables exemples. Saint Vincent de Paul. Et parmi les laïcs ces exemples sont encore plus beaux, parce qu'ils ne demandent pas de récompense. Elle-même, s'attend-elle à la reconnaissance de qui que ce soit quand elle sacrifie sa vie à son vieux père et à Pauline ? Non. Et elle n'en tire aucune vanité. Elle n'a jamais essayé de se marier, de quitter la France... Bien sûr, elle aurait pu trouver un mari pour Pauline, mais elle voulait quelqu'un d'honnête, la préserver d'une autre erreur... On se sent responsable... A ce point de vue-là, elle peut évidemment comprendre Stéphane. Il n'a pu, une fois la femme épousée, la rejeter au trottoir. Sans lui, elle serait sans doute retombée. Il est vrai qu'elle n'en valait guère mieux. Ce nouveau manteau ! Ces chaussures ! Une espèce de prostitution. Mais enfin la présence de son mari l'obligeait à se tenir, à observer une sorte de régularité... La jeune Fortin n'était peut-être pas sa maîtresse ? Une sorte d'aide morale... Mlle Lethuit évoque le pesant sentiment de responsabilité qu'elle a envers Pauline et se sent portée à plus d'indulgence. Bien sûr, si Stéphane croit devoir... Elle songe à lui prêter « Dix ans de détention », livre fort intéressant d'une surveillante de prison de femmes qui tentait de donner aux détenues quelques notions de politique (à la suite de quoi, elle fut finalement renvoyée). Après tout, c'est une œuvre comme une autre que décrit le journal. Elle est prête à s'y intéresser.

— C'est beau, murmure Sylvia, les larmes aux yeux. Comme c'est beau !

Et Socrate, plus jaune que jamais, mélancolique, soupire aussi.

— C'est beau !

C'est follement romanesque. C'est ce dont Sylvia a toujours rêvé. Un homme qui lui dirait de telles paroles, qu'elle ne comprendrait pas très bien, mais qu'elle devinerait tendres... Un homme qui l'aimerait de cette façon, qui se sacrifierait pour elle, comme Stéphane pour Mme Morani, ou alors qui n'exigerait rien d'elle, comme Stéphane pour Martine Fortin... Oui, c'était beau, cela la remuait, ces mots, ces phrases... Comme elle avait rêvé qu'Henry lui parlât ainsi ! Il n'était vraiment pas juste que Stéphane ne fût pas célèbre comme Henry. Il aurait dû écrire des romans, ou alors des opéras. Ils seraient sortis ensemble, sans que Mme Prêtre y trouvât à redire. Il n'avait jamais l'air, lui, d'attendre autre chose que ce qu'elle disait. Il ne la regarderait pas de cette étrange façon dont Henry la dévisageait parfois. Il ne créait pas en elle cette sourde inquiétude, ce sentiment d'injustice, que lui donnaient les colères de sa mère. Il lui parlait comme à n'importe qui. Comme elle aurait voulu qu'il fût célèbre !

C'était beau. C'était trop beau. Si la vie était comme ça, se dit Socrate, ce serait bien simple de vivre. Mais il n'est pas dupe. Un Grec sait ce que c'est que les belles paroles. Quand on veut vendre quelque chose, il faut soigner l'emballage. Tout ça... il est séduit pourtant par d'aussi belles paroles. S'il savait parler comme ça, peut-être réussirait-il à désarmer Constantin et Dimitrios ? S'il pouvait les convaincre qu'il est un homme respectable, qui a eu des malheurs, et pas un misérable va-nu-pieds qui n'a pas de quoi offrir un apéritif... L'ennui c'est que Socrate lui-même n'arrive que très malaisément à faire la distinction entre un « homme qui a eu des malheurs » et un va-nu-pieds. Ah ! s'il avait les capacités de M. Morani ! Ecoutez comme cela coule, comme cela s'impose ! Ah ! s'il pouvait parler ainsi à Constantin et Dimitrios ! S'il pouvait se parler ainsi à lui-même ! Se convaincre qu'il est le même homme aujourd'hui, dans le petit bar désert, qu'autrefois dans le restaurant étincelant et prospère (oh ! les nappes blanches ! Les profondes cuisines ! Les fauteuils en peluche et le Parthénon en sucre ! Et la sécurité qui l'entourait, l'inébranlable conviction d'être « quelqu'un » !) Comment être quelqu'un avec moins de cinq mille francs dans le tiroir-caisse ? Comment être quelqu'un sans offrir des dîners, des apéritifs, sans régner sur des admirateurs complaisants, sans discourir devant une assemblée respectueuse ? Qui écouterait Stéphane lui-même s'il n'était pas propriétaire de son appartement ? Comment être quelqu'un sans argent, sans public, seul ? Socrate sait bien (on est perspicace, dans le commerce) que c'est impossible. Et pourtant, comme il écouterait une musique, il écoute Stéphane. Cela fait du bien, parfois, d'oublier que c'est impossible.

Stéphane lit, dans le silence. Il a un peu oublié l'heure, se dit-il soudain. Ne va-t-il pas les lasser ? Il lève les yeux, regarde son auditoire. Gérard Ducas voile ses yeux d'une main, comme s'il était ému. Coban, si désagréable souvent, lui sourit d'un air bonhomme. Sylvia le dévore des yeux. Le visage de faux corsaire de Socrate est presque douloureux à force d'attention. Mlle Lethuit hoche la tête en signe d'approbation. De les voir tous ainsi attentifs à sa parole lui cause une sorte de malaise. Ces phrases qu'il déroulait un instant auparavant sans peine, charmé de leur rythme, de leurs trouvailles, voilà qu'il les entend tout à coup, comme eux. Il trébuche sur un mot, sur un autre, et tout en lisant, sa pensée se met à suivre et à doubler sa parole, gâchant son plaisir, troublant sa quiétude. « Que vont-ils penser de ceci ? Cela ne leur paraîtra-t-il pas trop... Pour eux qui connaissent Martine, Louise, cela ne risque-t-il pas... » Qu'il en vienne à dresser tout à coup ce parallèle entre sa vie et ce qu'il en subsiste dans son complaisant miroir est pour lui une nouveauté. Et c'est peut-être cette confrontation qui le trouble, gêne sa vue et sa parole, comme s'il sentait, tout au long de sa parole, quelqu'un debout derrière lui, et prêt à lui frapper l'épaule.

— Eh bien, je crois que... pour aujourd'hui... notez bien que ce n'étaient que des notes, que...

Il se voit contraint de s'arrêter. Mais avant même qu'il ait eu le temps de se demander pourquoi, le voilà entouré, félicité, embrassé même par Sylvia qui emballée se jette à son cou.

— Vous auriez dû écrire, monsieur Stéphane ! Vous auriez sûrement eu le Prix Goncourt !

— Profondément ému... très touchant, murmure en lui serrant la main l'antiquaire.

Et Paul Coban, jovial :

— C'est gentil comme tout, votre truc !

— Quel témoignage ! soupire Mlle Lethuit. Il condamne certaines méthodes... Il y aurait beaucoup à dire là-dessus. Mais quelle valeur humaine !

— C'est très bien tourné, monsieur Stéphane, décrète Socrate. Vraiment bien tourné ! Et ça fait réfléchir, ça fait réfléchir...

A grand-peine, le Dr Fisher sort de ses brumes et vient serrer la main de Stéphane.

— Mon bon Morani... Très bien, très joli...

Il soupire. Qu'il soit en paix, ce bon Morani... Qu'il ne sache jamais, lui...

Stéphane est profondément ému de ces marques d'attachement. Son furtif malaise est aussitôt englouti, digéré, disparaît dans ces régions dont il n'approchera plus jamais. Son visage rayonne de contentement, il ne peut que balbutier.

— C'est trop, c'est trop... vous êtes trop bons, tous...

Il y a longtemps qu'il n'a été si heureux. Il se sent aussi soulagé que s'il avait passé un examen. Et peut-être était-ce ce dont il rêvait depuis toujours, un examen : être interrogé enfin sur toutes ces matières douteuses, sur tous ces points obscurs, fournir une réponse (sa réponse) et être à la fin condamné ou absous. Ces visages attentifs autour de lui et dont un moment il avait eu peur, n'était-ce pas cela dont il a toujours eu besoin ? Qu'on l'écoutât, qu'on lui permît d'exposer son cas et qu'on tranchât, enfin, par une note bonne ou mauvaise, une note qui serait là pour toujours, inférieure ou supérieure à la moyenne, qui parlerait pour lui, qui serait lui, et qui achèverait tout, comme le bulletin de fin d'année, qu'il soit bon ou mauvais, définit à grand accompagnement de proclamations et de couronnes, définit toute l'année, la catalogue, la classe, et il ne sera plus besoin, jamais, d'y penser autrement qu'à l'année où l'on a eu le troisième accessit de latin. Un examen. Un jugement. Dieu ! Comme il est heureux, ce soir !

— Mes amis ! Mes amis !

Il appelle Martine. N'est-ce pas elle qui a eu cette idée, qui lui a procuré ce soulagement ? Mais Martine n'est pas, autant que lui, soulagée. Elle voudrait discuter, parler encore. « Que pensez-vous de ceci ? Et cela ? » Comme si cela ne suffisait pas, cette grande effusion collective, cette grande absolution générale, le

Dr Fisher souriant, l'antiquaire ému d'une tendre nostalgie, Paul Coban enfin cordial, Sylvia bouleversée, Socrate pensif, Mlle Lethuit donnant, après mûre réflexion, son *approbatur*. Comme si cela ne suffisait pas, cet intense soulagement, dont il s'aperçoit tout à coup qu'il avait besoin depuis des années, non pas seulement dans sa forme morale, dans cette effusion d'amitié et de confiance qui l'entoure, mais aussi dans sa forme presque physique, dans cette vision qu'il a eue en levant les yeux de son cahier, ces visages rangés les uns à côté des autres, cette attention des corps immobiles dont seuls les doigts tapotent la table, cette forme physique d'examen ou de tribunal qu'il a vue cent fois en rêve (et en réalité, dans son enfance, ce tribunal d'enfer de l'œil unique avec, de chaque côté, le père et la mère éplorés, silencieux) et qui alors le condamnait... « Ce garçon n'est pas un aigle... Pourquoi cette place de septième ? Est-ce en rêve qu'il a entendu ces mots ou en réalité ? Une fois seulement ou cent fois ? Peu importaît aujourd'hui. Ce silence opaque de Louise qui lui était apparu comme un jugement, l'avait-il rêvé aussi, senti seulement, s'était-il trompé sur sa signification ? Peu importait encore. Enfin, il était absous. Et comme on veut après un examen oublier toutes ces dates, tous ces faits qu'on a craint de citer à faux, d'oublier, d'interchanger, il ne voulait pas revenir en arrière.

— Merci, mes amis, merci...

Comme si cela ne suffisait pas ! Dans ce total abandon dont il ressentait physiquement le bien-être, il percevait encore une exigence de Martine et s'en agaçait. Comme elle était déplaisante, cette exigence jamais satisfaite, cette faim qui ne se rassasiait jamais de rien, cette mendicité maussade qu'elle exerçait, demandant toujours plus en encore plus.

— Mais ne pensez-vous pas...

Il la coupa presque avec brutalité.

— Martine, franchement... Je n'en peux plus. Cela a été un grand effort pour moi... Je crois que je vais, pour ce soir tout au moins, vous laisser discuter, et monter me coucher...

Il ne la regarda même pas dans les yeux. Ce soir, il ne peut supporter l'existence à ses côtés d'un être qui n'est pas entièrement comblé. Et, chose curieuse, les autres aussi semblent avoir hâte de se séparer, d'emporter chacun chez soi une part de cette satisfaction, de cette cordialité qui a rempli la petite salle sombre d'une vague et lourde griserie...

— Moi-même, je suis passablement fatigué... (Ducas)

— Je vais faire un tour sur le boulevard... (Paul)

— Je ferme, puisque tout le monde s'en va... (Socrate)

— Le dernier train... (Mlle Lethuit, ramassant son petit feutre vert de mousquetaire)

— Maman... son estomac... (Sylvia)

Elle ne va tout de même pas rester seule dans le bar désert. Elle ne va tout de même pas faire la petite bouche devant le contentement général. Elle ne va pas bouder Stéphane, qui... Mais Stéphane a disparu. Il monte déjà l'escalier, en fredonnant malgré l'essoufflement, arrive au premier avant elle, met la clef dans la serrure, crie à la cantonade :

— Bonsoir ! Martine !

Et referme la porte, sauvegarde prudente, derrière lui. Dans l'obscurité du petit vestibule, où flotte encore une odeur d'huile chaude, il fredonne. Ouvre la porte de sa chambre, hésite un moment. Mais Louise doit dormir. Il se sentirait, sinon, dans des dispositions à parler un peu. Il se déshabillera dans ce même calme, dans ce même soulagement, se mettra au lit, et s'endormira tout de suite ; le souvenir ne lui reviendra pas de ses sommeils d'enfant, hantés par la perspective des terribles visites au salon délabré, à l'œil unique d'une insultante indulgence. Il l'a, pourtant, sa revanche, ce soir. C'est ça, n'est-ce pas ? C'est ça, l'indifférence, l'assurance d'avoir raison, ce que l'abbé Mourron appelait la bonne conscience ? « Du moment que vous faites de votre mieux, mon petit, que vous avez votre conscience pour vous... » C'est ça ?

*
**

Tout était prêt depuis la veille. Le brassard blanc, l'écharpe, le missel. Le costume, comme Mme Morani l'avait dit à la couturière, serrait un peu.

— Je vous l'avais prédit, Gertrude.

Il y avait des fleurs blanches dans la salle à manger, où devait avoir lieu le déjeuner, et un rayon de soleil sur le carrelage rouge, bien ciré.

— Nous aurons Mme Cassou, et papa, disait Mme Morani de sa jolie voix languissante.

Ses cheveux n'étaient pas encore coiffés, ils s'étalaient sur ses épaules, et elle avait un peignoir lâche.

— Et figurez-vous que les Duffy, qui ont leur petit en classe avec Stéphane, m'ont demandé la permission de venir, soi-disant parce qu'ils sont à l'étroit. Ils veulent lier leur petit Paul avec notre Stéphane, voilà la vérité.

— Des marchands de couleurs !

— Comme je disais au petit, fréquente donc le petit Stiévrain, le fils du pharmacien, Paul Renard, le petit Varlot (comment est son petit nom, déjà ?). Mais pas Paul Duffy ! Et voilà qu'il vient fêter la communion avec nous ! Comment leur dire non ? Ils n'ont aucun sens de ce qui se fait. Est-ce que je cherche à voir, je ne sais pas, moi, les Nerson ?

— Non, ça, non, madame, on ne peut pas dire...

Mme Morani s'animait, une fraîche odeur d'iris sortait de son peignoir dénoué.

— Je connais ma situation, dit-elle, ma famille avait beau être, sans me vanter, une des premières de la ville, pour épouser mon mari, je suis descendue. Je ne le cache pas, je suis descendue.

— C'est vrai, madame, c'est vrai, approuvait impartialement la servante.

— Mais j'ai le sens des convenances. Je fréquente mes égaux, et j'en suis contente, Gertrude. Ce n'est pas moi qui irais chez les Nerson prétendre que je n'ai pas de place, et les prier de bien vouloir accepter Stéphane. Si je n'avais pas épousé mon mari, je l'aurais pu.

— Certainement, madame.

— Mais je ne le puis pas, et je ne le lui reprocherai jamais, Gertrude. Je l'aime.

— Ma chérie ! dit tendrement M. Morani qui était entré sans qu'on s'en aperçût. Ma chérie !

Il la serra dans ses bras, délicatement, avec vénération. Jamais il ne pourrait l'aimer assez. Tout ce qu'elle avait fait pour lui ! Aller jusqu'à braver son père ! Et si fine, si jolie !

— Qu'est-ce qu'il a fait, papa ?

C'était l'enfant, resté jusque-là immobile et calme sur la chaise, raide dans son costume neuf comme une petite momie. Ils l'avaient oublié. Ils se mirent à rire.

— Rien du tout, mon ange, dit Mme Morani. C'est sa faute si nous devons déjeuner avec les vilains Duffy, voilà ! Et maintenant, je vais m'habiller pour eux.

Elle s'enfuit avec un rire espiègle. M. Morani la suivit d'un regard ébloui. Si jolie, si fraîche... son parfum d'iris flottait encore dans la chambre. Les petits reproches — à peine des reproches, plutôt des taquineries — qu'elle lui adressait par moments, lui faisaient un peu de peine. Il était bien naturel, pourtant, qu'elle regrettât les belles relations de ses parents. On est si strict, à Signac. On invite moins la femme d'un petit instituteur que la fille d'un armateur, tout ruiné soit-il. Et Estelle était faite pour le monde — quelle grâce, elle s'habillait d'un rien (heureusement, disait-elle, qu'on lui avait apppris à coudre — on aurait dit que son mariage était prévu...) Oui, quoi de plus naturel que ces petits soupirs, ces impatiences qui lui échappaient quelquefois ? Ils ne donnaient que plus de prix au fait qu'elle l'avait épousé, malgré tout. Jusqu'à son dernier jour, se dit-il avec ferveur, il la servirait, l'entourerait. C'était un homme modeste. De la chambre voisine, la jolie voix un peu boudeuse l'appela.

— Joujou !

Elle s'impatientait.

— Tout de suite, mon amour !

Il s'élança.

— Alors, monsieur Stéphane, dit Gertrude, en arrangeant les fleurs, vous êtes bien prêt ?

— Oui, Gertrude.

Il s'agita sur sa chaise.

— Nous sommes bien fiers de vous, allez. L'abbé a dit hier encore à Madame : « Ce petit, c'est le plus pieux de ma classe. Le petit Nerson, ça n'est rien à côté. » Hein ? Vous êtes content ?

— Oui, Gertrude... On va partir ?

— Vous avez tout le temps, mon agneau. Encore une petite demi-heure. Un peu agité ?

— Oui, Gertrude.

— C'est bien normal, mon chou. Mais un garçon comme vous, on peut bien le dire, vous n'êtes pas vaniteux, ça n'a rien à craindre de sa communion. Ça passera comme une lettre à la poste. Ce n'est pas comme le petit Peyron, vous savez l'histoire, qui...

— Oui, Gertrude.

Il n'avait pas peur, il attendait. « Vous devez être rempli d'un merveilleux bonheur, Stéphane, vous si pieux, l'honneur de ma classe. — Oui, monsieur l'Abbé. » Mais il attendait. Etait-ce maintenant, dans la petite pièce carrelée de rouge, dans l'odeur de cuisine qui montait déjà ; était-ce dehors, dans le grand soleil et la poussière du boulevard aux marronniers ; était-ce dans le son de l'orgue, sur le tapis des grands jours (il l'avait aperçu, roulé, à la sacristie), en approchant l'autel, ou au cours du déjeuner... Ou plus tard, le soir dans son lit, en récitant sa prière, tout à coup, une lumière éblouissante et blanche...

— Nous le savions, Mme Bisserand et moi, qu'il ne s'était pas confessé ; nous nous disions : il n'aura pas l'audace. Pensez, le chat était tué de la veille. Et il savait qu'on l'avait vu. Mais le matin vient et voilà notre Marcel, habillé de neuf, tiens, comme vous, qui va à l'église avec les autres. Nous n'en croyions pas nos yeux : non, ça n'est pas possible, le bon Dieu ne permettra pas...

Elle dévidait, inlassable, la légende indispensable et mesquine ; l'enfant n'avait pas peur et écoutait à peine. Cela faisait une bonne semaine, déjà, qu'il attendait. Hier, dans le confessionnal étroit, il avait bien cru... il s'attardait, énumérait encore... L'abbé Mourron s'était impatienté : « Stéphane, mon petit, c'est du scrupule. Vraiment, il faut vous apaiser. Le bon Dieu vous aime, mon cher petit, soyez tranquille. (Et changeant de ton soudain :) Au suivant ! » Car on faisait queue. Ce matin, en se regardant dans la glace...

— Bleu qu'il était ! Etouffé à demi par l'hostie ! Je le savais, disait Mme Bisserand, je le savais ! On l'étend, on le fait vomir, et croiriez-vous ? L'hostie est ressortie tout entière, ni fondue ni digérée ! Qu'est-ce que vous dites de cela ?

Devant l'armoire à glace, dans le vêtement neuf, le vêtement sacré, il avait regardé son visage, joint les mains, fermé les yeux. Ç'a n'était pas venu. Ce n'était pas le moment, sans doute. Pas l'heure. Il fallait avoir communié.

— Mais vous, cela ne risque pas de vous arriver. Le bon Dieu vous aime, comme disait M. l'Abbé. Vous ne voudriez pas être curé, mon petit ange ?

— Non, Gertrude.

— Vous avez raison. Il en faut, mais...

Mais Etienne Nerson, lui, disait depuis huit jours que c'était venu. Ce n'était peut-être pas vrai ? Quand même, hier, en sortant du confessionnal, il était tout pâle, Stéphane, lui, se sentait vraiment comme d'habitude, avec seulement cette inquiétude... Ce n'était pas juste.

— Vous ne m'écoutez pas, monsieur Stéphane ? Vous devez être ému, hein ? Oh ! je me rappelle, moi...

Etienne avait eu un 3 en géographie, et ses points en conduite étaient souvent en dessous de 5. Et il ne savait pas ses leçons de catéchisme. Sûrement, il mentait, pour faire plaisir à ses parents. Ou alors, y avait-il d'autres règles pour les Nerson, parce qu'ils habitaient la plus grande maison de la ville ? « Ça » leur venait-il automatiquement, malgré les mauvaises notes et le cahier de catéchisme où s'étalait au grand jour la mention « élève dissipé » ? Mme Morani avait coutume de dire : « N'imite Etienne en rien, mon chéri. Les Nerson n'ont évidemment besoin d'aucun effort pour être bien vus, eux ! Autrefois, j'aurais pu les fréquenter, tu aurais pu te permettre... Mais je ne m'abaisserais pour rien au monde à les rechercher. N'est-ce pas, Gertrude ? » Stéphane sentait confusément qu'Etienne, rieur, distrait, pouvait en effet tout se permettre. Indulgence des professeurs, indulgence résignée de l'Abbé... Il aurait pu se permettre, même, de faire sa première communion sans avoir ressenti « cette indéfinissable joie » dont parlait l'Abbé avec des larmes de ferveur dans ses yeux marron, ronds et doux. Alors, pourquoi eût-il menti ? Comme le reste, « l'indéfinissable joie » lui était donnée sans justice. Et si, tout à coup, il envisageait le pire, et s'il ne la ressentait pas, cette joie ?

— Vous m'écoutez, monsieur Stéphane ? Mon Dieu, regardez-le donc, madame !

Lui ne pouvait, maman l'avait dit, tout se permettre. Donc, si « cela » ne venait pas... L'Abbé lui en voudrait, sans doute. Le soupçonnerait d'une mauvaise action cachée, qui sait ? Pourtant, Dieu sait qu'il n'avait rien à se reprocher, rien. Maman vérifiait avec tant de soin ses cahiers, le soir. « Tous nos espoirs reposent sur toi, Stéphane. Ton grand-père compte sur toi, mon ange. Ah ! la maison que nous habitions autrefois ! » Il faisait ses prières avec elle, blotti contre le peignoir parfumé. « Et faites que tout redevienne comme avant », lui faisait ajouter Mme Morani. La photo de grand-père au temps de sa splendeur était au-dessus de son lit. Plus petit, il avait cru longtemps que tout ce qui lui était demandé était d'avoir cette fière moustache, ce frac, et peut-être même un seul œil, ce qui lui faisait un peu peur. Maintenant, il sentait bien qu'il s'agissait d'autre chose, et même il lui arrivait de regarder le portrait du grand-père avec une sorte de répulsion. On ne lui en demanderait pas tant, si « la crise », cette chose mystérieuse dont maman parlait toujours, n'avait pas brisé le fier élan de ces moustaches. Et papa ? En quoi était-il responsable de la crise ?

— Oh ! Joujou ! Viens voir le petit !

Il savait bien qu'ils s'agitaient autour de lui, mais il voulait d'abord trouver, comprendre. Il prolongeait volontairement ce demi-sommeil dû à la nuit agitée, au jeûne (hier soir, il n'avait rien pu avaler, dans son attente anxieuse). Oui, si grand-père avait su échapper à « la crise », si papa n'avait pas commis ce mystérieux forfait auquel on fait toujours allusion sans le nommer, Stéphane ne serait pas tenu, aujourd'hui, de donner, comme disait l'Abbé, « un bel exemple de piété » à toute la classe de catéchisme. Dans un mouvement désespéré, il cherche encore au fond de lui cette joie, cette paix céleste dont on lui a rebattu les oreilles, et le sommeil qui l'envahit le soir, contre le peignoir imprégné d'iris...

— Stéphane ! Mon amour, mon ange, mais tu me fais peur ! Parle, dis-moi quelque chose !

— Quoi ? Qu'est-ce que c'est, balbutia-t-il, exagérant instinctivement son effarement, pour qu'on ne devine pas...

La maman a les larmes aux yeux.

— Mon petit, mon Stéphane chéri ! Tu es mieux, maintenant ? Tu l'as vu, Joujou ? Un ange, un véritable petit ange !

— Un petit saint Jean, s'extasie Gertrude.

Papa a l'air un peu gêné.

— Ça va, mon petit Stéphane ? s'inquiète-t-il timidement.

Mais Maman ne lui laisse même pas le temps de répondre.

— Mon Dieu ! L'Abbé qui vient le chercher !

Elle s'élance. Dans l'étroit couloir, elle chuchote. Stéphane distingue « ....extraordinaire... une telle sensibilité... transfiguré, si vous l'aviez vu... » Sans aucun doute, Maman a cru que c'était *ça*. C'est ennuyeux. Il sonde ses souvenirs, trébuche sur ces quelques secondes de sommeil, agréables. Après tout, comment saurait-il, lui ? La paix merveilleuse... Façon de parler de grandes personnes — elles ont toujours tendance à exagérer, d'abord. (Toutes ces histoires pour un bulletin !) En somme, cette paix, c'est comme si on dormait. Cela posé, la conscience de Stéphane s'apaise. Il *a* ressenti ce qu'il fallait. L'appréhension diminue. Il répond à l'appel de l'Abbé. Les autres garçons qui attendent dehors, mais qui ont dû entendre quelque chose, chuchotent. L'Abbé le contemple avec émotion, de ses grands yeux marron, toujours humides. Stéphane baisse les paupières, un sentiment de triomphe l'emplit. Il ne discute plus avec lui-même. C'était ça, c'était bien cela. Il se le répète encore, et quand il arrive à l'église, convaincu, il recevra sans trouble, sûr de la mériter, l'hostie fade.

III

— M. Pénard, dit Henry à Louise, a déjà réalisé ce reportage sur mon atelier.

— Mais je crois qu'avec ce que j'ai aujourd'hui nous allons faire quelque chose de tout à fait amusant, dit le jeune homme. (Il était élégant, pas exagérément antipathique.) Nous disposons d'une très belle reproduction de votre premier portrait, madame ; comme il est regrettable que le Maître n'ait pas achevé celui-ci ! Mais nous pouvons déjà faire un cliché assez amusant avec cette esquisse... Vous n'auriez pas une photographie de vous et de madame à l'époque du tableau de New York ? Il a été peint à Narbonne, je crois ?

— A Signac, dit Henry, mal à l'aise.

Il était toujours mal à l'aise avec les journalistes, horriblement gêné d'avoir à répondre à leurs questions, et pourtant n'osant pas les mettre à la porte, avec une sorte de superstition, de la même façon qu'il n'aimait pas à dépenser trop d'argent. Il ne pouvait se faire à l'idée qu'il n'avait plus besoin des journalistes, ni de faire des économies.

— Et vous n'avez pas gardé une petite photo de cette époque-là, Maître ? Mme Morani, peut-être ? Vous avez dû vous en souvenir, d'avoir eu votre portrait fait par le grand homme !

Il leur parlait comme à des enfants de six ans, avec patience et en se mettant à leur portée.

— Mon Dieu, dit Louise, j'ai peut-être encore ces photos qui ont été faites à la foire, Henry, au stand de tir, tu te souviens ?

Le jeune homme s'extasia comme devant un pâté de sable.

— Mais ce serait très bien, ça, madame. Si vous pouviez me retrouver cette photo-là, hein ? Faites un petit effort. Il devait être superbe, monsieur Stass, à cette époque...

— Je chercherai, promit-elle.

Henry constatait avec plaisir qu'elle était autant que lui décontenancée par le jeune homme. Lui, très gentiment, cherchait à les mettre à l'aise.

— Voyons, est-ce que nous avons tout dit ? Nous vous faisons un très bel article, des photos superbes, les deux tableaux, photo de Madame aujourd'hui, photos de Narbonne...

— De Signac... dit Henry, avec confusion, comme si l'erreur venait de lui.

— De Signac, c'est ça, dit le jeune homme, qui, lui, n'était pas gêné le moins du monde. De très belles photos d'extérieur, de l'endroit où le tableau a été peint, une gare, je crois ?

— Un pont, dit Henry avec douceur.

— Un pont, c'est ça. Ce n'est pas moi qui m'occupe des photos, vous comprenez. Mais ce sera très bien fait, ne vous inquiétez pas.

— Oh ! je ne m'inquiète pas, dit Henry, résigné.

Il s'habituait au jeune homme, il finissait même par le trouver sympathique parce que ce n'était pas la première fois qu'il le voyait.

— Voulez-vous boire quelque chose ?

Il avait fait acheter du whisky pour cette occasion. Le jeune homme accepta.

— Quelle belle histoire que la vôtre ! dit le jeune homme avec enthousiasme. Vingt ans après, Henry Stass peint un nouveau portrait de Lou. Ça fait un de ces titres ! Vous ne songez pas à vous marier, par hasard ?

— Oh ! non, dit Louise avec précipitation.

— C'est dommage. Ça aurait fait encore mieux. Du coup, on avait quatre pages avec vous deux au berceau, première communion, tout, et un titre du genre : « Enfin, le destin les réunit ! »

— Mais on ne peut pas se marier pour ça, dit Henry cordialement. Mais si on se décide, je vous promets que vous serez le premier prévenu.

Ils rirent de bon cœur. Le jeune homme cependant regardait autour de lui, cherchant encore pâture à une dernière anecdote. N'en trouvant pas et son verre vidé, il prit congé, non sans avoir recommandé à Louise :

— N'oubliez pas de chercher la photo, n'est-ce pas, madame Morani ! Ce ne serait pas gentil du tout !

La porte refermée, ils se regardèrent, et éclatèrent de rire.

— Quelle engeance ! dit Henry. Brave garçon quand même. Et puis deux grandes pages, quelle publicité !

— Tu n'en as pas tellement besoin, si ?

— On ne sait jamais, dit-il avec méfiance, et elle approuva, en se servant un autre verre de whisky.

Henry n'aimait pas cela, mais elle appréciait. Lui, tournait dans la pièce, remettait les choses en place, car pour faire les photos on avait tout déplacé, le chevalet, les pinceaux, et jusqu'au divan qu'on avait orienté différemment, et qu'il repoussait. Il avait horreur de voir les choses changer de place.

— Tu ne devrais pas boire ça, dit-il. On ne sait pas ce qu'il y a là-dedans. Et c'est cher !

— Justement, ça ne peut pas être mauvais, dit-elle avec logique. Tu bois bien du cognac.

— Ce n'est pas pareil, dit-il avec obstination.

En quoi ce n'était pas pareil, il eût été bien en peine de l'expliquer. Mais il avait de ces idées absurdes que vingt années de sorties dans le monde (vingt années au cours desquelles il avait vu des gens absorber du whisky sans en être incommodés) n'avaient en rien entamées.

— C'est parce que tu n'aimes pas ça que tu fais des

histoires, dit Lou non sans un vague désir de dispute. Si tu l'aimais, comme tu aimes le cognac, ce qu'il y a dedans te serait bien égal.

Henry regardait tomber la pluie sur les toits : il pleuvait depuis près de huit jours.

Il aimait la pluie, l'automne. Cela lui rappelait son enfance, les villes du Nord aux murs de briques rouges, où il semble qu'il pleuve toujours. Les galoches trop grandes, l'odeur des manteaux qui sèchent, la cuisine trop petite où l'on se serre autour de la toile cirée... Il avait eu une enfance heureuse, tout compte fait, bercée par le petit fredonnement de la pluie. Cette paix, ce silence sans pensées, il les retrouvait avec Louise. Et le fredonnement de cette jalousie très légère qui l'habitait faisait un petit bruit rassurant comme la pluie.

Il alla jusqu'à la fenêtre. Tiède pourriture de l'automne, tendre abandon mouillé des rues, rassurante puanteur d'étable du métro, on sent bien à travers ces relents doucereux, ces fausses odeurs de campagne, ces fausses incertitudes des feuilles mortes, ces petits nuages racoleurs qui défilent, on sent bien que se prépare la revanche des villes, qu'automne et printemps dépouillent un instant de leur pouvoir féroce. Se prépare la revanche des droites, des angles, de cette impitoyable géométrie de rues qui se coupent, de façades qui se ferment, de pavés en damier qui boivent avidement une neige pauvre, de vent en fil à plomb qui tranche son chemin dans l'air encore mou. La ville triomphe alors, de toutes ses grottes nickelées où s'entasse une foule désemparée, de tous ses écrans panoramiques, de tous ses magasins ronronnants, de tout cet amalgame de caoutchouc, de plastique, d'aluminium, de caissière, de prix fixe, de carton-pâte et de carton peint, d'énormes bouches souriant sur des façades, de grogs au rhum, de salles d'attente et de chambres d'hôtels... L'homme est seul alors, au milieu des demeures qu'il s'est créées, comme au milieu d'un palais de miroirs, somptueux et dérisoire, partout se heurtant à sa propre image. Et si l'abri bâti de ses mains ne le préserve pas, si son image dans ce miroir lui paraît solitaire, si ses refuges ne peuvent le défendre contre une seule saison, que pourra-t-il alors pour le plus long hiver ?

Mais la pluie est douce et paraît éternelle.

— Tu veux que je pose ? demanda-t-elle.

— Oui, peut-être... Oui... Tu ne vas pas avoir froid ?

On n'avait pas allumé encore le chauffage central, et il ne faisait pas chaud, malgré le radiateur électrique qui ronronnait.

— Si j'ai froid, je boirai, dit-elle en riant.

Elle se déshabillait, enfilait le peignoir jaune et rouge. Il regardait son esquisse, mécontent. Elle était là, assise sur le divan, à moitié nue, le peignoir retombant autour d'elle, les coudes sur les genoux, les poings fermés, ce corps pesant, aux lignes lourdes et paisibles, posés là sans beauté, mais avec une dignité statique... Ce n'était pas ça, pas ça du tout. Elle était venue derrière lui. Il eut un geste découragé.

— Mais tu n'as presque rien changé !

— J'ai travaillé mon fond.

— Un fond gris ! Tu as bien besoin de moi pour faire un fond gris ! Par le froid qu'il fait !

Elle avait pris, à vivre avec Stéphane, ses habitudes frileuses, et les poses trop longues l'irritaient. Il se mit à rire. La mauvaise humeur de Louise l'amusait toujours.

— Ce n'est pas si facile, tu sais ! Il y a toujours un reflet, tes yeux, tes cheveux, ton peignoir, et voilà que mon gris vire au bleu, vire au jaune... C'est très difficile de faire un gris plat, qui ne bouge pas.

— Et pourquoi essayes-tu ? Ce serait tout aussi joli si tu peignais le divan, et le peignoir, et...

— Et la fenêtre, et la tour Eiffel, et le petit oiseau dessus ? Pourquoi pas, en effet ?

Vexée, elle se tut. Il continuait, distraitement, à regarder sa toile. Ce fond vivait, en dépit de ce qu'il avait voulu faire : séparer ce corps, ce visage, les isoler parfaitement, les montrer intacts, comme ils étaient, de tout rapport avec ce qui les entourait. Signifier l'objet féminin, l'objet Louise, coupé de tout ce qui pouvait l'expliquer, ou le détruire. Un moment, il avait vu ce que le tableau pourrait être, ce corps nu, pesant, équilibré comme par miracle, un miracle absurde, et entouré d'un gris plat, froid, comme... on voudrait que soit la mort.

Sa pensée vagabonda, retourna aux temps passés, au portrait si académique de Lou accoudée au pont de Signac, sur un fond de frondaisons vertes du goût le plus affreux. Dire qu'il figurait au Musée de New York ! Qu'on allait le reproduire dans ce reportage ! Il n'y pensait pas sans sourire. Pourtant, maintenant qu'il y réfléchissait, il lui semblait bien qu'à cette époque-là, déjà, il cherchait... ou plutôt non, il exprimait spontanément, alors, ce qu'il cherchait aujourd'hui, ce qu'il cherchait depuis... depuis Mozart. Quel drôle de processus, songeait-il, la main sur l'épaule de Lou. Il semblerait plutôt qu'on dût, au cours d'une vie, chercher longuement, sous diverses formes, à exprimer quelque chose, et que, la vieillesse venue, on n'eût plus qu'à répéter la découverte enfin claire...

— Alors, tu y vas ? dit-il, avec une fausse impatience.

Il allait encore — au grand dépit de Louise, sans doute — travailler ce fond. Il s'y mit, lentement, et sa pensée, lente et appliquée comme son pinceau, retournait en arrière. Il n'avait pas besoin d'un fond gris, autrefois, pour isoler les êtres et les choses. Les mains de Lou, sa tête détournée dans l'ombre crûment violette, les verts froids, les verts chauds, chaque élément vivait distinct, séparé, sans contagion, sans complicité. Sa pensée se fit plus lente encore, se mouvant comme dans un élément tangible, compact — et son pinceau s'arrêta. Qu'elle était loin de lui, cette aisance, cette indépendance, cette irresponsabilité paisible ! Qu'il était plus dur à *tuer*, ce fond gris, que les arbres de Signac ! Il avait vécu pourtant cette paix, cette liberté, il l'avait vécue violemment, et pour la retrouver, aujourd'hui, il lui fallait s'écarter de tout ce qui était vie... Etait-il possible que ce qui avait été vérité, innocence à un certain âge, ne le fût plus à un autre ?

— Ne te gratte pas toujours la jambe au moment où je peins ! dit-il avec une irritation injustifiée.

— Ça te gêne pour travailler ton fond, sans doute ? (Le froid la rendait sarcastique.)

Il avait dû y avoir un moment précis où la cassure s'était produite, où la limite avait été franchie, où il s'était trouvé, sans l'avoir voulu, de l'autre côté de quelque chose... Un jour, une heure où il n'avait plus peint avec une totale innocence, mais avait *voulu* peindre ? Un instant où le pinceau soudain n'avait plus guidé la main, mais la main le pinceau ? Mozart avait dû venir un peu après ce moment. Mozart était comme un avertissement, une plainte infiniment légère, une lueur fugitive dans la paisible et chaude obscurité... Il aurait fallu tant de temps, tant d'attention, pour entendre vraiment cette plainte, discerner vraiment cette lueur... Part-on ainsi, à soixante ans, carrière faite, sur les pas d'un enfant qui chante ?

Mais non. Il voulait être lucide. Mozart, ces difficultés, la plainte et la lueur, ce devaient être l'âge, une fatigue précoce, l'épuisement, peut-être, du pouvoir de créer... Cela aussi était dans la nature, venu seulement très tôt chez lui. Il se sentit soudain fatigué.

— Repose-toi un peu, ça n'avance pas. Tu peux te couvrir. On essayera encore un peu tout à l'heure.

Il vint s'asseoir auprès d'elle, comme on s'approche d'un feu. Tout de suite, il se sentit plus détendu.

— Et ton mari ? dit-il brusquement.

— Quoi, mon mari ?

— Tu lui as parlé ?

Elle fit non de la tête.

— Voyons, Loulou ! Il faudra bien que tôt ou tard...

— Je ne vois pas pourquoi, dit-elle avec obstination.

Il se fâcha, d'une colère superficielle, qui le détourna de ses pensées.

— Tu ne peux tout de même pas faire tes valises et laisser un mot sur la table, Lou. Ça ne se fait plus.

— Mais je ne veux pas faire mes valises... dit-elle sans trop de conviction.

— Que tu es sotte !

Il souriait. Il savait bien qu'elle finirait par venir. Il en était sûr. C'était même une des rares choses dont il se sentait encore sûr. Mais pourquoi faire traîner les choses ?

— Tu l'aimes encore ?

— Je ne peux même pas me souvenir d'avoir été amoureuse de lui.

Un jour pourtant, sur le pont (le même pont qui figurait sur le tableau d'Henry, mais elle n'y pensait pas), ils avaient couru l'un vers l'autre ; ils avaient eu hâte de se trouver dans les bras l'un de l'autre, et elle avait murmuré, la bouche contre la sienne : « Comme tu es beau ! » Et un jour, elle avait pleuré, sur le lit d'une petite chambre d'hôtel, de ne pas comprendre ce qu'il voulait...

— Tu as pitié, alors ?

— De quoi ? demanda-t-elle avec une sincère surprise.

Non, la maladie ne lui inspirait pas de pitié, ni la pauvreté. Elle n'avait jamais eu pitié d'elle-même, pourquoi aurait-elle pitié de lui ? Evidemment, si elle le quittait, il serait seul ; mais il lui resterait l'appartement. Il pourrait se faire soigner par la petite Fortin, ou par Mme Prêtre. Ou se réfugier au sanatorium comme le Dr Fisher le lui avait conseillé depuis longtemps. Ce n'était pas cela qui la tourmentait, ni la perspective des discussions inévitables. Car il y en aurait, des discussions. Il se cramponnerait, c'était certain. Il avait beau prendre un air de martyr et se plaindre à ses amis (elle en était sûre, rien qu'à la façon dont on la dévisageait, dans la maison), il ne la laisserait pas partir sans histoires. C'était un homme à histoires. Il fallait être juste, d'ailleurs, comment s'en tirerait-il sans elle ? Ce qu'il gagnait était dérisoire.

— Non, dit-elle tout haut, il se débrouillerait, je pense. Mais...

Henry se prenait au jeu, s'énervait.

— Tu couches avec lui, alors ?

— Mais non... pas depuis... longtemps...

— Comme c'est vraisemblable ! Il est jeune, beau garçon...

Elle se mit à rire.

— Qui t'a dit ça ?

— La petite Sylvia.

— Ah ! oui... Elle doit être amoureuse de lui. Le nombre de petites jeunes filles qui en sont amoureuses... Une petite horreur qui habite la maison, entre autres, s'est mis dans la tête...

— Je n'ai aucune envie d'entendre parler des conquêtes de ton mari, figure-toi, dit-il avec une violence qui lui fit du bien. Si tu refuses de venir ici, il y a bien une raison, je pense ?

Une raison ? Elle n'en trouvait d'autre qu'une répulsion très vague, très confuse, à ne pas comprendre ce qu'il voulait obtenir d'elle qu'elle ne pût lui donner chaque jour, et cet absurde sentiment que l'offre trop belle devait cacher quelque piège invisible.

— Plus tard, dit-elle, plus tard peut-être...

Il se leva, arpentant la pièce.

— C'est ça, plus tard. Quand tu auras quatre-vingt-dix ans. C'est alors qu'il pourra faire un joli titre, le petit : « Ils se sont attendus soixante ans ! » A moins que je ne sois déjà enterré, auquel cas tu viendras me voir tous les jeudis, avec un bouquet ! Tu n'es pas un peu folle, dis ? Tu te prends pour Greta Garbo ?

Elle baissait la tête, sincèrement honteuse, car tout l'aurait portée au contraire à se trouver indigne de tant de biens offerts, à les accepter avec reconnaissance, si ce secret sentiment de méfiance...

— Je te demande pardon, dit-elle vraiment confuse. Je ne sais pas ce que j'ai...

— C'est bon. Pour les discussions psychologiques, tu repasseras. Quand tu seras décidée, tu m'enverras un mot, je te dirai si la chambre est encore libre. En attendant, si tu voulais bien m'autoriser à travailler un tout petit peu...

Il avait repris ses pinceaux. Il se sentait mieux. Il voyait maintenant ce qu'il avait à faire. C'était ce peignoir qui gâchait tout. Elle s'était remise en place, sans protester.

— Jette-moi ce peignoir, tiens. C'est affreux, ce jaune et rouge. Tu me feras le plaisir de t'acheter un peignoir bleu... ou vert... En attendant, pose comme ça.

Docilement, elle jeta le peignoir. Son visage était calme. Son corps apparut, rassurant comme une pierre.

*
**

En pensée, elle les rassemblait autour d'elle, comme un cercle de famille, un rempart. Elle n'en était plus réduite, tout de même, à s'inventer des raisons, des témoins. Ils étaient là, vivants, existants, avec un état civil, une profession, faisant partie de cette foule qu'elle avait redoutée... Mme Prêtre d'abord et Sylvia... Bien sûr, la moralité de l'une, la simplicité de l'autre... Mais elles n'avaient aucune raison de lui mentir. Elle n'avait pas rêvé le regard stupéfait de Mme Prêtre auquel avait succédé tant de visqueuse amabilité. Elle n'avait pas rêvé les larmes dans les yeux de Sylvia : « Que c'est beau, Martine, comme vous devez être heureuse ! » Il est vrai que Mme Prêtre, qui n'aimait pas Louise... Que Sylvia, qui pleurait chaque jour sur *France-Soir*... Mais il y avait Mlle Lethuit, un être d'élite, celle-là. Une vie consacrée à son père, à sa sœur mal mariée, aux déshérités... Un dévouement incontestable, modeste, une intelligence droite... Ce n'était pas vers Stéphane, mais vers Martine qu'elle s'était avancée. « Ma chérie, comme j'aime ce climat... Ce rôle que vous avez joué, votre dévouement tous les deux à une idée... Evidemment, cette morale-là n'est pas tout à fait la mienne, et je ne vous aurais pas blâmés si une union libre... Mais moi-même, j'ai toujours préféré ne pas me marier pour être fidèle à ceux qui avaient besoin de moi... Il est un point où toutes les doctrines se rejoignent, n'est-ce pas ? » Son baiser avait été sincère, son étreinte à Stéphane sincère, sa conviction sincère... « Toutes les doctrines se rejoignent... » Et elle était repartie pour Meudon... Non, pas Mlle Lethuit.

Mais Gérard Ducas ? Un homme instruit, un ancien agrégé, qui n'était pas une vieille fille, n'avait pas le goût de l'autorité, n'avait aucun sacrifice à justifier... Elle revoyait son visage fin, un peu effacé, empreint d'un sincère attendrissement. « Stéphane, mon ami, je suis profondément ému... C'est infiniment touchant, c'est... n'est-ce pas, Paul ? » Cet attendrissement était sincère, sincère la cordialité de Paul Coban : « Epatant, votre truc... » Et ils étaient remontés ensemble, tranquillement, accompagnés des souhaits de bonne nuit... Non, non pas eux. Et le Dr Fisher ! Un homme dans la force de l'âge, courageux, qui avait souffert, ne consentirait pas à une complaisance, lui qui avait tout perdu pour son idéal... Ou Socrate ? Simple, incapable de...

Inutile de continuer. Ce n'était pas cela qui allait la rassurer. Il y aurait eu cent personnes, elle aurait ressenti la même gêne, la même atroce déception. C'était la hâte, oui, la hâte avec laquelle ils s'étaient tous exclamés, tous congratulés, et puis avec laquelle ils étaient tous partis... La fuyant, littéralement, elle et ses questions, elle et son inquiétude. « Puisqu'on vous dit que c'est très beau ! Puisqu'on vous dit qu'on est d'accord ! » Et Stéphane lui-même l'avait fuie, content, elle l'avait vu à son sourire, heureux, délivré... Tout le monde serait-il donc éternellement délivré, sauf elle ? Etait-ce une conspiration ? Ils l'avaient fuie. Non pas Stéphane mais elle. Pourtant ils avaient écouté Stéphane, ils l'avaient félicité pour ce journal où elle apparaissait constamment. Ils auraient dû... ils auraient dû... Elle pleurait de rage, la tête enfoncée dans son oreiller. Elle qui s'était vue triomphante... « Mais bien entendu... Mais nous l'avons toujours su... », avaient-ils eu l'air de dire. Et Stéphane, comme elle le haïssait aujourd'hui, qui approuvait, acceptait... Qu'y avait-il de changé, alors qu'elle attendait une fulgurante révélation ? Elle avait eu tort d'exiger cette lecture. Elle aurait dû deviner que cela ne changerait rien, pour eux comme pour elle. « Me voilà comme je suis vraiment, avait-elle voulu leur dire. Vous ne m'avez jamais vue, regardez-moi donc ! » Et eux, avec leur répugante complaisance : « Mais nous l'avions toujours su, je vous assure » et ils refusaient de lever les yeux. Non, ce n'était pas possible. Elle reprenait tout depuis le début. Il y avait Mme Prêtre, Sylvia...

La pluie tombait, dehors avec une douceur exaspérante.

Le bar sentait le chien mouillé.

— Buvez, buvez donc, mon garçon, dit Socrate avec bienveillance.

Une bienveillance un peu tendue. Le pauvre buvait le café chaud à toutes petites gorgées ; il jouait ce jeu depuis déjà plusieurs semaines. Quand il aurait fini, il lècherait soigneusement le fond du verre, et puis, il attendrait encore, se taisant, intolérablement. Enfin, quand il était bien sûr que ce n'était pas ce jour-là encore que Socrate tiendrait sa promesse, il se levait, lentement, lentement, il sortait, traînant les pieds, et dehors, par la vitre, Socrate le voyait se retourner une dernière fois et le regarder. Et Socrate avait honte, comme l'autre le voulait. Et il se jurait d'acheter le manteau pour la semaine suivante. Mais c'était le quatrième lundi depuis celui où, avec griserie, il avait fait cette promesse, et il avait d'abord remis (le plaisir de sa générosité étant déjà épuisé avant même l'acte accompli), puis il n'avait plus pu. Mais cela, le mendiant ne s'en doutait pas. Il croyait en la richesse de Socrate. Le mendiant toussa bruyamment. Sa toux était déchirante, sifflante, un modèle de toux. « Vous voyez combien j'ai besoin de me couvrir », disait cette toux. Socrate se sentit plein de colère.

— Il fait doux, dit-il à voix haute.

C'était sa réponse à la toux.

— Oh ! mais l'hiver est proche ! dit le mendiant.

— On a encore bien des beaux jours devant soi, dit Socrate avec obstination.

Le mendiant se tut. Il sentait l'autre prêt à profiter de la moindre controverse pour le jeter dehors, et il était décidé à ne se laisser jeter dehors qu'avec le manteau. Il étendit ses jambes dans un rayon de soleil fugitif. Ses pieds étaient nus dans des chaussures trop larges. Il tremblait un peu, de temps en temps, comme un vieil animal qui va mourir. Socrate détourna les yeux, pour ne pas voir cette plainte discrète. Mais malgré lui, ses yeux revenaient toujours à ces maigres chevilles douteuses, grelottantes, et sa colère s'accroissait. C'était uniquement pour le narguer, pour le contrarier, que le mendiant restait là. Mais est-ce qu'il pouvait, lui, Socrate, offrir un manteau avec cinq mille francs dans sa caisse ? L'humiliation le submergea à nouveau. Cinq mille francs ! Lui qui avait été « élevé dans l'or » ! Lui qui avait fait partie de la jeunesse dorée d'Athènes ! Lui qui avait compté à sa table des douzaines de parasites dont il ne savait même pas le nom ! De sa ruine, il se jugeait tour à tour coupable et victime, mais jamais libéré. Il n'obtenait même plus, maintenant, la considération d'un misérable mendiant. (Au fond, lui qui n'avait jamais considéré que la richesse, il lui donnait raison.) Non, il fallait que l'homme cessât de le regarder, de tousser, de trembler.

— Je vais sortir, dit Socrate sans trop d'assurance. J'ai affaire.

— Je puis très bien garder le café, dit le mendiant avec douceur.

Il ne partirait donc pas ! Socrate se résolut à un extrême sacrifice.

— Un sandwich ? proposa-t-il, presque obséquieux.

Il n'en restait qu'un, et si un client venait... Mais il fallait que le mendiant partît, en partît content.

— Non, dit le mendiant, merci bien, mais... je ne me sens pas bien.

Socrate faillit fondre en larmes, d'exaspération. Le

refus du sandwich était grave. Il indiquait que le mendiant comptait bien rester là jusqu'au soir, s'il le fallait. Dieu ! comme il maudissait le moment où il avait promis... « Mais tu dois avoir froid, mon pauvre garçon ! Reviens donc lundi, je te donnerai un bon manteau, c'est que j'en ai, des manteaux, je ne sais qu'en faire ; j'en ai déjà donné plus de la moitié. Ah ! c'est quand j'étais en Grèce qu'il fallait me voir. J'avais quarante complets, des souliers, j'en changeais tous les jours, et quand je les avais portés trois fois : « Tiens, mon ami, prends ces souliers, prends ce complet, prends, prends... » Quelquefois, quand je me promenais sur la place de la Constitution, il y avait dix personnes autour de moi : « Un café, Socrate, paie-moi un café ! — Achète mes éponges, Socrate, achète, ça te portera bonheur. » Et j'achetais, et je payais... Et toutes ces personnes, elles avaient des souliers à moi. » Il avait fini par y croire. Il avait été le roi d'Athènes. Et aujourd'hui, il n'avait même pas un malheureux manteau à offrir. Et ce mendiant pouilleux qui se grattait au soleil, allait le juger. Le juger, lui Socrate ! La paix qu'il achetait si cher à Constantin, à Dimitrios, la considération, le respect qu'il mendiait et qu'il n'avait pas pour lui-même, tout cela tombait en loques avec les secondes que scandait bruyamment la grosse horloge, tout cela s'effritait, devenait poussière, sous le regard de plus en plus inquiet, de plus en plus inquisiteur, des yeux chassieux... Non, ce n'était pas possible ! Il ne pouvait pas rester là jusqu'au soir, subir ce supplice. Il ne pouvait pas avouer, détruire l'échafaudage compliqué qui était toute sa vie ! Il se versa d'une main tremblante un verre de vin, le vida d'un trait. Les secondes tombaient en bourdonnant, le mendiant regardait. Non, non, pas l'aveu, pas cela ! Socrate se leva en chancelant... M. Ducas... Il ne fermait jamais le verrou de sa chambre... La clé de Socrate suffirait... Il avait deux pardessus... Il se croirait cambriolé... le mendiant ne reveindrait plus, il le lui défendrait. Le bourdonnement des secondes était devenu assourdissant. Socrate tendit la main, hésita encore. Le regard du mendiant le suivait, rempli d'espoir maintenant. Il pensait sûrement que Socrate allait dans sa chambre, choisir, parmi ses quarante costumes... S'il avait vu la petite penderie où voisinaient trois chemises avec l'unique gabardine (que Socrate ne songeait pas à lui donner)... On croirait à un vol. La rue était passante, l'escalier désert... En cassant un peu la serrure... Déjà, avec l'intensité du drogué prévoyant son hypnose, Socrate imaginait les remerciements du mendiant, sa confusion (avoir osé imaginer que le patron lésinerait sur un manteau !), ses balbutiements qui lui rendraient un moment cette souveraineté perdue... Déjà, il sortait sa clé... Il fit un pas vers le fond du bar, un autre... Le regard du mendiant pesait sur son dos comme une chape — puis, tout à coup, obnubilé, oubliant tout, il se précipita dans l'escalier, le gravit jusqu'au second, dans l'étroit couloir, chercha d'une main tremblante la serrure, tira, poussa, entra, courut à l'armoire, l'ouvrit : elle était vide. Vide ! Tout à coup, il se souvenait que Ducas, le matin même, était sorti portant quelque chose sur le bras. Sûrement son manteau qu'il portait à nettoyer. Encore un regard éperdu, le tiroir de la commode ouvert et refermé. Mais l'antiquaire était homme d'ordre. Si le manteau n'était pas dans la penderie, il était chez le teinturier. Socrate resta immobile un long moment. Il était dégrisé. Lentement, lourdement, il redescendit l'escalier, rentra dans le bar. Avec la subtilité des misérables, le mendiant sentit qu'il se passait quelque chose. Il eut pour les mains vides de Socrate un regard à la fois de désespoir et de mépris. Puis il se leva et sortit sans même se donner la peine de tousser. Socrate s'affala sur un tabouret du bar. C'était fini. Plus jamais, devant le mendiant, il ne serait un homme riche. Une larme coula sur sa joue.

La pluie tombait à nouveau, avec une douceur exaspérante.

— Voudriez-vous me donner un grog, Socrate ? demanda la voix de Martine.

Il servit en silence. Elle se tut aussi, un long moment.

Et pourtant quelque chose entre eux se nouait, si évidemment qu'au bout d'un instant il dut lever le nez.

— Quoi ? dit-il brusquement. Qu'est-ce qu'il y a ?

Il fallait que son inquiétude fût tangible pour que Socrate même, si enfermé en lui-même, s'en aperçût, y participât. Cela lui rendit de l'espoir.

— Rien, dit-elle cependant pour le rassurer... Je me demandais seulement...

Elle cherchait la façon de pénétrer en lui, de le surprendre avant qu'il ait pu s'armer de cette insultante courtoisie, de ce masque souriant des autres... Elle le jugeait bête, crédule, et l'avait choisi en conséquence.

— Tenez, Socrate, parlez-moi de votre jeunesse à Athènes... J'aime les voyages, j'irai peut-être en Grèce un jour...

Mais Socrate était brisé pour l'instant, accablé sous le poids de ce dernier regard du mendiant, presque hautain.

— La Grèce, vous savez... quand on est... des phrases, mademoiselle, des phrases...

(Ah ! il n'aurait pas dit cela au temps des fauteuils en peluche, de la salle illuminée qu'il traversait en maître, des cuisines où s'entassaient les poulets blêmes sur le marbre...)

— On parle, on parle... et quand on rencontre le malheur, mademoiselle, on s'aperçoit que c'était du vent, tout ça...

Du vent, cette fierté qu'il avait de son pays, de son origine ; du vent, ce plaisir d'être un homme, de traverser, bien habillé, rasé de frais, la place ensoleillée ; du vent, cette facile sympathie pour tous ceux qui dépendaient de lui ; du vent, Socrate lui-même, qui n'inspirait même plus de respect à un simple mendiant...

— Du vent, Socrate ? Oui, bien sûr, toute cette littérature...

A pas de loup, elle tournait autour de son sujet, sûre cette fois qu'il ne lui échapperait pas, qu'elle saurait...

— D'ailleurs, n'est-ce pas, ce qu'on dit... ce qu'on

écrit... L'autre jour, cette lecture... Qu'est-ce que vous avez pensé, l'autre soir, de ce que M. Morani a lu ?

Elle fut surprise de la vivacité avec laquelle il se retourna. Elle aurait dû, peut-être, attendre, avoir plus de circonspection ? Mais elle n'en pouvait plus d'impatience.

— Qu'est-ce que vous voulez dire, mademoiselle ? Je ne comprends pas, je... j'ai trouvé ça très bien, comme tout le monde !

Son visage trop expressif, aux gros yeux sombres, où les sourcils avaient l'air postiches, ce visage si débonnaire, presque comique, soudain s'affolait ; le teint foncé devenait jaune, ce qui était sa façon de pâlir, et ses mains fébriles s'agitaient parmi les bouteilles, cependant qu'il s'était retourné comme pour éviter le regard de Martine.

— Oui, insista-t-elle sans pudeur, mais ça ne veut rien dire, très bien. C'est votre opinion personnelle que je voudrais...

— Mademoiselle, fit-il lentement, sans se retourner, et comme avec application, c'était très bien, voilà tout ce que je pense. Très bien tourné, très bien dit... Je ne vois pas ce que vous voulez de plus... C'est comme Mme Prêtre...

— Mme Prêtre vous en a parlé ?

— On en parle toujours trop, dit-il sombrement.

— Mais qu'est-ce qu'elle vous a dit au juste ?

Dans son exaspération, elle l'avait saisi par la manche, le forçant à se retourner vers elle, alors qu'il cherchait toujours à éviter son regard.

— Mais la même chose, mademoiselle Martine, que c'était bien dit, tout ça... Voulez-vous me lâcher, s'il vous plaît ? Lâchez-moi donc, mademoiselle !

Mais elle restait accrochée à sa manche, elle continuait à fixer ce visage bonasse auquel elle n'avait jamais prêté tant d'attention, et sous son regard, il lui semblait que se décomposait ce masque du bon Socrate, dont ils avaient moqué plus d'une fois les vantardises ingénues, comme la jeune fille aux nénuphars, comme le dieu doré ; aujourd'hui, voilà qu'elle le voyait enfin, qu'il devenait autre chose, de plus désemparé et presque effrayant... Etait-ce un signe ? Allait-elle briser cette barrière qui l'avait, l'autre jour, croyait-elle, séparée de la vérité ?

— Vous ne vous êtes pas demandé pourquoi il vous a lu ça ? Pourquoi il l'a écrit ?

Si cette chose qu'elle croyait pressentir, mais d'une façon si vague et si obscure, comme un objet dans l'obscurité qu'on devine, qu'on tâte, mais dont on ne peut se représenter cette forme pourtant sentie, si ce signe n'était pas, qu'elle croyait lire sur ce visage, si ce n'était pas une sorte de peur que dans une divination subite elle sentait, elle traquait en lui, mais simplement l'ennui et le malaise que vous cause, chez un interlocuteur, un sentiment qu'on ne partage pas, qu'on ne peut même pas se représenter, si tout cela n'était qu'une légère et vacillante construction de son esprit, sa question avait-elle un sens ?

Socrate se taisait. Pourquoi quoi ? se demandait-il dans son cerveau embrumé. Qu'est-ce qu'elle voulait au juste ? En d'autres temps, il aurait réclamé un éclaircissement, posé des questions. Mais il était brisé. Le souvenir obsédant du mendiant le hantait, le laissait dans défense, sans ressort. Pourquoi, avait-elle demandé, et cette question lui paraissait s'appliquer à tout autre chose. Pourquoi avait-il connu cette détresse ? Etait-ce bien lui, Socrate, qui avait gravi en hâte l'escalier, secoué la porte de l'antiquaire, cherché un manteau pour le *voler* ? Pourquoi ? Pourquoi ?

— Mais répondez donc ! cria-t-elle, hors d'elle. Répondez ! Cela ne signifie rien, n'est-ce pas ? Cela ne veut rien dire ? Des phrases, de belles paroles, c'est tout ? Pour cacher... pour cacher...

Elle trébucha sur sa propre pensée, incapable de poursuivre.

Le mendiant avait disparu. Il ne reviendrait pas. La porte de Gérard Ducas était refermée, il ne s'apercevrait de rien. Ce n'était pas Socrate qui, pris d'une terreur insensée, avait gravi l'escalier. C'était autre chose, quelqu'un d'autre, ce besoin désespéré qu'il avait imprudemment nourri, cette pitoyable vanité qui le dévorait peu à peu et qui était devenue comme une personne étrangère qui le faisait agir si bien que ce qu'il subsistait de lui-même ne pouvait qu'assister, désespéré, à l'incompréhensible métamorphose... Non, le mendiant n'avait pas existé. Seul existait Socrate, debout dans le bar, et qui ne désirait pas se poser de questions... Dans un suprême effort de volonté, il parvint à écarter sa frayeur, à rentrer en lui-même, à réintégrer en quelque sorte ce corps qui avait agi, mû par autre chose que par sa volonté.

— Je crois que vous êtes très fatiguée, mademoiselle Martine, dit-il avec un calme subit. Vous devriez aller vous coucher. Ces temps d'automne sont traîtres. Vous couvez sûrement quelque chose.

— Vous croyez, Socrate ?

Elle insistait encore, restait là, derrière le bar, avec des yeux implorants et tenaces, comme le mendiant... Un instant, il eut une intuition fulgurante, trop rapide pour être même une pensée, qu'elle aussi était mue, à ce moment-là, par une « chose » qui n'était pas sa volonté, comme il l'avait été dans l'escalier. Mais ce ne fut, comme je l'ai dit, qu'une fulgurante sensation, une sorte de douleur vive à laquelle on porte la main quand elle a déjà disparu, une sorte d'élan aussi, de fraternité soudain aperçue et réfutée... Déjà réfutée... Il lui sourit, avec moins de peine que tout à l'heure, et son visage était celui, un peu comique et mélodramatique, avec ses sourcils trop noirs, ses yeux trop noirs, ses traits trop marqués, du Socrate de tous les jours...

— Je vous assure, mademoiselle Martine. J'ai bien servi vingt grogs aujourd'hui. Que ce ne soit pas la grippe asiatique, seulement, dont on parle tant ! Je pense...

Elle était partie, courbant les épaules.

« Je dois être folle. Ou malade. Hier au magasin, j'étais dans un courant d'air. La grippe, pourquoi pas ? J'ai froid... je frissonne... Prendre un calmant... »

Et pourtant, elle allait frapper à la porte de l'antiquaire. Pas de réponse. Elle frappa chez Paul, sans raison, sans pensée : le seul besoin qu'une porte s'ouvrît.

— Vous n'auriez pas une antigrippine ? Je me sens si mal et ressortir...

Paul était vêtu d'une sorte de salopette maculée de couleurs et paraissait content.

— J'ai bien du maxiton, mais... Entrez, entrez. Tenez, mon dernier machin... époque verte, dit notre ami Gérard. Il n'est pas rentré, c'est lui qui doit avoir de l'antigrippine, de l'anti tout ce que vous voudrez. C'est qu'il se soigne ! Mais Morani doit en avoir aussi, non ? Ah ! tout à fait le même genre, tous les deux, ces braves vieux gars... Gérard est allé s'occuper de mon exposition...

— Est-ce que je puis m'asseoir un moment ? demanda-t-elle.

Sa tête lui paraissait devoir éclater. C'était sûrement la grippe.

— Bien sûr, asseyez-vous. Ma pauvre Martine, mais vous êtes verte, comme ma peinture ! Je vais vous donner un coup de rhum, cela vous soulagera...

— C'est que... je n'ai pas l'habitude de boire... protesta-t-elle en vain.

Il revenait déjà avec la bouteille et un verre douteux.

— Si, si, buvez, ça tue les microbes.

Il lui versa une copieuse rasade, qu'elle but d'un trait. Avec ça et son grog, si elle ne réussissait pas à guérir, c'est que décidément ce ne serait pas la grippe. Il l'observait d'un air amusé.

— C'est la première fois que vous buvez du rhum ? Vous faites une de ces grimaces ! Ça vaut mieux que l'antigrippine, pourtant.

— Vous croyez ? demanda-t-elle.

La tête lui tournait déjà.

Mais elle se sentait mieux, beaucoup mieux. Et elle dit avec un peu trop de chaleur :

— Vous êtes vraiment chic, Paul !

— Eh ! doucement, dit-il en riant. Pas d'infidélité à ce bon Stéphane, hein ? J'espère que ce n'est pas pour me séduire que vous avez fait irruption dans ma chambre !

Elle rit exagérément, sans se choquer de sa grossièreté.

— Oh ! c'est une idée qui ne me viendrait pas ! Ce serait... ce serait désespéré...

Elle se trouvait très drôle et fut surprise de ne pas voir rire Paul Coban.

— Qu'est-ce que vous voulez dire, désespéré ? fit-il avec brutalité. Si vous faites allusion à votre type de femme, vous avez sacrément raison. Mais si vous osez...

Elle n'eût jamais rêvé en d'autres temps de se trouver dans la chambre de Paul Coban, se chamaillant avec lui. Mais puisqu'elle avait la grippe, se répétait-elle comme une bonne raison.

— Allons, allons, Paul (elle ne l'avait jamais appelé par son prénom), si nous nous parlions franchement, pour une fois...

— Qu'est-ce que... qu'est-ce que vous voulez dire ? balbutia-t-il, décontenancé.

Elle voulait le voir aussi, enfin, comme elle avait eu l'impression de *voir* Socrate. Et elle avait tout à coup (était-ce l'ivresse ?) l'impression que ce serait facile.

— Mais oui. Si nous nous disions un peu la vérité, hein ? Pas de politesses, comme l'autre soir. Vous n'y avez pas cru, hein, à ce qu'il a lu ? C'est comme ce bon vieux Gérard, votre ami...

Elle éclata de rire. Elle trouvait tout cela si drôle, ce soir. Et si elle n'avait pas dit vrai, pourquoi Paul, rouge pourtant de colère, se fût-il efforcé de la convaincre ?

— Je ne sais pas ce qui me retient... gronda-t-il. Vous devez être ivre, ce n'est pas possible... Ecoutez, Martine, Gérard et moi nous sommes des amis, c'est tout. Des amis, vous m'entendez ?

Oui, pourquoi s'évertuait-il à la persuader, cette

fille laide qui restait là à rire sur cette chaise, tout le visage épanoui dans une sorte de triomphe dérisoire ?

— Des amis, dit-elle avec toujours ce même rire, sur sa face blême, mais oui... des amis...

— Il aime ma peinture, voilà pourquoi...

— Mais oui, mais oui..., dit-elle.

Et elle eut un accès de rire encore plus long qui touchait à l'hystérie.

— De beaux prétextes, tout ça... des phrases, encore... Toujours la même chose... C'est comme ce journal... Tous les mêmes...

— Foutez-moi le camp, dit Paul.

Ses yeux étincelaient, et il la saisit par l'épaule.

— Et plus vite que ça.

C'était ce qu'ils disaient tous, même Stéphane. Elle était gênante, elle les dérangeait. Mais Paul, au moins, était franc.

— Vous êtes franc, vous, disait-elle encore en riant, tandis qu'il la poussait vers la porte. Vous êtes franc, hein ?

Et elle l'avait vu, lui aussi. Son visage nu, convulsé de colère et de peur. C'était cela leur complaisance, leurs sourires. Ils avaient peur, tous. C'était pour cela qu'ils la chassaient ; elle les dérangeait. Cette idée, qui la désolait quelques heures auparavant, l'enchantait maintenant, et, la porte refermée, elle en riait encore, assise sur une marche, incapable de se relever. Elle riait, elle riait, et elle entendait son propre rire monter dans l'escalier en spirale, frapper à chaque porte, les défier tous... Qu'ils répondent au moins ! Il devait être rentré, pourtant, Stéphane, il devait l'entendre. Et Louise, la calme Louise ! Et Mme Prêtre, en bas, et Sylvia sur son lit rose, devaient l'entendre ! Et l'antiquaire, n'allait-il pas rentrer ? Et Socrate ne l'entendait-il pas, à l'abri derrière son bar nickelé ? Et le Dr Fisher, si digne sous ses cheveux blancs, n'allait-il pas sortir : « Qu'y a-t-il donc, a-t-on besoin de moi ? » Elle riait, elle riait, incapable de s'arrêter. L'une de ces portes n'allait-elle pas s'ouvrir ? Quelqu'un n'allait-il pas s'inquiéter ? *Poser une question ?* Mais les portes restaient fermées, l'escalier poussiéreux restait vide, et ce ne fut que bien plus tard, quand le silence se fut rétabli, quand déjà, assise sur la moquette usée, la tête entre les mains, elle avait cessé de rire depuis des siècles, que le jeune homme blond, locataire de Mlle Lethuit, descendit, et fit pudiquement semblant de ne pas la voir.

***

La pluie tombait. Et remplissait la *Brasserie Dorée* d'une foule inhabituelle, qui s'ébrouait et réclamait des grogs. « Un grog, un ! » Bruno avait le trac. Passant par-dessus ses préjugés, il avait décidé d'interprété cet après-midi (avec l'autorisation du gérant) *le Facteur de Panama,* chanson comique, en entier. Toni, la serveuse, était toute réjouie. « Voulez-vous un grog aussi, monsieur Stéphane ? J'en ai servi trente-trois depuis deux heures ! Non ? Bien chaud, avec du sucre ? »

— Ah ! on peut dire que vous êtes soigné, grommelait Marcel. Et moi, on ne me sert rien ?

Il était soucieux, sa femme allait accoucher d'un moment à l'autre.

— On vous verrait, monsieur Marcel, riait Toni.

Mais ce n'était qu'un prétexte, tout le monde savait qu'elle avait un faible pour Stéphane. Il faisait bon dans la salle, et dans cette affluence inaccoutumée, dans cette atmosphère houleuse, les trois musiciens faisaient un effort pour accélérer leur rythme nonchalant, se permettaient des fantaisies que le gros gérant pâle, du fond de la salle, approuvait d'un hochement de tête majestueux. Toni et les deux garçons « d'après-midi » ressentaient eux aussi les effets bienfaisants des pourboires nombreux, et semblaient crier plus haut, à dessein : « Deux demis, un grog, encore un ! » Sur les murs, le portrait de Gloria Grétry avait fait place à la figure réjouie d'un ténor breton, autre espoir de la chanson, qui chantait « le répertoire de Luis Mariano », disait-il d'un air jovial qui emportait la sympathie du public.

— Alors, chuchota Stéphane, tu le chantes ?

Et Marcel (qui continuait à guetter du coin de l'œil si l'on ne l'appelait pas au téléphone) :

— On y va, *le Facteur de Panama ?*

En se dandinant, Bruno s'avança devant le micro. Il eut un regard éperdu sur la salle, roulant ses gros yeux, et on rit. Lui qui avait tant rêvé de charmer, d'émouvoir... Il commença :

C'est le facteur, c'est le facteur de Panama
Qui sait danser, qui sait danser le cha-cha-cha...

Il chantait sans goût, sans entrain, malgré les rires qui fusaient çà et là, malgré les encouragements murmurés de Marcel et de Stéphane. Toni s'arrêta pour le dévisager par-dessus son plateau, et pouffa de rire. « Il est tordant », murmura-t-elle en passant près de Stéphane.

— Le pauvre garçon qui voulait faire son André Claveau... On va lui faire une blague, attendez...

Il était d'excellente humeur, prêt à rire d'un rien, et la mine piteuse du pauvre Bruno, dandinant son « cha-cha-cha » sous les rires de la foule, l'amusait comme un enfant.

— Marcel ! Psst ! Marcel !

Il lui fit signe de presser le mouvement. Marcel acquiesça d'un signe de tête. Ils accélérèrent.

Qui sait danser... qui sait danser...

Bruno donnait des signes d'inquiétude. Marcel, un instant distrait de son souci, étouffait de rire derrière sa guitare. Stéphane, qui s'amusait follement, pressa encore, transforma le cha-cha-cha en une danse endiablée dont Bruno n'arrivait pas à rattraper le rythme, au grand plaisir des spectateurs qui croyaient l'effet voulu.

Savait danser, savait danser, savait danser...

— Il est impayable ! chuchota Toni qui ne se décidait pas à quitter la salle.

Un tonnerre de rires salua la fin de la chanson, Bruno essoufflé et furieux.

— Vous êtes des...

Mais le gérant s'était frayé un passage jusqu'à eux.

— Ce n'est pas mal du tout, vous savez ! Vous devriez vous faire un répertoire... Qui sait si, en soirée...

— En soirée ?

Bruno rougissait de plaisir.

— Mais oui, qui sait ? D'abord il faudrait essayer l'après-midi, bien entendu. Mais si ça marche... Ah ! j'oubliais, je ne voulais pas vous déranger, Marcel, vous avez une fille. On a téléphoné.

— Vous auriez pu me le dire tout de suite ! s'indigna le guitariste. Une fille... Je voulais un garçon... Ma femme est bien ?

— Je suppose, fit l'autre avec un geste vague. Reprenez, reprenez... Ah ! monsieur Morani, avant de partir, je voudrais bien vous demander... C'est bien Mme Morani qui est dans *Paris-Monde ?* J'en ai un, tenez, si elle pouvait me le signer... C'est pour ma petite-fille, qui collectionne les autographes. Et si elle pouvait m'en avoir un du peintre, aussi, ce serait gentil... Reprenez, messieurs, reprenez...

Il s'éloigna, toujours blême, et gras, et triste, pinça Toni au passage, par acquit de conscience.

— La sélection du *Cheval Blanc*, dit Stéphane. Pas de nouveauté, cela risquerait de dérouter notre cher public. Et bravo, Marcel !

— Il n'y a pas de quoi...

— Mais si, mais si, dit Bruno qui avait repris son optimisme. C'est bien plus gentil, une fille. Comment l'appelez-vous ?

Stéphane fouillait parmi la musique, rangeait l'exemplaire de *Paris-Monde.*

— Marcelle... dit le guitariste en rougissant. Qu'est-ce qu'il y a sur votre femme, dans *Paris-Monde ?*

Stéphane lui tendit l'exemplaire.

— Pfft ! siffla Marcel, elle n'est pas mal, dites donc ! Mais soit dit sans offense, le tableau, il est drôlement moche ! C'est dans un musée, ça ?

Bruno s'était rapproché.

— Fais voir... C'est bien elle, je trouve. Elle devait être drôlement bien à cet âge-là, hein ?

— Une beauté, dit Stéphane avec sincérité. Et un regard... On aurait cru...

— Une poitrine surtout, dit Marcel plus prosaïquement. Mais elle n'est toujours pas mal, pour son âge. La preuve, c'est bien qu'il lui refait son portrait, le gars. Et à poil, encore... Oh ! pardon...

Stéphane eut un geste mélancolique.

— Si je suis contraint de laisser poser ma femme, tu penses bien que je dois m'attendre à ce genre de réflexion, mon petit Marcel... Je sais que tu n'y mets pas de méchanceté, c'est l'essentiel... Et je n'aurais certainement pas autorisé ma femme à cette pose un peu... osée, si ce n'avait été pour un aussi grand peintre, universellement connu...

— Oui ? dit Marcel avec une moue dubitative.

Une fois de plus, ils entamèrent la sélection du *Cheval Blanc.*

*
**

Martine n'attendait pas Stéphane à la sortie, mais il ne s'en préoccupa pas outre mesure. Il s'amusait encore du souvenir du pauvre Bruno, des plaisanteries de Marcel, soulagé, qui avait offert une tournée (lui aussi avait dû en offrir une, mais cela n'avait pas d'importance, maintenant que ces séances de pose rapportaient un peu d'argent à Louise. Ils avaient ri, plaisanté, dans les czardas répandues à flots par le nouvel « orchestre typique », bu à la santé de « Marcelle », du « Facteur de Panama », et (ils y tenaient tant qu'il eût paru déplacé de refuser) du « Portrait de Lou ». Il hésita un moment devant la pluie qui tombait toujours. Mais il faisait tiède malgré tout, et il releva le col de son manteau, s'enfonça dans la foule. Il pleuvait trop pour s'attarder. Il n'irait pas voir si Martine dînait au restaurant végétarien. Il ne monterait pas non plus à sa chambre ; il se sentait, malgré sa bonne humeur, les jambes lourdes, la tête un peu bourdonnante... Il n'avait aucune envie d'aller discuter avec Martine, Dieu sait quelles fantaisies brumeuses... La seule pensée qu'elle l'attendait peut-être entamait sa tranquillité, sa belle humeur. Il y a vraiment des êtres qui ne savent pas vivre, pensa-t-il avec une sereine pitié. Elle était de ceux-là. Il avait tout fait pour elle, et elle trouvait encore le moyen de ne pas être contente. « Pauvre Martine ! » Il y songeait encore en montant l'escalier, et cela lui gâchait le plaisir de retrouver l'appartement qui paraissait tout neuf, avec ses peintures fraîches. Il ouvrait la porte, espérant qu'elle ne guettait pas ce petit bruit pour descendre du quatrième. La présence de Louise lui fit presque plaisir. Elle circulait, une casserole à la main, et en combinaison, selon son habitude. Il y avait des années qu'il lui reprochait ce manque de pudeur et cette désorganisation. Enfin ! Il se sentait porté à l'indulgence, ce soir.

— Bonjour, mon amie. Est-ce toi, ou la casserole, ou toutes les deux, qui sentez si bon ?

— C'est la casserole qui sent le Chanel, et moi qui sens l'oignon, dit-elle en riant. Je me dépêche, je dîne en ville.

— Dépêche-toi. Mais tu irais plus vite si tu n'essayais pas...

— De tout faire en même temps, je sais... Je te prépare ton dîner, plains-toi... Des champignons à la grecque, des raviolis, des pommes de terre à l'oignon... Et je t'ai acheté une bonne bouteille de vin.

— Tu es bien aimable...

Il secouait soigneusement sa gabardine usée avant de l'accrocher dans l'entrée minuscule où ils se heurtaient.

— Il fait un de ces temps... Ah ! tu sais, mon guitariste-violoncelliste, si j'ose dire, a une fille...

Il aimait, en parlant de Bruno et de Marcel, dire « mes » musiciens. Louise le disait aussi, parfois, mais par dérision : « Ton » orchestre ! Mais elle ne rit pas. Elle restait là, avec sa casserole, comme indécise.

— Comment s'appelle-t-elle ?

— Marcelle...

Il alla dans sa chambre, mais laissa la porte ouverte. Si Martine passait, elle entendrait le bruit des conversations, et n'entrerait pas. Il n'avait aucune envie de discuter, ce soir. Au moins, les propos de Louise ne le fatiguaient pas. Les champignons, le vin, elle ne sortait pas de là. Elle faisait ce qu'elle pouvait. Il s'allongea sur le lit, gardant ses souliers tant il était fatigué. Plus tard, plus tard... Il venait une bonne odeur de la cuisine, mais se lever pour aller manger, faire un pas de plus, un effort de plus... Louise vint le considérer, dans l'encadrement de la porte.

— Ça ne va pas ?

— Pas fort...

— C'est l'humidité. Demain matin, je t'achète une autre gabardine. Celle-là a fait son temps. Et tu aurais bien besoin d'un pull-over, d'une paire de chaussures...

— Doucement, doucement... C'est vrai que maintenant que tu es une célébrité... Tiens, dans ma gabardine, justement, tu trouveras trois *Paris-Monde* qu'on m'a demandé de te faire signer ! Et si tu pouvais les faire signer aussi par le grand homme... Ce ne sont pas les derniers, je te préviens...

— Quelles bêtises ! dit-elle, comme un peu mal à l'aise. Tiens, je vais te les enlever, tes chaussures.

Elle s'approcha du lit. Elle avait dû acheter aussi du linge, car sa combinaison, il s'en apercevait maintenant, n'était pas du modèle de celles qu'elle portait habituellement, et il n'y avait pas besoin d'être expert pour voir qu'elle avait dû coûter cher. Elle se baissa. Il s'en voulut d'être un peu troublé. L'autre soir, déjà, avant de descendre, il y avait eu un moment... Posément, elle défaisait les lacets, retirait chaque chaussure. Etait-elle troublée, elle aussi ? S'il y avait une chose dont autrefois il avait été sûr, c'était de l'ascendant physique qu'il avait eu sur elle.

— Tu es très pressée ?

— J'ai le temps, dit-elle en se redressant.

Elle ne le regardait pas. Elle était assez fine pour sentir la présence d'un désir naissant, et assez simple pour s'en émouvoir.

— Assieds-toi un peu près de moi... Il y a si longtemps que nous n'avons eu une conversation, Louise...

Elle aimait sa voix, autrefois. Elle l'aimait instinctivement, sensuellement. Elle l'entendait parler avec enchantement, sans l'écouter... Il connaissait ce pouvoir... Elle s'assit.

— Je crois que c'est cela qui, bien plus que des disputes... inévitables, que de réelles divergences de vue, cause bien des désaccords parmi les couples. On ne se parle plus. La vie vous oblige à un travail sans grandeur, à... Tu ne veux pas t'étendre un peu ?

Elle hésita.

— Tu ne veux pas t'étendre un peu, avait-il demandé, de sa voix chaude dont il connaissait le pouvoir.

— Non, non et non ! Je te déteste !

Pauvre Lou ! Elle pleurait. Il était bouleversé. C'était la première fois qu'il la voyait pleurer.

— Ma chérie, tu as mal compris... Je t'assure...

C'était sa faute. Il n'aurait pas dû amener Louise à leur petite réunion d'amis. (C'était ce qu'il y avait de merveilleux à Paris, on s'y faisait si facilement des amis.) Mais ils étaient tous si sympapthiques, ces jeunes gens dont il avait fait la connaissance dans les couloirs de la radio, où il avait eu la chance de trouver un petit emploi. Il y avait deux jeunes comédiennes absolument charmantes, un accessit de chant au Conservatoire, qui se déclarait communiste et interprétait des chansons révolutionnaires de sa composition, il y avait un jeune ingénieur du son... Quoi de plus naturel que d'avoir eu envie de les faire connaître à sa femme ? Ils avaient pris l'habitude de se retrouver dans un petit café, de faire de vagues projets d'émissions, ils en avaient même réalisé une qui s'appelait : « Les nuages vous parlent... » « C'est très important pour mon avenir, tu comprends... Une carrière à la radio... D'ailleurs, ils sont absolument remarquables, très simples, charmants... » Il leur avait fait quelques confidences, les avait mis au courant de la situation, pour éviter que la conversation ne devînt difficile, peut-être aussi dans ce besoin éperdu d'approbation et d'amitié qu'il ressentait si souvent...

— Du moment que vous l'aimez, Stéphane, avait dit Jeanne, l'une des jeunes comédiennes, d'un ton un peu pincé, bien entendu elle est des nôtres.

(Jeanne prononçait toujours « Stéphâne » — elle était du Nord, une petite blonde, sèche, à taille plate, assez jolie. Elle voulait démontrer qu'elle pouvait « faire du théâtre sans compromission ».)

— Quel besoin d'une excuse pour l'admettre ? s'était écrié avec feu l'accessit du Conservatoire. Vous agissez là d'une façon typiquement réactionnaire, Jeanne. Vous admettez une prolétaire, une victime de la société, oui, mais uniquement parce qu'elle a épousé un de vos amis. Moi, même si elle était dans la rue...

— Pierre ! s'était écriée la jeune femme en rougissant. Stéphane, excusez-le, il ne sait pas ce qu'il dit.

— Mais il ne m'a pas offensé, mon amie ! Oui, ma pauvre Louise a connu toutes les tentations, toutes les humiliations, je ne m'en cache pas. Et même, Jeanne, c'est pour cela que je l'ai aimée. Je m'attends même à bien des luttes encore, à bien des épreuves, peut-être à un échec. Mais ma vie n'aura pas été inutile si...

— Tout cela est bel et bon, interrompit Pierre (Stéphane eut une petite grimace, il avait toujours détesté être interrompu). Mais qu'est-ce que c'est qu'une créature, quand c'est tout l'ordre social qu'il faudrait transformer !

— Stéphane n'a pas épousé l'ordre social, dit Jeanne sèchement.

— Elle doit être bien jolie, murmura l'autre jeune comédienne, une grande brune à poitrine opulente, gênée de son corps.

L'ingénieur du son ne disait rien. Il parlait rarement.

— Allons, Catherine, pas de bêtises, fit Jeanne, comme elle faisait toujours.

Et d'un air de reine :

— C'est entendu, Stéphane, amenez-la quand vous voudrez. Nous tâcherons de l'apprivoiser, votre chère Louise.

— Je n'aime pas vous entendre parler comme cela, dit Stéphane.

Il ne savait trop s'il était vexé par sa sécheresse ou secrètement flatté — car il savait qu'elle était amoureuse de lui. D'ailleurs, elle ne l'attirait pas : frêle, sèche, blonde au nez fin, elle avait une distinction que Stéphane approuvait fort par principe. Mais l'apparition de Lou, radieuse et violente, l'avait touché immédiatement, tandis que Jeanne ne lui inspirait qu'une considération ennuyée. Lou ! Comme il pensait brusquement à elle partout, au café, en passant des auditions, en accompagnant un chanteur, au cours des répétitions, déchiré jusqu'au cœur de désir, de tendresse... Quel besoin de la retrouver vite, de s'assurer qu'elle était toujours là, qu'elle lui appartenait toujours, qu'elle ne l'avait pas trompé, qu'elle ne souffrait pas de leur médiocrité présente, de l'écart entre la réalité et les espoirs qu'elle avait dû nourrir (il avait été, à Signac, un peu trop optimiste sur les chances de réussite d'un musicien à Paris). Mais non, elle était là, innocente, ni triste ni coupable, souriant comme à Signac avec tant d'assurance, tant de fierté, qu'il en était à la fois humilié et ébloui. Quand lui s'inquiétait encore d'avoir l'air provincial, de se tromper dans le métro, souffrait du ton protecteur dont on lui disait : « Ah ! oui, vous arrivez de Signac... » elle connaissait déjà tout, les commerçants du quartier, le numéro de l'autobus qu'il fallait prendre pour aller rue François-Ier, le nom des producteurs qui l'employaient... « Tu devrais... » Il ne conservait sa supériorité que dans le domaine de la culture, lui conseillait de lire ce livre, de visiter ce musée, la guettait du coin de l'œil... Elle obéissait, pleine de bonne volonté, sûre qu'il n'y avait qu'à entrer pour voir, qu'à lire pour comprendre. Et elle lui disait :

— J'ai vu ceci, cela me plaît. Oh ! non ! cela ne me plaît pas, Manet.

Lui qui avait si peur de se tromper, toujours, lui qui aurait voulu rassurer, consoler, et se rassurer aussi...

— Tu as tort, Lou. Quand tu auras éduqué tes yeux, tu comprendras... Et tu n'as rien fait d'autre

Non. Elle n'avait rien fait d'autre. Elle n'aimait pas Manet. Elle aimait le rouge, elle aimait Rubens, elle ne le trompait pas. Intacte. Bloc de chair, dense, lourde. Il était presque agacé de la voir exister, si simplement, lui qui se demandait toujours ce qu'il fallait penser, ce qu'on allait penser... Manet, par exemple. Il ne l'aimait pas non plus. « Ça » ne venait pas. Il s'en allait désespéré. Pourtant, c'était beau, Manet. Il ne discutait pas le jugement du monde. Modeste, au fond. Et troublé un peu par l'injustice qui lui était faite. Doutant de lui-même et irrité de douter. Elle ne doutait jamais, elle. Mais elle n'avait pas d'idéal. Terrible conséquence, songeait Stéphane, de la vie qu'elle avait menée. Ses yeux étaient fermés aux périls de la vie. Son assurance venait de là, et son bonheur à vivre. Fausse assurance et faux bonheur. Il devait consacrer sa vie à cette tâche : *lui ouvrir les yeux, avec douceur.*

— Je voudrais, dit-il à Jeanne, qu'elle prenne goût à des activités un peu plus élevées, qu'elle lise, qu'elle voie des musées... Souvent un progrès culturel peut amener un progrès moral... Cela éviterait en tout cas une rechute toujours possible.

— Sûrement pas, voyons ! dit Catherine qui avait bon cœur et ne comprenait jamais rien, puisqu'elle vous aime...

— Hélas, l'amour ne suffit pas toujours. En chacun de nous, il y a le limon originel, ma chère Catherine. Et le limon retourne au limon, si l'âme ne le soutient et ne l'en arrache.

— C'est sans doute une très belle tâche, mais, je le crains, au-dessus des forces d'un homme. Ne croyez pas pourtant que je vous blâme : nous devons tous tenter de servir, fût-ce au-delà de nos forces. (Jeanne avait adopté la terminologie de Stéphane.) Je vous admire, mon ami. Vous êtes plus courageux que nous. Vous nous dépassez, nous et notre pauvre sagesse terrestre...

Elle avait mis la main sur son bras. Elle le regardait avec une lueur d'admiration dans ses yeux bleu froid. Même Pierre, le marxiste, était ému ; il lisait beaucoup Dostoïevsky, et *la Prostituée* ainsi que *l'Assassin anarchiste* entraient dans son panthéon personnel. L'ingénieur du son avait demandé platement :

— Elle est bien roulée ?

Mais personne ne l'écoutait jamais.

L'amitié est une chose admirable, avait-il pensé, oubliant qu'il ne les connaissait pas depuis plus de six mois.

Et il avait amené Lou. Il fallait rendre justice à Jeanne, elle avait été très bien. Elle offrait le thé dans sa chambre. Elle logeait chez une tante.

— Nous sommes ravis de connaître enfin la femme de notre cher Stéphane.

Catherine lui avait sauté au cou. Pierre lui avait baisé la main, un peu ostensiblement peut-être : il tenait à montrer son respect à cette « victime de la société » et vivait intensément *Crime et Châtiment*. L'ingénieur du son — qu'on n'appelait pas par son prénom, mais par son nom, Archambault, — avait eu un petit sifflement d'admiration très déplacé. Mais sur un coup d'œil de Jeanne, il s'en était tenu là. Enfin, on avait essayé de toutes les façons de créer autour d'elle une atmosphère de compréhension. On n'avait pas souri de ses opinions sur les musées de Paris, ni de son accent qu'elle n'arrivait pas, comme Stéphane, à dominer. Jeanne avait servi le thé un peu tôt : la conversation languissait à cause de la prudence, des précautions qu'on s'imposait. Seule Catherine semblait à l'aise et donnait à Louise l'adresse d'une couturière. Lou admira beaucoup le service qui venait des parents de Jeanne. Jeanne sourit affablement.

— Il y en a, dit Lou, un tout pareil à Signac, à l'hôtel de la Paix, n'est-ce pas, Stéphane ?

Stéphane acquiesça brièvement. Il y eut un petit froid, dont Louise n'eut pas conscience.

— Oh ! par ce temps-là, comme je regrette Signac ! Les arbres doivent être tout en fleurs maintenant. Il faudra tout de même y retourner pour Pâques, Stéphane...

— Peut-être, ma chérie, peut-être, dit Stéphane avec un peu de gêne. Laissons passer le temps.

Pierre gâcha tout avec sa fougue.

— Moi, s'écria-t-il, je trouve que votre femme a raison. Retournez donc dans votre misérable petite ville ! Bravez l'opinion ! Etalez votre bonheur ! Des esprit vraiment libres...

— Pierre, tu es ridicule, dit Jeanne sèchement. Tu te crois toujours sur la scène où tu feras tes débuts. Je trouve au contraire que Stéphane... et Louise ont agi très sagement. Il ne sert à rien de s'exposer délibérément à l'incompréhension des gens bornés, certainement, mais qui forment tout de même la société. A Paris...

Lou l'interrompit innocemment.

— Quelle incompréhension ? dit-elle, surprise. Tu as des ennuis à Signac ?

Stéphane rougit jusqu'aux oreilles. Jeanne eut un petit rire sec, vite étouffé. Catherine ne comprenait pas. L'ingénieur du son non plus.

— Ah ! dit-il timidement, vous avez des ennuis là-bas, Stéphane ?

Pierre s'était levé d'un bond, et secouait frénétiquement la main de Lou, fort surprise.

— Bravo ! dit-il avec ferveur. Bravo ! C'est comme cela qu'il faut voir les choses ! Vous êtes une vraie nature marxiste, consciente, résolue, et sans cet affreux complexe chrétien de culpabilité.

— De culpabilité ? dit Lou au comble de la surprise. Mais qu'est-ce que j'ai fait ?

Ces mots tombèrent dans un silence total. Il ne lui

fallut qu'un instant pour comprendre. Elle n'était pas aussi fermée que Stéphane voulait bien le croire.

— Ainsi, dit-elle lentement, ça recommence, ces histoires ? Qu'est-ce que tu es encore allé leur raconter ?

— Louise ! avait-il imploré.

Sa colère à elle montait, d'autant plus violente qu'elle ne comprenait pas, qu'elle n'arrivait pas à s'expliquer l'importance qu'il attachait à ce qu'il appelait « son passé ». Comme si cela avait une importance ! Et deux ou trois fois déjà, à la gêne de certains et fugitifs amis, elle avait senti qu'il avait dû leur parler de cette étrange façon...

— Des romans, naturellement ! Ça les regarde, l'histoire de ma vie ? Ça les intéresse ? Mais non, c'est Monsieur qui a insisté, qui tenait tellement à leur raconter... Il en est tellement fier, pensez donc ! Sa femme n'était pas vierge ! Quelle rareté ! Et ces demoiselles, elles le sont, vierges ?

— Loulou !

L'ingénieur du son se mit à rire, innocemment. Louise s'enchantait de sa propre fureur, lui donnait libre cours, comme on détache un animal trop longtemps prisonnier.

— Et tu m'exhibes, comme une curiosité ! Pourquoi pas une baraque de foire ? Au moins, ça te rapporterait quelque chose de plus que l'admiration de tes petits copains ! Tiens, maintenant ils ont eu la séance complète : tu peux faire la quête !

Elle avait claqué la porte. Au milieu d'un silence figé, il avait balbutié quelques mots, puis s'était précipité dans l'escalier, à sa suite. Il n'eût pas pu rester et affronter le regard de Jeanne.

Elle avait marché vite, le long du Luxembourg, sans le regarder. Il la suivait, un peu essoufflé — il s'était toujours essoufflé facilement.

— Louise, ma chérie... je t'assure...

Elle ne l'écoutait pas, s'indignant, encore à demi-voix, pour elle-même.

— C'est un peu fort tout de même ! C'est un peu fort !

Ils arrivaient à leur petit hôtel.

— Ma chérie, ne crie pas dans l'escalier, je t'en prie...

Dans la chambre, ils n'avaient pas parlé pendant un long moment. Elle était trop injuste aussi. Lui qui n'avait voulu que prévoir des heurts, que... Puis, il aimait parler d'elle. Où était le mal ? Et il ne pouvait tout de même pas prétendre... Il avait voulu faire comprendre à ses amis leur merveilleuse aventure, car pour lui, c'était vraiment un merveilleux souvenir que le jour où il lui avait demandé de l'épouser et où elle avait paru si surprise... Mais peut-être avait-il eut tort d'essayer de communiquer ces choses-là... Il fit un effort.

— Louise !

— Quoi ? dit-elle d'une voix si bizarre qu'il la regarda. Elle pleurait. Pour la première fois, elle pleurait devant lui. Et c'était aussi sans doute la première fois depuis les jours de sa toute petite enfance : elle n'était pas portée aux larmes. Le cœur de Stéphane se fendit. Lui qui, au fond de lui-même, l'accusait d'être insensible ! Si seulement elle avait pu plus souvent se montrer vulnérable, s'il avait pu sentir qu'elle était comme lui faible et sensible, comme il l'aurait plus librement...

— Ma chérie, ne pleure pas, je t'en supplie, tu me fais mal... Mon amour...

Mais déjà elle essuyait ses larmes, reniflait gentiment.

— Enfin, pourquoi ? Explique-moi... Tu m'avoueras que...

Non, il s'était trompé. Elle n'était pas, comme il l'avait craint, et peut-être espéré, profondément blessée, atteinte de cette façon que, sans l'exprimer, il ressentait si profondément. Il ne pourrait pas la consoler, la prendre dans ses bras, lui confier : « Je suis comme toi... » pourquoi alors l'avait-il épousée ? Cependant, elle avait pleuré...

— Enfin, Steph, c'était tout de même idiot...

Idiot, pensait-elle avec rage. Idiot, comme les questions qu'il lui posait, comme les précautions qu'il affectait de prendre avec elle, comme si elle avait été un enfant malade... Des histoires, toujours des histoires. Ils s'aimaient, ils se plaisaient, il aurait mieux fait de s'occuper de son travail... Mais non ; il ne voulait pas vivre tranquille, comme tout le monde. Alors pourquoi l'avait-il épousée ?

— Mais pourquoi ? Pourquoi ?

Il ne savait plus. Il ne comprenait plus lui-même. L'aimait-il seulement, l'aimait-elle ?

— Tu ne veux pas t'étendre un peu ? avait-il demandé de sa voix chaude dont il connaissait le pouvoir.

— Non, non et non ! Je te déteste !

Il savait qu'elle ne pourrait pas lui résister longtemps, qu'un moment ils oublieraient, tous les deux...

— Mais si, viens...

Elle s'approchait, encore boudeuse.

— Tout de même, avoue... Tu as un drôle de caractère...

Elle aussi renonçait à lui dire son malaise ; « un drôle de caractère ». Cela arrangeait tout, du moins pour le moment.

— C'est vrai, ma chérie. Je te demande pardon...

Il la tenait déjà dans ses bras ; elle n'en demandait pas plus. Ils connaîtraient même un moment de paix, un peu plus tard, immobiles, à moitié somnolents, ignorant la rancune qui se reformait en eux, lentement, et à laquelle, trois jours plus tard, ils se heurteraient encore...

— Tu ne veux pas t'étendre un peu ?

Elle hésita. Elle savait maintenant que ces choses n'avaient pas de pouvoir durable, qu'elles n'étaient qu'un moment de paix sombre et chaude au milieu des jours harassants. Mais un moment de paix est tout de même bon à prendre... Henry l'attendait, qui referait ses offres folles. Comme la jeune femme de naguère, elle ne savait plus où elle en était.

— Plus tard... murmura-t-elle. Plus tard... J'ai... j'ai mon fer sur le feu...

Et elle bondit à la cuisine .

— Je t'apporte ton dîner, ne bouge pas ! cria-t-elle.

Elle avait soudain un besoin féroce d'activité. Tous ces hommes... C'est avec rage qu'elle repassa sa robe vert olive, choisie par Henry.

*
**

Dehors, il pleut toujours.

A l'intérieur, sous l'éclatante lumière blanche, se déploient les combinaisons de nylon mauve, s'étagent l'une sur l'autre les poubelles en plastique orange, s'entassent les bonbons multicolores, les chaussettes multicolores, les torchons multicolores. Le Prisunic vit cet automne avec une virulence insultante.

Mais Martine a cessé de s'interroger.

Ils l'auront voulu. Puisqu'ils l'y ont obligée (et « ils » ce sont aussi bien les vendeuses sarcastiques que les habitants trop souriants de *l'Empire Céleste,* que la paisible Louise, que Stéphane lui-même, elle va agir. Elle les forcera à avouer la vérité. Elle les forcera à abandonner ce sourire sur lequel tout glisse. Elle mettra Stéphane en face de lui-même. Et si la vérité qui se dévoilera lui est à elle-même insoutenable, elle la subira. Tout, plutôt que cette conspiration dont elle pourrait, si son orgueil ne lui interdisait, être complice...

Elle a demandé son après-midi. Elle ne tremble plus, ne doute plus. Ils l'ont voulu. Elle aurait préféré encore une dérision publique à cette approbation entendue. La croyaient-ils assez bête, assez volontairement aveuglée... Ah ! Il lui semble maintenant qu'elle n'a jamais espéré. Elle renie avec dégoût son désir naïf de couronnement, de triomphe. Elle n'a jamais voulu cela, cette complaisance, cet acquiescement trop facile. Ce qu'elle voulait... Elle n'ose plus se l'avouer à elle-même : ce qu'elle voulait, c'était être cette autre, pour laquelle il n'y aurait pas eu besoin de complaisance, d'acquiescement, qui eût tiré sa joie de savoir ce qu'elle était... Cette autre, elle ne la serait jamais. Elle serait Martine jusqu'au bout, laide peut-être, froide, murée en elle-même peut-être, mais Martine. Et elle n'essayerait plus de sortir d'elle-même désormais.

Elle quitte le Prisunic avec une apparence de calme. C'est avec calme qu'elle guette au coin de la rue le moment où Louise sortira. Elle attendrait sans souffrir une heure, deux heures. Mais Louise sort, comme docilement, au bout d'un quart d'heure à peine. La pluie tombe. Louise prend un taxi.

— Avenue Carnot, dit-elle au chauffeur.

Le taxi démarre. Ce n'est pas le premier de la file, mais le troisième. Louise le choisit parce que c'est une D.S. 19 et que le toit laisse filtrer de la lumière. Martine prendra le premier taxi, un modeste G. 7, et dira sans honte au chauffeur, goguenard : « Suivez cette voiture », comme dans les romans policiers.

Sans se presser, les deux voitures tournent devant la gare, enfilent l'avenue, toutes proches l'une de l'autre. Martine peut apercevoir le chignon noir de Lou, qui s'appuie aux coussins. Sans doute rêve-t-elle déjà de cet homme laid dont Martine a étudié les traits avec application, dans un magazine... Sans doute rêve-t-elle... Comme elle, Martine appuie sa tête aux coussins défoncés. Rêve à cette action qu'elle va accomplir, qui lui appartient, comme à Louise cet homme dont elle murmure peut-être le nom, dont elle sent peut-être à l'avance les mains sur son corps impatient...

Elles passent devant l'Ecole militaire, s'arrêtent dans un encombrement, les deux voitures presque côte à côte. Mais aucun effluve d'animosité ne passe de l'une à l'autre, aucune envie de la part du corps maigre et ardent, tendu dans son besoin d'agir enfin, de pénétrer enfin, fût-ce par une blessure, dans ce monde charnel qui la repousse, aucun pressentiment dans cet autre corps voluptueusement abandonné à la voiture qu'elle peut prendre sans aucun souci de la payer, au tailleur neuf qui ne représente aucun sacrifice ni (lui semble-t-il) aucune faute, abandonné, soumis déjà au plaisir loyal et sûr qui l'attend... Les deux voitures traversent la Seine. Le G. 7 dépasse un moment la D.S. dans son impatience. « Attendez donc ! » « C'est qu'ils lambinent, aussi », grommelle le chauffeur. « Je ne suis pas pressée non plus », dit Martine. Ah ! si Louise rêvait encore un instant, ayant dit sans doute au chauffeur ces mêmes mots : « Je ne suis pas pressée », pourquoi ne rêverait-elle pas, elle aussi, encore un peu, avant ce moment plus important, certes, pour elle que l'amour ne devait l'être pour l'autre femme, ce moment qu'elle se promettait de rendre décisif ?

Mais les deux voitures contournaient maintenant l'Etoile, s'engageaient dans l'avenue Carnot, et s'arrêtaient.

— Vous descendez ? demandait le chauffeur du G. 7 toujours sarcastique, mais intéressé.

Il espérait assister à un crime passionnel. Elle descendit. Mais ce fut, à son grand regret, et tandis que l'autre dame pénétrait sous un digne portail gris, pour aller vers un petit café voisin et s'y asseoir. Le chauffeur démarra lentement. Elle attendit, sans impatience, sans colère. Ce n'était pas contre Louise, contre l'homme inconnu qui maintenant la tenait dans ses bras, qu'elle agissait. Elle avait toujours su qu'il y avait un monde où elle ne pénétrerait jamais, où des êtres s'étreignaient avec simplicité, dormaient, mangeaient avec simplicité. Ils ne lui avaient rien promis. Si elle les haïssait, c'était d'une haine impersonnelle, froide, et pour ainsi dire détachée. Ils ne l'avaient pas trompée. Ils ne lui avaient pas donné l'espoir fallacieux d'une place parmi eux. Elle n'avait pas à se venger d'eux.

Elle attendit, capable même de lire, de commander autre chose, de s'intéresser au va-et-vient des passants. Elle était redevenue elle-même ; elle se retrouvait, avec presque un sentiment non de bien-être, mais de repos. Seulement, de temps à autre, quand lui revenaient à l'esprit ses efforts de cet été pour s'intégrer dans ce monde dont elle n'avait pas encore compris qu'il n'existait pas, quand par le souvenir elle retournait à la *Brasserie Dorée*, à cet instant où elle avait, avec tant d'intensité, cru sa métamorphose possible, elle avait un long frisson de honte.

Elle s'était préparée à attendre jusqu'au soir, à revenir le lendemain peut-être. Elle voulait être sûre de ne pas rencontrer Louise. Cet homme qu'elle ne connaissait pas, célèbre, riche sans doute, ne l'impressionnait pas. Mais Louise... Que Louise pût soupçonner un instant qu'elle, Martine, avait été dupe de ce mari qu'elle devait juger... Cette humiliation-là eût dépassé tout ce que Martine avait enduré.

Elle n'eut pas à attendre très longtemps. Elle n'aurait pas à revenir. Au bout de deux heures à peine, Louise ressortit, semblable à elle-même, le visage calme, le manteau beige flottant autour d'elle et, avec sa même démarche nonchalante, s'en alla sous la pluie, sans hâte, regardant les boutiques.

— Sera-t-il le même aussi, ce soir ? pensa-t-elle, durement, avant de traverser la rue.

*
**

Elle avait voulu, pour le rassurer, ce décor qu'il aimait, ces abat-jour roses, le faux vaisselier breton, les nappes à carreaux, les casseroles de cuivre qui ne serviraient jamais, tout le hideux confort, le demi-luxe du petit restaurant trop cher pour eux. Accoudée à la table, elle avait commandé d'un air nonchalant un plat coûteux. Son visage rassuré par la pénombre rose se détendait, souriait. Elle n'était pas plus jolie : elle existait.

— Alors, Stéphane ?

Elle souriait, le méprisant un peu de ne pas percer à jour ce sourire. Il souriait aussi, ravi de constater qu'elle ne persévérait pas dans sa bouderie. La vie serait simple, si seulement un peu de bonne volonté...

— Pousserons-nous la folie jusqu'à prendre quelques huîtres, mon amie ?

Lui était plein de bonnes intentions. Il goûtait intensément — et non sans un secret sentiment de culpabilité

— ce dîner dans un bon restaurant, cette « folie » qui exigerait de l'habileté dans ses comptes. Mais il ne pensait pas que, ce mois-ci, Louise lui demandât beaucoup de comptes. On apporta les huîtres. Stéphane se mit en devoir de les déguster, lentement.

— Bonne journée ? Il faisait encore bien pluvieux..., dit-il machinalement, sans la regarder. Vous deviez pourtant aspirer un peu d'air, il fait si chaud dans votre aquarium...

Martine baissa les yeux. Elle ne voulait pas se trahir tout de suite.

— Je n'ai pas travaillé cet après-midi. J'avais demandé quelques heures pour aller chez le dentiste... Un dentiste fictif, bien entendu...

Du bout de sa fourchette, elle attaqua une huître. L'huître se défendit : Martine était maladroite. Stéphane levait les yeux, surpris.

— C'est donc cela qui vous rend si allègre, ma frivole amie ? Non, non, pas ainsi... glissez la fourchette sous l'huître, ainsi, tenez... Elle se détache facilement...

— ... Merci... Oui, je suis allée prendre l'air, faire une promenade... instructive...

Elle but un trait de vin ; rien ne la griserait aujourd'hui. Parlerait-elle tout de suite ? Mais Stéphane déjà, en entassant avec dextérité les coquilles vides, partait sur l'un de ses thèmes favoris.

— Eh oui, c'est l'un de nos plaisirs, à nous, pauvres hères... la marche dans Paris, le nez en l'air... observer le spectacle de la rue, celui des maisons, ces vieilles pierres qui savent, mieux que des livres, nous parler... Maintenant, je me fatigue plus vite, je m'essouffle... Mais autrefois, j'emmenais Louise, je tentais de lui faire comprendre...

Il n'avait pas hésité aujourd'hui à mentionner le nom de sa femme ; Martine paraissait si bien disposée, et lui... lui était depuis quelque temps soulagé, détendu... Il aurait voulu uniquement la paix autour de lui, la concorde. Il avait cru sentir ce désir chez Louise ; et voilà que Martine, après l'une de ces périodes incompréhensibles de maussaderie par lesquelles elle passait (sûrement dues à sa santé, se disait-il), semblait elle aussi désirer cette détente... Il en était tout heureux. Il jouissait sans arrière-pensée de cette pénombre, des cuivres qui luisaient, du maître d'hôtel attentif, des odeurs appétissantes qui venaient de la cuisine. Tout lui paraissait, en ce moment, résolu. Dans un grand mouvement d'expansion, il prit la petite main osseuse posée sur la nappe.

— Vous aviez raison, Martine. Il faut bien, de temps en temps, se permettre une détente, un petit extra, comme dit ma femme, sortir de son ornière... Après tout, ne sommes-nous pas des cigales ! Profitons au moins de notre réputation déplorable ! Je me laisse quelquefois entamer par des soucis, des préoccupations. Vous me remettez dans le bon chemin, celui des écoliers. Et vivent les huîtres. Et tant pis pour le pain quotidien ! Voulez-vous du champagne ? Garçon !

— Mais non, voyons ! protesta-t-elle.

Il souriait, faisait du charme, était d'une certaine façon parfaitement heureux. Heureux ! Et si elle l'approchait un peu, ce serait à nouveau ce sursaut, cet effroi... Comment avait-elle pu oublier cela ? Elle ne haïssait pas tant sa bêtise, sa médiocrité à lui, se disait-elle avec rage, que de s'y être laissé prendre, d'avoir travaillé tout un été à s'y laisser prendre. Mais aujourd'hui...

Il n'avait pas écouté ses protestations, appelait le garçon. Il avait envie de champagne, envie de rire, de parler... Tout allait si bien depuis cette lecture ! Les amis, Louise... Il n'y avait que Martine qui avait été un peu sombre. Mais il l'oubliait déjà. Il oubliait très vite les choses désagréables.

— Du champagne, garçon ! Une bonne marque... Donnez-moi donc la carte des vins... C'est ça, oui. Une demi-bouteille ? Oh ! Après tout, donnez-nous la bouteille complète, n'est-ce pas, Martine ?

Elle ne put retenir un rire nerveux. Il était si content, si naturel... Mais ce naturel-là ne pouvait plus l'attendrir. C'était une façon encore de la tenir à l'écart. Et pourrait-il s'empêcher, quelques minutes plus tard, de mentionner sa femme ? Elle n'était pas sans avoir remarqué qu'il s'en plaignait moins, ces temps-ci, ou s'en plaignait par simple acquit de conscience. Le frisson de honte, de répulsion, la reprit. Avoir cru en lui, avoir mendié un regard de cet homme...

Stéphane regardait les verres se remplir. Avec un plaisir d'enfant, il éleva un peu le sien.

— Ma très chère petite amie, sacrifions à la coutume, portons un toast. A vos vingt ans, à cette fête sans saint, à notre amitié, à tout ce que vous voudrez. A mes pauvres poumons, tenez. A votre martyre quotidien, à vos pauvres yeux gavés de plastique. A vos yeux et à mes oreilles martyrisées. C'est un bon toast, cela, non ?

— Excellent, dit-elle en souriant.

Elle allait détruire ce visage. Socrate s'était défendu, Paul Coban s'était défendu, mais elle avait lu dans leurs yeux. Stéphane, lui, n'aurait pas la force de résister. Elle le savait. Elle le sentait. Cette fois, elle n'aurait pas de pitié, ni pour lui ni pour elle-même.

— Et surtout, surtout, dit-il avec enthousiasme, à votre excellente idée d'aujourd'hui. Jetons l'argent par les fenêtres, pour une fois, nous autres opprimés. Offrons-nous du homard, du canard, du... Ne sommes-nous pas les rois de la brasserie, les milliardaires du Prisunic ? Buvez encore un peu de champagne. Et vous y ferons dissoudre de fausses perles...

Même son visage prenait des vacances : les rides appliquées disparaissaient, laissant renaître le beau garçon un peu mou qu'il avait dû être, qu'il aurait toujours été si... Si ? Qui répondrait jamais à cette question, à toutes les questions ? Personne, elle le savait maintenant. Ils avaient tous trop d'intérêt à lui opposer cette politesse, cet acquiescement, qu'on accorde à un malade, à un fou. A laisser entre elle et eux cette vitre, ce barrage, que, supposaient-ils, elle n'arriverait jamais à franchir. Ils se croyaient en sécurité ! Ils la croyaient de la même étoffe qu'eux ! Son élan de colère l'emporta.

— Stéphane, j'ai quelque chose à vous dire...

Cela était sorti malgré elle, et elle eût voulu aussitôt rattraper ces mots. Mais il était trop tard. Elle avait commis la faute essentielle ; la seule qu'il remarquât, qui le froissât vraiment : elle l'avait interrompu. Stéphane avait froncé le sourcil.

— Je ne vois pas, dit-il d'une voix où se mêlaient l'agacement et une sorte d'appréhension, ce que nous faisons d'autre depuis une demi-heure. Nous parlons, n'est-ce pas ?

Elle aurait voulu profiter de cette phrase, de l'attitude qu'il lui prescrivait implicitement, attendre encore. Mais elle ne le pouvait plus.

— Je veux parler de quelque chose de précis, qui peut ne pas vous être agréable...

Des mots de lettre anonyme, des mots idiots, mélodramatiques. Mais ils étaient dits, et elle en ressentit un certain soulagement.

Stéphane cependant s'irritait.

— Alors, dit-il avec nervosité, la petite fête n'était pas sans but ? Vous m'ameniez ici avec des vues ténébreuses, pour abuser de ma griserie ? Mais il fallait attendre le dessert, ma chère ! Je suis l'innocence même, je ne me serais douté de rien.

De chaque côté de son visage, les rides sarcastiques, impressionnantes d'amertume contenue, de fine ironie, se creusaient à nouveau.

— C'étaient la cigarette et le verre de rhum, alors ? Et qu'allez-vous m'annoncer, je vous prie ? Il faut que ce soit d'importance, pour justifier une telle mise en scène...

Elle attendait, en apparence impassible.

— Moi qui parlais de cigales... Mais je vois que la cigale n'est qu'une affreuse petite fourmi... Allons, parlez maintenant que vous m'avez bien disposé... Et surtout, ménagez vos effets ; nous n'en sommes qu'aux hors-d'œuvre, ne l'oubliez pas...

Elle le connaissait bien. Le laisser épuiser son dépit, d'abord. Déjà le masque imposant se décomposait, laissait apparaître de l'inquiétude. Il ne pouvait soutenir sa propre colère.

— Vous m'avouerez, Martine, que c'est tout de même un manque de franchise extraordinaire... Le seul moment de détente que je connaisse, me le gâcher par... Pourquoi ne pas m'avoir dit tout de suite...

Déjà sa voix faiblissait, l'imploration de ses yeux était à peine voilée. « Affreuse petite fourmi », avait-il dit. Mais elle était vengée déjà. Elle le voyait fléchir. Sa faiblesse à lui compensait sa laideur à elle. Encore un instant, et...

— Avouez, mon amie, que votre attitude est pour le moins surprenante. Dissimulation est peut-être un mot un peu fort, mais je ne comprends pas, je ne puis pas comprendre... Martine ?

Laide ? Peut-être. Mais tellement, tellement plus forte que lui. Elle le forcerait à avouer. Elle le forcerait... Ses petites mains maigres se crispèrent sous la nappe.

— Martine, mes paroles ont dépassé ma pensée... Si je vous ai froissée... Je comprends que vous ayez désiré un moment d'intimité pour... Enfin, mon amie, de quoi s'agit-il encore ?

Encore. Le mot lui avait échappé. N'en aurait-il donc jamais fini avec elle ? Serait-elle toujours acharnée à le poursuivre de ses exigences, de ses caprices qu'il jugeait incompréhensibles, sans se dire que son obéissance à lui était plus incompréhensible encore ? Il eut l'air soudain très fatigué.

— Au fond, dit-elle, il s'agit plutôt d'une bonne nouvelle. D'une certaine façon... Il s'agit de votre femme.

— De Louise ? demanda-t-il, cette fois avec une réelle angoisse. Vous lui avez parlé ?

— Non. (Elle répondait lentement, avec patience. Elle avait la sensation de placer ses mots devant elle, comme de petits objets, des cubes, avec lesquels elle était libre d'édifier quelque chose. Et elle hésitait encore devant l'ordre à suivre. Celui-là d'abord, celui-là ? Cependant que dans son esprit la construction s'élevait, déjà achevée...) Je n'ai pas parlé à votre femme. Mais j'ai bien réfléchi à votre situation.

— Toujours la même, hélas, soupira-t-il (son soupir était un soupir de soulagement, elle l'avait bien senti. Du moment qu'elle ne voulait que parler... Mais elle lui montrerait que la parole aussi pouvait être une arme...)

— Bien souvent, vous m'avez entretenue de votre femme, nous avons déploré votre mésentente (dont elle porte toute la responsabilité), nous avons cherché sans la trouver une solution...

— Mésentente insoluble, malheureusement, mon amie, dit Stéphane qui se rassurait.

— C'est ce que vous disiez, Stéphane, et j'étais d'accord avec vous. Mais aujour'hui, je ne suis plus de cet avis.

— Je ne comprends pas... balbutia-t-il.

— Je crois que vous pourriez trouver à présent une solution, dit-elle avec une douceur extrême. Et je suis sûre que nos amis seraient de mon avis. Les choses en sont venues à un tel point...

Stéphane parut extrêmement gêné. D'un air malheureux, il découpa le poulet qu'on venait de lui apporter.

— Vous savez, Martine, que je n'ai pas de secrets pour vous. Mais je vous avoue que ce sujet m'est extrêmement pénible. Il est des plaies...

— Je pense (sa voix se fit, si cela était possible, plus suave encore) que par « ce sujet » vous entendez l'histoire *Paris-Monde*.

— Cette publicité est évidemment bien déplaisante. (Il fixait toujours le poulet avec tristesse.)

— Sans doute. Mais ne voyez-vous pas que vous trouvez là l'occasion rêvée...

Contrairement à ce qu'elle attendait, Stéphane releva la tête avec une sorte de véhémence.

— L'occasion, voulez-vous dire, de me débarrasser de ma femme ? De l'abandonner, de l'accuser à la face de tous ? Je ne doute pas de vos bonnes intentions, Martine, mais j'ai plus que cela le sens de mes responsabilités.

Profiter d'un moment de folie de ma femme (à laquelle, hélas, j'ai bien d'autres choses à reprocher), profiter de son imprudence pour la traîner dans un honteux procès, pour me libérer à ses dépens, non, jamais ! Je la protégerai de sa propre folie. Qui d'ailleurs n'est peut-être pas si coupable qu'elle le paraît. Il se peut très bien qu'un simple mouvement de vanité, le désir d'être vue avec un homme connu...

Martine eut un mouvement de colère qu'elle réprima aussitôt. Trouverait-il donc toujours une échappatoire ? Mais non. Elle était trop sûre de sa victoire. Elle le poursuivrait jusqu'au bout. Elle le forcerait à avouer : il le fallait. Elle se contint pour poursuivre :

— Vous êtes admirable, Stéphane. Mais je suis sûre que, profondément, vous allez être soulagé d'apprendre ceci : votre femme n'a pas besoin de protection. Il ne s'agit nullement de faire d'elle une femme abandonnée, de l'accuser, de l'épier, que sais-je. Henry Stass veut l'épouser.

— Comment ?

— Vous m'avez bien comprise. Ce peintre, cet Henry Stass auprès duquel votre femme a supplanté (pardonnez-moi l'expression) la petite Sylvia, désire l'épouser. Vous voyez que votre femme ne court aucun danger d'être abandonnée.

La stupéfaction de Stéphane, son embarras, enfin ! Il ne pouvait pas, cette fois, feindre de n'avoir pas entendu, feindre de mal comprendre, l'engluer de belles phrases : « Lisez mon journal » ; la rejeter derrière une barrière de prétextes et de sourires.

— Martine, vous déraisonnez. Il n'est pas possible... Une telle supposition...

— Ce n'est pas une supposition.

— Qui vous permet, enfin ?...

— Qui ? Mais lui-même, mon cher Stéphane. Lui-même. Henry Stass.

Un instant l'émotion lui serra la gorge, elle le voyait pâlir.

— Vous avez vu... ?

— Mais oui. Cela n'a rien d'extraordinaire. Il est d'ailleurs beaucoup moins intimidant qu'on ne croirait. Très simple, très gentil. (La parole lui venait d'abondance. Elle se sentait libre soudain, capable de triompher de n'importe quel obstacle en se jouant.) Il m'a dit très nettement qu'il n'avait qu'un seul désir : se charger de l'avenir de votre femme.

— Il veut se charger de... Mais enfin, ce n'est pas possible ! Comment auriez-vous eu son adresse, obtenu un rendez-vous... Vous vous moquez de moi, n'est-ce pas ?

Il passait sur son front une main qui tremblait. Il lui saisissait la main, fébrilement, la lâchait. Il but une gorgée, avidement.

— Dites-moi la vérité, Martine. C'est une affreuse... non, pardonnez-moi, une plaisanterie ? Dites-moi la raison de tout cela. Il n'est pas possible... Que voulez-vous de moi, enfin ?

— J'ai eu son adresse, dit-elle calmement, en suivant votre femme. Je n'avais pas de rendez-vous. Je suis entrée au moment où elle est partie, deux heures après. C'est lui qui m'a ouvert la porte. Je lui ai parlé de vous. Je lui ai dit votre préoccupation, votre gêne. Il m'a déclaré être prêt, depuis plusieurs semaines déjà, à une démarche de ce genre.

— Une démarche !

Il ne put en dire plus.

— Oui. Il s'attendait à vrai dire à ce qu'elle vînt de vous. Je lui ai décrit vos sentiments, tels que nous les connaissons tous par votre journal. Il les a fort bien compris. Et il m'a répondu, comme je vous le dis, que sa décision était prise. Il ne demande qu'à se charger de votre femme.

— Vous l'avez suivie ! murmurait Stéphane. Vous avez attendu sa sortie !

— Faudra-t-il vous le répéter cent fois ?

— Vous avez fait cela, vous ?

Enfin ! Enfin, il ne trouvait rien à lui répondre. Enfin, elle l'avait atteint. Qu'allait-il faire maintenant ? Elle savait bien, c'était aussi clair que le jour, qu'il ne voulait pas quitter sa femme. Elle savait bien qu'il la haïssait, à ce moment précis, d'être intervenue, d'avoir fait irruption dans l'agréable fiction où il vivait. Mais elle voulait qu'il le reconnût. Ah ! qu'il lui dît enfin qu'elle ne lui inspirait, ne lui avait jamais inspiré que répulsion, qu'éloignement ! Qu'il reconnût enfin ce qu'il était, comme elle avait été bien forcée de reconnaître ce qu'elle était. Qu'après avoir tant essayé de partager son doux aveuglement, elle l'attirât à lui, l'absorbât dans sa lucidité — et elle aurait gagné.

Il ne disait rien, cependant ; fallait-il le pousser encore plus à bout ?

— Vous n'êtes pas content, mon ami ? Soulagé d'un grand poids ? J'ai voulu pourtant vous rendre service, vous libérer de vos scrupules...

L'ironie de sa voix était perceptible. Et pourtant, n'était-ce pas vrai ? Si elle avait cru en lui absolument, n'est-ce pas ce qu'elle aurait fait ? Si vraiment il avait ressenti pour Louise ce qu'il prétendait ressentir, s'il était l'homme qu'il prétendait être, n'est-ce pas ce qu'il aurait désiré qu'elle fît ? Un silence plat tomba entre eux. Ils étaient presque seuls dans la salle tiède, ses cuivres étincelants, l'horloge encastrée dans une ancienne bassinoire, la nappe à carreaux, ce seau à champagne entre eux...

— Vous avez l'air embarrassé ? Est-ce que par hasard...

La radio marchait à petit bruit ; quelques dîneurs attardés, loin d'eux, causaient encore. Stéphane se souleva de sa chaise, péniblement.

— Garçon ! L'addition, dit-il d'une voix sourde.

Son visage était ravagé, effrayant. Il paya en silence. Allait-il répondre quelque chose ?

— Je me suis trompé sur votre compte, dit-il tout à coup, très vite, avec une rage panique. Vous n'êtes qu'une petite intrigante. Vous avez monté tout ceci dans je ne sais quel but sordide. Vous m'écœurez. Moi qui croyais pouvoir m'appuyer sur vous, me fier à vous...

Moi qui... Vous avez l'âme de votre visage ! Vous n'êtes rien de plus que cela ! Vous...

Non, il ne pouvait rien dire de plus. Tout son corps tremblait de révolte, de peur... D'incompréhension aussi. Elle, si confiante, huit jours auparavant... Lui qui était si heureux de cette soirée, de ce restaurant, de... Les larmes lui vinrent aux yeux. Il sortit en chancelant. Le garçon dit quelque chose à la caissière. Ils rirent. Martine devinait aisément ce que pouvaient être leurs commentaires.

Qu'est-ce que cela pouvait faire ? Elle avait triomphé enfin. Elle l'avait atteint, elle les avait atteints. Encore n'avait-elle pas tout dit, le cahier laissé derrière elle... « Cela intéressera sans doute Mme Morani. » Peu importait. Elle l'avait vu le visage convulsé de rage et de peur, dépouillé de toute cette prétendue douceur, de cette prétendue patience... Ce visage était bien aussi laid que le sien, n'est-ce pas ? Elle les dévoilerait tous. Le monde ne serait plus peuplé que de visages vrais, que de visages sans beauté. Le monde ne serait plus que laideur, désormais.

*
**

Là-bas, derrière la gare, dans la tranquille rue Bourdelle, dans une non moins tranquille boutique, un photographe supplie un petit garçon grincheux de bien vouloir « regarder le petit oiseau ». L'une après l'autre, trois locomotives dédaigneuses s'ébranlent comme à regret, sachant bien qu'elles ne vont qu'en banlieue. Les quais, à cette heure-ci, sont vides.

Sylvia, au coin du boulevard, hésite à prendre un taxi. Il ne pleut pas, elle n'est pas pressée... Autant faire un bout de chemin à pied, cela lui permettra de réfléchir... Elle descend donc, lentement, la rue d'Odessa, coudoyée par la foule, arrêtée par chaque boutique, mirant machinalement dans chaque vitrine son manteau sombre et son tailleur jaune pâle, un peu léger pour la saison. L'un à côté de l'autre, les magasins de « Couture fantaisie » retiennent son attention. Minutieusement, de ses beaux yeux vides d'aveugle, elle examine les douzaines de jupes qui pendent en plein vent, l'étal vociférant d'un marchand de postes de radio, qui la retient, fascinée, un long moment. Saluée d'un sifflement d'admiration, elle passe devant une terrasse et sourit. Devant le Prisunic, elle hâte le pas, d'instinct, mais aussitôt après elle ralentit à nouveau, détaille les faïences du Bain de Vapeur, s'arrête à l'étalage d'un camelot qui vend des piles d'éponges synthétiques, d'un mauve, d'un orange, d'un vert exquis, s'arrête devant les marchandes des quatre-saisons qui offrent des dahlias mouillés et sans odeur, s'arrête...

Il faudra pourtant tôt ou tard le prendre, ce taxi, dire « A l'Etoile », descendre... La séance chez le coiffeur, le tailleur léger sous lequel elle frissonne, les instructions de sa mère, tout cela aboutit là. L'âme de Sylvia est trop douce pour que l'on puisse parler de révolte, de répulsion. Mais elle ressent néanmoins une sorte de déplaisir qui entrave sa marche et sa paresse accueille toutes les diversions qu'offre la rue d'Odessa avec une certaine complaisance... Et quand, malgré tant de vitrines à gauche et à droite (elle a trois fois traversé et retraversé la rue), malgré tant de couleurs et de formes qu'elle a éprouvé le besoin de contempler longuement, elle arrive en vue de la gare, elle s'arrête une dernière fois, décide qu'il fait froid et qu'elle va prendre un café. Que dirait Mme Prêtre, qui a bien recommandé à sa fille de ne pas lambiner ? Sylvia entre cependant dans le petit café maussade, s'assied derrière une table de bois qui sent l'eau de Javel, accepte le café pâle et âcre. Machinalement, elle prend *France-Soir* et parcourt des titres alléchants : « Il regarde se noyer sa femme sans lui porter secours. » ... « L'alibi du facteur de Pacy-sur-Eure est-il solide ? »

« J'aime, pense Sylvia, la longue voiture qui sent le cuir. J'aime l'atelier qui sent l'essence. J'aime la chambre aux meubles anglais. J'aime mon manteau de fourrure. J'aime que maman soit contente, qu'Henry soit content, que tout le monde soit content. Faire ce qu'on attend de moi, ce qui doit se faire, ce qui est dans l'ordre. J'aime les sourires autour de moi, le garçon qui se précipite pour m'enlever mon manteau, le journaliste qui connaît Henry et qui me reconnaît déjà. J'aime... j'aimais les distributions des prix, les professeurs vous tapotant la joue, mon premier prix de conduite, de gymnastique, de couture. Et pourtant... »

— Le monde, disait Mme Prêtre, n'est pas grand-chose de propre.

Pourquoi n'était-elle jamais contente ? Sylvia avait beau faire... Ses yeux se fixèrent sur la page de mode.

« J'aime les petits tailleurs décintrés, le jaune, le rose. Le bleu ne me va pas. J'aime être bien habillée, bien lavée, sentant bon. Cela devrait leur suffire. J'aime qu'on me regarde, qu'on me dise qu'on m'aime. J'aime savoir que je suis avec un homme de valeur, que je ne sors pas avec n'importe qui... Qu'on me considère, qu'on me parle. J'aime, oui, j'aime qu'on me parle. »

Au bas de la page figurait un test : « Etes-vous capable de tenir tête à votre mari ? » Bien que dépourvue de mari, Sylvia s'y appliqua, non sans un remords sous-jacent — l'heure passait.

« Qu'est-ce qu'un président du Conseil ? Je le sais, Albert me l'a expliqué. Il suffit de bien écouter, de bien retenir. Je suis capable maintenant de parler de peinture, de cinéma... Je suis capable... C'est Henry qui ne veut jamais parler. Ni maman. La vie, ma pauvre petite... voilà ce qu'ils trouvent à dire tous les deux. Pourtant, la vie est autre chose : plus gaie, plus... exaltante... »

La vie était exaltante, de cela elle était sûre. Son journal favori, *Marie-Christine,* l'hebdomadaire de la femme, le lui affirmait régulièrement. La vie était exaltante, l'air était exaltant, la passion était exaltante. Toute lectrice de *Marie-Christine* sait cela. C'est aussi évident que la nécessité pour les brunes de choisir du jaune dans leurs toilettes, et pour les mains abîmées d'employer Toni-Citron. Voilà ce qui justement retenait clouée, dans le petit café obscur et protecteur, une Sylvia désemparée.

« Henry n'est pas exaltant. Henry n'est *pas du tout* exaltant. Pourtant c'est un peintre célèbre. Il a été photographié dans *Paris-Monde* deux fois. L'atelier a été photographié dans *Paris-Monde.* Mme Morani a été photographiée... »

— Tu n'aurais pas pu t'arranger pour qu'il fasse ton portrait, à toi ? avait dit Mme Prêtre avec fureur. Elle est plus jolie que toi, peut-être ? Ah ! ma pauvre Sylvia...

Il fallait aller là-bas. Si elle en croyait sa mère, Henry ne demanderait pas mieux que de la reprendre dans ses bras, dans son appartement, dans sa voiture... Mais malgré *Paris-Monde,* cette perspective n'était pas le moins du monde exaltante.

— Fais un effort, avait dit Mme Prêtre.

« Faire des efforts, toujours des efforts ! J'en fais tout le temps, et pourquoi ? Pour obtenir des « ma pauvre petite » encore et toujours. Et aucune récompense. Aucune ? Il y a le manteau de fourrure, mais... »

Mais elle sentait bien, quand il se passait une chose vraiment, *vraiment* exaltante, que le manteau de fourrure, et la voiture, et l'atelier, et même (elle avait un frisson devant son propre sacrilège), même *Paris-Monde* n'étaient rien. Par exemple, quand le petit photographe lui avait déclaré qu'il se tuerait pour elle. Ou quand M. Morani avait lu son journal. Ou seulement quand elle lisait dans *Marie-Christine* un beau roman d'amour qui la faisait pleurer, quand elle réussissait un test de culture, quand elle lisait dans *France-Soir* un fait divers bien poignant, oui, elle sentait bien qu'il y avait un autre monde que celui de sa mère, que celui d'Henry, un monde à sa taille où elle était admise et aimée.

« Au fond, ils sont un peu pareils. Jamais contents. Un homme comme M. Morani, au contraire... C'était si exaltant, cette soirée. Tout le monde d'accord, heureux. Personne ne demandait rien, ne réclamait rien.

Tandis que maman... et Henry... On a toujours l'impression, avec eux, d'avoir fait quelque chose de mal. Et quoi ? Quoi ? »

Ses yeux parcouraient distraitement le journal. La patronne la dévisageait avec suspicion. Mais Sylvia ne bougeait pas. Elle était, bien entendu, incapable de décider, à l'encontre de l'obéissance qu'elle devait à sa mère, qu'elle n'irait pas avenue Carnot. Mais la répulsion qui était en elle depuis longtemps lui devenait perceptible, émergeait lentement des eaux obscures de sa conscience, et la fascinait, la retenait là.

L'auto, le manteau, *Paris-Monde,* plaidaient cependant pour Henry. Et les jeunes femmes étaient élégantes, dans *Marie-Christine.* Et elles descendaient, dans les romans à suivre, d'une Buick bleue ou d'une Chrysler. Mais les peintres (il y avait des peintres) étaient tellement plus séduisants ! Choquants et cyniques, sans doute (bien qu'au fond amoureux de l'héroïne et le révélant tout à la fin, après avoir connu les affres de la jalousie). mais répétant à tout bout de champ : « Mon art passe avant tout », d'une si noble façon. On imaginait bien M. Morani déclarant cela, rejetant en arrière sa belle chevelure noire, étendant ses mains aristocratiques (car il avait des mains aristocratiques, *Marie-Christine* eût été d'accord sur ce point. Tandis qu'Henry...)

La répulsion secrète était tout à fait visible maintenant. Et même, Sylvia le découvrait avec stupéfaction, cette répulsion n'englobait pas seulement Henry, mais aussi sa mère. Etait-ce possible ? Quel était donc le sourd travail qui s'était accompli en elle, tandis qu'inconsciente elle continuait à obéir et aller chez le coiffeur, à mettre son tailleur jaune... Alors qu'elle avait failli monter docilement dans ce taxi, arriver chez Henry, débiter les mots dix fois serinés...

Non, elle n'était pas amoureuse de M. Morani. Si ses pensées s'étaient attardées sur une image, c'était plutôt sur celle du photographe aux taches de rousseur, qui avait parlé un jour de se tuer pour elle (et ne l'avait pas fait). Mais M. Morani avait quelque chose à voir cependant avec cette répulsion, cet obstacle sur lequel elle avait buté. C'était la scène exaltante de la lecture qui l'écartait aujourd'hui du devoir, qui lui donnait conscience du malaise profond qu'elle avait dû ressentir toujours avec sa mère, avec Henry.

« J'ai connu là une heure magnifique », s'était-elle dit. Oui, cette heure, les intonations de cette voix chaude, ces paroles trop sonores, ces phrases trop construites ; ces affirmations sans nuances ; cette générale et peut-être suspecte complaisance ; ce plaidoyer truqué, ces souvenirs truqués, cette absolution truquée ; tout cela qui avait été la damnation de Martine avait été son salut, à elle.

Enfin, elle s'était sentie sûre d'elle. Enfin, elle avait entrevu, pensait-elle, le bonheur, la vérité. Non, elle n'était pas amoureus de Stéphane Morani. Mais c'était un saint. De cela, elle était certaine. La souffrance de sa mère, la pitié d'Henry, que toujours elle avait senties, sans les comprendre, comme des demi-teintes, des nuances imperceptibles et cependant déplaisantes, elle pouvait les repousser maintenant, avec les images claires et nettes que Stéphane lui avait fournies. Et sa répulsion continuait à croître, atteignant peu à peu la force d'une détermination.

Elle n'irait pas chez Henry. Elle ne retournerait pas chez sa mère. Tous deux avaient triché avec elle. Ils s'étaient abrités derrière les voitures, les fourrures et *Paris-Monde*, pour lui donner bonne conscience.

« Au fond, ils ne sont pas authentiques. »

Le grand mot était dit. Dans la mythologie de Sylvia, et sous l'impulsion de Stéphane Morani, la Bonté, la Pauvreté, le Sacrifice, venaient prendre la place de l'Art, de la Réussite, de la Beauté. Elle était toute prête déjà à se dévouer à ces nouveaux dieux avec la même humble et médiocre application qui désespérait Henry Stass. Avec la même application, enfant, elle s'était penchée sur une broderie, sur une page d'écriture. « Tant qu'on ne lui demande pas de comprendre... » disait sa mère. Peut-être n'était-elle pas capable de comprendre — elle était en tout cas capable de choisir. Elle avait choisi ses nouveaux dieux.

Elle se leva. Elle paya sa consommation. La Pauvreté, le Sacrifice, se présentaient déjà à ses yeux éblouis, sous forme d'un photographe aux taches de rousseur. Elle serait pauvre et heureuse, elle abandonnait à d'autres, avec mépris, le rôle de muse. Elle écrirait à *Marie-Christine* : « Ma mère voulait me fiancer à un peintre âgé, immensément riche. J'ai préféré un jeune photographe, pauvre et honnête. » Et elle était sûre que *Marie-Christine* lui donnerait raison. Les nouveaux dieux figuraient aussi dans *Marie-Christine,* ce qui ne gâchait rien. *Marie-Christine* était un microcosme.

Elle sortit. Et déjà, dans son allure plus modeste, dans sas façon de baisser les yeux, on pouvait lire un changement subtil.

Là-bas, derrière la gare, dans la tranquille rue Bourdelle, un photographe suppliait un petit garçon grincheux, sur les genoux de sa mère, de « regarder le petit oiseau », et ne se doutait pas du bonheur qui venait vers lui, armé de l'adjectif « authentique », et vêtu d'une soie jaune très légère.

*
**

— Oh ! tu sais, dit Louise, tout le monde a ses défauts.

Elle bâilla. Elle avait sommeil. Elle aurait bien voulu rentrer, mais Henry n'aimait pas qu'elle parlât la première de départ. Et si elle ne rentrait pas, cela ferait une histoire : c'est pour le coup que Stéphane jouerait les victimes... Non qu'il ne fût pas au courant, bien entendu. Même, elle devait lui rendre justice, il faisait preuve d'assez de discrétion.

Le divan de l'atelier était encombré des maquettes d'un ballet ; ils étaient couchés dans la chambre, trop élégante, dans les acajous luisants, la lampe en opaline, les ferrures de cuivre du petit « bar d'appartement » qui était un meuble de bateau, les rideaux de Jouy. Louise aimait assez cette chambre. Elle pouvait s'imaginer s'éveillant là, s'endormant là. Elle pouvait se l'imaginer. Elle n'était pas décidée encore, pourtant. Mais chaque jour, elle inclinait davantage vers une décision favorable. Henry ne pouvait pas l'ignorer. « Où as-tu dit qu'elle se trouvait, ta propriété ? Tu l'as encore, ton ancien atelier, rue Lhomond ? Pourquoi ne pas le vendre ? » Elle connaissait ses affaires (peu compliquées d'ailleurs), s'y intéressait. Elle irait au théâtre quand les répétitions du ballet commenceraient. Elle lui donnerait son opinion sur tout et ils ne seraient d'accord sur rien, bref, tout irait bien, Seulement, cela agaçait Henry qu'elle ne voulût pas reconnaître...

— Ses défauts, ses défauts, comme tu dis ça... Et tu trouves ça bien innocent, j'imagine, si ce petit monstre à deux pattes a fait irruption dans mon appartement pour me sommer de t'épouser, et, incidemment, pour laisser son petit paquet derrière elle ?

— Je suppose qu'elle voudrait l'épouser... dit Louise vaguement, en bâillant à nouveau. Et qu'elle pensait que je serais vexée... C'est de la jalousie, c'est vieux comme le monde, ça...

Henry se dressa sur un coude. Sa large poitrine émergea, qui faisait toujours croire, à qui le voyait assis, qu'il devait être un géant. Il la contempla, le regard sévère.

— Et bien entendu, tu n'es pas vexée ?

Lou haussa les épaules, excédée.

— Qu'est-ce que tu veux que ça me fasse ? D'ailleurs, il faut que je rentre...

— Tu as tout le temps. Enfin, tu viens de lire ce truc, et tu trouve ça tout naturel ? On te traite de tous les noms, et tu trouves ça normal.

— Je ne vois vraiment pas ce que ça peut te faire, à toi, dit Louise en se dégageant avec irritation.

— Ça me fait... ça me fait que je n'aime pas les imbéciles, hurla-t-il avec une brusque colère. Ça me fait que je n'aime pas voir ma femme (tais-toi), ma femme traitée de Madeleine, de je ne sais trop quoi... Ça me fait que si ça ne te révolte pas comme moi, il faut que tu sois complètement intoxiquée par cet imbécile, et que je ne veux pas ça chez moi ! Là !

Dans sa fureur, il s'était levé, arpentait maintenant la chambre, saisissait un vase d'opaline, le reposait, hésitant à le briser.

— Il faudrait te décider, dit Louise qui avait de plus en plus sommeil et que la colère gagnait à son tour, est-ce que je suis ta femme, ou est-ce que tu ne veux pas de moi chez toi ?

Il se rassit sur le lit, lui prit la main.

— Enfin, Loulou, tu ne vas pas me dire que tu n'es pas furieuse.

— Oh ! tu sais... je suis habituée.

— Habituée, bon. Mais comment as-tu pu vivre des années avec ce type, dégoulinant de stupidité mielleuse, de... Il n'y qu'à lire trois lignes de ça, enfin...

— Tu exagères tout, dit-elle calmement. Et Stéphane n'est pas un imbécile.

— Non ? C'est moi, peut-être ?

— Mais non, Henry, toi non plus. Ni toi ni lui. On a la nature qu'on a, voilà tout. Je ne comprends vraiment pas que tu fasses une telle histoire.

— Je fais des histoires ! Ce n'est rien ! Tu me rendras fou ! Une fois pour toutes, reconnais que c'est idiot, que ton mari est un pauvre dément irresponsable, si ce n'est un dangereux illuminé, et n'en parlons plus.

Il était debout à nouveau, un peu ridicule, vêtu de son seul pantalon de pyjama, avec ses jambes trop courtes, sa grosse tête de paysan rusé, ses épaules trop larges...

— Bon, bon, d'accord, dit-elle avec lassitude. Mettons que c'est un fou et n'en parlons plus. Maintenant, laisse-moi m'habiller.

Il se tut un instant, lui tourna le dos pendant qu'elle

rassemblait ses vêtements éparpillés. Mais brusquement :

— Alors, si c'est un fou ou un imbécile, pourquoi l'as-tu épousé ?

Elle s'immobilisa, courbée , sa jupe à mi-hanches. Puis se redressa lentement.

— Dis donc, Henry, est-ce que tu te fous de moi ?

— Je te demande pourquoi tu l'as épousé ?

— Je l'ai épousé parce que j'en avais envie, voilà tout ! Et il me semble que je n'avais pas à te demander ton avis ? J'espère que ça te suffit ?

— Non, dit-il, les dents serrées. Non.

Il marcha vers elle, la prit par le poignet.

— Ça ne me suffit pas. Et tu vas me répondre. Il t'impressionnait, n'est-ce pas ? Tu aimais ses belles paroles, je suppose ? Cela te flattait de jouer les Madeleines ? C'est un rôle qui te va comme un gant ! Avant le repentir, naturellement !

— Et puis quoi encore ? Je t'ai déjà dit que ça ne te regardait pas. Tu ne vas pas me faire une scène de jalousie pour des choses vieilles de quinze ans, non ? Parfaitement, j'ai épousé ce type-là, j'ai couché avec ce type-là, et si j'avais envie de le faire encore, je le ferais, et ça ne te regarderait toujours pas ! Qu'est-ce que tu t'imagines ? Tu n'es pas mon père, non ? Tu...

Sa voix s'était élevée, la voix criarde d'une matrone qui n'a rien à redouter, qui ne se laissera intimider par personne, voix ponctuée d'exclamations outrées, d'une indignation qui prend plaisir à sa propre force. Il la retrouvait toute dans cette violence généreuse, un peu bête, un peu vulgaire, mais si totalement innocente de tout ce qui inquiétait Henry. Lui-même s'apaisait peu à peu, sa colère se dissolvait en un attendrissement amusé. Elle n'avait même pas compris, ce qui, dans ce misérable cahier gisant au pied du lit, ce qui, prisonnier dans l'écriture maniérée, avait éveillé en lui cette folle indignation. Elle n'avait pas compris. Cela lui suffisait. Il eût pu l'apaiser d'un mot, mais il l'écoutait s'indigner avec une sorte de plaisir. Elle reprenait sa

boulevard, ont renoncé aux tenues d'été et arborent, sous la pluie douce, des renards pitoyables et courageux. Tous les néons sont là, à l'appel ; la faïence du Bain de Vapeur, les réberbères. Beaucoup de vitrines restent illuminées et les passants s'arrêtent malgré la pluie, car il fait presque chaud. Dans l'impasse, des mères appellent leurs enfants, attroupés devant le marchand de T.S.F. qui exhibe pour la première fois un poste de télévision. « Robe...e...ert ! Jeannot ! » Sur l'écran, des cow-boys incertains se poursuivent. Une échoppe vend des frites et des saucisses chaudes, autour de laquelle se groupent les renards dépenaillés. Les portes des petits cafés sont ouvertes, et de fortes voix s'en échappent. « Un carré d'as, je vous dis ! » Deux jeunes gens en bras de chemise jouent au billard, et malgré les flots de musique douce que leur dispense le patron, le petit bruit sec des billes qui se rencontrent est perceptible, et la lumière verdâtre de l'arrière-boutique est paisible.

On frappe à la porte vitrée de *l'Empire Céleste.* D'un geste négligent du pouce, le même depuis des années, Socrate désigne l'écriteau « Fermé lundi ». L'homme hausse les épaules et s'en va. Socrate offre à la ronde un petit blanc : on attend Stéphane.

On donne un grand film en couleurs, au *Miramar : l'Amour de l'abîme.* Sur les affiches, on voit deux scaphandriers s'enfonçant, main dans la main, dans une mer très verte, où les attend un énorme requin. « Robe...ert ! Jeannot ! » Robert ne bouge pas de devant le poste de télévision où les cow-boys fantômes massacrent des fantômes d'Indiens. Jeannot, mâchant un caramel, est absorbé dans la contemplation du requin. La croix verte de la pharmacie fait des clins d'œil au disque rouge du magasin *Melody* qui lui fait face. Le restaurant oriental *Sultan Dinn* essaye en vain de lutter, avec son enseigne bleu pâle, distinguée, qui dégouline tristement le long de la façade. Les trois vitrines de Cristina, le magasin chic de la femme, étalent, éclairées à blanc, leurs tentations encore fleuries. Une mère indignée sort de l'impasse, traînant un enfant plus petit qui voudrait bien s'échapper lui aussi. « J'en étais sûre ! Tu vas voir ce que dira ton père... A la nuit tombée ! C'est... » La voix de la mère indignée se confond avec la grande rumeur de la rue. « Je veux des frites ! » dit le tout petit. Des couples élégants pénètrent au *Sultan Dinn* en riant très fort. Au bout de la rue, on ne peut même pas distinguer le pauvre petit néon pâle de *l'Empire Céleste.*

— Encore un petit blanc, propose Socrate.

On attend Stéphane. Mme Prêtre est sombre. Avec tact, l'antiquaire essaye de la réconforter.

— Que voulez-vous, chère madame... Les enfants font tous leur lot de bêtises... Elle vous reviendra... Rien ne dit qu'il ne l'épousera pas, ce jeune homme... Evidemment, ce n'est peut-être pas le parti rêvé, mais....

Mlle Lethuit intervient, avec moins de tact.

— Et même s'il ne l'épouse pas, dit-elle avec feu, quel mal y a-t-il ? Elle a voulu s'affirmer, cette petite, s'affranchir, mener une vie libre. Eh bien, je l'approuve, moi !

— S'affranchir ! (L'indignation fait oublier à Mme Prêtre la tacite convention qui faisait parler de Sylvia avec quelque précaution.) S'affranchir ! Elle ! Enfin, vous la connaissez, mademoiselle, et vous venez me dire ça en face, à moi, sa mère. Mais elle n'a jamais été capable de prendre une décision toute seule, vous le savez parfaitement. Elle a autant de cervelle qu'un chaton ! S'affranchir, vraiment !

L'antiquaire toussote, un peu gêné.

— Vous exagérez, madame. Prêtre, vous exagérez...

— Mais oui, appuie Socrate, plein de bonne volonté. Moi, je trouvais même que quelquefois elle disait des choses très raisonnables. Tenez, M. Morani aussi me disait...

— Ah ! non, ne me parlez pas de ça ! J'en ai eu les oreilles rebattues. Je ne voudrais pas dire quelque chose contre M. Morani, mais il ne s'est pas rendu compte...

— Je ne vois pas le rapport, dit Gérard Ducas.

— Mais non, le pauvre vieux ! Ce n'est pas lui qui

a détourné votre fille, dit Paul Coban en souriant (l'idée était drôle).

— Ce n'est la faute de personne... murmure le Dr Fisher d'une voix aérienne. Non, merci, je ne bois plus rien.

— Je n'ai pas dit que c'était sa faute. Bien sûr. M. Morani n'a pas voulu... Mais elle s'est laissé monter la tête, et voilà !

La rancune perçait malgré tout dans la voix de la concierge. Quelle responsabilité pourtant, pouvait avoir Stéphane Morani dans la fugue de Sylvia ? Elle n'aurait pu le dire. Elle lui en voulait, d'instinct.

— Enfin, dit Paul Coban étourdiment, quel intérêt le pauvre Stéphane aurait-il eu...

Il s'interrompit, un peu gêné par leur silence.

— Je prendrais bien un verre de blanc, dit-il par contenance.

Le silence retomba entre eux. Le Dr Fisher souriait vaguement. Socrate remuait ses bouteilles, sans nécessité. L'antiquaire avait préparé un charmant et spirituel essai (la fameuse « Histoire d'un fauteuil Louis XV ») qu'il voulait soumettre à ses amis avant d'en faire, peut-être, imprimer à ses frais une plaquette sur un très beau papier. Paul ferait la couverture. Mlle Lethuit pensait à son poème. Elle l'avait dans son sac : quatre feuilles dactylographiées à son bureau. Et cela fournirait un si beau sujet de discussion. Peut-être aurait-on le temps de le lire, si Stéphane ne se faisait pas trop attendre ? On l'attendait.

La chambre de Martine donnait sur l'impasse. En se penchant, on pouvait voir de bizarres petites cours, des réduits, des ateliers qui durant le jour bourdonnaient, et d'où sortaient des voix. Mais les voix maintenant s'étaient tues. Les mères avaient retrouvé leurs enfants et les gorgeaient de soupe, au milieu des cris. On pouvait, de la fenêtre de Martine, apercevoir des lumières qui se déplaçaient, un coin de chambre parfois. Un cri d'enfant montait jusqu'à elle, une voix d'homme qui sortait dans l'une des cours minuscules en grondant :

« Où a-t-on encore fourré... » Une grande lueur rouge planait sur tout cela, venait d'une haute enseigne dans la rue, qu'on ne voyait pas. Dans la chambre, la lumière n'était pas allumée, mais la fenêtre était ouverte, et Martine accoudée. La porte était fermée à clé. Lorsque, un quart d'heure avant, on avait frappé à cette porte, timidement, elle n'avait pas répondu.

— Alors, dit Louise, il y a de la brouille ?

Elle avait un petit sourire entendu, mais Stéphane n'avait pas le courage de s'en formaliser.

— Elle se complique tellement la vie... murmura-t-il sans conviction. Tu sors encore ?

— Ça te dérange ? dit Lou, toujours prête à la dispute.

— Mais non, mais non... J'avais seulement pensé... Tu aurais pu me tenir un peu compagnie...

— Mais tu as tes amis, en bas ? C'est lundi.

— Je suis si fatigué...

Elle l'examina d'un regard vif, intelligent. Il avait dû encore s'attirer quelques ennuis. C'était sans aucun doute cette petite Fortin. Louise ne l'avait jamais aimée.

— Si tu me disais simplement ce qu'il y a...

— Mais rien, mon amie, rien... Simplement ce qu'on rencontre si souvent sur sa route, l'intrigue, l'intérêt, là où on croyait trouver l'amitié, le dévouement... Encore une fois, je me suis montré trop naïf, voilà tout. A moi d'en supporter les conséquences...

Encore une fois, cela devait être une allusion à leur mariage, supposait-elle. C'était bien cela qu'il avait l'air de dire dans ce fameux journal. Elle était gênée d'avoir lu ce cahier. Surtout parce qu'elle ne comprenait pas. Qu'il lui eût parlé à elle, sur ce ton, elle l'avait toujours accepté comme une façon qu'il avait d'affirmer sa supériorité, une tactique destinée à lui assurer la victoire dans leurs disputes. Mais qu'il eût pris la peine d'inscrire tout cela dans des cahiers... Il fallait donc qu'il y crût un peu. Il avait donc été réellement malheureux ? Elle avait toujours été persuadée du contraire, voyant là une pose, une stratégie. Et de découvrir qu'il était partiellement (combien partiellement) de bonne foi lui causait une pitié un peu dégoûtée, comme d'un malade affreux à voir.

— Il ne faut pas t'en faire, dit-elle gauchement. Elle ne vaut pas cher, cette petite Fortin...

Ils furent un peu gênés tous les deux par ce qu'ils ne disaient pas. Stéphane n'avait pas envie de lui parler d'Henry. D'ailleurs Martine était bien capable d'avoir brodé. Qu'est-ce qui lui prouvait qu'il s'agissait d'autre chose que d'une vieille affection...

— Ce qui est ennuyeux, c'est qu'elle ne s'en ira pas... rêva-t-il tout haut.

— Qu'est-ce que ça peut te faire ? Tu n'as qu'à ne plus lui parler.

Elle avait toujours été superbement indifférente à l'opinion qu'on pouvait avoir d'eux, aux ragots, à l'atmosphère d'un voisinage, et cela agaçait Stéphane.

— Mais tu ne te rends pas compte ! Dieu sait les bruits qu'elle va répandre sur toi, sur moi... Elle est capable de me brouiller avec toute la maison.

— Ce ne serait pas une telle perte, tu sais...

— Mais enfin, Louise, tu ne comprends pas, ces choses-là te sont étrangères, mais...

Il était sur le point de s'emporter, et il sentait des larmes d'exaspération lui monter aux yeux.

— Bon, bon... dit-elle d'un ton apaisant. Ne te fâche pas. Mais admettons qu'elle raconte n'importe quoi à mon sujet... Moi, ça m'est égal, et puis je ne leur parle jamais, à ces gens-là. Et qu'est-ce que tu veux qu'elle raconte sur toi ?

On attendait Stéphane. *Paris-Monde* traînait sur la table.

— Il a peut-être la grippe, dit Socrate, lassé de s'agiter inutilement derrière son comptoir.

— Mlle Fortin a aussi la grippe, alors, dit Mme Prêtre d'une voix aigre-douce.

— Ils doivent être ensemble à se dire de grandes

phrases, fit Paul en riant. Ma petite Antigone ! Mon grand Œdipe !

— Tu mélanges tout, dit Gérard Ducas en souriant avec indulgence.

Mais Mme Prêtre, avec une agressivité qui ne lui était pas habituelle :

— Oh ! non, ils ne sont pas ensemble. Je ne sais pas où est Mlle Martine, mais je sais que M. Morani est encore avec sa femme.

— Ils ont peut-être une discussion, dit l'antiquaire d'un air de componction. Nous pourrions alors commencer la lecture...

Mme Prêtre était toujours sur le sentier de la guerre.

— Une discussion ? dit-elle avec un feint étonnement. Et pourquoi ?

— Ils ne cessent pas d'avoir des discussions, évidemment, dit Mlle Lethuit. Il fallait s'y attendre. Une union de ce genre n'est pas durable.

— Il est certain que notre ami, avec son admirable ferveur un peu utopique, s'est jeté là dans une aventure....

— Il y a beaucoup de ménages où on s'engueule du matin au soir et où on arrive pourtant à s'entendre..., dit Paul en haussait les épaules. Ferveur, ou pas ferveur, on finit par en avoir assez de voir toujours la même tête devant soi.

— Vous dites cela pour Mme Morani, monsieur Coban, ou pour Mlle Fortin ? demanda la concierge.

— Qu'est-ce que vous voulez dire ?

— Mais que s'il y a une tête dont M. Morani est fatigué, c'est plutôt celle de Mlle Martine.

— Ah ? Ils sont brouillés ? demanda l'antiquaire avec curiosité.

Louise était prête, elle portait sa robe vert olive, son manteau beige. Elle paraissait plus svelte, plus alerte, songea Stéphane. Ce peintre avait dû lui donner quelques conseils sur ses toilettes. Bien entendu, elle l'écoutait parce que c'était un homme célèbre ; quand *lui* avait essayé un conseil, il avait été bien reçu. Mais cela ne prouvait rien.

— Tiens, ce soir, dit-il malgré lui, je suis allé frapper à sa porte, pour notre petite réunion. Crois-tu qu'elle m'aurait répondu ? Et pourtant, je suis sûr qu'elle était là.

— Vas-y sans elle.

Elle devait aussi avoir changé de coiffeur. Il lui semblait — mais il ne connaissait rien à ces choses — que, tout en conservant son chignon, elle avait sur les tempes une sorte d'ondulation... Elle remarqua son regard.

— Tu aimes ?

— C'est joli. C'est plus... plus doux. Mais ce sont peut-être ces couleurs qui font cet effet...

— Joli, hein ? dit-elle en tournant devant lui.

— Cela a dû coûter cher ? demanda-t-il en baissant les yeux.

Martine aussi avait dû remarquer ce surcroît d'élégance, ressentir de la jalousie.

— Assez. Tant que ça dure...

Elle ne paraissait pas le moins du monde embarrassée. Il laissa tomber le sujet.

— Mais si j'y vais sans elle, ils vont tous me demander...

Ce qui le gênait surtout, ce qu'il ne pouvait expliquer à Louise, c'était la lecture du journal, quinze jours auparavant. Quand on a traité publiquement quelqu'un « de petite Antigone » et « d'âme élue », il est difficile de faire marche arrière sans explications.

— Enfin, s'écria-t-elle avec sa coutumière indignation, cela ne les regarde pas ! Tu n'as tout de même pas couché avec cette fille !

— Oh ! Louise !

C'est vrai, songea-t-elle, que s'il avait couché avec elle, ce serait dans ce cahier. Quelle idiote aussi d'aller tout écrire dans un cahier ! Et de s'exalter comme ça sur une petite horreur dont elle, Lou, avait deviné dès le premier moment le caractère impossible. Enfin, cela aussi, il devait y avoir cru... Pauvre Stéphane ! Il prenait maintenant un air tendre, câlin, qu'elle ne lui avait pas vu depuis longtemps.

— Dis, Lou, vraiment, je n'ai pas envie d'y aller... Je ne me sens pas bien, tu sais... Si tu voulais...

Le néon, au-dessus du bar, grésillait. Les poissons faisaient leur devoir. Imperturbable et niaise, la jeune fille aux nénuphars souriait. Le dieu ne se manifestait pas. C'était peut-être le dieu de l'attente ? Sa patience pouvait le laisser supposer. Cette idée plaisait au Dr Fisher, qui planait dans l'espace comme les poissons dans leur eau. *Paris-Monde* était ouvert sur la table.

— Il n'y a pas de déshonneur, dit Socrate avec sa bonne volonté habituelle, Moi, à Athènes...

Les autres lui coupèrent la parole tous à la fois désireux d'éviter le récit de la séduction d'une princesse aux diamants fabuleux (les diamants semblant d'ailleurs avoir frappé Socrate beaucoup plus que leur altesse et propriétaire).

— Tout ceci est absurde, dit l'antiquaire de sa voix flûtée. Je comprends très bien votre peine, madame, et je n'ai jamais eu de sympathie pour cette... (il eut un geste vers la revue ouverte)... personne, mais de là à supposer... Non, non... Notre ami est si loin de ces questions matérielles que je suis certain qu'il ne s'aperçoit même pas.

Mme Prêtre se mit à rire.

— Ce serait bien naturel, dit Socrate.

— Qu'est-ce qui serait bien naturel ? demanda Mlle Lethuit.

— Eh bien que... qu'ils se remettent ensemble, si...

— Au moment où cette femme s'affiche ? C'est impossible, voyons. M. Morani a, Dieu merci, une moralité trop haute pour admettre...

— Mais c'est évident, dit l'antiquaire. Le cher Stéphane ne se doute absolument de rien. Je suis persuadé qu'il croit que les séances de pose se paient très cher, ou que *Paris-Monde* a rétribué Mme Morani... Vous pensez bien qu'elle lui fait croire n'importe quoi...

— Il le croit bien volontiers.

— Et pourquoi pas ? s'écria Paul Coban. Qu'est-ce que vous voulez qu'il fasse, le pauvre ? Se gendarmer : « Je te chasse, malheureuse ! » et tout le vieux répertoire de l'Odéon ? L'appartement est à elle, c'est à peine s'il travaille, il est malade, où irait-il ? Mais je suis sûr qu'il est malheureux comme les pierres.

— Pourquoi ? demanda Socrate naïvement.

L'argent, pour lui, sanctifiait tous les rapports. Ah ! si seulement il était encore à Athènes ! Le restaurant, les nappes éblouissantes... Il s'enfonça dans son rêve.

Le Dr Fisher qui planait toujours se moquait bien de la conversation. Cela lui était agréable qu'on parlât autour de lui, voilà tout. Tous ces mots pour rien... un bruit de fond.

Mais Mlle Lethuit s'indignait.

— Paul, je ne comprends pas votre raisonnement. Prenez ma sœur : en la recueillant, je savais parfaitement que je renonçais à me marier, à mener une vie normale. Eh bien, je n'ai pas hésité une seconde ; je lui ai dit : Pauline...

— Mais oui, interrompit l'antiquaire avec empressement. Bien entendu, c'est ce que Morani ferait — je veux dire qu'il ne tiendrait compte d'aucune contingence matérielle — s'il se doutait le moins du monde...

— S'il se doutait qu'on a repeint son appartement ? dit Mme Prêtre avec amertume. Que sa femme s'habille comme une princesse ? Qu'il mange du rumsteck tous les jours ?

— Il mange du rumsteck tous les jours ? demanda Socrate avec intérêt.

— Et il boit du vieux bordeaux. C'est Mlle Marie qui me l'a dit. Elle voit l'autre faire son marché.

Ce rumsteck, ce bordeaux, ces somptuosités, tout cela était volé à Sylvia. Tout cela prouvait que Sylvia était une pauvre sotte, que Sylvia ne ferait jamais rien dans la vie, que Sylvia deviendrait la femme du photographe détesté... Et cette petite sotte venait se justifier, des « M. Morani » plein la bouche, alors que ces Morani

(Mme Prêtre ne les dissociait pas) mangeaient du rumsteck à ses dépens ?

— Cela ne prouve rien, dit l'antiquaire. Moi, je ne m'aperçois jamais de ce que je mange.

— Cela ne prouve rien, dit Paul. Et on voit bien qu'il est atrocement gêné. Toute cette publicité...

— Cela ne prouve rien, dit Mlle Lethuit. Stéphane n'a jamais été un esprit pratique, mais c'est une de ces âmes d'élite...

Même le Dr Fisher sortit un instant de ses nuages.

— Cela ne prouve rien, dit-il en souriant à la jeune fille aux nénuphars.

Qu'est-ce qui prouvait quelque chose, sur cette terre ?

— Bien sûr, cela ne prouve rien, dit Socrate, toujours conciliant.

Il pensait bien, à part lui, qu'une belle femme qui rapporte de l'argent, c'était bon à prendre. Mais après tout, qui sait si M. Morani aimait l'argent ? Cela paraissait impossible qu'on n'aimât pas l'argent, mais pourtant... Il resta rêveur.

Mme Prêtre serrait les poings. Ils étaient donc tous contre elle ? Tous contre Sylvia ? Tous prêts à trouver que Sylvia était tout à fait à sa place dans les bras du photographe, dans le misérable appartement du photographe, entre les photos de famille, le cinéma du samedi, les meubles à tempérament ? Elle-même, Sylvia se déclarait battue, se contentait de cette vie mesquine, reconnaissait implicitement qu'elle n'était faite pour rien d'autre, que Mme Prêtre l'avait mise au monde, soignée, élevée, n'avait souffert pour rien d'autre que pour ce destin d'une banalité exemplaire ? La honte, la colère, brûlaient à l'intérieur de Mme Prêtre. Ils paraissaient bien convaincus, pourtant... Mais ne paraissaient-ils pas convaincus aussi du désintéressement de Stéphane, qui laissait peindre son appartement aux frais de l'amant de sa femme. Ah ! le monde, comme elle avait coutume de le dire, n'était pas grand-chose de propre. Sylvia avait succombé. M. Morani aussi succomberait tôt ou tard, on verrait bien ce qu'il était ; il y aurait une preuve contre lui.

La porte s'ouvrit.

— Si je voulais quoi ?

Elle se regardait une dernière fois dans la glace, étalait son rouge à lèvres.

— Leur dire...

Elle lui sourit ; gentiment, à tout prendre.

— Je leur dirai que tu as la grippe. D'accord ?

— Mais s'ils me voient aller travailler, demain ?

— Tu iras enveloppé de laine, voilà tout. Ça ne te fera pas de mal.

Il eut un geste vague vers elle.

— Tu es gentille, Lou. Tu rentreras tard ?

— Mais... comme d'habitude, dit-elle, un peu gênée.

Il baissa les yeux, parut s'occuper à feuilleter un livre posé sur la table.

— Tu pourrais peut-être éviter... de venir jusqu'ici dans cette automobile, murmura-t-il. On la connaît, tu comprends. Cela fait mauvais effet.

Elle semblait se regarder encore dans la glace, lui tournant le dos.

— Entendu. Je descendrai derrière la gare.

Une vague complicité gênée flotta entre eux.

La porte s'ouvrit.

— Mon mari est désolé, dit-elle de sa voix chaude qui envahit la pièce, mais il ne pourra pas descendre. Il craint d'être grippé.

Personne ne lui répondit.

Dehors, inlassables, les lumières jaunes, rouges, vertes, se faisaient des signaux, dominant avec arrogance les tristes néons bleu et blanc. De l'ombre du boulevard Edgar-Quinet, de plus en plus pâles à mesure que l'heure passait, les filles à hauts talons sortaient comme d'un lac. A l'autre bout de la rue, la gare somnolait avec un petit ronflement intermittent, et la flèche jaune du Dupont marquait une limite mystérieuse. C'était un automne tout pareil à ce qu'avait été le printemps : pluvieux et chaud. Et la foule ne cessait pas de descendre et de remonter les trottoirs de la rue d'Odessa, de se repaître de lumières et de convoitises, d'entrer et de sortir du cinéma, des cafés, d'éviter et d'entraver l'avance des automobiles, sous la pluie douce, dans la tiédeur de l'air. L'année avait été très chaude, mais on prévoyait que le temps allait changer. Quelque chose dans l'air semblait déjà l'inquiéter. Avidement, avidement, on goûtait cette trêve avant l'hiver.

***

La *Brasserie Dorée* est éternelle. L'engourdissement que dispensent ses refrains sirupeux, la paix qui naît d'une bêtise à laquelle on participe librement, la chaleur que procure cette assurance d'être niché au sein de cette société humaine, dans ce qu'elle a de plus niais et de plus inoffensif, est un besoin éternel. L'employé aux ongles rongés, qui s'affale sur la moleskine rouge devant un pernod, loin des « C'est mauvais pour ton foie » familiaux, les jeunes filles en pantalon qui fredonnent, le monsieur qui prend un journal dans la pile mise à la disposition de la clientèle et s'y enfonce jusqu'aux oreilles, les voyageurs qui déposent à leurs pieds la valise fermée d'une ficelle qui ne s'ouvrira que sur le quai, l' « usager » de banlieue qui n'a pas de bagage et un quart d'heure à perdre, la jeune femme au renard que nous connaissons bien et qui regarde autour d'elle avec un peu de méfiance — elle est sortie de son territoire et prend un peu de repos —, la commerçante digne qui consulte le tableau des consommations et finit par réclamer autre chose, tout cela baigne dans une humanité épaisse et sans profondeur, qu'on pourrait appeler la paix, si la paix pouvait, un instant, se confondre avec le sommeil.

Et Stéphane, assis à son piano, jouant *Les Lavandières du Portugal*, *Le Facteur de Panama*, et même, par moments, en solo, des passages confus, appuyés d'une copieuse pédale, de ses auteurs favoris (*Une Nuit sur le Mont-Chauve,* quelle merveille !), Stéphane aussi se trouve bien. Un clin d'œil à Bruno, un sourire à Marcel, le gérant le salue avec condescendance, Toni tâche de passer près de lui, et la musique qui coule, coule sans arrêt, est éternelle et empêchera qu'aucune parole ne soit jamais prononcée.

Tout est en place, tout est définitif. Un faible rayon de soleil, parfois, vient du dehors, traverse la pluie et réveille les dorures ternies et les miroirs tachés. La poussière fine saupoudre les plantes vertes qu'on remplace régulièrement depuis vingt ans et qu'on remplacera encore. Sur le mur, des nudités mauves et opulentes voilent d'un estimable prétexte artistisque (ce mauve et certaines, plus artistiques encore, sont d'un vert franc ! Extase !) les innocentes rêveries des consommateurs insatisfaits, comme plantes vertes et miroirs satisfont des ambitions moins charnelles. « Mon standing... » dit le gérant. Et la musique coule, et les nudités s'étalent, occupant des têtes vides, qui s'épouvanteraient de leur propre vacuité.

Tout est en place. Stéphane joue un solo sur un motif de Chopin revenu de loin. Il ne se donne même pas la peine de réveiller son amertume somnolente. A-t-il jamais eu des ambitions ? Serait-il plus heureux, exécutant à la perfection ses trilles et ses notes perlées, devant le public respectueux de quelque salle austère ? A-t-il jamais tiré autre chose des trilles et des gammes que ce mirage de salles admiratives ? Non, sans doute. Aussi, le mirage disparu, est-ce en paix qu'il joue (toujours appuyé de sa chère pédale) un concentré du Chopin le plus mélancolique. Et si une dame se met à hocher la tête avec nostalgie, le chapeau oscillant dangereusement, il n'en sera même pas amusé. La grosse dame est éternelle.

A qui se lasse des nudités, réclame un régal plus fin, les murs offrent encore la ressource du Pierrot Lunaire, les tables celle des fleurs artificielles qui se penchent et marient leurs têtes de peluche, et Bruno, sa voix sud-américaine d'emprunt, qui égrène maintenant les perles molles de la chanson :

Si tu m'aimais, le monde...
Reprendrait ses couleurs...

Ah ! Que ne s'émeuvent les nudités mauves, à cette voix descendant de leur cadre et révolutionnant la mythologie ! (Mais je croyais que c'était Pygmalion... Et Orphée ? Orphée, ce sont les animaux, voyons !) Mais que les consommateurs seraient scandalisés ! Des rêves, seulement des rêves, s'il vous plaît ! Garçon, que signifie ? Stéphane jouerait faux, du coup. Quel danger, quel mystère dans un corps de femme, dans cette nudité brutale qui ne permet pas d'échappatoire... Dans la vraie musique, quel appel gênant... Que les choses restent en place.

Qu'aucune parole ne soit plus jamais prononcée. Que la dame dont le chapeau branle reste là, devant son chocolat tiédi, innocent pantin sans pensées. Que le monsieur du fond émerge, à intervalles réguliers, au-dessus de son journal, et prononce un discours confus dont on n'entendra que les mots usés, polis, comme des galets, de Patrie et de Devoir. Ce ne sont même plus des paroles. Que Chopin se laisse martyriser sans plaintes par la pédale niaise, sans oser rappeler qu'il vénérait Bach. Que le Pierrot asexué soit toute la poésie et qu'il cueille une branche de ce mimosa sans odeur. Oh ! notaire de province qui ne prendrez que le train de minuit deux pour assister au spectacle d'automne des *Folies-Montparnasse*, restez notaire ! Gérant, restez gérant, laissez le seul mot bien astiqué de « standing » sortir de vos lèvres, et ne nous parlez pas de votre petite fille, ne nous demandez rien, ne nous demandez rien, surtout. Chantez, Bruno, avec votre meilleur accent mexicain, ces roucoulantes paroles que vous aimez. Chantez, ne parlez ni ne vous taisez. Que le bruit fade soit notre sauvegarde à tous. Il suffirait d'un mot ou d'un silence...

La *Brasserie Dorée* est éternelle. Les *Folies-Montparnasse* sont éternelles. Les visages sans nom, les noms sans visage, les paroles sans chair et les chairs sans paroles sont éternelles. Stéphane joue. Stéphane écrit. Stéphane parle. Les souvenirs noirs et blancs de Stéphane sont bien rangés dans un tiroir. Que la musique soit éternelle... Quel autre vœu peut-il s'élever de tous ces sommeils réunis ?

*
**

L'automne est plus triste en banlieue, sur les chemins humides, sur les pavillons défleuris. On dirait d'un grand cimetière peu fréquenté. Le chemin qui mène à la villa Jeanne-d'Arc est spongieux, et les talons de Mlle Lethuit s'y enfoncent avec un bruit mou, décourageant. Après tant de visites, de taudis, de discussions, de conseils, elle a hâte de regagner le petit salon (où fleurissent du moins sur les murs des hortensias bleus et réguliers). Elle entre, dépose dans le couloir (dont, par économie, on n'allume jamais la lampe) ses galoches, écoute, avec un sourire, une vocalise de Pauline, que ponctue de temps à autre un grognement du vieil homme. Tout est paix dans le pavillon bien clos. Pour se donner l'illusion d'un confort supplémentaire. Mlle Lethuit met la chaîne à la porte et enfile ses pantoufles. Puis, sa serviette sous le bras, elle entre dans le petit salon où ronfle un poêle débonnaire.

— Germaine, enfin ! s'écrie le vieillard pour qui l'allée Jeanne-d'Arc, la nuit, représente une traversée dangereuse dont il est trop heureux de voir sa fille revenue saine et sauve.

— Germaine, déjà ? demande la voix douce de Pauline, qui sait qu'on est lundi et que ce jour-là, d'habitude, Germaine prend le dernier train.

Mais inutile de faire remarquer au vieillard qu'il perd la mémoire. Les deux sœurs échangent un regard complice.

— Mais oui, mes enfants ! fait Mlle Lethuit qui sent avec plaisir, comme chaque soir, qu'elle est le personnage important du logis, celle qui revient du dehors, chargée de nouvelles et réchappée de mille dangers.

D'un geste large, elle jette sa serviette sur le piano, se laisse tomber dans un fauteuil, avec l'épuisement théâtral des travailleurs.

— Bonne journée ? demande le vieillard, qui a posé son journal.

— Pas mauvaise. J'ai enfin décidé cette pauvre fille à garder son enfant chez elle. Elle a beau n'avoir qu'une pièce, il y a beaucoup de familles qui n'ont pas plus et gardent leurs enfants.

— L'incurie du gouvernement, dit le vieux monsieur, hochant sa tête chenue. Si Jaurès avait vu ça...

— Nous n'avons pas d'hommes politiques, fait gravement Pauline, qui est encore bien jolie sous son chignon fou et sa frange démodée.

— Ni dans l'opposition ni au gouvernement. Dieu sait que je n'approuve pas la politique de Clemenceau, mais...

C'est le sujet favori du vieux monsieur. Il s'indigne.

— Oui, Clemenceau était tout ce qu'on veut, mais c'était un homme ! Un homme ! Aujourd'hui il n'y a plus que des lavettes. Ecoutez ceci !

Il brandit son journal. D'une voix tonitruante, il fait la lecture de son article. Mlle Lethuit se détend merveilleusement. Les mêmes indignations, les mêmes arguments et jusqu'au diapason élevé des voix, calculé pour atteindre l'oreille défaillante du père, cela finit par faire partie du foyer aussi sûrement que le papier des murs, que le ronflement du Mirus, que le craquement du bahut breton. Dans un instant, Pauline introduira dans la conversation le nom de M. Mendès France, qu'elle trouve extrêmement séduisant, peut-être parce qu'il ressemble à son coupable mari. Le dîner sera animé par une discussion sur le coût de la vie, au cours de laquelle le père répétera pour la centième fois (sourire attendri des deux sœurs) tout ce qu'en 1891 on pouvait se procurer pour cinquante centimes. Puis Pauline chantera une mélodie de Duparc, en forçant sa voix autant que possible, et le père, tout près du piano, la main en cornet autour de l'oreille, murmurera :

— Quel génie, ce Fauré ! en marquant à contretemps la mesure.

La paix, la vertu règnent sur la villa Jeanne-d'Arc.

M. Lethuit s'est replongé dans son journal.

— Aujourd'hui, lundi... lit-il presque à voix haute, croyant murmurer. On est lundi, aujourd'hui ?

— On est lundi ? répète Pauline avec une ingénuité bien jouée. Mais je n'en sais rien. On est lundi, Germaine ?

— Vous êtes deux têtes folles, dit Mlle Lethuit en souriant. Qu'est-ce que nous avons fait hier ?

— Ah ! mais oui, notre promenade ! Où avais-je la tête ?

— Et moi ! fait le père rassuré. C'est toi qui as dû me brouiller les idées, Linette. Mais pourquoi rentres-tu si tôt, Germaine, si c'est lundi ? Ça n'a pas eu lieu, cette petite réunion ?

Germaine secoue la tête.

— Non. J'ai simplement été voir notre locataire, et régler quelques points avec lui...

— Il est bien ? soupire Pauline, d'un air faussement désintéressé.

Mais la réponse de Germaine prouve que, comme toujours, elle a compris et va droit au but.

— Il a vingt-cinq ans et il est fiancé.

M. Lethuit ne s'intéresse pas au locataire.

— Mais comme c'est dommage que vous ne persévériez pas ! Je trouvais cela si intéressant, ces petites réunions amicales où chacun apportait sa part d'idées, où on collaborait dans une compréhension mutuelle... Pour toi, surtout qui sors si peu, Germaine... C'est le deuxième lundi, sans réunion, il me semble ?

— Est-ce que M. Morani est malade à nouveau ?

Le vieux M. Lethuit et Pauline ont beau ne guère quitter Meudon, ils sont tout de même au courant de tout ce qui se passe dans le quartier Montparnasse, et plus particulièrement rue d'Odessa. Pauline rêve à M. Morani, au Dr Fisher, à Mlle Fortin, en mangeant des chocolats. Mais il faut avouer que les copropriétaires de la rue d'Odessa lui paraissent aussi lointains que M. Mendès France. Elle pourrait évidemment y aller, les connaître... Mais cela ne plairait pas à Germaine... Et puis, c'est compliqué. Elle préfère se faire raconter tout par le menu.

— Alors, Germaine ?

— Malade ? Je le suppose. J'ai vu sa femme entrer à la pharmacie.

— Ah ! oui, cette femme... dit le vieillard.

— Ça continue ? Toujours ce peintre ?

— Oui. Il paraît qu'il l'aurait connue dans sa jeunesse...

— Ça n'excuse rien, dit le vieux monsieur sévère. (Il a beau être partisan du progrès social, il n'en descend pas moins d'une famille bretonne très stricte, et il y a des choses qu'il n'admettra jamais.)

— Quelle coïncidence, tout de même ! soupire Pauline, moins stricte, en relevant du bout des doigts ses boucles folles.

Pauline a beau avoir quarante ans, et manger trop de chocolats, elle rêve encore. Elle se tient bien, pourtant, le dos droit, la taille raide et l'estomac rentré — mais ses yeux clairs, ses lèvres roses un peu épaisses, regrettent peut-être...

— Quelle femme indigne ! poursuit M. Lethuit, plus breton ce soir que socialiste. Et le mari tolère cela ?

— Il ne le sait pas, voyons, père.

— Il finira bien par le savoir.

— S'il le savait... je suppose qu'il la quitterait...

— Mais tu dis qu'il est malade, soupire Pauline, pitoyable.

Germaine s'agace.

— Il irait à l'hôpital.

— Où ça ? demande M. Lethuit qui a repris son journal.

— A l'hô-pi-tal !

— Ah ! oui, en effet, les hôpitaux sont magnifiques, maintenant. Dieu merci, aussi lentement que ce soit, on a tout de même fait quelques progrès sociaux.

Il cherche du doigt (sa vue s'affaiblit aussi) le passage abandonné de son article. Pauline, que les histoires de cœur passionnent, se rapproche de sa sœur, et les voilà qui chuchotent, comme de petites filles.

— L'hôpital, mais c'est affreux !

— De toute façon, puisqu'il ne sait rien, Pauline... Sois pratique !

— S'il l'apprend, il ne la quittera peut-être pas, malgré tout.

— Je ne vois pas ce qu'il pourrait faire d'autre.

— Mais s'il l'aime ?

— S'il l'aime, s'il l'aime... Qu'est-ce que tu veux dire ? Tu raisonnes comme une enfant. Peut-il l'aimer encore, après tout ce qu'elle a fait ? Enfin toi-même, quand tu as découvert la bassesse de ton mari...

Le regard de Pauline s'évade vers le mur où elle a accroché, malgré les railleries (et en prétendant que c'était par conviction politique), le portrait de M. Mendès France.

— Non, bien sûr, murmure-t-elle sans conviction. Mais...

— Il n'y a pas de mais, voyons, Pauline ! S'il apprenait quelque chose, il devrait la quitter. D'autant plus que l'autre est libre et riche et peut s'occuper de la femme. On pourrait dire qu'il profite d'elle ! Comme on aurait pu dire, si tu n'avais pas quitté André, que tu étais d'accord pour profiter de ses vols.

— Mais, s'il l'aime... insiste Pauline comme une enfant entêtée.

Germaine se sent franchement irritée. Elle a horreur des gens qui discutent et prétendent qu'ils ont droit à plus d'allocations familiales. Et Pauline a tout l'air d'insinuer... Germaine Lethuit a le tort de hausser la voix.

— Je ne comprends pas ce que tu insinues, Pauline.

Ce n'est pas à toi à dire de telles sottises, toi qui, Dieu merci, as bâti ta vie sur des bases solides et...

Elle s'empêtre un peu dans sa belle phrase, et Pauline en profite.

— Bâti, bâti, c'est vite dit. Je ne vois pas ce que j'y ai gagné... marmonne-t-elle, mais elle serait prête à abandonner la discussion, si Germaine ne s'indignait, toujours à voix basse, d'ailleurs, pour ne pas troubler le vieillard qui lit.

— Tu y as gagné de ne pas passer ta vie avec un homme qui volait l'Etat, ma fille. Et quand tu as pris ta décision...

— Oh ! ma décision... murmure Pauline boudeuse.

— Tu ne vas tout de même pas dire que te t'ai fait divorcer de force !

Elles sont rouges de colère maintenant, l'une en face de l'autre, Pauline plus boudeuse, Germaine enrageant franchement, mais elles n'élèvent pas la voix, retiennent leurs gestes, laissant seulement leurs ongles griffer la tapisserie des fauteuils.

— Tu m'y as tout de même poussée.

— Je t'ai poussée, moi

— Oui !

— Et pourquoi t'aurais-je poussée, je t'en prie ? J'y avais sans doute un avantage matériel ? ironise Germaine.

Ce rappel de sa dépendance fait rougir jusqu'aux yeux la sensible Pauline.

— Tu m'as poussée pour ne pas rester seule avec papa ! réplique-t-elle avec une violence qu'on n'attendait pas d'elle. Tu m'as poussée pour que je devienne une vieille fille comme toi !

Et comme elle ne peut plus contenir le diapason de sa voix, elle court à la cuisine, d'où vient une légère odeur de brûlé. Le vieux monsieur lève les yeux.

— Il y a quelque chose, Germaine ?

Elle se sent un peu honteuse.

— Rien, papa. Quelque chose qui brûle à la cuisine, je crois.

— Ah ! notre petite Pauline, toujours la même. Que veux-tu ma chérie... C'est un oiseau, un petit oiseau qui chante, et ne se soucie pas du reste... Ah ! si nous ne t'avions pas, toi et ton sens des responsabilités...

Son doux regard bleu se pose sur sa fille avec tendresse. Il adore ses filles, l'une pour sa beauté, sa douceur, sa féminité profonde ,l'autre pour son énergie, son courage, ce qu'il appelle « son sens des responsabilités ». Il n'y a pas de préférence dans son cœur, Germaine le sait, et l'admiration de son père (qui de sa vie n'a su obtenir une augmentation, se contente d'une maigre retraite, et la considère, elle, comme un hardi pirate de la vie moderne) la ranime et la réchauffe chaque soir.

Mais ce soir, la sortie de Pauline l'a laissée stupide. Sa douce sœur ! Elle ne lui en veut pas, déjà elle est prête à l'excuser. Que les histoires d'amour soient douloureuses à ce cœur blessé, elle le conçoit. Mais ces reproches ! Avec loyauté, Mlle Lethuit s'interroge. A-t-elle, au moment pénible où la malhonnêteté de l'employé des postes est apparue, senti quelque joie ? Evidemment, elle avait toujours prévu quelque catastrophe de ce genre : ce garçon était peu sérieux. Mais on ne pouvait dire qu'elle se fût réjouie. Avait-elle, comme Pauline l'en accusait, poussé à la séparation ? On lui avait demandé son avis, elle l'avait donné, voilà tout. Elle n'avait jamais pensé que Pauline pût le lui reprocher un jour. Ni même regretter cet homme qui avait volé l'Etat ! Dieu sait à quels excès il ne se serait pas livré un jour ! Outre le vol, il y avait une histoire de petite couturière séduisante — il n'y avait pas eu d'enfant, mais Germaine Lethuit était prête à trouver là une preuve de plus de la corruption de son beau-frère. Coureur, malhonnête, comment un mari pareil aurait-il fait le bonheur de Pauline ? Il n'était que raisonnable de l'en détourner. Mlle Lethuit n'avait eu en vue que le bonheur de sa sœur, et ce n'était pas aujourd'hui, après des années de calme, qu'elle allait commencer à se questionner là-dessus.

« Et s'il l'aime ? » Elle réentend l'agaçante voix de sa sœur. C'est ce romanesque stupide qui a poussé Pauline vers ce mariage déplorable. Dieu merci, ces idées folles n'ont aucun rapport avec la réalité. Pour un peu, elle rirait, en se rappelant les pages émouvantes que Stéphane Morani leur a lues, l'autre jour. L'accuser, elle, est aussi ridicule que si l'on accusait M. Morani. Ridicule.

Germaine Lethuit ne croit pas au mal. Ce qu'elle en découvre chaque jour dans ses visites, elle l'attribue à l'ignorance, à la misère. Elle a une fois pour toutes divisé le monde en catégories : les malheureux (qui habitent un logement trop petit, boivent leurs allocations familiales, font trop d'enfants, et auxquels il convient d'apporter des vaccins et de bonnes paroles) ; il y a des gens instruits, les gens de bien, elle, Stéphane Morani, les instituteurs, les infirmières ; enfin, il y a les malfaiteurs, ceux qui volent l'Etat (Dieu sait pourquoi cela lui semble d'un degré plus grave que les simples voleurs de particuliers), et sur le même plan, les membres du gouvernement qui ne font pas leur devoir. Cette classification lui a toujours paru suffisante.

« Pour que je reste vieille fille comme toi ! » Ces paroles de Pauline sont incroyables. Sûrement elle n'y croit pas. La colère... Germaine Lethuit s'interroge loyalement. Elle revoit l'employé des postes, ses yeux noirs, séduisant (elle n'a jamais nié qu'il fût séduisant). « Laissez-moi la voir, lui expliquer... » — « Non, André, il vaut mieux pas. » Avait-elle eu tort ? Avait-elle pensé à autre chose qu'au bonheur de sa sœur ? Une imperceptible jalousie a-t-elle pu se glisser... Non. Elle s'est dévouée, elle a travaillé, elle nourrit Pauline depuis dix ans, sans un regret, sans un reproche. Et même avec plaisir. Elle a aimé les décisions à prendre, la vente d'un appartement, la location d'un autre (pour ne pas vendre tout ce qui leur venait de leur mère). Elle a aimé les responsabilités, le sentiment que tout dépendait d'elle. Mais de là à... Non. Cela existe, le dévouement.

M. Morani... Elle en revient toujours là, et au sentiment réconfortant qu'elle a éprouvé en entendant cette lecture. Que c'était touchant ce passage où il parlait de sa solitude, de l'appui qu'il avait trouvé en Mar... Il paraît, au fait, qu'ils sont fâchés ? Mlle Lethuit oublie un instant son souci pour le déplorer. Elle aime bien Martine. Un esprit sérieux, pratique. Evidemment, le caractère un peu difficile, mais... Ils se réconcilieront. Tout cela n'a pas d'importance. Germaine Lethuit ne croit pas au mal. Le mal est tenu au-dehors, en échec, écarté du petit pavillon par la chaîne et les volets bien fermés. Le mal, ce sont les autres, ceux qu'on ne connaît pas. Il est impossible qu'il soit en elle. Le bon sourire de ses amis, son travail si utile, si plein d'abnégation... NON. Le mal est au-dehors.

Le vieillard lève la tête, sourit.

— Ça va, Germaine ?

L'affection qu'elle lit dans ses yeux d'un bleu fané, la remue profondément. S'il savait les folles pensées qu'elle vient d'avoir ! Lui qui a passé sa vie dans l'honnêteté, la vertu, se sacrifiant pour ses filles... Sans doute, elle aussi a tout fait pour lui. Sans doute, pourrait-on dire qu'il n'a pas été mécontent non plus, grâce au divorce, de récupérer Pauline, de vivre bien tranquillement entre ses deux filles. Elle a honte aussitôt de cette pensée. Décidément, elle n'est pas dans son assiette. C'est cet automne trop doux...

— Tu as lu l'article sur Cuba, Germaine ? J'aimerais bien avoir ton avis là-dessus : écoute-moi ça. Les ressources économiques du pays...

Cher père ! Comme il aime ces discussions inoffensives, où il met en paroles l'Europe et l'Amérique en ordre ! Elle rougit d'avoir douté de lui. Pauvre Pauline, elle est nerveuse comme toujours aux changements de saison. Qu'elle ait pensé, dans un moment de faiblesse, à son mari, quoi de plus normal ? La chaste Mlle Lethuit a lu Freud, et des livres de médecine. Elle sait qu'il est des troubles que l'on peut expliquer par la physiologie. Pauvre Pauline ! Dans un élan généreux, elle se lève, court à la cuisine où sa sœur pleure dans le navarin.

— Pauline, je te demande pardon, la fatigue...

Le doux visage chiffonné de Pauline s'éclaire.

— Mais non, c'est moi, les nerfs...

Elles s'embrassent, elles se sourient. Dans le salon, le père, qui ne s'est aperçu de rien et se croit toujours écouté, continue à lire de sa belle voix, qui articule bien et fait les liaisons, son article sur les ressources économiques de Cuba. Dehors, la pluie d'automne continue à tomber, sur la tonnelle, les iris, et les nains en terre cuite.

⁂

Que la musique soit éternelle...

Eternels sont les plaisirs de la banlieue, les romances, les tonnelles, les jardinets. Les cisailles, les haies tondues comme des chiens caniches, les chambres bleues, les chambres roses, les portes fermées, la nuit, à d'hypothétiques rôdeurs. La douce humidité des placards qui sentent le champignon. L'isolement et le silence (le train est à dix minutes). Les volets, le piano, le calendrier effeuillé avec soin. Les vacances préparées, les préséances respectées, les anniversaires des parents qu'on ne verra jamais. Le bonjour, le bonsoir, les manies, les habitudes, la chaîne, le loquet, la serrure. Qui entrerait, qui sortirait d'une maison aussi bien gardée ?

Le train de 8 h 34 ne met que douze minutes jusqu'à Meudon. Douze minutes qui s'étendent, comme un espace infini, entre le monde extérieur et le pavillon aux iris. Douze minutes, barrière suffisante pour refouler tout ce qu'on a pu voir ou entendre « au-dehors ». Que les glycines fleurissent et se fanent — pour refleurir. Rien ne les atteindra jamais. Rien. Elle ne rapporte aucune tâche, aucune odeur. Rien qui puisse passer en fraude le seuil du petit jardin et inquiéter la danse figée des nains. Des noms et des chiffres, des faits et même des récits ; mais rien, rien qui puisse altérer les glycines, déranger la tendre image de Pauline chantant, du père lisant près du poêle, dans sa royauté minuscule. Aucune contagion ne les atteindra : tout ce qui est impur a été depuis longtemps banni loin, si loin du paisible jardin.

A douze minutes est la peur, est la pitié, est la souffrance ; à douze minutes il y a, c'est vrai, ces milliers de marches montées et redescendues, le corps brisé de fatigue, ces dossiers consultés les yeux brûlant de fatigue, ces paroles de réconfort articulées cent fois, les nerfs tendus de fatigue. Il y a ces petits plaisirs refusés, ces petites tentations écartées, cette constante générosité qui donne, donne encore, son temps, sa force, sa vie... A douze minutes... Mais la fatigue aussi est une armure. La chasteté, la bonté aussi s'élèvent comme des remparts. A douze minutes. Rien jamais ne sera remis en question dans le pavillon aux glycines. Eternelle sera sa paix convenue, éternels le poêle ronflant, le père respecté, les deux sœurs s'embrassant dans la cuisine. Aucun germe n'a pu les atteindre, qui ne soit aussitôt étouffé dans l'armure rigide. Que la musique soit éternelle...

Comme le bureau du Dr Fisher est calme ! Les rideaux verts, le bureau d'acajou, le beau tapis, ont l'air posés là pour une photographie. Et le Dr Fisher lui-même, si net, si élégant toujours (à quoi doit-il son air d'élégance ? Il est impossible de le dire exactement) est plutôt l'image parfaite d'un praticien dans un livre de lecture que le praticien lui-même. Son air détaché, ses gestes précis, font plaisir à voir. On croirait qu'il décompose chacun de ses mouvements pour l'accomplir plus sciemment, comptant à part lui des temps imaginaires, comme pour des mouvements de gymnastique. Et c'est assez l'impression qu'il a. Même ses paroles s'articulent sans peine aujourd'hui, presque sans accent, et s'envolent, indépendantes de lui, comme de petits athlètes sonores...

— Asseyez-vous, mon cher ami. Voyons un peu... Les malaises habituels... Le cœur se fatigue, n'est-ce pas ? On m'envoie justement une nouvelle spécialité...

Il se lève, marche vers l'armoire presque joyeusement. Cherche le médicament, déchiffre, pour son client, l'étiquette... Qu'il respire aisément, qu'il marche, parle aisément... L'atmosphère lui paraît si légère, l'air si transparent, que son corps s'y meut presque sans pesanteur. Dès qu'il sera débarrassé de son malade, il ira faire un tour sur le boulevard, pour le plaisir de se sentir plus léger que tous ceux qui s'y traînent lourdement. Pour un peu, il renverrait d'un signe l'homme assis en face de lui, comme on renvoie un fantôme. S'évanouirait-il dans l'air ? Mais l'homme semble attendre encore quelque chose. Avec bienveillance, le Dr Fisher se prête à son caprice.

— Désirez-vous que je vous examine ? La dernière radio, vous savez, n'était pas trop mauvaise, étant donné... Mais si vous désirez... La tension, peut-être... Nous ne vous avons pas beaucoup vu, ces lundis-ci... Relevez votre manche, s'il vous plaît... Et Mlle Fortin ? Elle va bien.

Il n'écoute pas la réponse, manœuvre négligemment la petite poire en caoutchouc.

— J'ai une folle envie d'aller faire un tour sur le boulevard, ne peut-il s'empêcher de dire. Oui, tension un peu basse... Prenez-vous régulièrement le fortifiant que je vous avais prescrit ?

— Oui. Mais, docteur, il pleut ?

— Cela ne fait rien, ça ne fait rien... J'aime la pluie, En somme, rien de neuf dans cet état de santé. Je vais... Avez-vous l'ordonnance ?

— C'est ma femme qui doit l'avoir conservée. Mais je puis aller la chercher...

Le docteur sent naître en lui cette impatience dangereuse qui marque la fin de son euphorie ; impatience d'abord, puis colère, puis la pesanteur regagnant lentement son corps désenchanté, et les larmes d'exaspération qui venaient enfin de cette brusque retombée... S'il pouvait sortir, l'euphorie durerait encore, entretenue par la marche, le silence. Il attire une feuille de papier, il se met à griffonner d'une main qui tremble.

— Je vous en refais une. Ne vous dérangez pas. Alors, Mlle Fortin va bien, m'avez-vous dit ?

Il parle fiévreusement, pour hâter les choses. Déjà, il se voit sur le seuil, une dernière tape amicale sur l'épaule, déjà il se voit sur le boulevard, libre, respirant à grandes bouffées, un peu ivre, au milieu des passants qui ne seraient que des ombres... La voix de l'autre, lourde, lourde comme du plomb, pénible à ses nerfs exacerbés, l'atteint cependant.

— Pour parler franchement, docteur, je... je ne le sais pas... Vous trouvez cela bizarre, sans doute, mais... je crois la pauvre Martine un peu fatiguée, un peu... bref, elle n'est pas dans son état normal. Une brouille inexplicable...

— Ah ! bon très bien, dit hâtivement le docteur. Je veux dire, c'est regrettable, sans aucun doute...

— Regrettable à un point ! Je dois vous dire, docteur, que moi-même je reste stupéfait devant la façon dont elle me... enfin, figurez-vous maintenant qu'elle fait semblant de ne pas me reconnaître...

Le docteur se leva, fit quelques pas vers la porte. Mais Morani restait assis, s'accrochant à lui, attendant une réponse. Il revint en arrière, lui posa la main sur l'épaule.

— Il est certain que c'est regrettable, dit-il, et il se rendit compte aussitôt qu'il prononçait ce mot pour la seconde fois.

Son agacement monta.

— Moi qui avais tellement confiance en elle ! Voyez-vous, la rencontrer était pour moi un événement tellement... J'ai cru en elle, j'ai tout reporté sur sa tête, mes illusions, mes...

— Vous auriez dû vous méfier, dit le Dr Fisher.

Sa voix était étrangement sèche.

— Me méfier... docteur, c'est ce qu'on m'a toujours dit. Et je n'ai jamais appris à me méfier... Depuis mon malheureux mariage jusqu'à ce dernier coup, j'ai toujours voulu croire à la bonté de l'homme, j'ai toujours voulu me préserver de la sécheresse, de...

— Oui, c'est agréable, hein, de se bercer de petites chansons. Mais vous voyez ce que ça donne...

Stéphane parut péniblement surpris par l'amertume du docteur.

— Certes, dit-il d'un air rêveur, les événements semblent me donner tort. Mais je ne désarme pas, si j'ose dire... Martine a un moment de faiblesse, je ne veux pas le savoir. Je ne veux me souvenir que des jours merveilleux où elle était elle-même...

— Vous ne voulez pas le savoir ! dit le docteur avec brusquerie. De quoi vous plaignez-vous alors ? Vous payez le prix de votre bêtise !

Il parut s'apercevoir de l'inconvenance de cette sortie, reprit plus doucement :

— Elle-même ! Qu'est-ce que cela veut dire, elle-même ? Comment pouvez-vous choisir pour elle ce qu'elle est ?

Où était son détachement souverain à la lecture du journal ? Il s'était attendu à ce qu'un jour ou l'autre les événements se montrassent tels qu'ils étaient à ce fou. Mais cet entêtement...

— Je suis de ceux, justement, dit Stéphane avec noblesse, qui croient qu'on peut opter, une fois pour toutes, pour la part la meilleure des choses et des êtres. Le pari, vous savez...

Il avait le sourire supérieur de ceux qui savent ne pouvoir être compris. Cela acheva le Dr Fisher. Le pari ! Comme s'il ne l'avait pas fait, à sa façon, le pari. Et combien totalement, combien lamentablement perdu ! Il se mit à arpenter la pièce, incapable de contenir les mots qui lui venaient ; il avait atteint le degré de nervosité, d'exaspération où sortir ne servirait plus à rien. Et c'était cet homme qui l'avait conduit là ! L'agréable détachement, la légèreté ailée avaient disparu, ne laissant que cet agacement aigu des nerfs. Il crispa les poings.

— Vous croyez donc que ces choses-là sont sans danger ? Qu'on peut se griser de mots, lancer des idées en l'air, et vivre, comme tout le monde, en paix avec soi-même et les autres ?

Il s'entendit parler, s'épouvanta de ses propres paroles. Et l'autre qui restait là, avec cette drôle de figure empreinte d'un étonnement puéril. L'autre qui était cause de tout ceci, qui était venu le relancer, le persécuter, avec ses grands mots, ses phrases creuses... Ces phrases qu'il avait dites bien des fois, sans doute, mais que le Dr Fisher *entendait* aujourd'hui pour la première fois.

— Mais docteur, je ne comprends pas... J'ai assez souffert pour...

— Des mots, dit le docteur avec rage. Des mots. Toujours des mots. J'ai été comme vous, et je ne vous souhaite pas l'expérience que j'ai faite, de ce que peuvent coûter les mots. Vous feriez mieux de vous taire, une bonne fois, de vivre tranquille avec votre femme dont vous n'avez pas tant à vous plaindre et que vous seriez bien ennuyé de perdre, de vivre votre petite vie tranquille, tous tant que vous êtes, et de VOUS TAIRE !

Sa voix était montée jusqu'à un diapason très aigu ; il ne se dominait plus. Sa main, qu'il passait nerveusement dans sa chevelure blanche, tremblait, et il desserra machinalement sa cravate. Les yeux de Stéphane ne reflétaient toujours que cette même surprise un peu choquée.

— Vous me surprenez, docteur. N'y a-t-il donc pour vous d'autres valeurs que...

— D'autres valeurs ! Imbécile ! Terrible et dangereux imbécile ! Vous verrez, un jour, quand vous serez en danger de mort (il trébucha sur le mot et se reprit), vous verrez un jour... Les mots ne vous serviront à rien, alors ! A rien ! A...

Son poing frappa le bureau avec violence. Il entendit soudain sa propre voix qui hurlait des mots inarticulés. La douleur qu'il ressentit lui fit du bien. Il se mordit violemment la lèvre, parvint à reprendre le dessus. Et pourtant, quel bien cela lui aurait fait de hurler une bonne fois, à leur face à tous, ce qu'il pensait d'eux, son mépris, son dégoût... Mais l'homme, devant lui, était très pâle, quoique toujours le regardant avec cet étonnement puéril, puéril... Il ne comprendrait jamais. Ils ne comprendraient jamais, aucun d'entre eux, sa révolte, sa colère d'être dupé qui a tout sacrifié pour une idole de carton... Pauvre homme ouvrant grand ses yeux d'enfant innocent, il n'y était pour rien, sans doute. Mentalité infantile, santé débile, justification nécessaire... Ce journal intime... Tout cela était plutôt risible. Mais il le ressentait aujourd'hui comme une insulte.

— Excusez-moi, dit-il d'une voix encore rauque. Je suis un peu souffrant. Aussi, on ne vient pas provoquer les gens, on ne... Excusez-moi.

Peu à peu, il revenait à son ton habituel, net et clair.

— Je suis très surmené. Les clients, mon organisation... Savez-vous que nous avons maintenant notre sanatorium, en Haute-Savoie ? Cela n'a pas été sans mal. Les autorisations. Voici votre ordonnance.

Stéphane la prit, encore tout hébété.

— Et je vous en prie, mon cher, ne croyez à rien de personnel dans ce qui m'a échappé. Une petite névrose, vous savez... Les épreuves que j'ai subies... J'espère que...

— Mais bien sûr, docteur... Je comprends parfaitement, protestait Stéphane.

Il avait pris l'ordonnance, l'avait glissée dans son portefeuille, cherchait encore un billet de banque, tout en surveillant malgré lui la contenance du docteur.

— Non, non, cela est inutile. Annulons cette visite, voulez-vous ? demanda le médecin en ouvrant la porte. Vous connaissez le chemin, je ne vous reconduis pas.

Stéphane eut encore un geste vers son portefeuille, de pure forme.

— Non, non, j'y tiens, répéta le docteur avec une sorte de force inutile. Annulons-la.

Un moment encore, il demeura sur le seuil du bureau. La porte claqua, Stéphane était parti. Le docteur referma la porte, traversa le bureau, pour passer dans la salle d'attente.

— Le suivant, s'il vous plaît, dit-il de sa voix précise.

Mais en levant les yeux, il vit que la petite pièce était vide. Il était seul dans l'appartement, seul avec la photo d'identité, minuscule et jaune, reposant dans le dernier tiroir de la commode, et qu'il n'avait pas regardée depuis dix ans. Pourquoi l'avait-il emportée ? Il l'avait sur lui en fuyant, voilà tout. Pourquoi ne l'avait-il pas jetée ? Ah ! Dieu sait pourquoi... Et Dieu sait pourquoi il avait trouvé la paix un moment, il y avait quatre ou cinq semaines, en écoutant le ronron de cet imbécile, de ces imbéciles. Il aurait dû la lui montrer, la petite photo d'une femme un peu épaisse, à la coiffure démodée, qui avait été pour lui tout l'amour du monde. « Tout l'amour du monde » n'avait pas tenu le coup. Et pas davantage « l'amour de l'humanité » ni « une révolution fidèle à elle-même » ni... Il aurait dû la montrer à Morani, cette photo, pour lui prouver...

Il referma la porte de la salle d'attente avec un soin presque excessif, faisant jouer le verrou dans sa gâche, consciencieusement, vérifiant encore l'autre porte. C'était bien une manie chez lui, un tic, que ces précautions alors qu'il savait bien qu'il ne risquait rien. Il alla s'asseoir sur le petit canapé de cuir vert. Ses jambes tremblaient encore.

Il aurait dû lui montrer la photographie. Qu'est-ce que vous auriez fait, vous, pompeux imbécile ? Qu'est-ce que vous auriez dit ? Tuez-moi, que je meure avec elle, alors que c'est si parfaitement inutile ? A quoi vous auraient-ils servi, vos grands mots, pour mourir ? Et si vous étiez parti, comme moi, rampant dans la boue, caché, souffrant la faim et la peur, souffrant ensuite le mépris et la pitié, souffrant les consulats, les files d'attente, les démarches, les courbettes, les tapes sur l'épaule, à quoi vous auraient-ils servi pour vivre ?

Il savait qu'il avait raison. Inutile de se mettre en colère. Mais c'était leur entêtement à tous, leur volonté de nier ce qui leur crevait les yeux, qui le hérissait. Surtout aujourd'hui. Oui, surtout aujourd'hui. Devant l'obstination de cet homme, il était sorti de ses gonds. Il aurait voulu le voir à l'épreuve, devant un corps hoquetant, qui n'avait plus en commun avec la photo jaunie que le nom. Imbécile, avait-il dit, imbécile... Qu'aurais-je gagné à me montrer ? Elle ne m'aurait même pas reconnu. Oui, l'imbécile aurait trouvé de grands mots pour ça aussi. Mourir pour son idéal, ou ne pas l'abandonner dans la mort...Mais ce n'était pas une morte qu'il avait aimée. Avec une soudaine malveillance, il souhaita que l'imbécile connût un jour ce vide de l'esprit, du corps... Allons, il était temps de le chasser de sa pensée. Tout cela n'avait pas de sens, pas de raison. Cela allait perdre son poids, sa signification, se diluer dans l'espace. Il le fallait.

Il s'allongea sur le petit canapé. Le cuir vert était froid et lisse. Un peu de repos. Il étendit la main. La seringue était là, toute prête.

***

Eternelle était la paix du petit bureau sombre et net. Eternels, les rideaux qui écartaient le jour trop vif, les tiroirs fermés à clé qu'on n'ouvrirait jamais, les instruments brillants soigneusement nettoyés qui reposaient dans l'armoire vitrée. Eternelle, la vague de souffrances médiocres qui venait mourir là, les malades et ces autres malades échoués en pays étranger, qui avaient ou n'avaien pas le droit à un secours (et après un moment de silence, les regardant de ses yeux pâles, le Dr Fisher les examinait, et malades ou pas malades, qu'ils y eussent droit ou pas, leur donnait ce certificat, ce secours, cette recommandation pour le ministère du Travail). Eternels, les relations, les déjeuners d'hommes (« Il faut que j'obtienne pour vous, mon cher, la Légion d'honneur à titre étranger. Votre sanatorium ? c'esι entendu, mais... quelques renseignements à vous demander, passez donc à mon bureau... ») Eternelle, l'indifférence reine, et le mépris, et encore l'indifférence. Il ne buvait plus maintenant. C'était plus simple ainsi. Personne ne s'accrocherait plus à lui, il ne serait plus dupe ni des êtres ni des idées. Des méduses. Tous des méduses. Et la photo dormirait toujours dans le tiroir fermé à clé. Et « votre belle conduite » dormirait aussi, avec la Légion d'honneur, dans un tiroir de son esprit. Eternelle était la glaciale douceur du liquide s'infiltrant dans la cuisse.

*
**

Tout est en place au Bain de Vapeur. Les lits de repos surélevés, le long des murs, estrades en bois grossier, couverts de matelas minces où reposeraient les corps nus, que pétrirait la vieille masseuse .

Au sortir des salles de marbre, elle s'était allongée, comme d'habitude, ses socques de bois à sa gauche, les cigarettes à sa droite. En attendant la masseuse, elle s'était étendue sur le ventre, avec devant elle, large ouvert, le roman policier *Ils me tueront demain.* Elle allait s'y plonger, s'y plonger était le mot juste : elle voulait éviter toute conversation. « Cela suffit comme ça ! » pensa-t-elle avec détermination. La masseuse s'approcha.

— Vous voulez le massage maintenant, madame ?

— Non, pas tout de suite. Tout à l'heure, peut-être. Mais si vous vouliez me passer mon peignoir... Merci.

Elle s'en entoura. Il ne faisait pas chaud dans la salle de repos, et l'humidité du dehors, la rue d'Odessa pluvieuse qui l'attendait, se rappelaient à elle par cette légère crudité de la pièce. Heureusement, dans huit jours on pousserait un peu le chauffage. Il y avait de quoi prendre mal. La rue d'Odessa pluvieuse, oui... Mais elle n'avait pas envie de sortir. Le massage la remettrait peut-être d'aplomb. Mais elle voulait se détendre encore un peu, sans pensées. On ne pouvait pas s'empêcher de penser pendant le massage, et ces jours-ci, elle n'avait pas envie de penser. Ce n'était pas tant pour la vapeur que pour le silence, qu'elle était venue. Dans la salle de marbre, on entendait rire des femmes dans la buée, bavarder des commères, et parfois des querelles éclataient, et une femme nue, tordant ses cheveux, tapait du pied. Mais dans la salle de repos, où les nattes paraissaient bien froides, le silence régnait, interrompu seulement de temps à autre par le grognement d'une matrone que la masseuse pétrissait avec trop d'énergie. Le silence. De l'autre côté de la salle, sur l'estrade opposée, un corps assez beau, un peu gras, que la masseuse saupoudrait de talc, paraissait très blanc sur le mur rouge sombre. Il n'y avait pas d'autre femme dans la salle. Il était trop tôt, et beaucoup passaient plusieurs heures dans la vapeur. Les fenêtres étaient haut placées, comme des meurtrières ; on se sentait isolé du reste du monde. C'était bien cela que Louise était venu chercher. « Pas d'hommes, pour une fois, pas d'hommes... » Ils étaient tous, vraiment tous, bien ennuyeux .Voilà Henry maintenant qui se mettait à faire des scènes, des histoires. On n'aurait pas cru pourtant qu'il était un homme à histoires. Enfin ! Elle se mit à lire.

« Elaine écoutait, écoutait des pas craquer dans le couloir .Voilà qu'elle ne se souvenait plus si elle avait fermé la porte. Elle fixait des yeux épouvantés sur le vantail de chêne. Lentement, la poignée lui parut tourner... La porte allait-elle s'ouvrir ? Allait-elle... »

Les deux pages étaient collées. Machinalement, elle cherchait dans ses cheveux une épingle, mais elle avait défait son chignon et laissé les épingles à cheveux dans la poche de son manteau. Elle eut un regard désespéré sur le manteau beige, qui pendait trop haut pour qu'elle pût l'atteindre sans se lever. Se lever ! Elle y réfléchit.

C'était chic, ce beige, un très joli manteau vraiment, et amincissant. Ce qu'elle aurait vraiment voulu, c'était un manteau de cuir de chez Hermès qui coûtait deux cent mille francs. Elle avait été sur le point d'en parler à Henry, mais après la scène de l'autre jour, elle s'était dit que ce n'était pas le moment. Pourtant, quand on propose à une femme de l'épouser... Elle sauta la page collée, passa à la suivante et lut avec déplaisir :

« Elaine ne pouvait comprendre ce qui lui était arrivé. L'inconnu qui avait pénétré chez elle... »

C'était l'inconvénient — et l'attrait — de ce genre de livre. On ne pouvait sauter une page. Elle adorait ces livres qu'on ne pouvait pas lâcher, de la première page à la dernière. Stéphane l'avait-il assez tourmentée à ce propos ! L'avait-il assez ennuyée sur ce thème « les bonnes lectures » ! Les bonnes lectures, les bonnes fréquentations, la bonne conduite... Comme si le monde était un endroit contaminé où l'on risquait d'attraper la gale ! Et voilà qu'Henry s'y mettait, lui aussi ! Les hommes...

Elle se tourna paresseusement sur le côté, alluma une cigarette. Il avait dû être drôlement vexé, quand elle l'avait comparé à Stéphane .Elle avait bien senti, sur le moment, qu'elle faisait une gaffe. Mais elle avait supposé que le lendemain, après le petit sursaut désagréable, il n'y penserait plus. Mais lui : « Qu'est-ce que tu as voulu dire, l'autre jour, avec ton : Stéphane, toi, vous êtes tous pareils ? » Elle n'avait pu s'empêcher de rire : « Rien du tout, voyons... Que vous faisiez des histoires, voilà tout. » « Des histoires ! Alors, tu trouves que c'est pareil, comme tu dis ! Tu me confonds avec cet individu ! Tu... » Il en avait débité pendant une demi-heure au moins. Si elle avait bien compris, ce qu'il voulait dire c'est que c'était tout le contraire, justement. Que Stéphane était ci, que lui était ça, et que... Elle savait bien qu'elle avait raison. C'était des histoires, encore et toujours des histoires. Des histoires d'hommes. Surtout, ne pas essayer de comprendre. Elle en avait assez souffert autrefois, sans en avoir l'air, des histoires de Stéphane. Ses questions, ses exigences absurdes, et ce reproche sous-jacent qui avait toujours existé, toujours, depuis les premiers jours d'amour tendre et brûlant, dans le petit hôtel misérable, dans la chambre où il n'y avait qu'un lit pour tout meuble, et leurs deux corps. Même alors, quand il l'aimait, quand elle le trouvait si beau, il y avait eu des histoires. « Ah ! si j'étais le premier ! » et de se mettre en colère parce qu'elle riait. « Il faudrait nous faire des relations » et de se mettre en colère parce qu'elle demandait « Pourquoi ? » Elle en avait pleuré, deux ou trois fois. Mais elle était jeune. Aujourd'hui, elle était bien décidée à n'écouter rien, à ne prêter attention à rien.

— Oui, vous pouvez y aller.

Va pour le massage puisqu'elle ne pouvait s'empêcher de penser. Elle s'abandonna aux fortes mains de la vieille femme. Inutile de lésiner. Elle avait dix mille francs dans son sac, et cette idée la réjouissait. Henry était riche, malgré ses plaintes ; il était connu, n'aurait même plus eu besoin de travailler. Il avait tout pour être heureux, comme on dit. Il avait encore moins d'excuses que Stéphane pour faire des histoires. Ne pouvait-il pas se tenir tranquille ? Il est vrai que c'était surtout ce journal qui l'avait excité. Il avait dû supposer qu'elle aimait encore Stéphane. Pauvre Steph ! Dieu sait...

En face, dans l'alvéole, le corps nu et gras s'étirait, lui aussi, comme un miroir, dans l'ombre. Le visage de la femme apparut, ovale doré qui luisait doucement (elle avait dû mettre de la crème). Il était impossible de voir si elle était laide ou belle, heureuse ou inquiète. Elle avait les cheveux clairs, de longs cheveux dénoués qui prenaient, à cette distance, plus d'importance que le visage. Il était rare, songea Lou, de voir des blondes au Bain de Vapeur. C'était surtout les Juives, les femmes arabes de passage, qui venaient là. La femme était peut-être une commerçante, venue là pour goûter les joies d'un exotisme à bon marché ? Peut-être avait-elle mal au foie et venait-elle se désintoxiquer ? Peut-être voulait-elle tout simplement maigrir. Elle se couchait sur le côté, comme Lou s'était couchée, massait son flanc, comme toutes les femmes un peu grasses... Qu'il était bon de ne pas la connaître, de ne connaître personne, d'être seule, en paix, dans la pénombre un peu crue, d'une fraîcheur sans air, comme au fond d'un puits ! C'était le vrai repos, désaltérant comme une boisson. Elle le préférait même au néant chaud et sombre du plaisir, du sommeil. C'était de silence qu'elle avait besoin aujourd'hui. Un claquement de socques sur le marbre, une autre femme venait s'allonger non loin d'elle, se drapait dans un kimono, cherchait ses cigarettes... Dieu merci, ce n'était pas une bavarde. Elle s'étirait, respirait un flacon de parfum... Les gestes sont tellement suffisants, pourquoi éprouve-t-on le besoin d'y ajouter des paroles ? Lou était bien, très bien. Les femmes silencieuses, le lointain bruit d'eau qui venait de la salle de douche, les piliers de bois qui flanquaient l'estrade, la fontaine pauvre au milieu de la salle, autour de laquelle les socques abandonnées jonchaient le sol... Et les fenêtres minuscules, si haut placées qu'on se serait cru en prison. Le silence...

Pauvre Steph ! Il ne devait jamais connaître ce silence. Pourquoi éprouve-t-on ainsi le besoin de tout gâcher ? Car il avait tout gâché, jusqu'à la découverte émerveillée des premiers jours... Elle avait toujours cru, avec une rancune d'enfant, qu'il « le faisait exprès », que pour quelque obscure raison il lui en voulait de son existence même, qu'il se vengeait d'on ne sait quoi... Mais elle pensait aujourd'hui qu'il s'était vengé aussi sur lui-même, si cela était vrai. Car qu'était ce journal, sinon la preuve qu'il avait cru, pendant des années et des années, à ses propres histoires, qu'il s'était privé de prendre du bon temps, de vivre simplement (et qu'il médît d'elle ne la troublait pas : elle ne l'aimait plus, et elle n'avait pas ce genre d'amour-propre). Elle était même portée maintenant à l'excuser : il n'avait pas dû « le faire exprès ». Bien entendu, Henry avait raison de dire que ce n'étaient que des bêtises. Et que Stéphane n'était pas si sot, puisqu'il ne protestait pas, depuis leur liaison. Bien sûr, bien sûr... Mais peut-être n'était-ce pas aussi simple. Pauvre Steph ! Enfin ! Tout cela était loin.

Elle se demanda si elle allait s'offrir un massage, une friction. Puisqu'elle avait ce billet de dix mille francs... Henry laissait toujours son portefeuille dans la chambre du fond. « Prends ce que tu voudras. » Elle se servait avec une certaine discrétion. Elle n'aimait pas l'idée d'être estimée au-dessus de sa valeur. Cela aussi posait des questions.

— Une friction, madame ?

Non, pas de friction. Cela la réveillerait, et elle n'avait pas envie d'être réveillée. Plutôt un thé à la menthe très sucré, et des cigarettes. Elle n'irait pas chez Henry aujourd'hui. Elle resterait là, à paresser dans le silence, dans ce monde clos et sûr où personne ne lui parlerait, où personne ne lui poserait de questions, où elle *était*, simplement et sans pensées, avec la force des objets. Doucement, elle respira, jouissant du gonflement lent de sa poitrine, du mouvement des muscles ; elle sentait ses jambes encore souples, ses bras encore forts ; elle secoua ses cheveux abondants et noirs. Elle avait soif. Elle somnolait. Dans un moment on lui apporterait le thé parfumé. L'horloge faisait son bruit régulier, laissait tomber les secondes sous elle comme de petits objets secs, de petits os, dans une assiette. Des minutes, des heures, pendant lesquelles elle était vivante, sans se plaindre de savoir le temps mesuré. Elle n'était pas autre chose qu'une minute, elle aussi, une irresponsable minute lâchée dans le vide, qui y disparaîtrait paisiblement, sans laisser de trace... La tête appuyée sur son bras, elle s'endormit avant d'avoir pu s'étonner de sa propre pensée.

***

Eternelle est la paix des objets dont la forme pense. Eternelles sont les joies graves de la terre, les sombres entrailles qui ne mentent pas. Les corps sont, les heures sont, et les pas assurés qui se posent sur le sol noir peuvent-ils jamais avoir tort ?

***

Le dieu doré brille dans l'ombre. Constantin et Dimitrios mangent. Un vrai repas grec s'étale sur la table. « Ils mangent la *fêta*, ils mangent la *pastourna*, et ils me mangeraient aussi le cœur », pense Socrate avec sa naïve emphase. Le matin même, il a dû se lever à l'aube pour aller porter des caisses aux Halles : les ressources s'épuisent. Si quelqu'un l'avait vu ! Oh ! Ils paieront leur écot ! « Socrate, tu es toujours le même ! Oh ! chaque fois que je rencontre un Grec, je ne manque pas de lui dire : Socrate n'a pas beaucoup d'amis, il a toujours été difficile, mais ceux qu'il traite, il les traite bien ! » Oui, mendiera-t-il, oui, n'est-ce pas ? » Et leur réponse ne lui fera même plus plaisir, mais il en a besoin. Pourquoi, mon Dieu, pourquoi ? Constantin et Dimitrios, eux, ne se croient pas déshonorés pour manger à ses dépens et vivre dans des chambres sordides avec des épouses crasseuses, couvertes de faux bijoux, et qui sentent le beignet froid. Pourquoi ? Ce n'est pas Socrate lui-même qui répond, mais l'idole stupide qu'il a élevée de ses mains. Lui ne peut pas déchoir. Lui, membre d'une importante famille d'Athènes (et plus le temps passe, plus cette famille devient importante, monstrueuse, irréelle), lui ne peut pas avouer qu'il est pauvre. Pauvre ! Le mot même le contracte instantanément, lui fait monter le rouge au visage. Il y a des gens, pourtant, que ce mot ne fait pas rougir, qui le prononcent en levant le front. Il revit la scène vécue quelques jours auparavant. Il avait été si brisé par cette scène du mendiant qu'il n'avait pu se tenir d'en parler à Stéphane Morani. Dans la maison, c'était bien le seul auquel il pouvait faire cette confidence. Et Stéphane Morani avait tenté de le consoler.

— Mais, mon ami, puisque votre intention... Je comprends votre tristesse de ne pouvoir aider les autres. Mais il n'y a pas de honte à cela. Un autre, plus fortuné... Saint Martin lui-même n'a pu donner que la moitié de son manteau...

« Plus fortuné » avait frappé Socrate en plein visage. C'était facile à dire. Même la référence à saint Martin l'avait médiocrement réconforté. Il s'était refusé énergiquement, de toute sa cervelle obtuse, de se laisser entraîner dans les sentiers fleuris de roses où Stéphane voulait l'entraîner.

— Mais si vous m'aviez vu autrefois, monsieur Morani ! Quarante costumes, que j'avais ! Des souliers, à ne plus savoir qu'en faire. Ah ! si mon père n'avait pas spéculé ! Moi qui n'ai même plus de quoi offrir un manteau, maintenant ! Qu'est-ce qu'il aurrait dit, mon père ! Lui qui s'est suicidé pour ne pas connaître le déshonneur !

— Le déshonneur n'est pas dans la pauvreté, mon bon Socrate ; qui sait si le geste que vous n'avez pas pu faire n'a pas tout de même touché ce mendiant ? Votre intention charitable a pu pénétrer jusqu'à son cœur, et y semer...

— Il a pensé que je n'avais pas de quoi, j'en suis sûr, dit Socrate avec amertume.

— Et quand il l'aurait pensé, mon ami ?

— Ça va se savoir dans le quartier...

— Craignez-vous donc les racontars ? Cette anecdote ne pourrait que vous faire honneur.

Lui-même voyait là matière à un joli récit édifiant. La mauvaise volonté stupide de Socrate à se laisser transformer en personnage de légende l'agaçait déjà. Lui aurait si volontiers enchaîné, se serait adapté si facilement ! Tandis que Socrate continuait ses lamentations.

— Quand on pense à ce que j'étais, monsieur Stéphane ! Des costumes, je ne les comptais pas. Et du chic tissu anglais ! Un bleu, un gris, un Prince de Galles. Ma sœur, tenez (je me suis brouillé avec elle), avait trente-deux paires de souliers. Un jour, elle a déjeuné avec la princesse Marina, et c'est elle, elle qu'on regardait !

Des gouttes de sueur perlaient à son front, dégoulinaient sur sa moustache noire, ses mains tremblaient, s'accrochaient au veston de Stéphane, gêné.

— Je sais que je puis vous dire cela, monsieur Stéphane, parce que vous êtes un homme bien, instruit, distingué, poursuivait-il fébrilement. Mais savez-vous ce que j'ai dans ma caisse, cet après-midi ? Le savez-vous ? Deux mille francs, monsieur Stéphane, deux mille francs. Moi qui suis né dans l'or et dans la soie, on peut dire ! Et ça se saura ! Ça se saura tôt ou tard ! J'ai dû décommander mes amis qui viennent jouer aux cartes avec moi. J'ai dit que j'avais la grippe. Mais que faire, que faire ?

— Mon pauvre ami, moi-même...

— Mais vous, monsieur Morani, vous êtes à votre aise. Vous avez votre appartement à vous, vous gagnez un peu d'argent, votre femme a une bonne place... Savez-vous que ce café est sous hypothèque, monsieur Morani ? Le savez-vous ? Un jour, tout le monde saura...

— Et qu'importe, mon ami ? Moi-même, si, si, je vous assure, en dépit de ce que vous pouvez penser, je suis un pauvre, un vrai pauvre... Je n'en rougis pas, Socrate, je n'en rougis pas...

Il était sorti. Et Socrate était resté seul, nullement consolé, inquiet seulement d'avoir livré son secret. Mais M. Morani saurait se taire. Quel intérêt aurait-il à révéler... Ah ! Il en parlait à l'aise. « Un vrai pauvre ! » Avec une femme comme la sienne, il ne mourrait pas sur le pavé. Pourtant, si lui Socrate, trouvait la force de se lever, de déclarer tout à coup :

— Je suis un pauvre, un vrai pauvre. Allez-vous-en d'ici.

Mais non. Il voyait déjà les exclamations de pitié, les condoléances, les « comment est-ce arrivé ? », les visages attristés et pourtant secrètement... comment dire ? Réjouis n'est pas le mot. Supérieurs, peut-être. Eux qui n'avaient jamais rien eu se sentiraient supérieurs à lui qui avait tout perdu. Ne s'était-il pas senti lui-même supérieur, autrefois, à ces pauvres hères qui gravitaient autour de lui, mendiant une paire de souliers, une cigarette ? Ne s'est-il pas senti gonflé de toute leur obséquiosité, de toute leur déférence ? M. Morani lui-même le mépriserait demain, s'il avouait...

« Ils mangent la *fêta*, ils mangent la *pastourna*, ils mangeraient mon cœur », pense-t-il avec une sincère emphase. Il hait. « Chaque fois que je rencontre un Grec... » N'a-t-il pas besoin de ces phrases pour se sentir exister ? Eternelle est l'idole stupide dressée de ses propres mains.

***

Mme Prêtre reçoit sa fille d'un air glacial. La douleur enfouie sous les châles la torture : mais elle n'en dira rien. Sylvia sera majeure dans trois mois. Elle épousera le photographe. Elle vivra dans l'arrière-boutique du photographe. Elle aura sa place parmi les photos sur le mur. Elle enfantera les rejetons du photographe. Jamais son portrait ne sera sur la couverture des magazines. Jamais plus elle ne descendra d'une voiture amécaine devant la porte de *l'Empire Céleste*, sous l'œil envieux des commères. « Elle va bien, votre fille, madame Prêtre ? ». Jamais plus. Elle s'est condamnée elle-même. Elle a donné raison aux autres. Mme Prêtre savait bien qu'ils *avaient* raison : elle avait voulu lutter. Sa propre fille s'était condamnée. Sous les châles malodorants, la colère, l'humiliation, la douleur sont éternelles. Le creux et médiocre bonheur gazouille à côté d'elle.

Paul Coban peint, les sourcils froncés, plissant son front buté, et Gérard Ducas le regarde peindre. Eternelle et sans mélange est l'admiration, n'est-ce pas ? Et la confiance, et la pure amitié entre hommes...

Stéphane joue dans sa brasserie. Bruno chante la vie sans façon, les petits plaisirs dont on a un peu honte, mais après tout !... On est médiocre, mais si l'on y prend plaisir ?

S'il ne se passait plus jamais rien, si tout restait en place, la vie ne paraîtrait-elle pas éternelle, elle aussi ?

Mais l'hiver ronge par en dessous cet automne engourdi.

*
**

L'automne, les complaisants sourires, les silences adroits, les inquiétudes étouffées, la courtoisie pure et simple, et tout ce qui forme l'écorce hmaine : les noms, les prétextes, les fonctions. Et contre tout cela, Martine, seule dans sa chambre.

— Mais elle va perdre son emploi !

— Ce n'est pas croyable, elle ne veut voir personne ?

— C'est grotesque !

— C'est pathologique...

— Vous lui portez ses repas ?

— Je les dépose devant la porte.

— Et quand elle n'aura plus d'argent ?

— Ça...

— C'est très gênant dans une maison.

La curiosité d'abord, le blâme ensuite. Puis la gêne, grandissante. Les questions qui se posent. Le seul responsable. « Avez-vous essayé de la voir, vous qui... » La petite question à peine née grandit, se propage. Les questions en amènent d'autres. « Nous qui avions cru... » C'est très gênant dans une maison.

La fenêtre donne sur de petites cours bizarres. Un soir, elle a commencé à les regarder et elle les regardera encore longtemps. La maison fermente sous elle. Si on refusait de lui porter de la nourriture, évidemment... Mais Mme Prêtre ne refuse pas de lui porter de la nourriture. Martine a toujours su qu'elle ne refuserait pas.

— Il paraît qu'elle fait toujours la grève de la faim, ta petite amie ?

— Elle ne fait pas la grève de la faim, elle mange.
— Elle est complètement folle, non ?
— Elle fait ça pour m'ennuyer... La pauvre enfant...
— C'est que c'est ennuyeux, en effet. On finira par croire que tu l'as poussée au désespoir ! Tu ne devrais pas te cacher comme ça. Moi, lundi prochain, j'irais carrément à leur réunion, et je leur dirais : ce n'est pas ma faute si une demi-folle est tombée amoureuse de moi. Continuons comme avant.
— Oui, mais...
— Je t'assure qu'il faut faire quelque chose. Cette fille qui ne bouge pas, là-haut, qui pense Dieu sait quoi... On finit par se dire qu'elle ne fait pas ça sans raisons, qu'est-ce que tu veux. C'est gênant dans une maison !

Gênant. Ils ont tous dit le mot.

La petite cour de gauche est habitée par un ébéniste. Son atelier donne dans la cour. Il fait ronfler un moteur, des copeaux s'envolent. On frappe peut-être à la porte ?
— Martine ! Je vous en supplie...

Des enfants, dans la cour triangulaire, habillent un chat de couleurs vives. L'animal se débat. La mère survient et s'indigne bien inutilement.
— Mademoiselle Fortin ! Il pourrait être nuisible à votre santé...

Un avion passe dans le ciel gris. Cet été, il traçait les lettres d'une gigantesque réclame. Ce serait impossible ce soir. A moins d'employer de la fumée noire ?
— C'est ridicule, ce truc ! Sortez de là, voyons !

Dans le jour à peine levé, à travers une brume jaune, des lumières brillent dans les petites cours. Une bicyclette est tirée d'un appentis, s'en va vers la rue qu'on ne voit pas.
— J'ai pris du riz et des œufs, mademoiselle Martine. C'est ce qu'il y a de moins cher. Ils sont encore venus me parler dans la loge ce matin. Même la Morani a demandé de vos nouvelles... Vous devez savoir ce que vous faites, hein ?

Vers 10 heures, les radios élèvent la voix, à grand

renfort de parasites. C'est l'heure du ménage. On voit secouer des torchons, brandir des balais, et même (en dépit des interdictions préfectorales) battre des tapis.

— Ma chère enfant, mon âge m'autorise...

— Vous ne voulez pas que je vous monte un café bien chaud, mademoiselle Martine ? Je vous comprends bien, remarquez. Quand j'étais à Athènes, un type m'avait manqué de parole, je...

L'automne s'en allait en pourriture, *l'Empire Céleste* s'en allait en pourriture, les portes s'ouvraient à l'inquiétude : Martine était seule, dans sa chambre...

***

Il retrouve la salle de *l'Empire Céleste* avec un petit choc de surprise, comme s'il s'était attendu à la voir changée. Quel phantasme ridicule ! N'a-t-il pas été obligé de recourir à sa femme, à Louise, pour avoir la force de descendre ? Ridicule. La salle était la même, ses amis étaient les mêmes... Seule, en lui, la vieille gêne qui venait du fond des temps s'était un peu réveillée...

Les chaises s'enchevêtraient dans un coin, en pyramide légère. Dans le « casque » métallique, un torchon sale traînait. Il faisait déjà sombre dehors, et le néon blanc de l'enseigne tombait sur la petite terrasse vide et triste. Les bouteilles étaient bien rangées. Les poissons étaient à l'ouvrage, traçant des droites dans l'eau verte. Et la jeune fille, et le dieu doré, et les mandarins, souriaient aux triangles d'argent entourés de bleu. *L'Empire Céleste* avait son visage de toujours, et le rassurait.

Ils entrèrent tous en même temps, faisant plus de bruit que d'habitude, le saluant avec plus d'effusion, comme pour briser la gêne qui s'était établie entre eux ces dernières semaines. L'antiquaire était gracieusement ému, ou le paraissait. Paul Coban émettait d'indistincts souhaits de bienvenue. Mlle Lethuit faisait de petits gestes nerveux, agitant ses poignets mousquetaire. Le

Dr Fisher, un peu gêné, Mme Prêtre morose, et une Sylvia qui se faisait toute petite formaient l'arrière-garde.

— Enfin, cher ami ! Nous commencions à nous inquiéter !

— Nos petites réunions nous manquaient !

— Ça colle, maintenant, la santé ?

Stéphane est tout ému de tant de compréhension. De toute évidence, ils ne feront allusion à rien. Quels bons, quels excellents amis ! Il serre des mains, il voudrait les embrasser. Louise avait raison. Il faut affronter les choses. D'autant que, pour quiconque a un peu de cervelle, la conduite de Martine est absolument inadmissible. Et dépourvue de tout fondement logique, il faut bien se dire cela : un enfantillage. Comment cet enfantillage a-t-il pu l'obséder tant de jours ? Déjà son regard s'éclaire, son sourire renaît, et il s'assied, entouré de ses amis.

— J'espère que ce ne sera pas trop long, dit le médecin d'un ton contraint. J'ai des visites à faire.

Cela paraît bien improbable, mais Stéphane a pour lui un regard de mansuétude. Le docteur doit rougir de sa sortie de l'autre jour. Il faut dire qu'il y avait de quoi. Mais il devait être ivre. La mémoire prompte de Stéphane balaye ce souvenir importun. Si Martine vient à résipiscence, il en sera de même pour sa bouderie.

— Mes bons amis, quelle joie ! Croyez bien...

Mais Gérard Ducas, peut-être par embarras, coupe court aux effusions.

— Mes amis, dit-il de l'air professoral qu'il affecte volontiers dans l'exercice de ses fonctions de syndic, mes chers amis, il importe avant tout de régler une petite question pratique. Je sais bien que nous sommes là pour tout autre chose... Je veux dire, que ces petites questions matérielles sont bien ridicules, mais enfin... Il s'agit des réparations de la toiture...

Tout le monde s'assit en même temps, à grand bruit de chaises. Sylvia et Mme Prêtre, que cette question ne concernait pas, affectèrent de fixer leur regard sur le bar. Croyant y voir une allusion, Socrate s'empressa de sortir une bouteille.

— Puis-je vous servir quelque chose ?

Oui, c'était vrai, tout le monde était soulagé, tout le monde riait, les joues un peu rouges comme de griserie, et même le Dr Fisher paraissait détendu. Avaient-ils donc tous appréhendé ce moment ? Mais ce moment était comme tous les autres, cette réunion semblable à toutes les autres réunions de *l'Empire Céleste*... Comme ils étaient gais tout à coup !

— Alors, cette toiture, Gégé ? plaisanta Paul Coban.

Et ils éclatèrent de rire, tous, sans raison, même Sylvia, reléguée dans son coin comme une coupable.

— Vous n'ignorez pas que deux solutions se présentent à nous, commença Gérard Ducas, avec cette légère emphase dont il savait qu'elle était un peu ridicule (« victorienne », se disait-il. C'était sa période favorite). Une solution coûteuse qui aurait l'avantage de...

Mlle Lethuit l'interrompit avec feu, sans avoir conscience le moins du monde du discret humour de l'antiquaire.

— Il ne s'agit tout de même pas de traiter cela par-dessous la jambe. C'est une question qui me coûtera personnellement plus de cent cinquante mille francs ; et je ne tolérerai pas...

— Payables par mensualités, ne l'oubliez pas, dit Ducas avec affabilité. L'entreprise Merle nous consent un arrangement particulier qui...

— Vous devez avoir mis de l'argent de côté, avec vos locataires étrangers, dit Paul en riant.

Mlle Lethuit se fâcha tout rouge, mais on avait l'impression que même cette indignation déchargeait l'atmosphère, comme une pluie d'orage. La tension qui régnait était indéniable, et ils choisissaient tous les moyens pour y échapper. Socrate versa une nouvelle tournée de vin rosé.

— Moi, je trouve, dit-il que le moins cher... Ce n'est pas que je ne puisse pas me l'offrir, mais... D'ailleurs, quelle est la différence entre les deux de toute façon ?

Il y eut encore un éclat de rire général, qui sembla concentrer l'électricité qui flottait dans l'air.

— Mais on vous l'a expliqué deux cents fois, mon pauvre Socrate ! hurla Paul Coban, plié en deux.

Socrate restait digne :

— Moi, vous savez... di-il. D'ailleurs, le toit, on ne le voit pas, n'est-ce pas ? Alors, s'il n'est pas beau...

— En somme, vous êtes pour la toiture la moins chère ? dit l'antiquaire avec la même courtoisie. Mademoiselle Lethuit ?

— Je trouve que tout ceci est fait avec légèreté, dit-elle avec obstination. Qui sait si cet entrepreneur n'est pas un voleur ? A-t-on songé à consulter d'autres entreprises ?

— Ceci a été fait depuis longtemps, mademoiselle ! Vous le savez bien ! Et nous avions décidé tous ensemble de choisir celui-là !

— Ça, c'est vrai. Je m'en souviens, dit Socrate tout heureux.

— Pour ou contre cette toiture en zinc, mademoiselle ?

— Oh, pour, puisque vous y tenez, dit Mlle Lethuit.

Elle eût souhaité une discussion plus longue et plus technique, dans laquelle son autorité naturelle aurait fait merveille. Mais tous semblaient plus conciliants, ce soir, plus soucieux de ne pas troubler une bonne entente trop évidente, trop affichée. C'était l'impression qu'on aurait pu retirer de l'ensemble de la réunion : l'antiquaire plus exquisement poli que d'habitude, Paul Coban plus jovial, Socrate riant hors de propos, Mlle Lethuit minaudant... On eût cru assister à une répétition de théâtre où on eût demandé aux acteurs de figurer la cordialité. Stéphane s'efforçait en vain de chasser cette idée de son esprit. C'était un reste de son inquiétude qui lui faisait voir les choses sous cette lumière. La réunion était identique à tant d'autres. Mais voilà qu'il se mettait à se demander si les autres aussi n'avaient pas été empreintes de cette gêne, de cette très légère exagération qui le frappait aujourd'hui comme elle l'eût frappé dans un dessin, sur un écran... Impression fugitive, et due à la fatigue. Tout cela était idiot.

— Paul, tu es d'accord, aussi ?

— Je le jure, rien que la vérité...

— Docteur ?

— Pourquoi pas, cher Ducas ? Ne sommes-nous pas tous d'accord, ici ?

Une très légère exagération... Le docteur, son ton plein de sous-entendus, son regard incertain, ce rôle de traître de mélodrame... Que Stéphane voudrait écarter ces pensées importunes ! Ce ne sont même pas des pensées : il sait bien que cette angoisse minuscule qui le ronge est un leurre, que cette façon de voir est comme un voile léger qui la fatigue et les contrariétés (oui, ce mot modéré convient à merveille) tissent entre lui et la réalité. Mais...

— Moi-même, je ne suis pas opposé à... Je crois la maison Merle sérieuse, poursuit l'antiquaire qui s'amuse à suivre les méandres de ses propres circonlocutions comme un enfant qui pousse un caillou. C'est une entreprise qui ne voudrait pas, sous un prétexte de bon marché, nous tromper absolument sur la qualité. Qu'en pensez-vous, Stéphane ?

Stéphane tressaille. C'est son tour d'entrer dans la comédie, de prendre la parole, et il sent, au creux de l'estomac, une sorte d'angoisse qu'on pourrait bien appeler le trac. Il a le sentiment que ses paroles sont attendues, guettées, qu'elles auront une signification... Et comme tout acteur débutant, il trébuche sur les mots.

— C'est-à-dire que... (Quel silence !) Ces questions matérielles, moi... Mais ma femme pense...

Bien entendu, il a dit les mots qu'il ne fallait pas dire. Mais le flot de paroles qui les étouffe est plus rapide encore, plus puissant que son trouble. Il n'aura même pas le temps de rougir.

— Vous êtes donc pour le zinc...

— Vous avez raison, Stéphane, moi, l'ardoise...

— C'est un vieux préjugé. En ville...

Qui a parlé, il ne le saura même pas. Et ils rient, ils échangent des propos interrompus, ils ne le regardent pas en face...

— En somme, il est inutile de mettre aux voix, dit Gérard Ducas avec urbanité. Puisque nous sommes d'accord... Je crois que nous pouvons fermer là cette parenthèse utilitaire, et...

— Si je puis me permettre... dit une voix dans le fond de la salle.

Ils se retournent tous, avec surprise, vers Mme Prêtre.

— Tous d'accord ? dit-elle suavement. Et Mlle Martine ?

— Nous sommes en majorité, et c'est tout ce qui importe, dit Gérard Ducas sèchement.

Mais le mal était fait. Et l'innocente voix de Sylvia de questionner aussitôt, avec une bonne volonté touchante :

— Elle est malade, Mlle Martine ?

Il y a un petit silence tout à fait désagréable. La jovialité de tout à l'heure se rompt, se défait sous leurs yeux. Ils se tournent vers Stéphane, regardent Stéphane. Oh ! sans agressivité ! Mais n'est-ce pas à lui de tout éclaircir, de tout aplanir ? Cependant, comme il se tait, Mlle Lethuit fait un loyal effort.

— Madame Prêtre, vraiment...

Mais l'empressement que met la concierge à s'excuser souligne encore leur embarras.

— Oh ! pardon ! Je n'aurais pas dû... Je ne savais pas...

— Vous n'auriez pas dû quoi, madame ? demande Gérard Ducas.

Dans sa voix flûtée, se glisse un peu d'aigreur.

— Il n'y a pas de raison... dit le Dr Fisher en tapotant la table du bout des doigts.

— C'est que Mlle Lethuit avait l'air de dire...

Ainsi mise au pied du mur, l'assistante sociale se défend avec hauteur.

— Je trouvais simplement, madame Prêtre, que dans une affaire qui ne concerne que les propriétaires, vous n'aviez pas voix au chapitre. Et votre intervention, permettez-moi de vous le dire, est pour le moins déplacée.

— Oui, dit Socrate toujours plein de bonne volonté, et d'ailleurs elle n'a pas beaucoup de part, Mlle Martine. Comme dit M. Ducas, on est la majorité.

Ce propos tomba dans le silence, plus épais maintenant, un silence où l'on s'enfonçait, d'où l'on avait l'impression qu'on ne sortirait plus jamais. Chacun, d'ailleurs, perdu dans son embarras particulier, Sylvia et Socrate en proie au simple malaise de qui ne comprend pas la langue qu'on parle devant lui ; l'antiquaire agacé comme il l'eût été d'un manque de soin, d'une faute de français, d'une situation ridicule dans laquelle, contre sa propre volonté, il eût joué un rôle ; Paul Coban souffrant de l'obscure et universelle méfiance qui s'éveillait en lui si facilement, et l'englobait lui-même ; Mlle Lethuit simplement choquée, comme elle eût été d'un gros mot ou d'une obscénité, choquée et réagissant par une colère sèche, qui les sauva. Car ce fut elle la première à parler de sa voix d'enquêtes (« Quelles sont *exactement* les ressources de votre mari ? »), de cette voix qu'on n'avait jamais entendue à *l'Empire Céleste*, et qu'elle employait sans doute pour marquer que tout ce qui se disait à présent devait être considéré comme faisant partie d'un monde différent, d'une sorte de parenthèse qu'ils refermeraient dès qu'ils le désireraient pour en revenir à leur atmosphère habituelle, aux amènes et discrets propos de *l'Empire Céleste*. Elle parla, et s'adressant directement à Stéphane :

— Enfin, dit-elle, puisquon en parle, qu'est-ce que c'est au juste que cette histoire ?

— Eh bien... dit Stéphane.

Et tous, ils se rapprochèrent de lui, se penchant avec déjà un air entendu, déjà l'approbation sur les lèvres, dans le cœur ; déjà prêts à refermer la parenthèse, à ce que rien ne se fût passé, à ce que rien ne se passât jamais. Eternelle approbation...

— Eh bien, dit Stéphane... vous savez comme moi, vous avez été surpris comme moi par... (il cherchait ses mots, oui, comme il les cherchait, mais ils étaient tous là, autour de lui, à l'aider, à le pousser... Que la parenthèse se refermât ! Que le repos fût éternel ! Et tous pourtant étaient montés jusqu'à la porte close)... par l'attitude incompréhensible de... de Mlle Fortin. Moi-même, j'ai été très profondément peiné... blessé... par ce que cette attitude révélait... J'avais cru (tout à coup les paroles vinrent plus aisément : il parla très vite, dans son désir de les satisfaire, de les convaincre), j'avais cru, vous le savez vous, mes amis, trouver en elle une amie qui ne serait qu'une amie, qui ne serait pas une femme...

— Oui, oui, je comprends, dit Gérard Ducas avec empressement. Cette affection très pure, toute désincarnée, que chacun de nous recherche...

— ... J'avais cru la trouver. Je vous l'avais dit, j'avais voulu vous faire partager ma joie. Je croyais avoir pour toujours à mes côtés une présence, une compréhension ; je me rends compte que j'avais trop demandé.

— On demande toujours trop, dit le Dr Fisher amèrement.

— Docteur ! Il y a des femmes, et je parle en connaissance de cause, qui auraient su tenir ce rôle auprès d'un homme, et sans que jamais leur féminité resurgît ! fit Mlle Lethuit avec ardeur.

— Oh ! oui. Sûrement ! murmura Sylvia.

Sa mère haussa les épaules. Socrate ramena le débat à terre en affirmant de sa grosse voix :

— Oh ! moi, je l'avais bien vu, monsieur Morani, que la petite était amoureuse de vous...

Stéphane eut un sourire involontaire, tempéré aussitôt de mélancolie.

— Il y a des amitiés, mon cher Socrate, qu'on peut confondre avec l'amour.

— Amitié amoureuse... dit Gérard Ducas en souriant. Lecomte du Noüy... toute une époque...

L'atmosphère s'allégeait. Stéphane y fut sensible. Une

vague de chaleur monta dans sa poitrine. Son visage se colora.

— Il n'est que trop certain que cette malheureuse jeune fille a confondu. J'ai dû — avec une extrême délicatesse — le lui faire comprendre... Je dois dire que son attitude n'a rien eu de... déplaisant ! Loin de là ! Loin de là. Simplement, j'ai cru sentir en elle un sentiment naissant... qu'il était de mon devoir de combattre. On ne sait à quelles extrémités pourrait se porter un être si délicat, si sensible...

— C'est vrai, ça, dit Socrate. Quand une femme est amoureuse... **Moi, la comtesse...**

— Bien entendu, il fallait couper court, dit Gérard Ducas avec satisfaction. (Ces aventures tragi-comiques du bon Stéphane ! Tout cela n'était pas bien méchant. Il se demandait encore pourquoi il était allé frapper à la porte de cette jeune personne insignifiante.)

— Je suis sûre qu'elle comprendra. C'est une fille équilibrée, raisonnable.

— Pauvre Martine ! dit Sylvia. On ne pourrait pas faire quelque chose de gentil ?

— Ah ! C'est donc pour *cela*, dit Mme Prêtre, qu'elle s'était enfermée ?

— Pour quoi serait-ce, voyons ? dit le Dr Fisher avec sécheresse. Un cas typique de frustration. Fille laide, vierge sûrement, s'amourache du premier venu. C'était inévitable.

— Je proteste ! cria Mlle Lethuit. La virginité...

— Oui, vous exagérez, murmura Stéphane. Ces questions physiologiques...

— Hé hé, souriait Gérard Ducas.

Paul haussait les épaules devant cette controverse.

— Ah ! oui, ça doit être ça... disait Socrate, émerveillé de sa propre lucidité.

Stéphane était tout heureux de se sentir à nouveau entouré, approuvé. Cette retraite de Martine avait été une véritable tentative de chantage. Dieu sait pourquoi il avait pris cela tellement au sérieux. Il voyait bien maintenant que cela n'était pas tragique. Mais il lui en voulait encore de l'avoir tant inquiété.

— Il y a toujours une part de physiologie dans l'homme, dit-il en souriant, mais notre cher docteur lui fait la part trop belle. Il y a tout de même, au-dessus du corps et le domptant, l'esprit humain, la responsabilité... (il était comme grisé de les retrouver tous autour de lui. Mais qu'était-ce, qu'était-ce donc qu'il avait craint ?) Je dois dire que l'attitude de Martine m'a profondément troublé, au point même d'altérer partiellement ma santé. Vous savez le prix que j'attache à votre amitié à tous, et elle avait su m'inspirer une telle confiance... (Gérard Ducas hochait la tête, en signe d'approbation. Paul Coban lui donnait une tape amicale dans le dos. Mlle Lethuit marquait d'un soupir sa compréhension de femme devant ces délicats problèmes. Socrate lui resservait du vin. Sylvia était toute rêveuse. Seuls, Mme Prêtre et le Dr Fisher ne sympathisaient pas ouvertement, mais ils se taisaient. Ils étaient là, solide armature qui le soutenait, l'encadrait ; qu'avait-il, mais qu'avait-il craint ?) Oh ! je ne lui en veux pas ! Je sais hélas, par expérience, ce que c'est que la solitude : il y a des natures qui ne peuvent en prendre leur parti, qui s'y troublent, s'y aigrissent...

— C'est certain, dit Mlle Lethuit. On l'a établi scientifiquement (Pauline et ses reproches : un peu de frustration).

— Il y a même des cas où cela va jusqu'au délire, dit le Dr Fisher avec un soupçon d'ironie. (Ce pauvre Morani lui-même : doux illuminé. Le Dr Fisher jeune : c'étaient ses folles exaltations d'adolescent qui l'avaient poussé, une fois marié, à s'occuper encore de politique. Ne pas se démentir. Il avait été fou, lui aussi...)

Ils étaient tous avec lui. Ah ! ce merveilleux sentiment d'être enfin compris,de voir le monde l'approuver, acquiescer... Il avait tant souffert de sentir la désapprobation l'entourer, celle de Louise, celle de Martine, la sienne propre, peut-être... Comme ils lui faisaient du bien, l'exaltaient ! Quelle folie de s'être laissé déprimer par le médiocre dépit de Martine ! Il s'était trompé sur elle, voilà tout. Cela peut arriver à tout le monde. Ce qui l'avait troublé était de s'être trompé devant eux, de les avoir en quelque sorte pris à témoin de son erreur. Mais puisque eux aussi étaient prêts à l'admettre...

— Le délire, c'est beaucoup dire. Mais une sorte d'exaltation de mauvais aloi...

— C'est ce qui vous a trompé autrefois, mon ami ! s'écria Gérard Ducas avec empressement. Vous l'avez crue d'aussi bonne foi que vous-même, dans cette amitié un peu, si vous me pardonnez le terme, romanesque, et elle s'exaltait en réalité à froid, pour combler sa solitude, et dans l'espoir que je veux croire inconscient, de... (Mais oui ! le pauvre Morani était un article authentique, malgré son côté désuet. C'était idiot d'en douter un seul instant. Et d'aller taper à la porte de cette répugnante petite femelle était encore plus idiot...)

— Oui, dit Paul en riant, elle devait avoir des idées depuis le début, et vous, mon pauvre vieux, vous ne vous doutiez de rien ! Ah ! les femmes, vous savez ! (Pauvre vieux ! Même à son âge, essayer de lui mettre le grappin dessus ! Et lui qui ne se doutait de rien ! C'était bien le genre de Gérard, absurde et crédule. Des types charmants, au fond. C'était ça, le petit cercle ; des gens un peu ridicules, un peu rococo, mais de bonne foi. C'est à ce genre de gens qu'il faut montrer de la peinture. Qui était-ce, qui lisait ses œuvres à sa concierge ou à sa bonne ! Rousseau ? Anatole France ? Il faudrait demander à Gérard.)

La petite salle semblait se dilater sous l'effet des voix cordiales, des bons sentiments, songeait Stéphane. Comme il était impressionnable ! Aller taper à la porte de cette petite Martine ! La supplier ! Alors que tous ses amis le comprenaient très bien...

— Alors, elle voulait vous épouser ? demandait la petite voix de Sylvia. Comme c'est vilain !

— Ça n'est pas beau ! soupirait Socrate. Mais c'est la

vie. (M. Morani préférait garder sa femme : c'était bien naturel. Une bien belle femme, et qui rapportait...)

— Oh ! je ne crois pas qu'elle allait jusque-là ! protestait Stéphane avec indulgence. Mais je dois reconnaître que j'ai été bien naïf. Je me demande même s'il ne se glissait pas dans son amitié, dès le début, un désir, peut-être inconscient, sûrement inconscient, de supplanter celle qu'elle jugeait indigne...

— C'est horrible ! dit Sylvia avec chaleur. Vous êtes encore tous bien bons d'être allés lui parler à travars la porte !

Il y eut un petit rire, provenant de la silencieuse Mme Prêtre, tapie dans un coin.

Stéphane était leur porte-parole. Stéphane allait répondre pour eux, répondre d'eux ; Stéphane allait les disculper. Ils se turent.

— La pitié, mon enfant, dit Stéphane gravement. La pitié de voir s'enfoncer dans cette solitude une âme qui aurait pu — je suis plus optimiste que vous, mes amis, incurablement optimiste peut-être — qui aurait pu être belle.

Sylvia soupira d'aise. Socrate, sensible à l'atmosphère plus qu'aux paroles, sentit que le moment était venu de verser une nouvelle rasade. Il fit le tour de la table.

— Pour parler d'autre chose, je viens de commencer une très grande toile figurative, inspirée par la musique, mon cher Stéphane...

— Je voudrais tout de même que nous réservions une séance pour discuter un problème social passionnant...

Ils parlaient tous à tort et à travers, comme s'ils avaient partagé le contentement ingénu de Stéphane. Et lui aussi parlait, appuyé d'un côté sur l'épaule de Sylvia, de l'autre posant la main sur le bras de Paul.

— Mes enfants, vous qui êtes la jeunesse, vous comprenez, n'est-ce pas, votre vieil ami trop crédule ? Et je ne puis m'empêcher, même à présent, d'espérer que peut-être elle nous reviendra...

Sylvia ouvrait tout grands ses beaux yeux vides. Eloignée de tout le groupe, silencieuse, malveillante, Mme Prêtre ressemblait plus que jamais à quelque sombre idole délaissée.

— Eh oui, mon enfant. Et pourtant, Dieu sait que j'ai souffert, ces jours-ci. Moi qui lui avais confié toute ma vie, mes plus secrètes pensées...

— Allons, allons, dit Paul avec sa cordialité maladroite. Faut plus y penser.

— Il est difficile, cher Paul, d'oublier tout de suite, avec l'aisance de la jeunesse, une telle déception ! (Son visage rayonnait cependant de plaisir à se sentir ainsi écouté.) Penser qu'une personne en qui on a mis toute sa confiance se retourne contre vous, et en un moment où, d'autre part, on est déjà tellement éprouvé !

— En un moment ? murmura Paul.

Et leurs visages s'enchevêtraient en pyramides légères. Dans le casque métallique un torchon sale traînait... Le dieu doré devait sourire.

Mme Prêtre reprit la parole.

— Oui, en ce moment, dit-elle en souriant, évidemment.

Ils ne disaient rien, comme assommés, et Stéphane, inquiet, sentant soudain le sol se dérober sous ses pieds, hésitait... Mais Sylvia était là, innocent instrument qu'une main habile avait peut-être préparé.

— Vous voulez dire ? interrogea-t-elle.

Mme Prêtre prit le relais.

— Vous voulez dire que vous avez tout appris, monsieur Morani ? Quel malheur ! N'est-ce pas ? Vous qui étiez si bon pour votre femme !

— ... Oui, oui... Je... faisais de mon mieux... murmura Stéphane, incertain.

— Oh ! ça, c'est sûr, dit Socrate lourdement. Je me disais encore l'autre jour, en vous voyant sortir avec elle, que vous aviez bien de la patience.

Gérard Ducas baissait les yeux. Le Dr Fisher avait un petit sourire bizarre et tapotait la table. Paul Coban haussa nerveusement les épaules. Mais Mlle Lethuit s'était levée. Dignement, elle s'approchait de Stéphane, un peu lourde dans son tailleur sévère, mais comme chargée d'une mission sacrée.

— C'est bien, dit-elle, c'est bien, Stéphane. Je n'en attendais pas moins de vous. Vous prenez le taureau... (Elle s'arrêta au milieu de la métaphore malencontreuse, bien que personne, pas même Coban, ne rît.) Vous prenez les choses de face, comme il faut les prendre. Et vous allez, n'est-ce pas, nous annoncer votre décision. D'autres ont pu douter de vous, mais pas moi. Je sais ce que vous voulez nous dire. Je le sais.

Stéphane stupéfait n'eut même pas le loisir d'ouvrir la bouche pour répondre. L'antiquaire prenait un air pincé.

— Je ne sais pas, ma chère amie, à qui vous faites allusion en parlant de doutes... Nous étions persuadés, comme vous-même paraissiez l'être, que notre ami ignorait ce... ce malheur...

— Je ne paraissais pas l'être, je l'étais ! dit Mlle Lethuit en rougissant de colère. C'est vous au contraire, et M. Coban, qui aviez l'air de dire...

— Moi ?

— Vous perdez la mémoire, dit Paul avec une certaine brutalité. C'est Socrate qui prétendait que monsieur Morani était au courant. Il a même dit qu'il s'en trouvait bien.

— Mais ce n'est pas du tout ce que je voulais dire ! protesta Socrate. D'ailleurs, vous voyez bien que...

— Oui, vous voyez bien ? dit le Dr Fisher nonchalamment. Mais en quoi cela vous regarde tous, je me le demande !

(Ils avaient bien besoin de mettre ce pauvre diable en face de ses contradictions ! Ça n'avait jamais été bien sérieux, de toute façon, la haute moralité de M. Stéphane Morani ! Pas de quoi prendre ces mines dramatiques. Il est vrai que lui-même, l'autre jour... Mais il était surmené, à bout de forces, et avait besoin d'une piqûre. Ce soir, il avait fait la piqûre avant de venir. Il était tranquille.)

— Cela nous regarde, dit Mlle Lethuit (quand elle

était en colère, elle avait l'air d'un petit chien de concierge qui essaye de se faire passer pour un chien de garde), parce que Stéphane nous demande notre avis. N'est-ce pas Stéphane ?

— ... Mais oui, bien entendu...

— Pour ma part, je suis révolté, dit Gérard Ducas avec sympathie.

(Le pauvre Morani avait dû apprendre cela la veille, ou tout récemment. C'était sûrement l'odieuse petite Fortin qui le lui avait révélé. Quel choc pour le pauvre garçon ! Une bombe dans le salon de la reine Victoria ! Et qu'allait-il devenir ? Car enfin...)

— Oh ! oui, c'est dégoûtant, dit Socrate assez placidement. Il faut espérer que cela ne durera pas...

— Durer ! s'écria Mlle Lethuit avec feu. Mais cela ne doit pas durer une semaine, que dis-je, un jour de plus !

(Avait-elle admis, elle, que Pauline revît jamais, fût-ce trois minutes, l'employé des postes dévoyé ? Non, le mal devait être banni aussitôt, rejeté au-dehors, loin la quiète atmosphère de la maison...)

— Stéphane ne peut pas tolérer une chose pareille.

— Il n'est pas question de... commença l'intéressé.

Mais on ne le laissait pas placer un mot, comme s'ils avaient été inquiets de ce qu'il allait dire.

— Oh ! non, il ne peut pas le tolérer ! dit Sylvia en prenant la main de Stéphane.

Et Mme Prêtre, à nouveau silencieuse, sourit. (Sylvia n'a pas triomphé, mais tu ne triompheras pas non plus. Sylvia n'a pas profité de l'aubaine qui était là, devant elle, mais je te jure que tu n'en profiteras pas non plus.) Elle souriait, et elle serrait les dents.

— Bien sûr, dit Paul Coban avec rondeur. On est tous d'accord là-dessus. Il faut...

— Sans doute, sans doute, réussit enfin à placer Stéphane égaré. Il faut que je lui parle, que je lui fasse comprendre qu'elle a dépassé la mesure, que...

— C'est ça, approuve Socrate. Il faut lui dire qu'elle ne s'affiche pas comme ça, avec n'importe qui.

— Mais il ne s'agit pas de cela, s'écrient en chœur Gérard Ducas et Mlle Lethuit.

— Je ne puis cependant pas... Comprenez qu'il s'agit d'une faute sans doute passagère, d'un égarement où la vanité a dû jouer un rôle. (Stéphane n'aurait jamais cru qu'il en arriverait à plaider pour Louise. Comment d'ailleurs y a-t-il été amené ? Il ne sait pas très bien ce qui se passe.) Elle est ma femme ; mon devoir est évidemment de lui faire comprendre qu'elle se perd dans l'esprit de tous. Mais... (Que lui veulent-ils en somme ? Il s'entoure de brouillard pour les perdre de vue.) Louise, voyez-vous, n'a rien d'une méchante femme. Elle ignore totalement les lois de la morale. Voilà tout. Ç'a été le tourment de toute ma vie d'essayer en vain de lui en inculquer quelques notions. Un travail de Danaïde, il faut bien le dire, si j'ose me représenter dans ce rôle gracieux...

Mais cette maladroite plaisanterie ne fait pas rire. Le Dr Fisher intervient.

— Ecoutez, mon cher, tout cela ne nous regarde pas. La moralité, vous savez, moi... Si votre femme vous plaît telle qu'elle est, gardez-la, et n'en parlons plus. Mais pourquoi fourrer la morale là-dedans ?

— Docteur ! s'écrie Mlle Lethuit. Comment pouvez-vous... alors que toute la vie de notre ami...

— Mais oui, dit Gérard Ducas avec plus de feu peut-être qu'il ne le souhaiterait, comment pouvez-vous imaginer qu'il soit question d'amour, au sens vulgaire du mot, dans cette affaire ? Stéphane ne peut pas aimer cette femme, voyons !

Comme ils prennent la parole en son nom ! Comme ils affirment ! Comme ils sont sûrs ! Et comme soudain il voit se dresser devant lui une image étrange et déformée, qui ressemble à sa vie, à la vie du moins qu'il s'est faite.

— Il serait inadmissible que Stéphane... (Il serait inadmissible que Pauline... Après toutes ces années, le doute peut-il quelque chose contre un vrai sens du devoir, une conscience assurée ; peut-il quelque chose ?)

— Si Stéphane n'a pas quitté cette femme jusqu'à présent, c'est que... (Il ne pouvait avoir pour elle que de l'horreur. Ce monde gluant, répugnant, des hommes et des femmes ; de l'amour, de... Tout cela fait horreur, et n'a ni style ni noblesse. L'amitié, l'art, oui. Voilà des sentiments dépouillés, qui ne cachent rien. Et cette vertu un peu vieillotte dont Stéphane était l'emblème, dans laquelle il rejoignait les roses de Saint-Jean-le Vieil...)

— Ça aurait l'air dégueulasse, lâche Paul, qui se reprend aussitôt, je veux dire moche, si ça continuait comme ça. (Ils ne peuvent admettre ça. Il est impossible que le brave Stéphane maintenant qu'il voit clair... Quand il ne savait rien, d'accord. Mais on ne pourrait plus lui parler, il faudrait faire semblant de... Ce qu'ils n'ont jamais fait. Ils étaient sincères. Stéphane aussi, certainement, Stéphane, Gérard...)

— Mais enfin, mes amis, que proposez-vous ? soupire Stéphane imprudemment. Je ne vois pas ce que...

Avec la voix claire de l'évidence, Mlle Lethuit claironne :

— Mais que vous la quittiez, bien entendu !

— Que... que je la quitte ? balbutie-t-il.

Il croit réentendre Martine. Il ne comprend pas. Ses amis... Il les regarde l'un après l'autre, avec stupeur. Ce sont bien eux : la dévouée Mlle Lethuit, auteur de l'*Ode aux Objecteurs de Conscience*, soutien et tourment de sa famille ; c'est l'antiquaire fluet aux jolis gestes, si soucieux de respectabilité ; c'est Paul, le « grand cheval sauvage » dont il a si souvent admiré les triangles ; et la petite Sylvia, plus jolie, plus enfantine que jamais ; et Mme Prêtre qu'il ne s'est jamais donné la peine d'analyser, mais dont tout de même il sait les manœuvres pour caser la petite ; c'est Socrate dont il a toujours feint d'écouter les histoires ; c'est le Dr Fisher... Fisher ? Mais non. Le surmenage. Ce sont ses amis. Il se rassure. Il s'agit d'une discussion, d'une simple discussion. Il n'a qu'à parler, qu'à expliquer. Il parle. L'ennui est qu'avec sa bonne volonté désarmante, Socrate le suit, l'approuve, et crée une gêne constante...

— Mes responsabilités... Seule, sans frein, que deviendrait-elle ?... Une certaine reconnaissance... dit Stéphane.

Et Socrate :

— Naturellement, vous ne pouvez pas la laisser comme ça... Et qu'est-ce que vous deviendriez, sans personne pour vous soigner...

Il parlait. Mais ses paroles se heurtaient, pour la première fois, à une sorte d'hostilité, non pas agressive, mais réprimée, une hostilité honteuse, comme s'ils avaient essayé, par tous les moyens, de se la cacher à eux-mêmes : il n'y avait pas moyen. Elle leur sortait par tous les pores.

Il parlait. Ils n'entendaient qu'eux-mêmes. Gênés, incrédules pour la première fois, ne l'avaient-ils pas toujours secrètement été ? Le germe qui avait été déposé en eux il y avait déjà longtemps (par la lecture du journal d'abord, par l'entente qui semblait s'être rétablie entre les Morani, mais surtout par la porte refermée sur Martine, il y avait aujourd'hui exactement dix-sept jours, cette porte qui semblait refuser Stéphane, les refuser tous), ce germe se développait soudain, ils en prenaient conscience. Il parlait, mais ce qu'ils entendaient, en même temps que la lourde voix de Socrate qui semblait doubler celle de Stéphane, ce qu'ils entendaient était leur propre voix.

— Je ne comprends pas, murmure Sylvia.

(Derrière elle, elle sent sa mère triompher. C'est ainsi que les choses se passent, voyons ! C'est ça, la vie, ma pauvre Sylvia. Si tu n'as pas pu le comprendre... On parle, oui, mais on reste. L'argent, l'appartement, c'est cela qui est vrai...)

— Personne ne songe à vous forcer la main, dit Mlle Lethuit d'une voix qui tourne à l'aigre.

(Elle n'a *jamais* forcé personne, quoi qu'en dise Pauline. Mais ceci la dépasse. Que Stéphane ait su l'indignité de sa femme et... Elle se met à haïr la voix qui déroule des prétextes auxquels elle a cru. Y a-t-elle cru ? Mais oui ! Elle était donc de bonne foi ! Elle a toujours été de bonne foi...)

— Bien sûr, Stéphane est libre, dit l'antiquaire avec une certaine froideur.

(Le Dr Fisher dirait-il la vérité ? Son vieil ami serait-il encore amoureux... Non. Des questions d'intérêt, peut-être. Mais comme cela est sordide ! La touchante et commode image qu'il aimait à se faire de leur amitié, de ce petit cercle charmant et démodé comme une tapisserie au petit point, s'estompe ; faudra-t-il tout voir dans cette lumière crue ?)

— Oh ! moi, je m'en balance ! Qu'il fasse ce qu'il veut, dit Paul, maussade.

(On dit ça, mais... Est-ce que vraiment ils vont continuer à se réunir, à bavarder avec Morani, à faire comme si de rien n'était ? Ce n'est pas possible que Gérard tout au moins admette ça. Lui qui est toujours d'une bonne foi presque ridicule, d'un dévouement, trimbalant les tableaux, visitant les marchands, tâchant de faire connaissance des critiques... J'aime si profondément ta peinture... Non, Gérard n'admettra pas cela !)

— Personne ne vous force, mais je dois dire qu'on jugerait étrange...

— Stéphane est libre, mais après tout ce que nous savons de lui, nous sommes en droit d'espérer...

— Faut trancher dans le vif, mon vieux !

— Vous n'allez pas la quitter, monsieur Stéphane ?

Les chaises s'enchevêtrent en un rébus léger. Le néon pauvre grésille comme les insectes un jour d'été. Les nénuphars, le dieu doré, les mandarins ne sont d'aucun secours. Les poissons tracent des allées et venues plus rectilignes que jamais, et se désintéressent de la question.

Stéphane ne comprend pas. Non, il ne comprend pas. Il lui semble marcher dans une forêt impénétrable. une forêt de visages étrangers. Se peut-il qu'il n'ait jamais regardé le visage de ses amis ? Il se défend comme il peut.

— Vous me dites cela aujourd'hui, commence-t-il maladroitement, mais depuis des semaines, des mois, vous connaissez ma situation, et jamais...

C'est la suprême maladresse. Mlle Lethuit se dresse pour crier :

— C'est faux !

Gérard Ducas a sa voix la plus flûtée pour s'indigner.

— Non, mon ami, non. N'essayez pas de nous en faire accroire ! La situation a changé. Votre femme a une véritable liaison, et pour tout dire, une liaison avec un homme riche. Il serait impensable...

Mme Prêtre a un petit rire. Impensable, en effet. Ah ! Il voulait profiter des biens volés à Sylvia !

— Oui, monsieur Stéphane, vous comprenez, on pourrait croire...

(Pauvre M. Morani, sûrement il n'avait pas compris cela. Lui non plus ne sait pas ce que c'est que « la vie ». Sylvia est prête à l'éclairer.)

— Mais enfin, mes amis, depuis toujours...

(Ah ! l'impénétrable forêt ! Que la musique soit éternelle ! Qu'est-ce qui, tout à coup, a fait une fausse note ? Ils s'entendaient si bien !)

Le Dr Fisher s'est levé.

— Voilà, dit-il d'une voix inattendue, lourde, vengeresse. Voilà ce que vous avez cherché. Vous ne vouliez pas me croire ? Vous y teniez, à vos nobles idées ? Je vous l'avais dit pourtant. Elles vous retombent sur le nez maintenant. C'est bien fait ! C'est bien fait ! Vous n'avez qu'à les envoyer promener. Vous n'avez qu'à...

Il y a un grand tumulte de voix, d'exclamations. Stéphane est submergé de paroles, ne peut ouvrir la bouche.

— Enfin, vous n'allez pas lui donner raison !

— Vous comprenez bien la nécessité...

Ils l'entourent, ils le pressent. Même Mme Prêtre s'est levée et s'approche à petits pas. Le Dr Fisher se laisse retomber sur sa banquette. La piqûre n'a pas servi à grand-chose. Il n'a pas su retenir les paroles qui le gonflaient d'amertume. Mais aussi, pourquoi l'autre continue-t-il à parler, à se défendre ? Il leur a fourni des arguments, et les voilà qui se précipitent comme à la curée. Vous n'en avez pas envie, n'est-ce pas, de partir, de quitter votre petite vie, vos habitudes, et pourquoi pas, votre femme ? Vous y teniez plus même qu'à guérir. Mais pourquoi ne pas le leur dire ? Qu'y a-t-il donc dans les idées nobles et creuses qui fait que l'homme s'y accroche et y tienne plus qu'à la vie ? Mais taisez-vous donc. Mais cessez de protester. Mais envoyez-les promener tous tant qu'ils sont ! Non ? Vous continuez à protester ? « Certes, je ne l'aime plus, mais je crains que sans moi... » Le mot Devoir ? Le mot Sacrifice, encore ? Eh bien, mourez, puisque vous y tenez. Laissez-vous chasser de tout ce qui vous retenait à la vie. Mourez pour vos fantômes de comédie. Comme je n'ai pas su mourir. Et puis vous découvrirez, tout à coup, quand on vous aura tout enlevé, que c'était inutile. Et rester aussi, d'ailleurs, eût été inutile. Valait-il la peine de se cramponner, pour vivre dans un monde de méduses ? Ah ! Qui sait ?

Les chaises s'enchevêtrent férocement, le néon éclaire cette scène tumultueuse, le sourire des mandarins et le calme des poissons sont très déplacés. C'est la voix de Mme Prêtre, grasse, faussement joviale, qui domine.

— Vous n'allez pas donner raison aux racontars, monsieur Stéphane ! Vous ne savez pas ce qu'on dit dans le quartier !

— Vous ne pouvez pas vous prêter à des racontars ignobles ! crie presque Gérard Ducas, hors de lui.

— On finirait par parler de complaisance, par dire que vous profitez...

— Oh ! il faut la quitter, monsieur Stéphane !

— Un peu de cran, mon vieux !

Un gémissement échappe au malheureux, enserré de toutes parts. Mais qu'ont-ils soudain à se jeter sur lui, à exiger, comme si quelque chose leur en donnait le droit, comme si quelque chose d'important pour eux en dépendait ? Et ces visages penchés sur lui qui s'enflamment d'une colère ancienne, qu'il lui semble avoir vue sur d'autres visages, en rêve peut-être... Son petit monde idyllique, déjà bouleversé par Martine, vole en éclats devant cet assaut sauvage. Il voudrait parler, il ne le peut. Il manque d'air, veut se lever, reste sans force. Un étouffement le renverse en arrière, qui n'excite aucune pitié. Autour de lui, ils se bousculent, se pressent. Ils demandent, ils exigent.

— A votre place...

— A votre place...

— A votre place...

Oui, il faut qu'ils se voient à sa place, qu'ils s'imaginent quittant courageusement cette maison, qu'ils s'imaginent purs, incorruptibles, pour que leur paix soit préservée. Qu'un instant, un seul instant, sans le vouloir, il leur ait présenté une autre image d'eux-mêmes, c'est le sacrilège que rien ne rachètera qu'un sacrifice humain. Comment pourraient-ils avoir pitié ? Le miroir s'est dressé devant eux, avec ces simples mots : « Il y a des semaines, des mois... » Non, cela ne peut être vrai. Cet aveuglement, cette complaisance, ils ne peuvent que le nier. La bonne conscience l'exige, la pure affection l'exige, l'admiration sincère l'exige ; même Socrate perd un peu de la tristesse de sa figure jaune, une lueur d'espoir le traverse. Ce serait fou d'abandonner toutes ces choses, mais la folie existerait donc ? Et Sylvia soupire déjà d'aise : ce sera tellement beau, si héroïque. Cela entourera d'un nuage rose les courses à faire pour le photographe, les économies indispensables, les robes qu'il faut à présent se refuser... Seule, Mme Prêtre opère avec férocité, mais sans joie. Car c'est Sylvia qu'elle condamne, Sylvia qu'elle chasse. La douleur stupéfaite qui se lit sur ce visage, c'est la douleur de Sylvia. C'est la vie, et Mme Prêtre est le représentant de cette vie féroce qui se venge sans plaisir.

Ils l'auront, pense le Dr Fisher. Il ne peut pas résister. Lié par ses grands mots et ses belles phrases plus sûrement que par des liens. Si l'émotion ne le tue pas, le cœur est dans un sale état. Intervenir ? Pourquoi ? Il l'a voulu, il l'a cherché. Il a provoqué les idées. Le

Dr Fisher aussi avait provoqué les idées : il a payé. Morani paiera. Ah ! comme ils sont tous furieux, magnifiques à voir dans leur excitation maladive : ils ne peuvent pas s'en passer, de leurs chères idées. Comment supporteraient-ils la vue de leur affreuse petite personne sans ce voile gracieux ? Il l'a rompu sans le vouloir, le pauvre diable ; il s'est montré comme ils sont tous, envers et endroit. Il faudra que le sang coule pour les purifier. Ah ! méduses !

Les chaises... Les mandarins... La lumière pauvre et dure...

— Vous vous devez cela !

— Ce serait si beau !

— Nous ne pourrions plus vous revoir !

Il essaye en vain de se soulever de sa chaise. Un peu d'air... La main fiévreuse de Ducas s'accroche à sa manche. Celle de Mme Prêtre s'appuie sur son épaule. Paul Coban gronde à ses oreilles. Et Mlle Lethuit lui assène, chaque fois qu'il veut se redresser, un grand coup de principes. Il tente encore de se dégager, de les écarter. C'est un cauchemar, c'est son cauchemar d'enfant où des visages inconnus l'entouraient, lui demandaient compte d'une faute secrète. Qu'on le laisse au moins respirer ! Mais ils s'acharnent, saisis d'une fureur collective qui ne connaît plus de pudeur.

— On ne vous saluerait plus !

— Tout ce que vous nous disiez n'était donc qu'un mensonge ?

— Vous seriez odieux si...

Et l'honnête Socrate lui-même, gagné par ce vertige, va jusqu'à le secouer par le bras.

— Vous voyez bien qu'ils sont tous contre vous, dit-il avec son à-propos habituel, qui ne tombe pas si mal.

Tous contre lui... Comme toujours ? Il retrouve sa détresse d'enfant, contre laquelle il a tant lutté. L'abbé Mourron et son hostie, le mariage et satisfaction de « les » narguer, la musique qui ne l'a mené qu'à la *Brasserie Dorée*, tout cela n'a pas suffi. Tous contre lui... Ne l'a-t-il pas senti, obscurément, depuis toujours ?

Tous contre lui, ses parents, l'œil unique. Dieu lui-même, et Louise, et Martine... Tout s'est défait entre ses mains. Toujours cette fondamentale injustice qu'en vain, avec des mots et des phrases il a tenté de compenser. Lutter encore, lutter... Il aspire l'air, avec un grand bruit affreux de déglutition, il va parler. Et ses yeux tombent sur un petit visage qui n'est pas, lui, animé de colère... Qui n'est pas « contre lui ». Qui est seulement inquiet, malheureux, désemparé. C'est ça, la vie ? Elle s'est trompée ? Les autres ont raison ? Son médiocre bonheur est méprisable ? Elle est condamnée ?

Il est vaincu. Il trouve enfin la force de les repousser, d'aller jusqu'à la porte (l'écriteau « Fermé Lundi » est toujours de travers), de l'entrouvrir, de respirer. Et de se retourner vers eux.

— Depuis plusieurs jours, j'y songeais, à vrai dire, dit-il d'une voix par miracle raffermie. Votre... avis me décide. Je partirai.

Il n'était pas de force, pensa le Dr Fisher. Peut-être n'eût-il pas été de force, non plus, à retenir sa respiration dans la cachette ? Peut-être eût-il appelé les hommes qui s'éloignaient déjà, avec grandiloquence : «Tuez-moi, là, sur le cadavre de ma femme. » Et cela aurait été inutile, comme son départ serait inutile. Comme les années et les années qu'il passerait, mort-vivant, dans un sana (car où aller ? Sa femme le faisait vivre). Ah ! pourquoi n'avait-il pas eu la force de leur dire leur fait à tous, de cracher sur les idées et de vivre comme il l'entendait? Son départ allait s'ajouter à cette absurde mythologie, avec laquelle on empoisonnait la vie. Il est vrai que lui-même, le noble réfugié, y jouait un rôle. Pas aussi brillant que celui de martyr, mais à tout prendre...

— Je partirai, avait-il dit.

Et soudain, ils s'étaient écartés de lui, cherchant une contenance, dégrisés, cherchant des mots, ayant hâte de ne plus comprendre...

Mlle Lethuit est la plus calme. Elle ressent même une sorte d'agréable détente, comme après un effort physique... Une fois de plus, les bons principes ont triomphé. Le pas de Mlle Lethuit regagnant la villa Jeanne-d'Arc sera plus ferme que jamais. Paul Coban hausse les épaules. Allons, tout rentre dans l'ordre. Pas de problèmes. Ce pauvre Morani, il n'avait même pas compris qu'il avait l'air d'un maquereau. Gérard ne comprend pas non plus, quand on plaisante leur amitié... Non, Gérard ne comprend pas...

Gérard a hâte de s'en aller. Cette scène a dépassé en violence ce qu'il peut supporter. Ces cris, ces exclamations ont été tout à fait désagréables. Il lui faudra au moins trois jours pour se remettre, pour que l'image sortie du calendrier touchant et ridicule redevienne inanimée, pour que les objets retrouvent leur charme maniéré et leur inexistence. Sylvia est heureuse. Elle seule s'approche de Stéphane effondré.

— Oh ! monsieur Stéphane ! Je savais bien que vous feriez cela. Maman avait beau dire...

Des larmes brillent dans ses yeux. Elle aussi a tant souffert d'une incompréhensible injustice. Stéphane a un instant de réconfort.

— C'est magnifique, monsieur Stéphane, c'est comme dans un livre, c'est...

Demain, en lisant le journal, d'autres larmes tomberont de ses grands yeux noirs, d'autres larmes inutiles... Et le vide se fait. Paul Coban a disparu le premier, avec un signe discret à Gérard Ducas, qui s'éclipse aussi après avoir serré la main à Stéphane, en silence, comme dans une maison mortuaire. Le Dr Fisher le regarde, hausse les épaules et sort. Mme Prêtre a regagné déjà sa loge, l'œuvre de justice accomplie. Mais sa colère, sa douleur ne sont pas apaisées, et elle n'ouvrira pas la loge à Sylvia, qui veut lui dire bonsoir avant de regagner, tout exaltée, le logis du photographe. Et Mlle Lethuit aussi parle d'un train, et donne une poignée de main énergique.

Ils sont partis. Les chaises s'enchevêtrent. Les mandarins reprennent possession de la pièce. Les poissons ont des affaires sérieuses à débattre. Socrate et Stéphane sont seuls.

— Voulez-vous boire quelque chose ? dit Socrate qui, lorsqu'il est embarrassé, tourne toujours le dos en rangeant des bouteilles.

Il ne comprend pas pourquoi M. Morani a cédé. Bien sûr, ils étaient décidés, mais... Socrate oublie que lui aussi est entré dans la ronde, a souhaité avec eux tous que Stéphane cède : pourquoi ?

— Un vin blanc, dit Stéphane d'une voix faible.

La vie est difficile et mystérieuse. Pourquoi M. Morani a-t-il cédé ? Il avait une femme qui gagnait de l'argent (et qu'importe comment, au fond), un appartement... Va-t-il vraiment quitter tout cela ? Pourquoi l'ont-ils tous exigé ? Tous ces « pourquoi » lui fatiguent la tête. La seule chose qui est sûre, c'est que la maison sera plus tranquille une fois M. Morani parti. Socrate sert le vin blanc en silence, les yeux baissés. Chose unique, il n'a pas envie de parler. Machinalement, Stéphane porte la main à la poche, et non moins machinalement attend la protestation rituelle de Socrate. Mais rien ne vient. Tout à coup, il est un étranger, devant le comptoir d'un bar inconnu, et le geste achevé, le petit bruit sec de la pièce qui tombe sur le zinc est comme celui d'une porte qu'on referme.

***

— Est-ce que tu rentres tard, ce soir ? a-t-il dit à Louise.

— Je ne sais pas, pourquoi ?

— Je voudrais te parler.

— Alors, je serai là pour le dîner.

Il a descendu l'escalier, lentement. Son cœur le faisait souffrir. Il n'a rencontré personne de connaissance. Dehors, c'est enfin l'hiver tant attendu. Le soleil inonde l'étroit couloir bariolé de la rue, un froid sec donne à l'air sa résonance particulière, des femmes remontent le col de manteaux trop minces, et la gare pleine de fumée a l'air confortable. Il serait simple d'entrer au Dupont, de s'épanouir en quittant son manteau, de prendre un grog fumant, en regardant, à l'abri derrière la vitre, les passants. Comme tous les hivers, depuis huit ans. Mais il remonte le boulevard, quitte les boutiques rassurantes, les petits restaurants exotiques, et l'ombre protectrice de la grande gare bougonne. Le boulevard est balayé par un vent coupant, le soleil vif et sans chaleur est un soleil d'hiver. Stéphane s'applique à respirer bien régulièrement, comme un nageur qui fend l'eau, et avance, pas après pas. Il lui paraît important que ce trajet soit accompli correctement. Et voici enfin la brasserie, où il n'y a encore que trois ou quatre clients. Pourtant, Bruno s'y trouve déjà, avec Marcel. Ils n'ont pas aperçu Stéphane. Ils bavardent. Peut-être parlent-ils de lui, avec cette gentillesse un peu moqueuse... Comme il semble étrange que la Brasserie soit là, comme toujours, que Bruno et Marcel soient là, avec leurs visages de toujours. Et la salle est là, son odeur de poussière, et Toni qui, sans vergogne, se regarde dans la glace, tire son pull-over sur ses seins de nourrice... Et le garçon morose, et les rares clients du début de l'après-midi, qui regardent d'un air maussade des nudités mauves et le Pierrot Lunaire. Il faut passer dans le petit vestiaire, mettre la veste blanche marquée de pompeuses initiales... Combien de fois encore la mettra-t-il ? Ah ! les rires rassurants de Bruno et de Marcel ! La quiète laideur de la Brasserie !

— Vous êtes en forme ? demande Marcel souriant. Pour aller faire danser les Ricains, autant compter qu'on ne sera pas rentré avant 6 heures du matin. Paraît qu'ils ont engagé aussi un accordéon. Pour faire « musette ». Tu te rends compte ! Je prendrai la guitare, hein ? Pas de violoncelle ?

— C'est bien payé, dit Bruno. Qui sait si je ne pourrais pas chanter quelque chose ?

Il serait si facile d'être là, sans que rien ne se soit passé... La tête de Stéphane lui fait mal. Et il faudra parler à Louise, prendre des décisions... Non, ce n'est pas possible...

— Comment va la petite Marcelle ? demande-t-il machinalement.

— Elle est superbe ! dit le guitariste avec orgueil. Superbe ! J'ai vu un truc épatant, une poussette avec un parasol au-dessus, que je vais lui acheter avec l'argent-dollar. Je leur collerai du musette, à en crever, moi ! Des gens qui habitent sur une péniche ! Tu te rends compte ! Un piano sur une péniche ! Un bal sur une péniche ! Ça va être encore plus gratiné que notre petite soirée de la rue de l'Université.

Stéphane n'avait aucune envie de faire ce cachet. Si fatigué... Mais ils avaient l'air d'y tenir... Et qu'importait sa fatigue, maintenant ? Il se laissait porter... Tout cela n'était pas vrai, se disait-il, comme autrefois dans le salon, pendant que l'œil unique était fixé sur son bulletin. Je rêve. Ce n'est pas vrai.

— On y va ? dit Bruno, comme tous les jours. Puisqu'on jouera ce soir, on ne va pas se fatiguer, hein ? *Cheval Blanc* et re-*Cheval Blanc*...

Stéphane le suivit derrière l'estrade, ils entrèrent dans le minuscule vestiaire. Même cette hideuse petite pièce aux murs gras, cela lui faisait peur de penser qu'il devrait la quitter. Il avait été bien, en somme, à la *Brasserie Dorée*. Il s'était cru à l'abri.

— Marcel, il en fait un foin, de sa fille, dit Bruno, mais il fait la cour aux clientes. Regardez-le !

Marcel s'attardait dans la salle, prenait même place à côté d'une petite blonde en pull-over groseille.

— Ça va, vous ? Vous n'avez pas l'air dans votre assiette. Ça vous embête, ce soir ?

Stéphane eut un moment de brusque confiance.

— Ecoute... J'ai décidé de quitter ma femme.

— Non ! dit Bruno d'un air amusé. Et c'est à cause de la petite ?

— Mais non, voyons. Je t'ai dit cent fois qu'elle n'était rien pour moi. Mais cette situation devient choquante, tu comprends...

Il essayait de se persuader lui-même, de réduire l'incident aux proportions d'une décision librement prise : les visages l'avaient poursuivi toute la nuit.

— Mais vous... vous voulez dire que c'est elle... enfin, vous continuerez à travailler ici ?

— Hélas !

La stupeur de Bruno le flattait, dans un sens ; déjà, après le rude coup de la veille, la machine se remettait à fonctionner, à étouffer l'inquiétude, à fabriquer du brouillard, vite, un brouillard qui rassurât...

— Mais... mais comment allez-vous vivre ? Et... je ne comprends pas...

— Mon Dieu, mon ami (c'était la première fois depuis vingt-quatre heures qu'il réentendait sa propre voix avec plaisir), j'ai toujours vécu pauvrement... Je vivrai plus pauvrement encore. Je suppose même que je vivrai de la charité des autres, dans quelque hôpital, quelque sanatorium.

— Mais vous n'avez pas la Sécurité Sociale, dit Bruno. Et quand même vous l'auriez, vous disiez toujours que vous préfériez...

— Ce que je préférais n'est pas en cause, Bruno. Je ne pouvais agir autrement.

Il commençait vraiment à le croire. Il le redirait, tout à l'heure, à Louise. Enfin, il la surprendrait, il « les » surprendrait. A cela, elle ne s'attendait pas. Elle aurait honte enfin, elle pleurerait peut-être... Et lui, digne, glacé, la laisserait... Peut-être le Dr Fisher pourrait-il le recevoir dans un sanatorium pas trop désagréable ? Peut-être pourrait-il revenir à Paris, quelquefois ?

— Moi, je ne vous comprends pas, disait Bruno. Vous me diriez que c'est pour la petite... Des goûts et des couleurs, comme on dit. Mais ces histoires-là... Vous vous fourrez dans un pétrin...

Stéphane se fâcha. Il tenait à se faire une image riante de ce qui allait suivre sa « décision ». Il tenait à oublier la veille.

— Enfin, Bruno, je ne pouvais tout de même pas, sachant ce que je sais...

— Il y a si longtemps qu'elle est comme ça...

— Mais un homme riche ! Qui l'entretient, il n'y a pas d'autre mot !

— C'est qu'il en a les moyens, dit Bruno avec mauvaise humeur. Vous n'êtes pas obligé de le savoir, n'est-ce pas ?...

— Mais enfin...

— Oh ! monsieur Stéphane, vous êtes libre, vous êtes bien libre. Mais moi, je dis que des complications comme ça, je ne veux pas les connaître. Chacun mène sa barque comme il veut, naturellement, et ce n'est pas moi qui vous en ferai reproche. Mais je trouve...

— Qu'est-ce que tu trouves ? demandait Marcel qui entrait et décrochait sa veste.

— Rien, rien...

Mais le visage de Bruno était toujours morose. Il n'avait jamais pris Stéphane tout à fait au sérieux. Mais à présent ? La petite n'était donc pas sa maîtresse, comme Bruno en avait toujours été convaincu ? Une certaine gêne le gagnait tout à coup. Il sentait bien qu'il aurait dû dire quelque chose, approuver... Mais il trouvait cela idiot, c'était tout. Il se hâta de passer sur l'estrade.

— Je ne sais pas, dit Stéphane en s'installant, comment je vais supporter cette soirée. D'ailleurs, une péniche... il doit faire froid... Et toutes ces émotions... Je suis épuisé...

Bruno se tut, la lèvre boudeuse, l'œil obstinément fixé sur le violon dont il se servait si mal.

— Voyons, Bruno... Qu'est-ce que tu as ?

Le petit homme ne se rendait-il pas compte que, plus que jamais, il allait avoir besoin d'amitié, de soutien... La Brasserie au moins serait avec lui jusqu'au bout : il préférait oublier les habitants de *l'Empire Céleste*.

— Bruno !

— Qu'est-ce que vous voulez que je vous dise, moi ? fit l'autre. Naturellement, je vous comprends, mais...

Comment plaisanter, dorénavant (même si ce dorénavant n'était que de quelques semaines), avec un homme qui a pris une telle décision ? Il aurait pu n'annoncer cela qu'au dernier moment : la camaraderie, les plaisanteries rituelles, tout cela n'est plus possible avec ce martyr.

— Que voulez-vous, soupire Bruno, candide, c'est gênant !

Encore une fois, Stéphane, malgré la soirée de la veille, malgré l'effet que ses paroles ont provoqué, les prononce encore une fois, ces paroles magiques :

— Mais enfin, tu sais depuis toujours...

Depuis toujours ? Bruno peut-il reconnaître que depuis toujours il n'écoute qu'à moitié son ami, et ne le croit pas du tout ? Il se souvient maintenant des dénégations de Stéphane au sujet de Martine : mais ni lui ni Jacquotte ne les ont prises au sérieux. Et voilà que... Jacquotte trouvera cela très bien en tout cas. Elle est pour les sentiments nobles. Et elle le tannera une fois de plus pour qu'il l'épouse. Cela aussi est bien embêtant. Bruno se renfrogne encore.

— On commence, oui ou non ?

Stéphane est abandonné à son piano. Machinalement, il se met à jouer, et Marcel le suit à la guitare, doucement. La *Brasserie Dorée* a son visage de tous les jours, son visage des 3 heures de l'après-midi quand on vient seulement de remuer la vieille poussière et de passer sur les tables un torchon à odeur aigre. Mais la détresse de Stéphane s'accroît avec les minutes. Ce matin aussi a été comme les autres matins, et si semblable, qu'il a douté de son avenir, et n'a pu qu'au moment du départ, dire ces mots qui le condamnent : « Je voudrais te parler... » En vain, essaye-t-il de s'exalter encore, d'imaginer sa surprise, sa gêne... Elle se détournera de lui, comme les autres. Comme Bruno. De voir le petit homme, pour lequel il n'a jamais ressenti qu'une très pâle et condescendante sympathie, s'écarter de lui comme un malade, il pourrait presque pleurer. Il revit la scène de la veille. La Brasserie qui lui a paru si accueillante, si protectrice, lui devient elle aussi, comme la petite salle de *l'Empire Céleste,* étrangère. Il avait pourtant bien cru avoir pris racine, s'être implanté, dans ce quartier sans distinction... Et tout autour de lui s'écarte... Le vieux, très vieux cauchemar qu'il porte en lui depuis l'enfance lentement se réveille, dans sa conscience obscure, et va, peut-être, surgir au jour...

Mais non. Il joue, et Bruno, s'approchant du micro avec des grâces d'éléphant, entonne cette vieille rengaine :

Les mains de femme...
Je le proclame...

Le refrain chanté, Stéphane chuchote assez fort pour être entendu.

— Quand est-ce qu'ils paieront ? Si c'est comme les autres Américains...

Il s'efforce, piteusement, à l'enjouement. Sans succès.

— J'ai demandé qu'ils nous paient quand nous arriverons, dit Bruno.

Mais il a toujours le même air contraint. Cette gêne qui, hier, tout à coup a enveloppé Stéphane d'un voile étouffant. Il les revoit tous autour de lui, rouges, hostiles... Il revoit Martine au restaurant, et le petit visage désespéré et méchant ; il revoit plus loin dans le passé le visage de Louise, empreint de cette maussade incompréhension que Bruno affiche aujourd'hui. Il ne leur voulait que du bien à tous, et tous l'ont repoussé. La vieille, très vieille rancune qu'il porte en lui se réveille et va, peut-être, surgir au jour...

La salle se peuple et le temps passe. Il joue, il feuillette le tas de chansons posées devant lui. Toni lui apporte un café. Il a bien envie de lui dire, à elle : « Toni, je quitte ma femme » pour voir si, elle aussi, s'éloignerait de lui. Mais ce n'est pas la peine. Il entend déjà son rire, voit déjà son clin d'œil... C'est en vain que la salle est tiède, que les tableaux étalent leur rassurante laideur, que le gérant fronce le sourcil devant une pause trop longue... Tout cela, qui est si quotidien, le menace et le juge, comme le menaçaient le grand salon en lambeaux, la petite salle à manger de cretonne où rôdaient l'odeur d'iris de sa mère. C'est injuste, c'est terrible... La vieille peur qu'il porte en lui se réveille...

Et le temps passe. Passera-t-il aussi vite jusqu'au jour où il faudra... Il lui semble tout à coup qu'il l'a toujours su, que ce moment viendrait. Ce moment où tous le verraient différent de ce qu'il souhaiterait être. Ce jour où même les lieux sembleraient ne plus le reconnaître. Ce jour où lui-même... Sa vieille honte renaît en lui, et la colère qui la suit. Mais que leur a-t-il donc fait ?

Le temps passe. Il joue, avec dégoût, automatiquement. Il y a des années qu'il n'a plus, lui semble-t-il, joué avec plaisir. Par défi, il fait un signe à Marcel, entame son Chopin. Mais même Chopin le trahit. Il se souvient de ses efforts, autrefois, du plaisir qu'il avait, exécutant et spectateur à la fois, à goûter ses traits brillants, la netteté de son toucher... Ce plaisir a disparu, avec sa conviction qu'il n'aurait jamais d'auditeurs. Est-ce juste ? Là aussi, quelque chose lui a glissé entre les doigts, sans même qu'il sache à quel instant précis. « Les joies de la musique », dont il rebattait les oreilles à Louise, ne se goûtent-elles donc qu'en public ? Ou est-ce la rancune qui, très vite, lui a bouché les oreilles ?

Et le temps passa, jusqu'au moment où Marcel lui faisant des signes désespérés chuchota, dit, et finit par crier presque :

— Votre femme... Votre femme est dans la salle !

Elle était là. Il allait lui parler. Il devait lui parler. Et il avait beau tenter, désespérément, de retrouver leur vieil antagonisme si commode, il n'éprouvait qu'une extrême fatigue, qu'une totale incapacité à sentir la nécessité de parler, d'agir. Il avait peur, il était fatigué, et par-dessus tout, il n'avait aucune envie de lui parler. Le cauchemar, le vieux cauchemar d'explication, de jugement, dont il s'était cru si totalement délivré...

La musique s'arrêta. L'après-midi, la trêve était écoulée.

Elle leva les yeux en souriant, comme s'ils s'étaient donné rendez-vous.

— Tu es venue, dit-il bêtement.

— J'ai pensé que je pourrais aussi bien venir puisque je n'avais rien à faire, plutôt que de t'attendre à la maison.

— Bien sûr, mon amie, bien sûr...

Il était un peu gêné de la voir là, dans la salle où elle n'était jamais venue, si calmement assise, appelant d'un geste le garçon.

— Un Martini. Toi aussi ?

— Moi aussi, dit-il rapidement, pour que le garçon s'éloignât.

Mais en somme, dans l'appartement, il aurait été tout aussi gêné. Ils avaient tellement perdu l'habitude de se parler ! Il était fatigué, épuisé, et cette soirée allait l'achever...

Pourquoi lui parler ? Comment ? Ses oreilles bourdonnaient, le cœur lui battait horriblement. Pourquoi ne disait-elle rien, aussi ? Elle attendait comme lui. Il aurait voulu sentir quelque chose de la colère qui l'animait quelquefois contre elle, mais elle lui paraissait sous cet éclairage si différente ! Elle portait un tailleur sombre, d'un bleu très doux, qu'il ne lui avait vu qu'une ou deux fois. C'était ce que Martine appelait « le luxe de votre femme ». Il sentit une montée de haine contre cette Martine, qui était à l'origine de tout ceci, qui le forçait à être là, à dire des mots qu'il n'avait pas envie de dire.

L'orchestre typique s'installait.

Lou se taisait toujours, rêveusement penchée sur son verre, et cela lui faisait un visage mince, pensif, auquel les yeux baissés ôtaient toute brutalité. Dieu ! Comme il se sentait impuissant, près des larmes, et plus encore envahi d'un étrange sommeil, comme si son corps se refusait à vivre une scène déplaisante.

— Ecoute, dit-il avec une agressivité de commande, il faut que je te parle. Il le faut !

— Mais tu me parles, dit-elle doucement.

Il crut qu'elle se moquait, sentit avec plaisir renaître l'amertume ancienne, mais elle leva les yeux, et il y lut une inquiétude qui le paralysa à nouveau. Il appela à son secours tous ses griefs passés, l'incompréhension, l'infidélité, et sa façon bornée de résister aux meilleures paroles.

— Ça ne peut plus durer ! dit-il, au moment où l'orchestre typique salué par des applaudissements chaleureux entonnait un morceau brillant.

— Quoi ?

Elle n'avait pas entendu.

— Ça ne peut plus durer, cria-t-il trop fort, et une petite fille, à la table voisine, se retourna. Ça ne peut plus durer !

— J'ai entendu, tu sais ! dit-elle un peu sèchement.

Il s'était attendu, comme tant de fois dans le passé, à ce qu'elle s'indignât, criât, protestât.

« Et si ça ne te plaît pas, n'est-ce pas... »

Il aurait trouvé alors la force de lui répondre noblement, de lui montrer la vie affreuse qu'il allait traîner, d'hôpital en hôpital, sans argent, malade, ballotté, prisonnier méprisé des infirmières, victime de la dureté de sa femme... Mais sans colère, il n'avait pas la force physique d'entamer une tirade, il dit seulement, gauchement :

— Je dois... je vais partir.

Il but une gorgée de Martini qui le fit tousser.

— Mais partir où ? dit-elle sans comprendre.

Il n'eut pas la force de répondre.

— Mais pourquoi ? Pour...

Il haussa les épaules. Pouvait-il tout lui dire, Martine transformée en furie, les autres acharnés sur lui, sa vie se désagrégeant entre ses mains.

— Tu ne peux pas comprendre, dit-il de guerre lasse.

Comment comprendrait-elle alors que lui-même ne comprenait pas ce qui s'était produit.

— Tu as su qu'Henry...

— Est-ce que tu me crois si bête ?

Il retrouvait un peu le ton habituel.

— Non, je veux dire...

Elle ne réagissait pas, paraissait au contraire embarrassée.

— Je veux dire tu sais qu'il m'a demandé de vivre avec lui ?

— J'ai supposé qu'il se chargerait volontiers de ton sort, sans quoi je n'aurais pas envisagé une séparation qui te laissersait seule.

— Seule, seule !

Elle se fâchait et ressemblait tout à coup à la Louise de tous les jours.

— Je n'ai pas besoin de toi pour vivre, tu sais.

— Je ne le sais que trop, mon amie.

Non sans peine, le ton lui revenait, digne, un peu peiné, celui qu'il avait adopté lors de la première incartade de Lou. Oui, c'était le ton, les mots qu'il fallait. Il s'y cramponnerait comme à une bouée, afin que l'entretien restât ce qu'il avait tant de fois imaginé. Car il l'avait imaginé, cet entretien, sa colère à elle, ses paroles à lui, détachées, pardonnant tout... Ce qu'il n'avait pas imaginé, c'est que cela se passerait vraiment. Vraiment, dans une atmosphère de brasserie, devant un verre d'apéritif, et avec cet étrange sentiment de vide et d'abandon...

— Je vois qu'enfin tu peux trouver le bonheur, un bonheur à ta taille, certes, mais puisque tu le désires, je ne me reconnais pas le droit... J'ai fait pour toi ce que j'ai pu, bien maladroitement sans doute, mais de mon mieux... Je n'ai pu te donner ce que tu désirais, tu l'obtiens aujourd'hui, il ne me reste qu'à te dire bonne chance...

C'était un peu bref. Il s'était embrouillé, n'avait pas retrouvé certains mots longtemps choyés, et le sourire mélancolique de la fin. Il n'était pas tout à fait au point, mais enfin... Il souhaitait qu'elle se levât et s'en fût en claquant la porte (avait-il sur lui de quoi régler les consommations ?)

— Enfin, dit-elle, tu y tiens ? C'est sérieux

— Ai-je l'air de plaisanter, mon amie ?

— Je veux dire, tu ne dis pas cela parce que tu es contrarié ?

(Oh ! dormir ! Oublier les visages mauvais, l'indifférence, et cette femme qu'il n'arrivait même pas à détester...)

— Mais non, je ne suis pas contrarié... dit-il avec lassitude. Je veux faire pour le mieux, voilà tout.

— Mais tu ne réfléchis pas, Stéphane, voyons. Malade comme tu es...

Elle n'aurait pas imaginé qu'il lui ferait cette proposition. Pourtant, elle avait été sûre, toujours, que quelque chose se produirait. Que sans avoir à prendre de décisions, elle se trouverait tout à coup dans la maison d'Henry, dans la chambre d'Henry, puisqu'elle y était à sa place. Mais que cette fatalité se manifestât sous la forme de Stéphane, elle ne l'avait pas imaginé — elle s'en trouvait déconcertée, et presque fâchée. N'était-ce pas encore un de ces tours qu'il lui jouait, lui si habile à feindre, à se dérober, à resurgir là où elle l'attendait le moins, et à l'accabler tout à coup d'un reproche qu'elle comprenait à peine. N'était-ce pas un piège, comme il en tendait autrefois ? « Mais avoue-le que tu m'as trompé. » Un piège pour triompher d'elle ?

— Tiens, dit-elle avec une rancune subite, c'est ça qu'il y a toujours avec toi. Tu fais des histoires. Tu ne peux rien faire qui ne crée des histoires. Toujours et toujours...

Elle savait que c'était probablement injuste. Il avait parlé assez simplement, et même, s'il disait vrai, agi assez simplement. Ce qu'elle lui reprochait, au fond, c'était tout le passé et jusqu'à cette transformation d'Henry dont il était ignorant. Bien entendu, il allait en profiter pour prendre encore des airs supérieurs.

— Je ne crois pas, mon amie, avoir fait beaucoup d'histoires, comme tu dis, à ton propos. Je crois même qu'il y a peu de maris qui auraient été aussi modérés.

Le mot « histoires » l'avait blessé. C'était le même qu'avait employé Bruno. Il sentait bien pourtant qu'elle essayait, maladroitement, d'exprimer ce qui les avait, presque depuis le début, séparés.

— Mais pourquoi partir, enfin ? reprit-elle avec irritation.

Elle le soupçonnait encore de feinte.

— N'est-ce pas ce que tu désirais ?

— Je n'y avais jamais pensé, dit-elle honnêtement.

— Tu viens de reconnaître toi-même que cette personne (comme cela lui ressemblait de faire semblant de ne pas vouloir prononcer le nom d'Henry) t'a demandé de partager sa vie.

— Mais je disais non...

— Tu disais non ?

Il était presque aussi surpris qu'elle. Lou n'avait guère l'habitude de mentir.

— Et... pour quelle raison ?

Elle ne sut que répondre.

« Tu n'es pourtant pas une femme de devoir », disait Henry, et c'était vrai. Il resterait seul, malade, mais il y a tant de gens seuls, malades. Le mariage était loin de lui paraître une institution sacrée : Stéphane l'avait rassasiée de sacré. Cependant une sorte de convention avait été, lui semblait-il, établie, non entre elle et lui, mais entre elle et la vie. Elle était là, rue d'Odessa, dans cette rue, dans cette maison, à cette place, et il lui paraissait désordonné, à son âge, d'en changer. Voilà ce qu'elle aurait voulu exprimer. Mais elle ne trouvait que des mots, alors qu'il lui eût fallu, lui paraissait-il, de la matière, un poids, un dessin peut-être, pour exprimer son sentiment. Elle avait si peu l'habitude et le souci de s'exprimer...

— Ce n'était pas ma place, trouva-t-elle enfin.

Stéphane baissa à demi les paupières. Son visage exprima une affliction attendrie. Il se sentait mieux. La scène prenait tournure. Il avait au plus haut degré cette capacité enfantine de se laisser habiter par les sentiments du moment. Il avait momentanément oublié sa détresse, tout à la satisfaction de voir Louise sous un jour nouveau, et un jour dont il pouvait tirer un avantageux parti.

— Combien je suis touché, mon amie, de sentir en toi ce scrupule. Ce seul geste, vois-tu, me suffit pour oublier tout un passé douloureux. Tu m'as imaginé seul, malade, tu as repoussé la tentation, une partie de la tentation, une partie de la tentation tout au moins, et soudain, tout est comblé, racheté. Louise !

Il lui prit la main. Comme il aimait ce moment sublime. Pourquoi la quitter, d'ailleurs ?

— Je ne comprends pas ce que tu veux dire, dit-elle, maussade. Des histoires ! Encore et toujours !

Elle se défendait comme elle pouvait, comme elle s'était toujours défendue, en se faisant plus massive, plus lourde qu'elle n'était, pendant qu'il traçait devant elle ces petits chemins compliqués qui l'agaçaient.

— C'est encore plus beau, mon amie. Peut-être, dans ton inconscient, as-tu plus de mérite que ceux qui sont éclairés...

Ceux qui sont éclairés ! Lui, sans doute ! Toujours des mots, pour n'aboutir à rien. A rien... Henry avait pourtant tort de dire qu'il lui faudrait tuer Stéphane pour s'en débarrasser ; il serait bien étonné, Henry ! Elle ne se rebiffa pas comme elle avait l'habitude et l'envie de le faire. Puisqu'elle ne le reverrait plus. Cette idée lui causait un vide étrange. Si elle avait eu de la peine à s'imaginer quittant Stéphane, le contraire la laissait stupéfaite. En tout cas, Henry aurait le bec cloué. Elle laissa sa main à Stéphane.

— Ecoute, dit-elle sérieusement, tu ne peux pas faire ça. Où irais-tu ?

Stéphane retomba sans plaisir aux régions terrestres. Dans son esprit, il avait écarté les précisions désagréables.

— Je suppose, dit-il, que le Dr Fisher pourrait me dénicher une place dans un sanatorium de province...

— Mais tu m'as dit cent fois que tu ne voulais pas y aller, dit-elle mollement.

Elle ne pouvait encore écarter tout à fait le soupçon

qu'il changerait d'avis. C'est Henry qui triompherait. Ce ne serait qu'une histoire de plus.

— Je suppose que je m'y habituerai, dit-il d'un air incertain.

— Mais si nous vendons l'appartement, tu accepteras bien...

— Rien, Louise, rien. Tu comprends que ma dignité m'empêche...

Il remarqua qu'elle disait : tu accepteras, comme si c'était chose faite.

— Bien entendu, si nous divorçons, je prendrai les torts à ma charge.

— Non, pas ça ! dit-elle avec une violence revenue dont il fut assez content. Voyons, Stéphane, tu n'as... (elle hésita) pas de torts...

— J'ai eu celui de ne pas te comprendre, Louise.

Il revenait volontiers au ton élégiaque. Cela éloignait les images trop nettes, et peut-être espérait-il dans cette brume. Elle parut embarrassée. En d'autres temps, elle eût haussé les épaules, mais puisqu'il la quittait.

— On ne se comprenait pas si mal, dit-elle gauchement.

Il espérait encore.

— Peut-être...

— Il y a des choses, vois-tu, Loulou, que tu n'as jamais comprises en moi. Des aspirations, peut-être bien mal réalisées... Tu m'as cru incapable...

Naïvement, il transformait le reproche qu'il s'était fait à lui-même en reproche qu'il lui adressait. C'était son procédé habituel, mais elle ne s'en irrita pas, parce qu'elle venait de s'aviser qu'en effet, elle ne l'aurait pas cru capable de la quitter.

Il ne restait rien dans les verres.

— Tu veux autre chose ? demanda-t-il.

Le Martini agissait sur lui, apaisait momentanément sa fatigue.

— La même chose, dit-il au garçon surpris.

L'orchestre venait de s'interrompre.

— Nous allons maintenant avoir le plaisir de présenter à notre aimable public un jeune espoir de la chanson. La sacrerez-vous vedette ? Son sort est entre vos mains ! Voici Annette Vidal !

— Je les connais, dit Stéphane, ces espoirs de la chanson ou de la danse ! On les paie trois fois rien et on les ramasse à la sortie d'un atelier. Elles sont trop contentes, tu penses ! Débuter sur les planches ! Puis après, plus personne n'en veut, et elles retournent faire le modèle. C'est ça qu'on appelle des attractions, ici !

Louise se mit à rire. Elle avait toujours préféré Stéphane plaisantant à Stéphane grave.

— Ce qu'elle est moche ! Elle ressemble à Martine, tiens.

Et tout à coup, frappée d'une idée :

— Tu ne vas pas l'épouser, Martine ?

« Tu ne vas pas ! » Toujours ce présent ? Elle avait été bien vite convaincue, elle n'avait pas dû refuser bien fermement les propositions de cet homme.

— Comment pourrais-je l'épouser, même si je le désirais ? Tu ne sais que trop que mes ressources sont insuffisantes pour soutenir un ménage. (Tout de même, il le reconnaissait.)

— Et même ces ressources ne dureront plus, ma santé s'affaiblit de jour en jour. D'ailleurs, Martine n'a jamais été pour moi, tu le sais, qu'une amie...

— Alors, tu vas vraiment aller à l'hôpital ? dit-elle dans un dernier effort d'incrédulité.

Elle avait l'air de l'en croire incapable ! Il eut un mouvement de vanité qui le perdit.

— Mais certainement ! fit-il. Je te l'ai dit, sans vouloir te blesser, ma dignité ne me permet pas de supporter plus longtemps un partage dont j'ai l'air de profiter.

Elle se tut un moment, but son Martini, lentement, reposa le verre sur la table.

— Je regrette... dit-elle presque à voix basse. Je regrette.

Il eut l'impression qu'elle allait finir sa phrase, restée

en suspens et que bizarrement cela arrangerait tout.

Mais elle se taisait, les doigts tourmentant son sac, par contenance...

— ... Je regrette aussi, dit-il. Je...

S'ils avaient pu formuler seulement ce qui était là, entre eux, ce qui les séparait aujourd'hui comme toujours, quelque chose dont ils avaient envie, pour la première fois, de se dire qu'ils n'étaient pas responsables... Cela paraissait si absurde, d'être là à se faire des adieux, alors qu'il n'y avait aucune raison précise de se séparer. Elle avait eu des torts, évidemment, pensait Stéphane. Mais après tant d'années de mariage... Et puis quel rapport ces torts avaient-ils avec la peur, la rancune, avec les visages de cauchemar qui l'avaient entouré la veille ? Quel rapport avec l'œil unique, avec ses parents, avec la musique qui ne lui avait pas donné de joie, avec... Et pourtant ce rapport lui avait paru évident, hier encore. S'était-il trompé depuis toujours ? Il lui lança un regard de détresse.

Pauvre Stéphane ! Il allait être si malheureux ! Pourquoi, pourquoi faisait-il des choses qu'il n'avait pas envie de faire ? C'était le vieux reproche qu'elle lui avait toujours fait : pourquoi essayer de prétendre qu'on aime des tableaux si on ne les aime pas, qu'on souffre si on ne souffre pas, qu'on est fidèle si on n'en a pas envie ? Et elle était sûre qu'il avait été tenté plus d'une fois : il ne manquait pas de séduction, et les femmes le poursuivaient encore maintenant. (Elle en avait eu le soupçon des années après, mais cela n'avait pas peu contribué à aigrir leurs rapports.) Même son mariage, croyait-elle, avait été une de ces choses qu'il « croyait devoir faire » sans en avoir envie. Pourquoi ? Elle se le demandait encore, mais la rancune avait disparu. Parce que réellement il était de bonne foi. Elle ne l'avait jamais pleinement cru. Elle supposait qu'il achetait à bon compte une agréable supériorité. Mais cela, non. S'il la quittait, il payait le prix. Elle ne sentait pas de pitié, mais une sorte d'estime étonnée. S'était-elle trompée depuis toujours ?

— Tu me donneras ton adresse ? dit-elle à mi-voix.

— A quoi bon ? Tu seras tellement prise dans cette nouvelle vie, réceptions, cocktails...

Elle faillit rire de cette idée conventionnelle qu'il se faisait d'une vie de « riches », si étrangères à tout ce qu'était véritablement Henry. Mais à quoi bon rectifier ?

— Je voudrais...

— Louise...

Ils hésitèrent encore un moment, pris de vertige devant l'explication qui s'ouvrait devant eux, profonde comme un abîme. Renoncèrent. Elle se leva.

— Je viendrai prendre mes affaires demain après-midi, dit-elle très vite. Pendant que tu travailleras. Bien entendu, garde l'appartement jusqu'à ce que... tu aies trouvé quelque chose. Mme Prêtre me préviendra. Pour le divorce... Je suppose que les avocats s'arrangeront...

— Oui.

C'était donc si simple ? Ils restaient l'un en face de l'autre, embarrassés extrêmement...

— Au revoir.

— Au revoir.

Comme ils se le disaient chaque midi, chaque soir. Au revoir. Elle était partie, laissant sur la table un peu de monnaie, que le garçon vint enlever. Stéphane restait immobile. Dehors, elle se dirigeait à pas pressés vers le métro. « C'est idiot, je ne l'aimais même pas d'amitié... » Ses yeux étaient humides. Elle changea brusquement d'avis, se dirigea vers la station de taxis. « Ce n'est plus la peine de faire des économies... » La voiture l'emporta — une femme en bleu doux, encore belle et au regard perplexe.

Elle était vraiment partie. Il avait attendu un moment, follement, qu'elle revînt. Mais ces choses n'arrivent pas après tant d'années de silence. Un grand froid s'était emparé de lui.

Bruno était venu s'asseoir à sa table.

— Alors ? Vous le lui avez dit ?

Il avait répondu machinalement, comme du fond d'un rêve.

— Oui.

— Bon. Bon... C'est votre droit, hein ? N'en parlons plus. Vous retournez chez vous ? Moi, je prends un sandwich ici, voilà tout. J'en commande un pour vous ?

— Si tu veux...

— Et une bière ?

— Si tu veux...

Il était brisé, et la chaleur des Martini l'avait quitté. Il fallait chasser ce sentiment d'absurdité qui l'avait envahi. Si ceci était absurde, sa vie entière... Mais n'en avait-il pas toujours, secrètement, été convaincu ? Il but le verre de bière avec avidité.

— Dieu sait, soupira Bruno, si seulement ils nous donneront à boire, là-bas. La dernière fois...

La dernière fois, quand ils avaient remplacé un orchestre plus élégant qui s'était décommandé au dernier moment, c'était pour les dix-huit ans d'une jeune fille, dans une maison datant du XVIIIe siècle, avec des tapisseries partout. Mais on s'était indigné de ce que, vers minuit, les musiciens demandassent à boire quelque chose pendant la pause.

— Naturellement, Marcel est de nouveau collé avec cette petite blonde. Pourvu qu'il ne se saoule pas et ne nous fasse pas un scandale... En somme, ça s'est bien terminé, avec votre femme ?

Il ne demandait qu'à le croire, qu'à passer l'éponge sur l'inexplicable conduite de Stéphane, qu'à la considérer comme une excentricité de plus.

— En somme, comme tu dis.

Il essayait de retrouver son sourire sarcastique. Mais ses lèvres tremblantes lui nuisaient : il le rata lamentablement.

— C'est ce qu'il y avait de mieux à faire, dit Bruno hâtivement. Quand on ne s'aime plus, se quitter bons amis... moi, c'est ce que j'ai toujours fait.

— Mais ce n'est pas... commença Stéphane faiblement.

Il aurait voulu dire : ce n'est pas la même chose. Mais il n'en eut pas la force. Il avait été battu hier, en essayant de se défendre. Il ne se défendrait plus. Bruno voulait que ce fût la même chose. Il s'entêta.

— Enfin, il y avait longtemps que vous n'étiez plus ensemble, n'est-ce pas ? Evidemment, on se lasse...

— Il ne s'agit pas de cela, voyons. Il s'agit d'une question de dignité, de... Elle-même, je crois, a senti un moment ce que, depuis tant d'années, j'avais en vain essayé de réveiller en elle.

Du fond de sa lassitude, il se raccrocha à cette surprise réelle qu'il avait lue sur le visage de Louise. Cela existait bel et bien. Cela du moins existait. Mais ses paroles rencontraient le vide. Il chercha en vain sur le visage du petit musicien l'affection compatissante, la chaude sympathie qui tant de fois l'avaient réconforté. Il ne trouva que cette volonté butée d'écarter à tout prix toute tristesse, toute réflexion, cette volonté de l'écarter lui-même. Bruno aussi la repoussait. La pitié, la sympathie de Bruno allait au pianiste qui se consolait avec une fille des infidélités de sa femme ; à l'ancien beau garçon hâbleur, dont on pouvait n'écouter qu'à moitié les tirades ; à l'excentrique sympathique et un peu fou ; elles n'allaient pas à cet être inquiétant qui quittait un métier confortable, un appartement douillet et une femme qui avait de l'argent, pourquoi ?

Ils se turent. L'espoir de la chanson roucoulait toujours. Elle allait s'en donner, là, pour cinq cents francs pendant huit jours. Elle croirait que c'était arrivé. Puis ce serait une autre, étudiante sans le sou, ou même jeune fille de bonne famille (c'était arrivé deux fois), fredonnant d'une voix niaise des gauloiseries appliquées...

Seul, seul... S'il avait pu refuser le cachet de ce soir, dormir... Son dos le faisait souffrir, ses jambes étaient de plomb, il respirait avec peine. Mais que dirait Bruno s'il refusait cette soirée ? Aussi absurde que cela parût, ce soir, il avait peur même de Bruno, du bon Bruno avec sa ridicule petite moustache, ses gros yeux langoureux, ses cheveux plaqués à la gomina... Pourquoi ? Le bon Bruno... Mais, la veille, n'avait-il pas eu aussi une confiance naïve en ses amis de *l'Empire Céleste ?*

Il s'efforça de respirer régulièrement, pour dégager sa poitrine oppressée, mais l'air enfumé ne s'y prêtait guère. Il essaya de ne penser à rien, fixa la chanteuse trop forte, quoique très jeune, engoncée dans une robe empruntée, le front couvert de sueur (l'effort de tenir la note) et il eut pitié d'elle, parce qu'il avait pitié de lui-même. Dormir ! Comme il aurait voulu dormir, oublier l'hostilité qui l'entourait, les décisions à prendre... Dormir ! Mais il fallait aller. Surgi comme par miracle des brumes de la salle, le chauffeur les toisait, d'un air supérieur.

— Nous venons, nous venons, dit Bruno empressé.

Ils eurent une certaine peine à dénicher Marcel, attablé dans un coin avec sa blonde.

— Ah ! c'est l'heure d'aller faire danser les matelots ! dit Marcel en rigolant.

Cela le faisait rire, l'idée de ces gens qui s'en allaient habiter une péniche, alors qu'ils avaient de quoi habiter l'hôtel. Peut-être couchaient-ils aussi sur la péniche ? Il y avait déjà quelqu'un dans la voiture, un type avec un accordéon, l'air saoul.

— Il m'a ramassé dans la rue, dit-il en montrant le dos du chauffeur.

— Alors, on se relayera, dit Bruno, tout de suite à l'aise, et il se mit à sympathiser avec l'accordéoniste.

Marcel grattait distraitement sa guitare.

La voiture tourna autour de l'Etoile et enfila l'avenue de la Grande-Armée. Les lampadaires tristes éclairaient le boulevard presque vide. On avait l'impression de s'enfoncer dans la campagne.

— J'espère qu'ils nous feront reconduire, dit Stéphane tristement.

Cela paraissait très loin... Il avait l'impression qu'on

l'enlevait, que cette randonnée hors de la ville préfigurait en quelque sorte son départ.

Marcel éclata de rire, sans raison.

— Vous avez de la veine, dit-il, c'est sûrement la seule péniche de Paris où il y a un piano !

Dans la nuit noire, la péniche illuminée paraissait bizarrement irréelle. Une dame, qui tenait à la main quelque chose de rond et de coloré (un lampion), s'avança vers eux.

— Enfin ! J'avais peur que vous ne soyez accidentés ! dit-elle, avec un accent très prononcé. Vite, vite, musique. Non, attendez ! Voici les enveloppes, le cachet convenu ; à la fin de la soirée, j'espère que personne ne sera en état d'y penser! Vite, prenez un whisky! Vous serez mieux dans l'atmosphère ! Oui, buvez... Je voulais un bon orchestre, un orchestre jazz, mais mon mari a dit : ce sera mieux ce drôle de petit orchestre français, pour l'accordéon on pourra prendre quelqu'un dans la rue. Mais vous avec la guitare ! et les... je ne sais pas comment on dit, pour le cha-cha-cha... Je voulais le violon, le violoncelle, c'était plus drôle ! Ça ne fait rien, venez... On va vous donner à boire. Jean, vous... Vous avez trouvé, dans la rue ?

Le chauffeur désigna, non sans une nuance de désapprobation, l'homme à l'accordéon.

— Un whisky aussi, pour l'accordéon !

— Merci, madame, j'ai la mienne, répondit fort courtoisement l'homme de la rue, en extrayant une bouteille de sa poche.

La dame au visage chevalin éclata de rire.

— La vôtre ! C'est merveilleux ! Voulez-vous m'y laisser goûter ?

L'homme tendit sa bouteille, non sans appréhension. La dame y but sans la moindre hésitation une longue goulée. Elle était vêtue d'une robe verte luisante, et elle était fort maigre. Un monsieur barbu, en tricot rayé de matelot, s'approchait.

— Harold chéri, voici votre petit orchestre ; mais ils ont apporté la guitare, ce n'est pas du tout comique !

— J'ai demandé cet orchestre-là, moi ? dit le monsieur d'un air vague, mais bienveillant.

— Mais voyons, Harold, rappelez-vous...

Stéphane mourait d'envie de s'asseoir, fût-ce devant un piano. Il lui semblait entendre des cloches au fond de sa tête. Peut-être cela passerait-il en jouant ? Machinalement, il vida le verre de whisky qu'il tenait encore à la main. Le monsieur et la dame ne parvenaient pas à déterminer lequel des deux avait eu l'idée de faire venir le trio Morani, mais ils s'accordaient à la trouver absurde. Enfin ils les laissèrent descendre.

La pièce dans laquelle se trouvaient le piano et le bar n'était pas énorme, mais enfin elle n'était pas aussi petite que Stéphane l'avait craint. La péniche devait être arrangée spécialement pour ce genre de fêtes. Mais pourquoi ne pas danser sur le pont ? Evidemment, la saison... Ils s'installèrent. Les hôtes étaient restés sur le pont où ils accueillaient les premiers invités.

— Ils seraient si bien dans un bel appartement, dit Marcel avec dégoût, et ils se fourrent dans cette vieille baraque moisie. Ce n'est pas croyable !

— C'est fait pour ça, les Américains en France, dit Bruno en riant. Pour acheter les vieilles baraques au prix des beaux appartements agréables.

— Et louer les petits orchestres miteux au prix des bons orchestres de jazz... dit Stéphane avec effort. Il voulait tellement que tout fût, ce soir du moins, encore une fois, une seule fois, comme d'habitude ! Leurs plaisanteries, leurs farces stupides... Demain, quand il aurait dormi, il aurait la force de réagir, de se reprendre en main... Demain, il leur annoncerait qu'il avait parlé à Louise. Il retrouverait, à quel prix ! leur admiration. Demain, il faudrait partir aussi... Mais ce soir il n'a pas la force d'y penser seulement. Bruno n'a pas ri de sa plaisanterie. Bruno n'évite-t-il pas son regard ?

Des invités pénètrent dans la petite pièce, bruyamment.

— Jouez, jouez donc ! crie l'hôtesse.

Il va jouer, sans même regarder ceux qui s'agitent derrière lui.

— Faisons le plus de bruit possible, suggère Marcel que la comparaison avec un orchestre de jazz a piqué au vif.

Il invoque les mânes de Django Reinhardt et s'applique. Ils font « le plus de bruit possible » ; Stéphane tape sur le piano, dont une note est cassée. Ce doit être un piano loué. Il tape, Marcel pince sa guitare et Bruno secoue frénétiquement ses calebasses. Combien de temps ? Stéphane serait bien en peine de le dire. La boisson à laquelle il n'est pas habitué l'entoure d'une brume dans laquelle d'abord il s'abrite, mais qui bientôt le gêne, devient douloureuse. La fatigue pèse dans sa tête un poids de plomb, cercle ses yeux, enfonce un doigt mauvais entre ses côtes. La fatigue est là, à côté de lui, essayant de brouiller les notes, de mélanger les partitions, et il lui faut faire un effort énorme pour frapper, bien régulièrement, les accords justes. Ce travail qu'il accomplit depuis des années, sans même y penser, ces airs ressassés cent fois, il faut qu'aujourd'hui justement ils lui paraissent étrangers, d'une difficulté extrême. L'angoisse le prend de se tromper trop souvent, qu'on ne vienne lui dire : « Mais c'est inadmissible ! » et qu'on ne le chasse d'ici comme on l'a chassé de partout.

De partout. Il est seul, dépouillé — et il cherche en vain les mots qui l'ont toujours réconforté : les mots qui le fuient, comme fuient les notes sous ses doigts. Sa tête est vide. Il ne sent plus que la fatigue qui l'oppresse, l'étouffe, défait ses membres pesants, fait battre d'angoisse son cœur fatigué, fait monter le sang à sa tête douloureuse. Le bruit qu'il fait lui est insupportable, et le bruit derrière lui, insultant Qu'ont-ils donc tous à s'agiter ainsi ? Pendant qu'ils jouaient, la petite pièce s'est remplie et l'air est déjà fade et chaud. Stéphane se retourne avec déplaisir pour regarder ces bruyants convives. Et il sursaute. Est-ce un cauchemar ? Un mirage, dû à son rêve de la nuit, où il a revu ces visages transformés penchés sur lui ? Ces têtes énormes, aux couleurs criardes, ces têtes d'animaux, qui le menacent...

— C'est marrant, dit Marcel. Le carnaval en octobre, maintenant. Ces Ricains, ils ne font rien comme tout le monde !

Mais Stéphane n'a pas la force de rire. Une sueur monte à son front. Il a beau se répéter que ce sont des masques, une fête grotesque où personne ne le connaît, ne lui veut du mal, il est contraint de détourner la tête, et quand s'avance vers lui une énorme tête de bœuf, avec sa langue rouge écarlate, il a un véritable frisson de répulsion.

Mais les cheveux frisés, les grandes dents, le visage hilare de l'hôtesse se démasquent.

— Très bien ! Quel nerf ! Voilà du champagne ! dit-elle en leur tendant une bouteille.

— Est-ce que je puis chanter ? demande Bruno à qui la modestie de son rôle déplaît.

— Mais oui ! ce sera drôle ! Mais d'abord, l'accordéon, s'il vous plaît !

Elle remet son masque écarlate. L'accordéon se déchaîne. Les couples s'enlacent en riant. Certains miment une danse apache, se dandidant, les mains aux hanches. D'autres, le masque au sommet de la tête, boivent énormément. La nuit est douce. Enfin un peu de repos. Stéphane s'adosse au piano, respire profondément, accepte un peu de champagne. Il lui semble que ses côtes sont en feu.

— Ils sont chics, ici, dit Bruno. Du champagne et du bon ! On voit bien que ce sont des étrangers !

— Oh ! j'ai joué chez un avocat qui fêtait ses trente ans de barreau, et il y avait du whisky et de la vodka tant qu'on en voulait, dit Marcel.

Ils ne lui demandent pas comment il se sent. Bruno ne lui tend pas, comme d'habitude, son vaste mouchoir de soie. Ils ne s'occupent pas de lui. On croirait que le piano a joué tout seul.

— Regarde celui-là, s'il est rond ! Et il n'est pas minuit !

— On n'est pas près d'avoir fini ! C'est un coup de 5 heures du matin...

— Vous croyez qu'ils nous reconduiront ? demande Stéphane.

Sa propre voix lui paraît étrange, et elle doit paraître étrange aux autres, car ils se retournent d'un air gêné...

— Oh ! avec ce cachet, vous pouvez vous offrir un taxi, murmure Bruno.

Le tumulte augmente dans la pièce. Bruno l'a toujours vouvoyé, pourtant Stéphane a l'impression aujourd'hui que ce vouvoiement est si étrange, si distant... N'être qu'un musicien comme les autres, médiocre et content... Etre un de ces invités déjà à demi ivres et protégés par un masque hideux... Se fondre dans la foule, s'y dissoudre... Pas encore minuit ! Et chaque minute qui passe augmente son angoisse. Hier, après la terrible scène, la pensée de son entrevue avec Louise l'avait soutenu. Il lui dirait... Elle lui répondrait... Il y avait si longtemps qu'il imaginait cette entrevue sans y croire, qu'elle était sur son chemin comme un monolithe, lui cachant l'horizon. Et maintenant, la pierre écartée, où menait ce chemin déserté, solitaire ?

« Je viendrai prendre mes affaires demain après-midi », avait-elle dit. Ce soir, l'appartement serait vide. Il ne se réveillerait pas en entendant Louise claquer la porte, toujours trop fort. Il est vrai qu'il était si tard... Il n'aurait pas à lui remettre son cachet, préalablement amputé d'une petite somme. D'ailleurs, il en aurait besoin, pour prendre ses repas au restaurant, jusqu'à... « Si vous le vouliez, je pourrais vous faire prendre en charge par la Ligue des Réfugiés politiques, avait dit un jour le Dr Fisher, j'y ai beaucoup d'influence, mon cousin... »

Quelle étrange impression « prendre en charge ». La Ligue des Réfugiés politiques avait un sanatorium. La Ligue pourrait... Le médecin de la Ligue... C'était donc cela, derrière la pierre ? Cela, l'avenir ?

— En avant, dit Bruno, revigoré par le champagne. En avant. C'est à nous. *Le Facteur de Panama,* monsieur Stéphane.

Et il lança éperdument, avant même que Stéphane eût achevé le prélude : *Le Facteur... de Panama... savait danser, savait danser le cha-cha-cha...* Des rires, des rires à crever le plafond. Cela faisait mal, cet immense beuglement. Y a-t-il des échos au bord de la Seine ? Stéphane entendait plusieurs échos, pourtant. On avait eu beau mettre en marche un ventilateur, il ne brassait qu'un air fade, tiède, suffocant. Les invités buvaient de plus en plus, mais aucun ne faisait mine de partir. Ils étaient si bruyants qu'on pouvait se demander si vraiment un orchestre leur était utile. Il y avait des cris de femmes, de nouveaux arrivants encore dans la pièce pourtant bondée.

— De l'air, de l'air ! cria quelqu'un.

On ouvrit le hublot, mais sans grand changement.

Les doigts appliqués sur les touches. La fatigue... Derrière la pierre... Le cauchemar d'un enfant, où il y avait des masques...

Bruno poussa Marcel du coude.

— Tiens, regarde un peu !

Une femme qui dansait seule et portait une tête de canard, venait d'ôter son corsage et le jetait en l'air avec un rire strident. Sous le masque grotesque, ses seins nus apparurent, opulents. Marcel s'était arrêté de jouer, et Stéphane se retournait, plaquant un accord magistralement faux, mais l'hôtesse accourût, le masque rejeté en arrière, le visage étincelant de fureur.

— Mais jouez ! Jouez donc ! Vous êtes payés pour cela, pas pour regarder, non ?

Ils repartirent à faux. La femme tournait toujours sur place, les seins ballottants, à la fois irréels et absurdement présents sous cette tête verte, énorme, presque effrayante. Après le premier moment d'étonnement, un cercle s'était formé autour d'elle, et applaudissait en mesure.

— Une autre ! cria quelqu'un, une autre !

Des femmes poussaient de petits cris, refusaient l'aide complaisante des messieurs, qui tentaient de les dégrafer, s'effondraient en rires hystériques. Des hommes erraient, cherchant une victime complaisante, dansant sur place. Le morceau était fini, mais l'hôtesse, après avoir vainement essayé de ranimer l'homme de la rue qui dormait dans son accordéon, les houspillait d'une voix dure.

— N'arrêtez pas ! N'importe quoi ! Jouez, allez, jouez !

Les bras, les mains même de Stéphane étaient gagnées, maintenant, par le feu. Il avait retiré sa veste, puis son gilet ; s'appliquer, s'appliquer. Les touches fuyaient devant lui et il s'efforçait de les rejoindre, les pensées fuyaient devant lui et il tâchait de les rassembler, il avait la sensation qu'il lui fallait courir sans cesse de gauche à droite pour les réconcilier. Soudain surgissaient un souvenir par-ci, un visage par-là, et c'étaient toujours des souvenirs pénibles, des visages ennemis : « Tu n'es pas un aigle », et l'œil unique, « Ce n'est pas notre milieu », et ses parents désolés, « Tu m'agaces, tu m'agaces », et le beau visage de Lou à trente ans, « Ah ! je savais bien ! », et la face pâle, à la fois triomphante et désespérée, de Martine... Et eux, hier, eux tous, le monde entier contre lui, tous ces masques...

Il frappait les touches à s'en faire mal aux doigts, et avait le sentiment de ne produire aucun son. Cauchemar qui se rapprochait de celui de la veille, où les paroles n'atteignaient que des visages fermés, sans pitié, décidés d'avance à la condamnation. L'hôtesse avait remis son masque, mais restait près d'eux, à les stimuler.

— Allons, plus fort ! J'ajouterai au cachet, plus...

Deux hommes, l'un au masque grotesque d'ivrogne, sous lequel son visage ne doit pas être bien différent, l'autre en lion bonasse, l'interrompent pour l'attirer dans le cercle des applaudissements. Le lion lui prend une main, l'ivrogne l'autre, et ils esquissent une danse pataude, écrasant entre eux la pauvre femme bientôt essoufflée. Le lion la tire, l'ivrogne la pousse. Bruno hurle dans son micro, sur un rythme malignement accéléré par Marcel et que Stéphane suit comme en un rêve.

Reviens, reviens, reviens-moi, chérie,
C'est l'instant, chérie, c'est le moment...

L'ivrogne saisit la maigre hôtesse par les hanches, et sous les hourras, la jette en l'air où elle se heurte fort rudement la tête contre le plafond. Et c'est le lion qui fort maladroitement la rattrape, veut l'étreindre pour continuer la danse : elle se débat furieusement tout en riant. On encourage le lion à grands cris. Un monsieur en caleçon, au masque de viveur à moustaches, coiffé d'un haut de forme, surgit d'on ne sait où.

— Vous n'êtes pas invité ! crie l'hôtesse.

Il y a dans cette voix perçante une sorte de détresse, et Stéphane malgré lui se retourne. Le viveur, indigné, l'a saisie (elle est grotesque sous son masque bovin) à bras-le-corps, le lion la retient, l'ivrogne tire sur la fermeture à glissière de la robe en dentelles vertes qui vient de chez Sachs à New York. La robe s'ouvre jusqu'aux reins, un hurlement :

— Non !

Un corps décharné, aux trois quarts nu, dont on a pu entrevoir la maigreur flasque et brune, fuit entre les danseurs, disparaît, toujours surmonté de la tête rouge... C'est alors un rire immense, un délire, et d'autres corps apparaissent, les uns sans corsages, d'autres abandonnant les jupes longues, des seins écrasés, marqués de rouge par les baleines de la robe, des cuisses épaisses, s'agitant au-dessus des talons hauts, et ces têtes, toutes ces têtes démesurées qu'on garde, malgré la chaleur, dissimulant on ne sait quoi derrière leur sinistre, leur immuable hilarité... Ils se grisent, s'affolent de bruit. Tout ce qui a conservé dans cette assemblée un semblant d'équilibre vient tendre des verres aux musiciens en implorant plus de bruit, encore plus de bruit. L'odeur de chair en sueur s'épaissit. L'air se raréfie encore. Stéphane suffoque, sa tête tourne ; cette femme qu'on déshabille et qui hurle, ces masques impassibles qui le poursuivent, ce sont eux, eux qui le chassent sans cesse de partout, ses ennemis, ce sont eux qui rient, eux qui dévoilent cruellement la maigre nudité qui fuit sous les huées. Pourquoi est-il là, aux prises avec ses ennemis ? Le bruit l'étouffe, l'air lui manque, il s'épuise à surveiller ses mains et à tourner la tête, à espérer follement que soudain tout va se taire, tout va changer, les corps obscènes se vêtir, les têtes redevenir humaines... Il lui semble qu'elles grossissent encore, ces têtes, qu'elles rient de plus en plus, le narguent, l'attirent. Il tente de crier, d'appeler Bruno, Marcel, pour qu'ils se retournent, mais son souffle est trop court, ses lèvres remuent en vain. Et voilà qu'un être à tête de chien, vêtu seulement d'une veste en satin rose et de souliers noirs, monte sur l'estrade, s'approche de lui... Il faut fuir, fuir... En vain, il cherche en lui-même de quoi se protéger, se défendre. Il n'a plus de mots, plus de phrases, puisque hier, ce sont les mots et les phrases qui ont excité les démons. Rien ne le protège plus, si les masques le veulent, lui aussi sera nu, sous les huées. La peur grandit dans sa poitrine comme un oiseau qui bat des ailes. Et l'être immonde est là, tout près, et Marcel et Bruno ne le défendent pas, restent le dos tourné, loin, loin de lui, et l'être va mettre sur l'épaule de Stéphane sa main où luit une pierre sans couleur. Non ! Dans un dernier effort qui déchire sa poitrine, il se dresse, le tabouret se renverse, une bouteille se brise, des corps le pressent qu'il bouscule, il trébuche, il va tomber, non, encore un effort pour grimper les marches hautes, pour atteindre la passerelle. Jamais il ne saura de quel sexe était l'être ignoble dont il n'a vu que le dos gras.

Dehors ! Appuyé contre un arbre, il aspire l'air goulûment. Il faut rentrer, retrouver la maison, le refuge : c'est sa seule pensée. Rentrer. Là-bas, tout au bout du quai, une lumière. Combien d'arbres jusque-là ? Peut-être dix, peut-être trente. Mais on peut le chercher, venir le prendre. Il se met en marche : un arbre, deux. Il halète, son cœur bat, mais la peur le pousse. La maison, le refuge. S'enfermer dans une chambre close où nul ne pourra l'atteindre. Où il ne sera pas guetté, épié. Oh ! le silence, l'obscurité protectrice ! Il marche, il court presque. L'air lui semble plus frais. Il a laissé là-bas sa veste, son gilet. Peu importe. Il voudrait avoir laissé là-bas jusqu'à sa peau, pour être plus encore libéré de cet air poisseux et fade, à odeur de sang. Oui, c'est cela qui l'a fait fuir. Aujourd'hui comme hier, sur la péniche comme à *l'Empire Céleste,* il a senti une odeur de sang De toute sa peur, il a senti le délire des hommes rassemblés, et il a eu peur d'en être la victime. Il court presque. Un arbre, un arbre encore. Il fait noir et silencieux maintenant. Il y a une éternité qu'il court le long de ce quai. Mais dût-il courir toujours, il continuerait jusqu'à tomber. Le refuge, la maison. La chambre, la lumière. Le quai n'a pas de fin, et ses jambes sont lourdes comme le plomb. Il lui semble être dans ces rêves où l'on a beau courir, l'air résiste et le paysage reste le même. Jamais il n'a fourni un pareil effort. Et enfin, au bout, une lumière dont il réussit à se rapprocher. Une place, une lanterne, une station de métro... Au moment où il met sa paume brûlante sur la rampe fraîche, à ce moment précis, la pensée lui revient : la maison vers où il court n'est plus la sienne. Demain, dans huit jours, il faudra la quitter. Il n'a plus de refuge.

Lentement, il descend l'escalier. Il s'enfonce dans les entrailles du métro. Il tend un ticket, surgi miraculeusement de sa poche, entend le cliquetis sec du poinçon.

— Le premier vient de passer, lui dit l'homme assis dans l'ombre.

C'est donc le matin. Il passe sur le quai, laisse tomber sur un banc son corps brisé. Loin devant lui, ses pensées se déroulent comme une tapisserie dont il n'est pas responsable. Sa tête s'appuie à une balance automatique. Ses yeux déchiffrent une affiche lettre par lettre : « l-a-m-o-u-t-a-r-d-e-B-or-n-i-b-u-s ». L'affiche est en trois couleurs. Un banc brun-rouge, en dessous, s'allonge à l'infini. Les rails, au fond du trou d'ombre, s'allongent à l'infini et s'enfoncent dans le couloir sinueux, vaste tunnel faussement mystérieux... Peut-être est-ce l'extrême fatigue, et le but qui tout à l'heure s'est dérobé ? Stéphane laisse son corps aller à la dérive et trouve dans le désespoir total une sorte de confort. Le bruit est loin, en tout cas, les rires, les notes stridentes, et les têtes de cauchemar, et l'être ignoble et bonasse qui a senti sa peur... Ici, il n'y a que des bruits rassurants, des bruits de machine ; la sonnerie, le portillon qui se referme par magie, inutilement, car il n'y a personne. Il est seul. Un grondement doux ébranle seul les entrailles maternelles qui l'abritent. Personne ne sait où il est, personne ne peut plus le pourchasser. De temps à autre, un frisson secoue son corps sans qu'il s'en rende compte, ses yeux se ferment. Aussi inattendu que cela paraisse, il trouve un moment de paix. Il imagine les circonvolutions du labyrinthe souterrain à travers Paris, cet énorme réseau dans un coin duquel il est lové, protégé de tout, isolé de tout. Son esprit, lui semble-t-il, glisse le long des rails, circule librement, se joue des difficultés. De temps en temps, comme des obstacles fantomatiques, lui apparaissent des visages, vite effacés, mais hideux comme ceux du bal. Martine blême, le repoussant du doigt ; Ducas crispé, hargneux ; le Dr Fisher animé d'une cruelle joie et le visage comme obscurci de sang ; Mme Prêtre, flairant sa peur comme un animal dégoûté ; Sylvia, exigeant sa part d'exaltation niaise... Il les écarte, écarte l'obsédante image de l'être sans sexe, à demi nu, sous sa veste rose, et le souvenir de la petite main grasse, d'une tiédeur de nausée... Encore, encore, son esprit glisse sur les rails, s'égare aux croisements, aux bifurcations, cherche à retrouver quelque chose de ce qui fut Stéphane. Ici, là, des bribes resurgissent, un mot, une phrase, un geste... Mais à peine, à grand-peine les a-t-il associés, que reviennent les fantômes. Tel mot anime une Martine vengeresse, tel autre une Louise ancienne aux yeux étincelants, tel autre enfin, les visages terribles de la veille au milieu desquels surgit incongrûment le masque de l'être en rose. Mais comment vivra-t-il s'il ne peut plus faire usage de ces mots, de ces attitudes, qui ont dicté sa vie ? Il est là, la tête appuyée contre la balance automatique, le corps brisé, mais l'esprit luttant encore contre un anéantissement fascinant et terrible. L'esprit veut être Stéphane encore.

Etre Stéphane... Retrouver les mots, les phrases dont il s'est fait un rempart. Mais les phrases qu'il réunit avec un immense effort ressuscitent les monstres. Les miroirs qu'il dresse reflètent de hideux visages. Faut-il laisser s'effondrer le rempart, s'ouvrir les portes pour accueillir la peur ?

Appuyé à la balance automatique, son corps frissonne, et il ne le sent pas. Ses membres tremblent, et il ne les sent pas. Le métro rassurant bourdonne ; deux ou trois personnes se sont assises, plus loin, sur le banc brun. Lentement, même sa tête est gagnée par cette paralysie. L'esprit se défend toujours plus faiblement. La peur s'est incarnée dans cette petite main grasse sur son épaule, gagne du terrain. Il avance comme malgré lui dans un étroit couloir au fond duquel la dernière porte est fermée. Ce couloir est-il celui de la petite maison de Signac, celui frais et humide de l'école proche, celui du presbytère, où l'enfant avait cru trouver un refuge, celui de la grande maison sonore, aux rideaux en loques, qui conduisait au salon ? Etait-ce le couloir poussiéreux de la mairie, où personne ne les avait accompagnés, et au fond duquel s'ouvrait (si on peut appeler cela s'ouvrir, alors qu'elle ne donnait que sur un malentendu aussi concret et aussi clos qu'une chambre) cette porte de la salle des mariages.. Etait-ce les couloirs sans fin de la guerre (cette guerre pendant laquelle affamé, prisonnier, irresponsable, il ne s'était pas senti si malheureux), ou, plus proche encore, ce couloir devant la porte de Martine ? Et toutes ces portes qui ne s'étaient pas ouvertes, injustement, l'hostie (malgré la promesse de l'abbé Mourron), le mariage (malgré l'amour qu'il avait eu pour Louise), la musique (malgré le respect du monde pour « les arts »), et jusqu'à cette dernière tentative, l'amitié — toutes ces portes, tous ces refuges refermés devant lui, ces murs d'injustice, vers où le conduisent-ils maintenant qu'il n'a plus la force de se défendre ?

Il avance cependant, tandis que son corps, cet homme maigre en bras de chemise, grelotte appuyé contre une balance automatique, que les wagons grondent et passent, que des ombres s'agitent et parfois chuchotent. Il avance, traînant cette fatigue qui n'est plus dans son corps, mais dans son esprit même, lui créant une ossature, des muscles et des nerfs pour s'y faire plus pesante, plus dure à tirer. La fatigue sera-t-elle son dernier refuge ? L'arrêtera-t-elle avant la fin du couloir ? Déjà, il a dépassé la peur de ce soir, l'effroi d'hier ; déjà, il a reconnu au passage la jouissance grimaçante et béate qu'il tirait d'une Martine soumise ; déjà, il parvient à l'espoir ancien de blesser Louise, d'ouvrir, dans cette âme massive, une plaie identique à la sienne... Et la peur dernière le prend, celle de l'enfance, celle qui n'a ni nom ni visage, et qu'il lui faudra, s'il avance encore, rencontrer... Déjà, il a dépassé la musique même, qui exigeait trop pour être une amie ; plus loin, plus loin encore, il y a l'œil unique qui le jaugeait, et son humiliation ; plus loin, il y a l'humble visage de son père, et la révolte d'un enfant devant la peur de celui qui ne lui a rien légué d'autre. Et plus loin, plus loin encore, plus douloureusement enraciné dans le cerveau et dans la chair (si bien qu'au moment où la pensée l'effleure, le corps tout entier a un sursaut), il y a l'angoisse d'être jugé, la conscience d'une faiblesse sans nom, la honte de souscrire au jugement qui le condamne, et ce nœud qui retient l'âme au corps, ce point si ténu qu'il faudrait une aiguille infiniment acérée pour y toucher, la rancune contre Celui qui sait.

La porte enfin s'est ouverte. L'aiguille enfin pénètre ce nœud. L'homme reste immobile, suspendu, le souffle arrêté, l'esprit immobile comme un poids d'or au bout d'un fil, que le moindre souffle déplacerait, mais qui ne bouge pas, par quel miracle fixé là, brillant doucement dans les ténèbres. L'homme est nu, impuissant ; le temps de prendre haleine, il sait enfin ce qu'il a toujours su. Il se voit, se juge, se dissout. Le vêtement est tombé, la peau est dépouillée, un néant aigu le fait vibrer tout entier... Et l'aiguille se fond dans l'invisible plaie, la chair est saine, ce qui n'est plus n'a jamais été. Le temps remonte son cours, comme un fleuve blanc, lumineux, palpable ; les plaies ne sont plus, les monstres ne sont plus, les mots, les gestes morts se gonflent et se font vie. Le passé lui-même s'anéantit, et renaît justifié, le temps éclate. Tout soudain redevient plat, l'horizon s'étend dans tous les sens. L'avenir est là, posé, le passé est là, posé, deux objets que l'on peut nommer, sans frayeur. Il les voit, il les nomme, sans savoir s'ils sont des souvenirs ou des présages, voit les années médiocres passées à éviter son visage, voit les années médiocres qui passeront demain : les jours gris, les chambres grises, le troupeau inutile des malades, la pitié insuffisante, la bonté lasse, le mépris gentil. Une enfilade de bonnes âmes, des soins, même des joies mesquines... Il voit ces jours sans pensées, il voit même l'oubli de ce moment inoubliable, l'oubli qui est là, à deux pas. Un instant encore, il oscille dans son miraculeux équilibre — et l'outil le submerge. Il faut vertigineusement revenir en arrière, vers cet homme aux yeux clos affalé sur le banc, qui ne sait plus rien déjà que geindre doucement, et qu'une ambulance emportera bientôt vers un monde sans pensées.

***

Autour d'elle se groupaient les êtres, les objets, les maisons, les rues, la ville. Des cercles, des carrés, des droites. Des couleurs, des odeurs, des formes. Des hommes enfin ; et elle était d'accord.

— Quelle heure est-il ? cria-t-elle à Gisèle.

— 5 heures !

Encore une heure avant de sortir !

— Je voudrais un pot de fraises, mademoiselle Martine.

Elle connaissait ce visage.

— Mais tout de suite, madame Prêtre. Voici.

— Vous avez l'air de bien bonne humeur, vous !

— Pourquoi pas, madame Prêtre ?

Elle aimait les mots, les syllables, les noms, son propre nom : « Martine ».

— Vivement la sortie ! dit-elle tout haut.

— Vous êtes bien pressée, dit Gisèle en riant.

— Je croyais qu'on se disait « tu » ?

— Je ne suis pas encore habituée. On dîne ensemble ?

— Je ne peux pas.

— Ah ! Ah ! Je vois pourquoi tu demandes l'heure ! Martine éclate de rire.

— Tu es bête !

Elle promène autour d'elle ses regards émerveillés. Les nourritures s'empilent de tous côtés, et elle a faim. Le parfum bon marché que vaporise régulièrement un appareil automatique (marque « Forêt de pins »), elle l'aspire avidement. Ses yeux boivent les couleurs, les poubelles de plastique bleu, les seaux jaunes, les combinaisons de nylon mauve, les chaussettes multicolores pour enfants. Elle aime à lire les étiquettes où des prix s'étalent avec des airs d'importance. Son salaire lui permet tel vêtement, non tel autre. Son goût choisit tel aliment, non tel autre... Qu'il est bon d'être à sa place en ce monde, d'être Martine, de gagner tant d'argent, d'habiter telle rue, telle maison... Qu'elle est douce, la certitude d'être au monde sans mystère et sans secret ! Que tout est bien organisé, les saisons, les années, tout ce qui se mesure et se nomme, et où elle est désormais à sa place, elle aussi mesurée et nommée, avec le jeune homme qui l'attend dans sa chambre.

L'impossible addition s'est faite, elle en sait le total. Y a-t-il d'autres chiffres, d'autres harmonies, un équilibre dont celui-ci n'est qu'une première, une minuscule préfiguration ? Peut-être le saura-t-elle un jour. Peut-être ne le saura-t-elle jamais. Elle sort du Prisunic comme tant d'autres. Elle monte l'escalier, n'entre pas dans le bar où se réunissent des gens qui ne l'intéressent guère ; le jeune homme l'attend dans sa chambre en bâillant. Il a une petite moustache et est employé aux Postes (avec retraite).

— J'ai bien envie, dit-il en l'embrassant, d'aller manger un steak pommes-frites, et de t'emmener au *Miramar*. On donne un film anglais.

— Pourquoi pas ? Mais pas en bas. Allons dans un vrai restaurant : je t'invite.

Il consent. Il ne déteste pas qu'on l'invite. Sans avoir l'air de rien, Martine lui a révélé l'existence de son petit capital. Il l'épousera peut-être. Cela aussi et bien. Elle ne se pose pas de questions. Elle l'invitera, ira au cinéma, goûtera les mots, les gestes médiocres. Elle aimera ces mots, ces gestes, et d'être Martine, délivrée par cet homme dont elle a oublié le nom.

Les chaises s'enchevêtrent, les poissons circulent, et l'écriteau « *Cuisine Grec* » est tourné du côté « *Fermé lundi* ».

— Je trouve que nous devrions créer un club politique, dit fermement M. Levassu, le nouveau copropriétaire. Rien ne marche en France, parce que les gens ne connaissent pas leurs droits !

Mlle Lethuit approuve, rayonnante. Voilà un homme conscient de ses responsabilités. Que tout le monde fasse son devoir, et les vaches seront bien gardées. Elle l'a toujours fait, son devoir, que chacun fasse comme elle.

— Politique, vous croyez ? demande Gérard Ducas.

Il trouve que ce nouveau venu a pris bien de l'importance dans la maison. Mais après tout... il faut de ces hommes d'action pour donner du loisir aux artistes irresponsables. L'année prochaine, M. Levassu (propriétaire d'une grande maison de chaussures) sera sans doute syndic. « Laissez, laissez, mon cher, ça me connaît. » Mais il a déjà acheté deux tableaux à Paul ! Et, dit-il, il connaît du monde, des gens qui ne savent pas ce que c'est que la peinture moderne, mais ne demandent qu'à le savoir. Quelle amusante figure, ce Levassu ! Un buffet breton, massif, mais orné de hideuses colonnettes. Paul a daigné rire de la comparaison. Un jour, quand l'antiquaire aura vendu suffisamment de lampes d'opaline et de commodes d'acajou, ils se retireront à Saint-Jean-le-Vieil, parmi les roses. Cela aussi sera délicieusement pittoresque. Et Paul décorera leur maison achetée pour une bouchée de pain. Pureté de cette artistique retraite !

— Politique et... picturale, dit M. Levassu en riant. Nous ne négligerons pas l'art, croyez-le bien. On s'imagine toujours que les commerçants sont de gros Béotiens, mais...

— Moi, je suis pour la politique, intervient Mme Prêtre. Nous avons tous le droit de savoir ce qui se passe dans le pays. On pourrait... Je suis sûre qu'il y a des scandales que... Ah ! la politique, ce n'est pas grand-chose de propre !

Il lui plairait de connaître les dessous de la politique, de s'indigner encore, de rire encore... Il lui plairait d'employer à quelque chose sa finesse, sa ruse inutile qui ne serviront plus jamais à rien, puisqu'elles ne serviront pas à Sylvia.

— Ce ne doit pas être grand-chose de propre, répète-t-elle, vengeresse et convaincue.

Pourtant, elle s'en trouvait bien, autrefois, de ce monde critiquable. D'où vient aujourd'hui son malaise, cette agressivité nouvelle ? Ce n'est pas elle pourtant qui sera dupe de l'attendrissement niais d'une Sylvia au ventre gonflé, qui sera dupe de leur contentement à tous : « Notre pauvre cher Stéphane » qu'aucun d'eux n'ira voir dans ce sanatorium de Haute-Savoie dont ils n'ont même pas demandé le nom. Elle n'est pas dupe, non. Elle ne le sera jamais. Mais elle ne tire plus de son expérience et de son savoir la même joie sans mélange. Le monde, pour les Mme Prêtre, ne sera jamais « propre ». Mais qu'elles en souffrent est déjà, peut-être, une forme de rachat...

— Un verre de vin, monsieur Paul ? propose Socrate faiblement.

Il a bien mauvaise mine. « Frisant l'hystérie », songe le Dr Fisher qui est là par habitude. Il y a une nouvelle hypothèque sur *l'Empire Céleste*, que Constantin et Dimitrios mangent à petites bouchées. Un jour, il lui faudra, songe Socrate, s'en aller, comme le pauvre M. Morani, mendier dans les rues, se placer chez les autres... Chez les autres ! Ne plus soutenir à force de mensonges l'idole colossale qui l'écrase... Suprême humiliation, suprême délivrance, qui sait ? Qui sait ?

Paul boit, et salué par le « J'offre une tournée » de M. Levassu, boit encore, comme doit le faire un artiste. Brave Levassu, sans problèmes, et qui l'admire. Brave Gérard. Un artiste a besoin d'admiration. Il y a droit. Il n'a besoin de rien d'autre : des problèmes des autres, de l'affection des autres, des tentatives d'accaparement des autres. Qu'ils gardent cela pour eux. Mais si l'artiste n'est pas un artiste ? Que lui restera-t-il alors puisqu'il a tout refusé ? Dans les yeux de Paul apparaît cette expression butée et triste qui, un moment, en fait un être humain.

— C'est marrant, ce petit truc-là, dit Levassu, en amateur. Qui est-ce ? C'est chinois ? Ça devrait faire de l'or, ce petit restaurant, d'ailleurs.

Le Dr Fisher soupire en le regardant s'agiter. C'est bien le genre d'homme qui, dans huit jours, va lui mettre la main sur l'épaule avec cette condescendance qu'ils ont tous, pour lui pourtant décoré, pourtant appuyé par le ministère... Aucune importance. Aucune importance. Comme il l'a pensé, il y a déjà — combien de semaines ? — tout cela est inutile. De toute façon, on aurait dû le mettre en sana tôt ou tard. Il ne le savait pas, ou ne voulait pas le savoir, d'accord. Il a choisi librement ? D'accord. C'était inutile quand même. « Et pourtant, songe le Dr Fisher, je suis le seul, ici, à le regretter un peu... »

— Personne ne le sait, répond-il au gros Levassu. Personne.

Personne ne sait le nom du petit dieu doré.

C'est l'heure de dîner, mais Louise s'est endormie. Comme elle le fait toujours, elle protège son front de son bras replié. Ses cheveux d'un noir bleu cachent presque l'épaule nue. Henry ne bouge pas.

Aura-t-elle, ce soir encore, dans les yeux ce vague et doux étonnement qu'il n'aime pas ? Froncera-t-elle, ce soir encore ses sourcils noirs, comme un enfant qui sans plaisir s'applique à un problème difficile ? Ou réussira-t-il, pour un soir, pour huit jours, ou même pour quelques semaines, à la défendre, à la sauver ? Il attend. Il attendra souvent encore. Quelquefois, il avait craint la vieillesse, le vide des jours où l'œuvre est accomplie, où il ne reste qu'à attendre on ne sait quoi. La voix de Mozart se fût levée à nouveau dans ce vide-là, et eût peut-être signifié quelque chose. Il n'y aurait pas de vide. Il avait une œuvre à faire, une fonction à remplir. Il la sauverait. Il resterait près d'elle, comme une sentinelle, pour toujours. Elle n'entendrait pas la voix de Mozart.

La nuit tombait dans l'atelier. Il n'alluma pas la lampe. Elle dormait toujours, elle dormirait peut-être jusqu'au lendemain matin. Peu importait. Il veillait. Un moment, elle se retourna, découvrit son visage. Il s'attendit au pire, à ce qu'elle murmurât : « Stéphane... » Mais elle soupira seulement, d'une voix d'enfant : « ... Si fatiguée... » et se rendormit dans ses bras.

Presses Pocket
8 rue Garancière
75006 Paris
tél. 329 12 80

IMPRIMÉ EN FRANCE PAR BRODARD ET TAUPIN
7, bd Romain-Rolland - Montrouge.
Usine de La Flèche, le 20-10-1981.
1944-5 - N° d'Editeur 1772, 4e trimestre 1981.

MARIE CARDINAL

ÉCOUTEZ LA MER

Les gens heureux ont une histoire, ils ont même une belle histoire.
Maria est née en Algérie. Karl est allemand. Il rencontre Maria, il s'attache à elle, il l'aide. Et plus elle est heureuse, plus son enfance algérienne revit en elle. Mais Karl retourne en Allemagne, il retrouve sa vie, ses habitudes et, peu à peu, il oublie Maria.
Quand elle comprend que tout est fini entre eux, Maria croit être privée d'âme. Elle n'a plus envie de vivre.
C'est le pays de son enfance qui la sauvera de la mort, cette Algérie que l'amour de Karl lui a rendue et qui vit en elle désormais avec une sorte de violence indestructible, plus forte que le désespoir.

MARIE CARDINAL

LA SOURICIÈRE

François et Camille, jeune couple comblé, semblent destinés à de longues années de bonheur. Très vite, pour Camille, le rêve doré se mue en cauchemar. Sournoisement s'est installée en elle, à la naissance de son premier enfant, une angoisse si forte de la mort que sa vie entière se met à sonner faux : solitude, peur, haine de soi et des autres deviennent ses compagnes familières. Prise au piège, Camille tentera désespérément de redonner un sens au mot Amour, de retrouver François – un François qui vit, léger, à la surface des choses – par-delà ce monde obscur et violent où elle se débat.
L'art de Marie Cardinal, son sens aigu des réalités immédiates, sa poésie abrupte et chaleureuse à la fois, donnent à ce roman des profondeurs un accent inoubliable.

FRANÇOISE MALLET-JORIS

Presses Pocket

LES MENSONGES

Un grand port de la mer du Nord. Ce pourrait être Anvers. Un puissant industriel tyrannique, le vieux Klaes, et Alberte, sa fille naturelle, dont il veut faire son héritière. Deux personnages hors du commun, qui vont s'affronter, se déchirer et se perdre tout au long de ce livre envoûtant.
A côté d'eux, Elsa Damiaen, la mère d'Alberte, qui vit dans le Triangle, le quartier réservé, grouillant de matelots, de dockers et de prostituées. Elle vit dans un monde imaginaire, sa raison vacille, elle est l'ombre obsédante de Klaes et de la jeune Alberte. Elle est la présence inéluctable de ce roman où l'on retrouve le beau et singulier talent de Françoise Mallet-Joris.

CHRISTINE DE RIVOYRE

Presses Pocket

LA GLACE À L'ANANAS

Voici l'histoire cocasse et bouleversante de Jim O'Grady, quatorze ans.
Jim, c'est un peu Gavroche. Un Gavroche en blue-jeans et en blouson chamarré, qui parlerait une langue d'images et vivrait à Buffalo, dans l'Etat de New York.
Trop grand pour son âge, bagarreur, enthousiaste, imaginatif, Jim est aussi un peu Poil de Carotte : sa mère paraît bien effacée et son père, agent de police, ne le comprend pas. Ses copains lui semblent trop jeunes, sa famille trop stupide, son milieu irlandais trop étroit, le monde trop injuste.
C'est alors que miss Priscilla Chun entre dans sa vie, comme une tornade.
Priscilla, qu'il appelle Glace à l'Ananas en souvenir de leur première rencontre, est une ravissante Hawaiienne de vingt ans, mystérieuse et attachante.
Comment Jim réussit à l'apprivoiser, à l'intéresser; comment La Fayette, la France, les chutes du Niagara et le bandit à la Lumière Rouge bouleversent sa vie; comment, un soir de lune, dans une explosion de révolte, de passion, de vie et d'amour, il devient enfin un homme...
C'est justement cela, l'extraordinaire histoire de Jim O'Grady.

CHRISTINE DE RIVOYRE

L'ALOUETTE AU MIROIR

Anna, jeune attachée de presse d'une troupe de ballets, est l'alouette prise au piège du monde fascinant de la danse. Efficace, discrète, elle est l'âme de la troupe, la bonne fée sur qui chacun peut compter : Flora, l'amie, si généreuse de son corps, Io, l'Espagnol hanté par la tristesse, la belle Pauline, menacée par la folie, Rémy surtout, le directeur, qu'elle aime silencieusement. Quand, au lendemain d'une orgie, Anna découvre qu'il est devenu l'amant de Pauline, la bonne fée devient sorcière. Parviendra-t-elle à maîtriser les machinations destinées à perdre Pauline? Saura-t-elle échapper au piège qui lui est tendu?

CHRISTINE DE RIVOYRE

LA MANDARINE

« L'amour me donne faim. Est-ce un crime? » Je ne me lasse pas d'admirer cette attaque si franche. En une ligne, et la première, voilà déjà tout un personnage, vivant, défini, affamé et qui enrage. L'amour me donne faim : je veux tout, tous les bonheurs. Est-ce un crime? Il ferait beau voir que l'on m'en empêche! Il y a de la fureur là-dedans. Déjà, nous le savons, cette affamée aura du fil à retordre.
Au milieu de tant de romans dont les héros, tristement, chipotent dans leur assiette (et on comprend qu'ils chipotent, vu ce qu'ils y trouvent), voici un roman où il y a de l'appétit. Celui des personnages. « Est-ce un crime? » Celui de l'auteur : on sent bien que, devant ses héros et à les voir vivre, Christine de Rivoyre a eu le bon regard heureux de l'ogresse. C'est le regard du romancier véritable. Appétit du lecteur enfin, par contagion et parce que l'appétit vient à voir manger. Comment ne pas aimer cette grand-mère étonnante, ce frère si réfléchi et cette robuste Séverine, bonne comme le pain (j'entends bonne à manger) avec son grand dos crémeux dans la lumière saumonée de la Mandarine?
Voici un livre salubre. Salubre comme le vent. Salubre comme la mer. Ne parlons pas de morale. L'histoire qu'on nous raconte ici n'est pas morale pour un sou et Mme Boulard y pratique même assez résolument une morale des maîtres, une morale-Boulard, ce qui, comme on sait, est ce qu'il y a de plus immoral au monde. Mais, sur ces eaux tumultueuses, il reste comme une bouée. Il reste une sorte de santé morale. On m'excusera de penser que la santé morale, c'est quelque chose.

Félicien MARCEAU